LOS CUERVOS DEL VATICANO

BENEDICTO XVI EN LA ENCRUCIJADA

LOS CUERVOS DEL VATICANO

BENEDICTO XVI EN LA ENCRUCIJADA

ERIC FRATTINI

Con la colaboración de Valeria Moroni

 Planeta

Obra editada en colaboración con Espasa Libros, S.L.U. - España

Diseño de portada: Más!gráfica
Fotografía de portada: Cordon Press/Corbis
Fotografía de autor: Manuel Hernández de León

© 2012, Eric Frattini Alonso
© 2012, Espasa Libros, S.L.U. – Barcelona, España

Derechos reservados

© 2013, Editorial Planeta Mexicana, S.A. de C.V.
Bajo el sello editorial PLANETA M.R.
Avenida Presidente Masarik núm. 111, 2o. piso
Colonia Chapultepec Morales
C.P. 11570, México, D.F.
www.editorialplaneta.com.mx

Primera edición impresa en España: octubre de 2012
ISBN: 978-84-670-0939-2

Primera edición impresa en México: marzo de 2013
ISBN: 978-607-07-1573-0

Impreso en los talleres de Litográfica Ingramex, S.A. de C.V.
Centeno núm. 162, colonia Granjas Esmeralda, México, D.F.
Impreso en México – *Printed in Mexico*

«Lo que yo os digo en la oscuridad, decidlo vosotros a la luz;
y lo que oís al oído, proclamadlo desde los terrados».

Mateo 10, 27

«Cuando se suprime la justicia, ¿qué son los reinos
sino grandes bandas de ladrones?».

San Agustín

«Si os mordéis y devoráis unos a otros,
terminaréis por destruiros mutuamente».

Carta de Benedicto XVI a los obispos

ÍNDICE

10

1
BENEDICTO XVI EN LA ENCRUCIJADA

El 19 de abril de 2005, el cardenal Joseph Aloisius Ratzinger fue elegido nuevo Sumo Pontífice, tres días después de cumplir setenta y ocho años y tras dos jornadas de cónclave y dos fumatas negras. Justo después de su elección, durante un encuentro informal con los que habían sido sus más estrechos colaboradores en la Congregación para la Doctrina de la Fe, el ya papa Benedicto XVI dijo: «Esperaba retirarme pacíficamente y, hasta cierto punto, le dije a Dios: "Por favor, no me hagas esto"... Es evidente que esta vez Él no me escuchó». El cardenal Ratzinger había repetido en numerosas ocasiones que le habría gustado instalarse en una tranquila aldea bávara para dedicarse a escribir libros de filosofía, si bien algunos miembros de la curia cercanos a él también le habían oído declarar que estaba listo para «cualquier función que Dios me quiera atribuir». Está claro que Benedicto XVI forma parte de esa larga tradición que da cuenta de lo provisional de las decisiones en el interior de los muros vaticanos.

Lo que el nuevo Pontífice no sabía en aquel momento era que, al igual que Juan XXIII, Pablo VI, Juan Pablo I y Juan Pablo II, iba a encontrarse con un hueso duro de roer: el IOR (Instituto para las Obras de Religión) o Banco Vaticano.

LA REALIDAD SIEMPRE SUPERA LA FICCIÓN

Hoy día, al igual que hace siglos, vendría a la perfección la frase que en cierta ocasión me dijo un buen amigo e importante abogado experto en Derecho Canónico y conocedor de las intrigas vaticanas: «Recuerda siempre, querido Eric, que para el Vaticano, todo lo que no es sagrado es secreto». No cabe duda de que tenía razón. A pesar de que el secretario de Estado de la Santa Sede, el cardenal Tarcisio Bertone, ha llegado a declarar que «algunos periodistas y escritores están jugando a imitar a Dan Brown», el polémico autor de *El Código Da Vinci* y *Ángeles y Demonios,* hay que reconocer que no hay nada como meter en una misma coctelera a mayordomos traidores, filtraciones de documentos, comisiones secretas de investigación, al servicio de espionaje y contraespionaje del Vaticano, a prelados que denuncian la corrupción y que son alejados de inmediato de San Pedro, lavado de dinero, a altos miembros de la mafia siciliana, un complot para asesinar al papa, a una adolescente desaparecida y supuestamente utilizada como esclava sexual, una guerra entre periodistas y directivos de la prensa católica, a un presidente del IOR cesado y con miedo a ser asesinado…, y aderezar la mezcla con un intrigante secretario de Estado para hacer las delicias de cualquiera que quiera imitar al famoso escritor estadounidense. Y es que, en efecto, en el Estado de la Ciudad del Vaticano, la realidad siempre supera a la ficción.

«Cuando se suprime la justicia, ¿qué son los reinos sino grandes bandas de ladrones?», escribió Benedicto XVI en su primera encíclica, *Deus caritas est,* en 2005, usando una frase de san Agustín. Ciertamente, el nuevo papa no sabía que, siete años después, la imagen pública del Vaticano iba a convertirse en un jugoso tema de portada.

Los «filtradores» de documentos declaraban a quienes quisieran oírles que lo hacían por amor al Sumo Pontífice, a quien pretendían ayudar de ese modo en la ardua tarea de limpiar su propia casa. El vaticanista Sandro Magister ha destacado en un artículo que «aunque ninguna de las fechorías puestas al descubierto en los documentos implicaban a su persona, lo cierto es que todas ellas recaen inexorablemente sobre él». Otros critican abiertamente que la fina línea que, en el Vaticano, separa los actos ilícitos de los de la pura ineficacia es hoy casi inexistente. No existen los unos sin los otros.

La lucha intestina y sangrienta abierta en el seno del Sacro Colegio Cardenalicio es uno más de los frentes abiertos que actualmente tiene el papa. En la guerra desatada entre los cardenales Tarcisio Bertone y Angelo Sodano, actual decano de los cardenales, participan además otros, como el cardenal Attilio Nicora, enemistado con el secretario de Estado Bertone desde la época en que Sodano fue secretario de la Congregación para la Doctrina de la Fe, en la década de los noventa del siglo pasado. Entre los «críticos» con Bertone está, además, el poderoso cardenal francés Jean-Louis Pierre Tauran, férreo seguidor de Angelo Sodano, exsecretario de Relaciones con los Estados de la Secretaría de Estado y antiguo responsable de la Biblioteca Vaticana y del Archivo Secreto Vaticano. El francés ha aprovechado todas las oportunidades a su alcance para denunciar los falsos movimientos en materia de política exterior realizados por Tarcisio Bertone. De hecho, Tauran ha llegado a criticar abiertamente el hecho de que un hombre como Bertone, «un inexperto en política exterior y diplomacia», fuera elegido secretario de Estado. El cardenal Nicora tuvo una carrera bastante intensa dentro de la Administración del Patrimonio de la Sede Apostólica (APSA). Fue nombrado para ese cargo en octubre de 2003 por el papa Juan Pablo II, cesado el 2 de abril de 2005 por Benedicto XVI, confirmado diecinueve días después en el cargo y «dimitido» en julio de 2011, al parecer por influencia de Bertone.

«Estamos en el equipo del Señor; por tanto, en el equipo ganador», dijo Benedicto XVI, al más puro estilo empresarial estadounidense, el pasado 21 de mayo de 2012, durante un almuerzo con un pequeño grupo de cardenales. Poco antes, el papa había afirmado: «Toda la historia es una lucha entre dos amores: amor a uno mismo hasta el desprecio de Dios, y amor de Dios hasta el desprecio de uno mismo». Y añadió: «Nosotros estamos en esta lucha y es muy importante tener amigos. En mi caso, estoy rodeado de los amigos del Colegio Cardenalicio. [...] Me siento seguro en esta compañía». Ocho días después, el padre Federico Lombardi declaró categóricamente: «No hay ningún cardenal entre las personas investigadas o sospechosas» (refiriéndose al caso de las filtraciones de documentos).

Por más que Benedicto XVI intente dar un aire de unidad dentro del Sacro Colegio Cardenalicio, es bien sabido que no todos son «amigos» y que no todos juegan en el mismo «equipo» del Señor. Tarcisio Bertone y Angelo Sodano, al menos, no lo hacen.

CONTROLANDO LA MAQUINARIA

Desde hace unos cuantos años corre por los pasillos vaticanos un chiste que vendría a reflejar a la perfección las historias paralelas de los dos últimos papas de la historia, el polaco Juan Pablo II y el alemán Joseph Ratzinger: Cracovia, invierno de 1944. Cielo nublado, casi plomizo. Carretera embarrada. Tendido en un arcén, se encuentra un joven polaco demacrado, hambriento, de rostro amarillento y con la ropa sucia. Se acerca a él un joven soldado de la Wehrmacht. Se coloca ante el polaco, saca su pistola Lüger, apunta a la cabeza del desdichado y dispara. De repente, Dios lanza un rayo y pulveriza la bala. El nazi, sorprendido, vuelve a disparar a la cabeza del joven polaco y Dios vuelve a lanzar otro rayo que pulveriza nuevamente el proyectil. El alemán, ya enfadado, pregunta a Dios: «¿Por qué proteges a esta escoria polaca?». Y Dios responde: «Porque algún día ese polaco será papa». El alemán duda al principio, mira al polaco, fija después sus ojos en el cielo y responde a Dios: «De acuerdo, pero después de él voy yo»[1].

El chiste, aunque ofrece una imagen injusta y en absoluto real del actual Sumo Pontífice, sí muestra, a modo caricaturesco, las diferentes

---

[1] Eric Frattini, *Los papas y el sexo,* Espasa, Madrid, 2010.

personalidades de Karol Wojtyla y de Joseph Ratzinger. El polaco fue un hombre guiado por su propio destino y no por sus deseos, un hombre abierto al mundo que supo manejar con mano de hierro la anquilosada y rebelde maquinaria vaticana. El alemán es un hombre que maneja la política y la negociación para alcanzar sus propios fines, pero, debido sin duda a su faceta más teológica y filosófica, carece de la experiencia del anterior a la hora de hacer frente al resabiado entramado vaticano, algo que se ha puesto de manifiesto a raíz de los últimos sucesos ocurridos en torno a él.

En el momento en el que Benedicto XVI se halla inmerso en el escándalo de las filtraciones de documentos secretos conocido como *Vatileaks,* en plena lucha de poder entre los «bertonianos» del cardenal Tarcisio Bertone y los «diplomáticos» del cardenal Angelo Sodano, nos viene a la mente la frase de Ludwig von Pastor, uno de los más rigurosos y precisos investigadores de la historia de los papas, quien a finales del siglo XIX aseguró: «No basta con ser un buen monje para ser un buen papa». Y es que el Estado de la Ciudad del Vaticano en nada ha cambiado en los últimos dos siglos.

En cierta ocasión, un experto vaticanista me dijo: «El tiempo no transcurre a la misma velocidad en el interior de la corte de los papas que fuera de ella». Tras siete años de pontificado de Benedicto XVI, la verdadera política vaticana, como sucedía siglos atrás, sigue desarrollándose en silenciosos y escasamente iluminados saloncillos, provistos de sofás de terciopelo rojo, dobles puertas y elegantes estucos con angelitos y odaliscas, a los que tan solo se accede siendo poderoso o «amigo» de los poderosos. Allí, entre medias palabras y frases no dichas pero sobreentendidas, los altos miembros de la curia consiguen activar y desactivar descalabros financieros, ocultar escándalos, mover, como si de piezas de ajedrez se tratara, tanto a prelados sin escrúpulos como a los deseosos de «limpiar» la Iglesia por dentro. Para una maquinaria que tiene 2012 años de historia y que está perfectamente engrasada, tanto los primeros como los segundos resultan siempre molestos.

«El IOR sigue siendo el gran virus vaticano, que va transmitiéndose de un papa a otro, como si de la gripe o la viruela se tratase, sin que ninguno esté dispuesto realmente a combatir dicho virus o, al menos, a buscar un antídoto». Esta frase me la dijo un funcionario de la Santa Sede y, a la vista de los últimos sucesos, parece que no se equivocaba. El Instituto para las Obras de Religión no es un banco cualquiera. Tiene su «ventanilla» en el torreón de Nicolás V, pero para llegar hasta ella no hay que pasar por un detector de metales, sino por un retén de la Guardia suiza. Y para abrir una cuenta en el Banco Vaticano no basta con conocer al director de la sucursal, sino llegar avalado por una alta institución de la Santa Sede. Los estatutos del IOR, así como los acuerdos alcanzados con las autoridades monetarias de Roma, le permiten operar como si fuera un banco *offshore,* es decir, al margen de cualquier tipo de control, como sucede con las entidades radicadas en las islas Caimán o Bahamas, en Luxemburgo, Singapur o Suiza. Al igual que hacen los banqueros de estos paraísos fiscales, los del IOR aseguran a sus exclusivos clientes una absoluta discreción, transacciones opacas, una completa impunidad y autonomía operativa. ¿Qué más se le puede pedir a un banco cuando lo que se desea es blanquear dinero?

El Banco Vaticano cuenta con un estatuto que impide que los altos miembros de la Santa Sede controlen la entidad. Ni siquiera el secretario de Estado puede averiguar qué clase de transacciones realiza el IOR sin pasar por un estricto filtro de directivos y comités. En 1990, el papa Juan Pablo II promovió un estatuto —el único hasta la llegada de Benedicto XVI— por el que se establecía qué tipo de clientes podrían tener cuentas en el banco: entidades eclesiásticas, parroquias y órdenes religiosas, personas residentes en el Vaticano, laicos y «algún» extranjero, siempre y cuando destine parte de sus fondos a obras de caridad. Es decir, ni al Vaticano ni al IOR les interesa saber de dónde proceden los fondos, sino solo asegurarse de que el titular de la cuenta destina una parte de ellos a «obras de caridad». Por si fuera poco, el IOR garantiza a sus clientes que el dinero depositado en sus cuentas está libre de impuestos. Así pues, el Banco Vaticano permite operar desde el mismo centro de Roma con un banco *offshore,* es decir, sin tener que pasar por ningún tipo de control. Por el artículo 2, el IOR «permite libremente el custodiar y/o administrar bienes inmuebles transferidos o encomendados al Instituto por personas físicas o jurídicas, y siempre destinadas a obras religiosas o de caridad». Dicho de otro modo: el IOR puede aceptar bienes de parte de entidades y personas físicas de la Santa Sede y del Estado del Vaticano, lo que implica que se pueden abrir cuentas corrientes y operar con ellas en el corazón de Europa sin tener que respetar la legislación internacional referente a acuerdos y barreras bancarias contra el blanqueo de capitales. Este aspecto se ha convertido en uno de los mayores quebraderos de cabeza del papa Benedicto XVI, que en 2010 intentó dar un giro a esa política de «brazos cruzados». Sin embargo, como los hechos han demostrado, sus decisiones, que parecían seguras y firmes al principio, se convirtieron en torpes y poco eficaces.

UN TOQUE DE ATENCIÓN DEL «PAPA NEGRO» AL «PAPA BLANCO»

El sábado 12 de noviembre de 2011 se recibió en la Secretaría del Sumo Pontífice una carta que, a simple vista, podría parecer una simple muestra de respeto de Adolfo Nicolás, el tradicionalmente llamado «Papa negro», a Benedicto XVI. Sin embargo, si analizamos los hechos que llevaron al general de los jesuitas a enviarla, podemos ver en ella una clara llamada de atención sobre la situación que estaba viviendo la Iglesia. La carta venía acompañada de otro escrito, redactado por un acaudalado matrimonio de Holanda, y, como hemos dicho, iba dirigida directamente a Benedicto XVI.

Nacido en la localidad palentina de Villamuriel de Cerrato el 29 de abril de 1936, Adolfo Nicolás se incorporó al seminario de Alcalá de Henares en 1953 con la clara intención de convertirse en jesuita. En 1961 se trasladó a Tokio, donde terminó sus estudios de Teología, siendo ordenado sacerdote en 1967. En 1971, tras finalizar su doctorado en la Pontificia Universidad Gregoriana, regresó al continente asiático, donde, hasta el año 2004, asumió diversas misiones en Asia, principalmente relacionadas con la inmigración. Desde esta fecha hasta 2008 fue presidente de la Conferencia de Provinciales de Asia Oriental y Oceanía, pero el 19 de enero de ese año, los 217 jesuitas electores reunidos en Roma con motivo de la 35.ª Congregación General lo nombrarían trigésimo prepósito general de la influyente Compañía de Jesús, cargo conocido como «papa negro». Así, Adolfo Nicolás, hombre abierto y experto en el diálogo interreligioso, venía a suceder al polémico Peter Hans Kolvenbach.

Seis días después de su elección, el padre Adolfo Nicolás tuvo su primer encuentro con la prensa italiana. El nuevo general de la Compañía de Jesús dijo: «Ustedes los periodistas dicen que soy tipo Arrupe, tipo Kolvenbach, mitad y mitad, al cincuenta por ciento, pero nadie ha dicho todavía que tengo un diez por ciento de Elvis Presley. Pero se podría decir y no sería una sorpresa. Todo esto es falso. Yo no soy Arrupe [...]». Durante el encuentro, un periodista del diario *La Stampa* le preguntó sobre su relación con el papa Benedicto XVI. Nicolás aclaró que tenían «cierta» distancia teológica y precisó:

> La distancia es más teórica en la imaginación de algunos; se trata de un coloquio que continúa, porque creo que la teología es siempre diálogo. Lo que es más importante es la búsqueda de la verdad, y la búsqueda de la verdad inspirada en la Palabra de Dios, en la vida de la Iglesia, en la vida de los cristianos. Es en este diálogo donde se pueden encontrar, quizá, en algunas cuestiones, las diferencias, pero siempre en la búsqueda común de la verdad[2].

Pero existía un punto aún mayor de posible desencuentro con el Vaticano que el simple hecho teológico: la transparencia. Adolfo Nicolás afirmó: «Yo pienso ser transparente. [...] Transparencia es una actitud responsable para el bien de los otros, no para nosotros. No es tan importante lo que la gente piense de mí; es más importante el bien de los demás». Es en esta perspectiva donde podemos ubicar el documento que envió Nicolás a Benedicto XVI el 12 de noviembre de 2011:

---

[2] Véase http://www.sjweb.info/.

CURIA GENERALIZIA DELLA COMPAGNIA DI GESÙ

PERVENUTO IL
1 2 NOV. 2011

Santo Padre,

Ho avuto il piacere e il privilegio di incontrare e conversare con Mr. Huber & Mrs. Aldegonde Brenninkmeijer, antichi e grandi benefattori della Chiesa e della Compagnia di Gesù.

Una delle cose che più mi colpiscono quando parlo con loro è il loro sincero e profondo amore per la Chiesa e per il Santo Padre, come pure il loro impegno nel fare qualcosa per venire incontro a quella che essi ritengono essere una grave crisi all'interno della Chiesa.

Mi hanno chiesto di garantire loro che questa lettera, scritta con il cuore, giunga nelle mani di Vostra Santità, senza intermediari. Per questo ho domandato al p. Lombardi di fungere da messaggero. Chiedo umilmente perdono se questo non fosse il modo appropriato.

Devo dire che condivido le preoccupazioni di Mr. & Mrs. Brenninkmeijer e che sono molto edificato dal fatto che questi fedeli laici prendano così sul serio la responsabilità di fare qualcosa per la Chiesa. Mi sento anche molto animato nel vedere e ascoltare da loro degli atteggiamenti e degli orientamenti interamente in armonia con le indicazioni che abbiamo ricevuto dal nostro Fondatore Sant'Ignazio nelle sue Regole per "sentire cum Ecclesia".

Come Lei sa, la Compagnia di Gesù continua a essere totalmente al suo servizio e a servizio della Chiesa.

Nella comunione del Signore Gesù,

Adolfo Nicolás, S.J.

VISTO DAL SANTO PADRE
1 4 NOV. 2011

Borgo Santo Spirito, 4 - 00193 Roma (Italia) | tel. (+39) 06 689 771 - fax (+39) 06 68 68 214 | curgen@sjcuria.org - www.sjweb.info

Adolfo Nicolás, el «papa negro» de los jesuitas, escribe al Papa. 12 de noviembre de 2011.

Santo Padre:

He tenido el honor y privilegio de encontrar y hablar con el Señor Huber y la señora Aldegonde Brenninkmeijer, grandes benefactores de la Iglesia y de la Compañía de Jesús desde hace mucho tiempo.

Lo que más me impresiona cuando hablo con ellos es su sincero y profundo amor hacia la Iglesia y al Santo Padre, y también su compromiso en hacer algo que pueda influir en la que consideran una grave crisis en la Iglesia.

Me pidieron la garantía de que esta carta, escrita con el corazón, llegará a las manos de Vuestra Santidad, sin intermediarios. Por este motivo he pedido a padre Lombardi [portavoz de la Santa Sede y miembro de la Compañía de Jesús] que actúe como mensajero. Pido perdón con humildad si esta no fuese la manera apropiada.

Comparto las preocupaciones del señor y la señora Brenninkmeijer y me siento prendado de que estos fieles laicos se tomen tan en serio la responsabilidad de hacer algo para la Iglesia. También me anima mucho ver y oír que tienen actitudes y orientaciones totalmente en armonía con las indicaciones contenidas en las reglas recibidas por nuestro fundador San Ignacio como su regulador para el *sentire cum Ecclesia*.

Como ya sabe, la Compañía de Jesús sigue estando totalmente al servicio del Santo Padre y de la Iglesia.

Como ya dijimos, a simple vista el texto podría ser simplemente una sencilla muestra de respeto de unos laicos hacia el Santo Padre. Sin embargo, es mucho más que eso: se trata de una clara llamada de atención del «papa negro» al papa de Roma. «Lo que más me impresiona cuando hablo con ellos es su sincero y profundo amor hacia la Iglesia y al Santo Padre, y también su compromiso en hacer algo que pueda influir en la que consideran una grave crisis en la Iglesia». Y dos párrafos más abajo: «Comparto las preocupaciones del señor y la señora Brenninkmeijer». De hecho, este es el principal punto de inflexión del asunto. Tanto la carta de Nicolás como la escrita por los Brenninkmeijer constituyen una clara acusación contra la curia vaticana en particular y la jerarquía católica en general. En el texto que dirigen al papa, los Brenninkmeijer denuncian el papel del dinero en muchos departamentos de la Iglesia, y lanzan una crítica abierta al Pontificio Consejo para la Familia, al que acusan de «servirse de colaboradores demasiado ingenuos y acríticos, en lugar de emplear personajes que puedan y quieran actuar en el sentido marcado por el Concilio Vaticano II». Después de un sincero comentario sobre la gran cantidad de creyentes europeos cultos que abandonan la Iglesia, aunque no su fe, Huber y Aldegonde Brenninkmeijer centran su ataque en el joven arzobispo de Utrech Willem Jacobus Eijk[3]. Los laicos lo tachan de «conservador», tanto en el campo teológico-litúrgico

---

[3] Su Eminencia Willem Jacobus Eijk fue nombrado arzobispo de Utrech por el papa Benedicto XVI el 11 de diciembre de 2007 y elevado al cardenalato el 18 de febrero de 2012.

como en el moral. Eijk se había hecho famoso en Holanda debido a sus explosivas declaraciones sobre la homosexualidad, el consumo de drogas, la unión de parejas fuera del matrimonio, la manipulación genética o la eutanasia (sobre estos dos últimos aspectos había basado monseñor Eijk sus tesis doctorales en Medicina y Filosofía).

Las cartas de Adolfo Nicolás y del matrimonio Brenninkmeijer se recibieron a mediados de noviembre, justo en el momento en el que comenzaban a barajarse los nombres de aquellos obispos que serían elevados al cardenalato en el consistorio del 18 de febrero del año siguiente. En esa lista estaba Eijk. Al parecer, según algunos vaticanistas, lo único que lograron las cartas fue reforzar la posición de Ratzinger con respecto a su apoyo al «conservador» monseñor Willem Jacobus Eijk. En efecto, haciendo caso omiso de los dos escritos, Benedicto XVI entregó el birrete cardenalicio a Eijk, lo confirmó como miembro de la Congregación para el Clero y, por si fuera poco, lo nombró miembro de la importante Congregación para la Educación Católica. Quizá Benedicto XVI vio en la carta del general de los jesuitas una clara interferencia en su liderazgo. Lo cierto es que, a pesar de los consejos de Nicolás y del matrimonio Brenninkmeijer, el papa reforzó a los «conservadores» en una sede como la de Utrech. Su Eminencia el cardenal Willem Jacobus Eijk, fiel seguidor del cardenal Bertone, representa lo que ya muchos han definido como la «juventud neoconservadora» entre los ancianos miembros de la curia y del Sacro Colegio Cardenalicio.

TARCISIO BERTONE, UN PERSONAJE PARA LA POLÉMICA

En 2009, cansado ya de las luchas intestinas dentro de la Santa Sede, el papa Benedicto XVI escribió en una carta a los obispos lo que sería una seria advertencia: «Si os mordéis y devoráis unos a otros, terminaréis por destruiros mutuamente». Estaba claro que el Sumo Pontífice se sentía como un Jesús rodeado de unos apóstoles enfrentados en sectores, familias, intereses, riquezas y poder.

La filtración de documentos que provocó el estallido del caso *Vatileaks* ponía sobre el tapete la evidencia de que el Vaticano se había convertido en un auténtico campo de batalla entre facciones de la curia y Tarcisio Bertone era el que salía peor parado. En casi todos ellos el número dos del Estado Vaticano aparecía como un auténtico conspirador, ambicioso, manipulador y enemigo de la transparencia. El mismo rotativo afirmaba incluso que Benedicto XVI habría ya manifestado a los cardenales Camillo Ruini, Marc Ouellet, Jean-Louis Tauran, George Pell y Jozef Tomko, conocidos en el Vaticano como los «cinco sabios», que Bertone no seguiría en su puesto «por voluntad propia» y que pediría permiso al Santo Padre para poder retirarse, pues hacía tres años que había cumplido el límite de edad de jubilación para los religiosos, que es de setenta y cinco años[4]. El prestigioso rotativo italiano interpretaba que Bertone, uno de los más estrechos colaboradores del papa desde su etapa como prefecto de la Congregación para la Doctrina de la Fe, era el centro de las críticas dentro de la curia por su «mal gobierno». A la vista de estas graves acusaciones, el propio Bertone tomó la palabra en una entrevista concedida a la revista *Famiglia Cristiana:* «Los periodistas son los responsables del clima de mezquindad, mentiras y calumnias. Juegan a imitar a Dan Brown. Se inventan fábulas y leyendas. Todo es falso. Hay una voluntad de dividir que viene del Diablo», dijo.

Eran muchos, católicos y no católicos, los que se preguntaban: ¿quién es este hombre que genera odio y admiración en la misma medida?; ¿quién es realmente este experto en el Tercer Secreto de Fátima?; ¿quién es este diplomático experto en Derecho Canónico y que habla fluidamente italiano, francés, inglés, español, alemán, portugués, polaco, latín, griego y hebreo? Nacido el 2 de diciembre de 1934 en Romano Canavese, en la región del Piamonte, el futuro cardenal Bertone se crió en una casa con claro sentimiento antifascista. En 1950, justo el día después de cumplir dieciséis años, decidió ingresar en el seminario de los salesianos y diez años después fue ordenado sacerdote. El futuro secretario de Estado obtuvo el doctorado en Derecho Canónico con una tesis sobre el gobierno de la Iglesia durante el pontificado de Benedicto XIV. Los siguientes años en la vida de Bertone se dirigieron a la enseñanza en la Pontificia Universidad Salesiana y en la Pontificia Universidad Lateranense, hasta que en 1988 fue llamado por el entonces cardenal Joseph Ratzinger, poderoso prefecto de la Congregación para la Doctrina de la Fe, para formar parte del comité de expertos que debía negociar con los excomulgados lefebvristas su posible vuelta a la disciplina de Roma. Su labor en el comité hizo que el 4 de junio de 1991 el papa Juan Pablo II lo nombrara obispo. Diez años después, el mismo Sumo Pontífice, por indicación de Ratzinger, le pidió que participara en el equipo negociador que debía convencer a Emmanuel Milingo, arzobispo emérito de Lusaka, para que retornase a la Iglesia católica. Milingo había abandonado la disciplina de Roma tras contraer matrimonio con una mujer miembro de la secta Moon.

Finalmente, en el consistorio celebrado el 21 de octubre de 2003, Tarcisio Bertone fue elevado al cardenalato por el papa Juan Pablo II, lo que le permitió participar como cardenal elector en el cónclave de 2005, de donde salió elegido Josep Ratzinger como Sumo Pontífice. Se dice que, durante aquellos dos días (y cuatro votaciones) que duró el cónclave, Bertone se convirtió en el «jefe de campaña» de Ratzinger: luchó contra los anti-Ratzinger, concentró a los pro-Ratzinger en un bloque

---

[4] El cardenal Tarcisio Bertone cumplió los setenta y cinco años el 2 de diciembre de 2009; dejará de ser cardenal-elector el 2 de diciembre de 2014, cuando cumpla los ochenta años de edad.

compacto y, finalmente, desanimó a los que tenían posibilidades de ser elegidos. Como premio, en 2006, el ya Benedicto XVI se quitó de en medio al molesto Angelo Sodano y le nombró secretario de Estado, y un año después, el 4 de abril de 2007, camarlengo de la Cámara Apostólica, es decir, el hombre que deberá ejercer de papa «en funciones» durante la llamada «sede vacante» tras el fallecimiento de Benedicto XVI y el nombramiento de su sucesor en el siguiente cónclave. Estos dos cargos, que no habían sido desempeñados por una misma persona desde la época del cardenal Jean-Marie Villot, han dado a Tarcisio Bertone un poder inusitado dentro de la Santa Sede, lo que ha suscitado una lluvia de críticas desde amplios sectores del Colegio Cardenalicio.

Desde el momento en que Bertone asumió su nuevo cargo al lado del papa, la polémica no le ha abandonado a causa de sus continuas meteduras de pata. La primera de ellas sucedió dos semanas antes de asumir el cargo, cuando en una entrevista habló acerca de una necesaria reforma de la curia, algo que no gustó nada a la maquinaria de Juan Pablo II, que era la que seguía mandando en los departamentos vaticanos. Bertone dijo: «Después de casi dos décadas, una evaluación de cómo se organizan los dicasterios es más que comprensible, con el fin de reflexionar sobre cómo rehacer las estructuras existentes de forma más eficiente para la misión de la Iglesia y, eventualmente, considerar si todas ellas deben mantenerse»[5]. Es curioso que la entrevista, aparecida en *Catholic News*, se titulase «El Cardenal Bertone quiere ser secretario de la Iglesia y no de Estado», remarcando así una clara y desmedida ambición.

En diciembre de 2006 provocó un serio conflicto interreligioso, primero con los ortodoxos y después con los judíos. El primer caso se desató el 5 de diciembre, cuando el patriarca Alexius II acusó abiertamente a la Santa Sede de hacer una «política muy hostil, por haber llevado a cabo [la Iglesia católica] una auténtica caza furtiva en tierras ortodoxas de Rusia y otras exrepúblicas soviéticas». En respuesta a esa acusación, el cardenal Bertone aseguró: «No queremos realizar proselitismo en Rusia». Ciertamente, mentía[6]. El segundo caso tuvo lugar el 5 de junio de 2007, cuando el cardenal secretario de Estado Bertone, en una conferencia por la presentación de una nueva biografía de Pío XII, defendió al papa ante las denuncias de «indiferencia» hacia los judíos durante la oscura etapa del holocausto. El número dos vaticano condenó esta acusación como una «leyenda negra y un ataque a la sensatez y la racionalidad, que ha llegado a ser tan firmemente defendida que, incluso a estas alturas, es una ardua tarea el contrariarla». Las autoridades judías en Italia y en Israel presentaron una protesta formal a la Santa Sede por estas declaraciones.

---

[5] *Catholic News*, «Cardinal Bertone Wants to be Secretary of Church, Not State», 31 de agosto de 2006.

[6] *Zenit*, «Cardinal Bertone: We Don't Proselytize», 5 de diciembre de 2006.

Pero las polémicas provocadas por Tarcisio Bertone no iban a acabar ahí. En una entrevista concedida al diario francés *Le Figaro* el 31 de marzo de 2007 y publicada dos días después, el cardenal Bertone confirmaba la inminente publicación de un muy esperado *Motu Propio* de Benedicto XVI, por el que se extendía el indulto para la celebración de la «misa tridentina». Pero la polémica real vendría cuando el cardenal Bertone hizo una abierta acusación contra la prensa por «poner de relieve las opiniones del Vaticano en materia de sexo [pederastia y abusos sexuales por parte de religiosos], mientras se mantiene un silencio ensordecedor sobre el trabajo de caridad realizado por miles de organizaciones católicas de todo el mundo». Y Bertone continuó diciendo: «Veo una gran fijación por parte de algunos periodistas de meterse en cuestiones morales, tales como el aborto y las uniones homosexuales, que son sin duda cuestiones importantes pero que en absoluto constituyen el pensamiento y la obra de la Iglesia». Nuevamente, la polémica estaba servida[7]. El 31 de diciembre de 2007 Bertone afirmó que «la Iglesia consideraría la adopción de medidas más fuertes contra los narcotraficantes. Esta acción, posiblemente, podría incluir la excomunión». E hizo otra declaración, aún más alarmante, sobre «la preocupación de la Iglesia ante el "desastre" de la droga que alimenta aún más la violencia», justo antes de la visita oficial de Benedicto XVI a México.

Las críticas a Tarcisio Bertone no solo han llegado desde el interior de los muros vaticanos, sino también desde el exterior a través de tres importantes vaticanistas. El escritor Geoffrey Robertson, en su libro *The Case Of The Pope: Vatican Accountability for Human Rights Abuse,* critica abiertamente al cardenal Bertone por su rechazo a la exigencia de que un obispo estuviese obligado a ponerse en contacto con la Policía para denunciar a un sacerdote que hubiese admitido haber cometido delito de pedofilia. Bertone sostuvo que «si un sacerdote no puede confiar en su obispo por temor a ser denunciado, ello significaría que no hay más libertad de conciencia». En la Pascua de 2010, el secretario de Estado culpó públicamente del escándalo sexual contra niños «a la infiltración de homosexuales en el clero»[8]. Sandro Magister, otro influyente vaticanista, lo criticó por exponer a Benedicto XVI a «controversias públicas», como la ocurrida en las nominaciones episcopales en Italia o Polonia. Magister afirmaba que «existía un serio problema entre comunicación y gobierno en el interior del Vaticano».

Pero fue el libro escrito por Tarcisio Bertone sobre el «Tercer Secreto de Fátima», titulado *The Last Secret of Fatima*[9], el que despertaría

---

[7] *Le Figaro,* «Bertone: "Foi et raison ne s'opposent pas"», 2 de abril de 2007.

[8] Geoffrey Robertson, *The Case Of The Pope: Vatican Accountability for Human Rights Abuse,* Penguin Global, Nueva York, 2010.

[9] Cardenal Tarcisio Bertone, *The Last Secret of Fatima,* Doubleday Religion, Nueva York, 2008.

mayores críticas por parte del vaticanista Antonio Socci. El periodista publicó un artículo en el que se preguntaba: «Estimado cardenal Bertone, ¿quién, entre usted y yo, está mintiendo deliberadamente?... Y, por favor, no mencione a la masonería»[10]. Socci se refería en su artículo al libro escrito por el abogado católico Christopher Ferrara, *El secreto permanece oculto*[11], que contiene un anexo titulado «101 motivos para dudar de las afirmaciones del cardenal Bertone». Ferrara acusaba al secretario de Estado de estar involucrado en un engaño sistemático, junto a Sodano y Ratzinger, para ocultar la existencia de un documento en el que aparecerían las palabras de la Virgen María y que algunos creen que contendría información sobre el Apocalipsis y la llegada de una gran ola de apostasía. Bertone jamás respondió a esta acusación.

Nuestro hombre en Milán

El poderoso arzobispado de Milán ha sido desde hace tiempo uno de los campos de batalla entre «diplomáticos» y «bertonianos» a causa, principalmente, del asunto de la adquisición del hospital San Raffaele con dinero del IOR en 2011[12]. Gotti Tedeschi, expresidente del Banco Vaticano, estaba a favor de la operación en un primer momento, pero después, tras estudiar las cuentas en rojo del San Raffaele, decidió cambiar de opinión y situarse en la misma línea de los cardenales Attilio Nicora y Dionigi Tettamanzi. Ni siquiera Benedicto XVI estaba de acuerdo con la adquisición del hospital. De una manera bastante pragmática, el papa, en este caso mucho más mundano que espiritual, aseguró que no solo en el hospital, sino en edificios anexos de la Universidad, se impartían enseñanzas y prácticas de investigación médica que estaban en total confrontación con la doctrina católica. «No se puede sustituir en bloque a médicos, científicos y profesores», dicen que dijo Benedicto XVI al cardenal Camillo Ruini, entonces presidente de la Conferencia Episcopal Italiana (CEI).

Para la conquista de la clínica Gemelli y del hospital San Raffaele, Bertone debía antes controlar el Instituto Giuseppe Toniolo de Estudios Superiores, accionista de ambos establecimientos. Pero había un problema: el Instituto Toniolo era un barco capitaneado por la Conferencia Episcopal Italiana y presidido por el arzobispo de Milán, ambos organismos liderados por diplomáticos afines al cardenal Sodano y contrarios a Bertone. Este intentó un abordaje al Toniolo con el único

---

[10] The Fatima Network, «Dear Cardinal Bertone: Who Between, You and Me, is Deliberately Lying?... And Please Don't Mention Freemasonry», 5 de diciembre de 2006.

[11] Christopher Ferrara, *The Secret Still Hidden*, Good Counsel Publications, Buffalo, Nueva York, 2008.

[12] Véase el capítulo 6: «Ettore Gotti Tedeschi, el "banquero de Dios"».

fin de apartar de su camino a Camillo Ruini. Para ello debía acabar antes con un puntal importante del poder de este en el Toniolo, Dino Boffo, director del diario *Avvenire,* propiedad de la CEI y miembro del consejo del Toniolo, que no hacía más que entorpecer desde las páginas del diario el deseo de Bertone de hacerse con el control de los dos hospitales. Así pues, se inició una campaña «interesada» contra Boffo, a quien llegó a acusarse de homosexualidad[13]. Finalmente, los partidarios de Angelo Sodano consiguieron retener el control del Instituto Toniolo de Estudios Superiores y el cardenal Bertone se vio obligado a dar un paso atrás, abandonando su sueño de crear un gran grupo hospitalario bajo el control de la Santa Sede y cuyos buques insignia habrían sido el hospital San Raffaele de Milán y la clínica Gemelli de Roma, pertenecientes ambos a la Universidad Católica del Sagrado Corazón.

Pero Bertone no iba a olvidar esta derrota y el arzobispado de Milán se convertiría en un barco más que intentar abordar. El 3 de marzo de 2011, monseñor Giuseppe Bertello[14], nuncio papal en Italia y miembro de la guardia pretoriana de Bertone, recibió una carta de Julián Carrón, presidente de la Fraternidad de Comunión y Liberación. El texto, de tres páginas, estaba dividido en siete puntos más una parte importante en la que Carrón hacía abiertamente una recomendación para la persona que debería ocupar el cargo de arzobispo de Milán. Al principio de la carta, Carrón hace un breve repaso a la crisis de fe en la sociedad, la crisis de vocaciones, la confusión de los fieles con el léxico usado por muchos religiosos en las misas, los «movimientos católicos» como una ayuda a la Iglesia y no como una «Iglesia paralela». Pero en los párrafos finales Julián Carrón lanza a Bertello el nombre del candidato ideal para ocupar el puesto de arzobispo de Milán.

> Finalmente, se me permita revelar, por todas estas razones expresadas con brevedad, la necesidad y la urgencia de una elección de discontinuidad significativa con respecto al planteamiento de los últimos treinta años, dado el peso y la influencia que la Archidiócesis de Milán tiene en Lombardía, en Italia y en todo el mundo.
>
> Esperamos un Pastor que sepa fortalecer los lazos con Roma y con Pedro, anunciar con valentía y fascinación existencial la alegría de ser cristianos, para ser pastor de todo el rebaño y no solamente de una parte. Necesitamos una personalidad que tenga profundidad espiritual, fe firme y clara, con gran prudencia y caridad, y con una preparación cultural que le permita comunicarse efectivamente con la variedad de componentes eclesiásticos y civiles, firme en lo esencial y valiente y abierto de cara a los muchos retos de la posmodernidad.

---

[13] Véase el capítulo 8: «La sucia guerra en los sagrados medios».

[14] Monseñor Giuseppe Bertello fue elevado al cardenalato el 18 de febrero de 2012 y nombrado presidente de la Gobernación del Estado de la Ciudad del Vaticano.

Por la gravedad de la situación, no creo que se pueda apostar en una personalidad de segundo plano o uno llamado *outsider,* que inevitablemente, terminaría por inexperiencia asfixiado en los mecanismos consolidados por la curia local. Necesitamos una personalidad de gran fe, de experiencia humana y de gobierno, capaz de inaugurar realmente y decididamente un nuevo curso.

Por estas razones, la única candidatura que siento en conciencia de someter a la atención del Santo Padre es la del patriarca de Venecia, el cardenal Angelo Scola.

Debo señalar que con esta indicación no tengo la intención de favorecer el vínculo de amistad y cercanía del patriarca con el movimiento de Comunión y Liberación, sino resaltar el contorno de una figura de gran prestigio y experiencia que, en situaciones muy delicadas de gobierno, ha demostrado la firmeza y la claridad de la fe, energía en la acción pastoral y gran apertura hacia la sociedad civil y una mirada verdaderamente paternal y de valorización de todos los componentes y todas las experiencias eclesiales. Por otra parte, la edad relativamente tardía (setenta años en 2011) del patriarca en la situación actual no representa un *handicap*, sino una ventaja: puede trabajar por algunos años con gran libertad, abriendo así nuevos caminos que otros seguirán.

Lo interesante del texto no es solo el claro apoyo mostrado por Carrón a Scola, sino la larvada crítica a los dos últimos arzobispos que han dirigido la archidiócesis de Milán «durante los últimos treinta años»: el cardenal Carlo Maria Martini, que lideró esta archidiócesis desde diciembre de 1979 hasta julio de 2002, y el cardenal Dionigi Tettamanzi, nombrado arzobispo de Milán en julio de 2002. Ambos eran «progresistas» declarados; ambos fueron «papables» en los dos últimos cónclaves —el de 1978 y el de 2005— y los dos contaban con un gran carisma y popularidad entre la gente de su archidiócesis. Angelo Scola, por el contrario, es un hombre con una ideología más cercana al papa. Profesor de Teología Moral en la Universidad de Friburgo, en 1982 Scola pasó a formar parte del cuerpo de profesores de la Pontificia Universidad Lateranense para impartir la misma asignatura. Activo colaborador de Comunión y Liberación, en 1991 el papa Juan Pablo II lo nombró obispo y prefecto para la Congregación de los Obispos. En el año 2002 fue designado patriarca de Venecia y, un año después, elevado al cardenalato.

Durante unos cuantos días, el cardenal Tarcisio Bertone tomó buena nota de la carta de Carrón, aunque no adoptó ninguna decisión al respecto. Pero el sábado 26 de marzo de 2011 Bertone envió a Tettamanzi una carta vía fax (escrita dos días antes), en plena guerra por el control del Instituto Toniolo de Estudios Superiores y del hospital San Raffaele de Milán. Tettamanzi había tomado partido por aquellos que están en contra del control de la entidad por parte del Vaticano, entre los que se

PERVENUTO IL
0 3 MAR. 2011

Eccellenza Reverendissima,

rispondo alla Sua richiesta permettendomi di offrirLe in tutta franchezza e confidenza, ben consapevole della responsabilità che mi assumo di fronte a Dio e al Santo Padre, alcune considerazioni sullo stato della Chiesa ambrosiana.

1) Il primo dato di rilievo è la crisi profonda della fede del popolo di Dio, in particolare di quella tradizione ambrosiana caratterizzata sempre da una profonda unità tra fede e vita e dall'annuncio di Cristo "tutto per noi" (S. Ambrogio) come presenza e risposta ragionevole al dramma dell'esistenza umana. Negli ultimi trent'anni abbiamo assistito a una rottura di questa tradizione, accettando di diritto e promuovendo di fatto la frattura caratteristica della modernità tra sapere e credere, a scapito della organicità dell'esperienza cristiana, ridotta a intimismo e moralismo.

2) Perdura la grave crisi delle vocazioni, affrontata in modo quasi esclusivamente organizzativo. La nascita delle unità pastorali ha prodotto tanto sconcerto e sofferenza in vasta parte del clero e grave disorientamento nei fedeli, che mal si raccapezzano di fronte alla pluralità di figure sacerdotali di riferimento.

3) Il disorientamento nei fedeli è aggravato dalla introduzione del nuovo Lezionario, guidato da criteri alquanto discutibili e astrusi, che di fatto rende molto difficile un cammino educativo coerente della Liturgia, contribuendo a spezzare l'irrinunciabile unità tra liturgia e fede ("lex orandi, lex credendi"). E già si parla della riforma del Messale, uno dei beni più preziosi della Liturgia ambrosiana...

4) L'insegnamento teologico per i futuri chierici e per i laici, sia pur con lodevoli eccezioni, si discosta in molti punti dalla Tradizione e dal Magistero, soprattutto nelle scienze bibliche e nella teologia sistematica. Viene spesso teorizzata una sorta di "magistero alternativo" a Roma e al Santo Padre, che rischia di diventare ormai una caratteristica consolidata della "ambrosianità" contemporanea.

5) La presenza dei movimenti è tollerata, ma essi vengono sempre considerati più come un problema che come una risorsa. Prevale ancora una lettura sociologica, stile anni '70, come fossero una "chiesa parallela", nonostante i loro membri forniscano, per fare solo un esempio, centinaia e centinaia di catechisti, sostituendosi in molte parrocchie alle forze esauste dell'Azione Cattolica. Molte volte le numerose opere educative, sociali, caritative che nascono per responsabilità dei laici vengono guardate con sospetto e bollate come

B ir

VISTO DAL SANTO PADRE
0 3 MAR. 2011

Carta de Julián Carrón, presidente de la Fraternidad de Comunión y Liberación, a monseñor Giuseppe Bertello, nuncio en Italia, en la que le informa de su apoyo al cardenal Scola para el arzobispado de Milan y por criticar a Martini y Tettamanzi. 3 de marzo de 2011.

[Página 3 de 3]

Tengo a precisare che con questa indicazione non intendo privilegiare il legame di amicizia e la vicinanza del Patriarca al movimento di Comunione e Liberazione, ma sottolineare il profilo di una personalità di grande prestigio e esperienza che, in situazioni di governo assai delicate, ha mostrato fermezza e chiarezza di fede, energia nell'azione pastorale, grande apertura alla società civile e soprattutto uno sguardo veramente paterno e valorizzatore di tutte le componenti e di tutte le esperienze ecclesiali. Inoltre l'età relativamente avanzata (70 anni nel 2011) del Patriarca rappresenta nella situazione attuale non un "handicap", ma un vantaggio: potrà agire per alcuni anni con grande libertà, aprendo così nuove strade che altri proseguiranno.

Colgo l'occasione per salutarLa con profonda stima.

don Julián Carrón
Presidente

Sua Ecc.za Rev.ma
Mons. Giuseppe Bertello
Nunzio Apostolico in Italia
Via Po 27-29
00198 Roma

encontraba, como ya dijimos, el propio papa, Ettore Gotti Tedeschi y el cardenal Attilio Nicora, jefe de la APSA. En el texto, de dos folios, Tarcisio Bertone despide fulminantemente al cardenal Dionigi Tettamanzi de su puesto de presidente del Toniolo, con lo que se quitaba de encima, y de un plumazo, a una gruesa piedra en su camino por el control del hospital San Raffaele. «Ahora, habiendo terminado el plazo del cargo de unos miembros del Comité Permanente, el papa quiere llevar a cabo una renovación, por la que Vuestra Eminencia está relevado de su oneroso cargo», escribió Bertone.

Tettamanzi, hombre muy entrenado en los entresijos de la maquinaria vaticana, no se amilanó ante el fax recibido y, cuatro días después, el lunes 28 de marzo, decidió enviar directamente una misiva al Sumo Pontífice para saber si este estaba informado de su cese y de la maniobra de Bertone.

> La mañana del día 26 de marzo me llegó un fax, en calidad de presidente del Instituto Giuseppe Toniolo, una carta «reservada-personal» de parte del secretario del Estado, la que me induce, en un periodo que debería ser dedicado más bien a la meditación y a rezar, y a compartir directamente con Usted unas desagradables consideraciones.
>
> La carta de Bertone comienza desde mi nombramiento a la Presidencia del Instituto Toniolo en 2003, unos meses después de mi llegada a Milán, tras las dimisiones del senador Emilio Colombo debido a razones relacionadas a su conducta pública y privada, y no por modificaciones del estatuto, como afirma en la carta Bertone. Añado que la mencionada «praxis se remonta a las fases iniciales del Instituto» sobre que la Secretaría de Estado debería indicar el nombre de la persona a ocupar la presidencia, no me consta en esta histórica sede.
>
> La referencia a un originario «bienio» de plazo de mi cargo, también sin fundamento, y a una duración de mi cargo prolongada es la única razón aducida para proceder de inmediato en la coacción a mis dimisiones como presidente del Instituto Toniolo y como miembro del Comité Permanente, a la renovación directamente de parte de la Santa Sede de los miembros del Comité Permanente, a la congelación de cualquier medida o decisión relativa a nombramientos, asignación de cargos o actividades relacionadas a la gestión del Instituto hasta el nombramiento, a más tardar antes del 10 de abril, del Prof. Flick como nuevo presidente. Anoto al margen que el candidato, cuyo perfil levanta ciertas perplejidades, de manera sorprendente ya ha sido informado por el secretario de Estado de su futuro nombramiento.
>
> Todas estas sanciones, que podrá encontrar en la carta adjunta —medidas indudablemente muy graves con respecto al Instituto Toniolo, a la Universidad Católica y a mí mismo en calidad de arzobispo de Milán— afirma que son por voluntad de Vuestra Santidad, voluntad a la que se refiere en todo momento.
>
> Yo, conociendo muy bien el sosiego y la delicadeza de trato de Vuestra Santidad y sabiendo siempre actuar por el bien del Instituto y de la Iglesia, con transparencia y sentido de responsabilidad y sin tener nada

que reprocharme, tengo razones para una profunda perplejidad acerca de la última carta que recibí y para dudar de que esta sea expresión de Vuestra persona.

Uno de los claros objetivos de mi nombramiento como presidente, junto a la exigencia de renovar los órganos directivos del Instituto, de sobrepasar las dificultades de una gestión basada en el clientelismo y parasitaria, y relanzar las finalidades originarias del Instituto, era la de encaminar las actividades de estudio y de investigación de la Universidad Católica al camino de la Iglesia italiana, intentando ganar resistencias también no limpias por parte de personas vinculadas a la Santa Sede (no puedo esconder que detrás de la actual campaña de desprestigio hay intereses no eclesiales y personas no despejadas vinculadas a la anterior gestión).

Vuestro predecesor, Juan Pablo II, no solo me confirmó este mismo objetivo durante la audiencia personal del 24 mayo 2004, sino en la carta autógrafa del 7 de junio, que adjunto, fortaleció mi papel nombrándome representante de la Santa Sede en el Comité Permanente, con órdenes precisas de referir a él mismo acerca de los asuntos más relevantes en las actividades del Instituto (y esto de por sí aclara las condiciones en las que ejerzo mi trabajo).

En este ultimo año, el Instituto ha sido calumniado y atacado, también por los medios de comunicación, por supuestas y nunca demostradas ineficiencias administrativas y de gestión, con la expresión *mala gestio*. Nada de esto ha pasado en realidad. Los hechos de los últimos años demuestran que el Instituto —con una notable inversión de mi tiempo y energías— se ha volcado en devolver la Universidad Católica a los italianos. Una profunda reflexión sobre los objetivos y finalidades del Instituto nos ha permitido acabar con un largo periodo de irrelevancia pública, de concentración patológica de los poderes y total falta de transparencia en el destino de las donaciones. A día de hoy, el Toniolo ha vuelto a tener una identidad clara, volcada en el servicio a la Universidad y a la Iglesia, y un papel en línea con las mayores fundaciones universitarias del país.

[...]

Sé muy bien que compartiendo con Usted estas mis consideraciones le voy a dejar en una posición difícil para la gestión de las relaciones de Gobierno. Lo lamento mucho, pero también es claro que no me queda otra opción. La solución más sencilla me parece ser la de seguir adelante con mi trabajo en el Instituto, con determinación y serenidad, sin tener en cuenta la última carta recibida. Quedo a la espera de mi confirmación por su auténtica palabra.

Confirmo la más plena e inmediata disponibilidad a informar directamente a Vuestra Santidad del trabajo hecho y de los proyectos para el futuro, como a facilitar toda la documentación que se refiere a mis afirmaciones, a aceptar *pleno corde* Su indicación o cualquier decisión de vuestra Santidad al respecto y hacerme prontamente disponible por si Usted considerase oportuno un encuentro personal.

[...]

RISERVATA - PERSONALE

Dal Vaticano, 24 marzo 2011

SEZIONE
PER GLI AFFARI GENERALI

N. 194.135

Signor Cardinale,

circa otto anni or sono Ella, accogliendo con encomiabile zelo e generosa disponibilità la richiesta che Le veniva fatta, accettò per un biennio la nomina a Presidente dell'Istituto Giuseppe Toniolo di Studi Superiori.

Occorreva infatti provvedere alla nomina di un successore al Sen. Emilio Colombo, il quale, a seguito della modifica statutaria concordata con la Segreteria di Stato, aveva lasciato la carica di Presidente. In tale circostanza, sempre su indicazione della Segreteria di Stato, egli stesso aveva proposto al Comitato Permanente la nomina di Vostra Eminenza.

Come Ella sa, secondo una prassi risalente alle fasi iniziali dell'Istituto, è la Segreteria di Stato ad indicare il nome di colui che deve svolgere il ruolo di Presidente del Toniolo, dal momento che l'Istituto "non è una qualsiasi Fondazione privata, ma un'emanazione della Chiesa", come ebbe a sottolineare il 27 ottobre del 1962 l'allora Card. Giovanni Battista Montini.

Di fatto, l'impegno di Vostra Eminenza a servizio dell'Istituto Toniolo si è protratto ben oltre il tempo originariamente previsto, e questo ovviamente a prezzo di ben immaginabili sacrifici. In considerazione di ciò, il Santo Padre mi ha dato incarico di ringraziare Vostra Eminenza per la dedizione profusa anche in tale compito a servizio di una Istituzione assai importante per la Chiesa e per la società in Italia.

Ora, essendo scaduti alcuni Membri del Comitato Permanente, il Santo Padre intende procedere ad un rinnovamento, in connessione col quale Vostra Eminenza è sollevata da questo oneroso incarico.

A Sua Eminenza Reverendissima
il Signor Card. Dionigi TETTAMANZI
Arcivescovo di Milano
Presidente dell'Istituto Toniolo
Palazzo Arcivescovile - Piazza Fontana, 2
20122 - MILANO

./.

Carta de Tarcisio Bertone a Dionigi Tettamanzi, arzobispo de Milán, en el que le informa que ha sido cesado como presidente del Instituto Toniolo, ente fundador de la Universidad de Milán y que controla el hospital San Raffaele. 24 de marzo de 2011.

Adempiendo pertanto a tale Superiore intenzione, sono a chiederLe di fissare l'adunanza del Comitato Permanente entro il giorno 10 del prossimo mese di aprile. In tale circostanza Vostra Eminenza vorrà notificare ai Membri di quell'Organo le Sue dimissioni dal Comitato stesso e dalla Presidenza dell'Istituto. Contestualmente indicherà il Prof. Giovanni Maria Flick, previa cooptazione nel Comitato Permanente, quale Suo successore alla Presidenza.

Il Santo Padre dispone inoltre, che fino all'insediamento del nuovo Presidente, non si proceda all'adozione di alcun provvedimento o decisione riguardanti nomine o incarichi o attività gestionali dell'Istituto Toniolo.

Sarà poi compito del Prof. Flick proporre la cooptazione dei Membri mancanti nell'Istituto Toniolo, indicando in particolare il prossimo Arcivescovo *pro tempore* di Milano ed un Prelato suggerito dalla Santa Sede.

In previsione dell'avvicendamento indicato, questa Segreteria di Stato ha già informato il Prof. Flick, ottenendone il consenso. Non c'è bisogno che mi soffermi ad illustrare le caratteristiche etiche e professionali che raccomandano questa illustre Personalità, ex allievo dell'Università Cattolica del Sacro Cuore, oggi nelle migliori condizioni per assumere la nuova responsabilità in quanto libero da altri incarichi:

Profitto volentieri dell'occasione per trasmettere a Lei, Eminenza, ed agli altri illustri Membri dell'Istituto il benedicente saluto di Sua Santità.

Unisco anche l'espressione dei miei personali deferenti ossequi e mi confermo

di Vostra Eminenza Reverendissima

dev.mo nel Signore

✠ Tarcisio Card. Bertone

Segretario di Stato

Quede claro que no hago oposición a que, tras haber nombrado un sucesor, renovado con sabiduría los órganos, pero, sobre todo, tras haber referido en detalle a Usted y esperado su opinión, sea posible evaluar la oportunidad de empezar los expedientes institucionales para elegir a otro presidente. Mi disponibilidad es plena y total. Lo que me anima no es conservar mi cargo, sino cumplir con mis obligaciones y dejar una Institución en las mejores condiciones para servir a la Universidad, a la Iglesia italiana y Universal, de manera específica a los jóvenes y no a los intereses particulares o de una parte.

Tettamanzi no solo no recibió respuesta alguna del Sumo Pontífice, sino que, tres meses después de haber enviado la carta al papa, fue sustituido en el cargo de arzobispo de Milán por el cardenal Angelo Scola, el candidato recomendando por el presidente de Comunión y Liberación. Asimismo, el 7 de julio de 2011, el cardenal Attilio Nicora, otro de los enemigos de Bertone, dimitió como presidente de la poderosa Administración de Patrimonio de la Sede Apostólica (APSA).

Aunque el secretario de Estado Bertone se quitaba así dos molestas chinas del zapato, sabía también que en el hipotético caso de que se convocase un cónclave antes de dos años, tendría tanto en Tettamanzi como en Nicora dos serios enemigos y rivales bajo la Capilla Sixtina. Dionigi Tettamanzi dejará de ser cardenal-elector al cumplir la edad límite de ochenta años, el 14 de marzo de 2014. Attilio Nicora lo hará el 16 de marzo de 2017.

[Página 1 de 3]

DIONIGI CARD. TETTAMANZI
ARCIVESCOVO DI MILANO

Roma, 28 marzo 2011

sabato 26 marzo mattina per fax è arrivata alla mia attenzione, in qualità di Presidente dell'Istituto Giuseppe Toniolo di Studi Superiori, una lettera "riservata – personale" del Segretario di Stato, che mi induce, in un tempo che dovrebbe essere destinato con più abbondanza alla meditazione e alla preghiera in vista della conversione, a sottoporre direttamente alla Sua persona alcune spiacevoli considerazioni.

La lettera in oggetto prende le mosse dalla mia nomina a Presidente dell'Istituto nel 2003, pochi mesi dopo il mio ingresso a Milano, sostituendo il Sen. Emilio Colombo, dimissionario non tanto a causa di modifiche statutarie, come affermato nello scritto, ma per più consistenti ragioni legate alla sua condotta personale e pubblica. Rilevo peraltro che la richiamata "prassi risalente alle fasi iniziali dell'Istituto" secondo la quale sarebbe la Segreteria di Stato a indicare il nome del Presidente non mi risulta abbia fondamento in sede storica.

L'accenno ad un originario "biennio" di carica, anch'esso senza alcun riscontro, e a un tempo di governo prolungato è l'unico motivo che viene addotto per procedere immediatamente nella coazione al mio dimissionamento come Presidente dell'Istituto e Membro del Comitato Permanente, al rinnovo direttamente a opera della Santa Sede dei membri in scadenza del Comitato Permanente, al congelamento di ogni provvedimento o decisione circa nomine, incarichi e attività gestionali dell'Istituto fino alla nomina del nuovo Presidente, tassativamente entro il prossimo 10 aprile, nella persona del Prof. Giovanni Maria Flick. Annoto a margine che il candidato, sul cui profilo gravano non poche perplessità, sorprendentemente è già stato avvisato della cosa da parte della Segreteria di Stato.

Tutte queste sanzioni, riprese puntualmente dalla lettera che allego - misure senza dubbio gravissime, nel merito e nel metodo, in riferimento all'Istituto Toniolo, all'Università Cattolica del Sacro Cuore cui è preposto, nonché alla mia persona, in particolare in quanto Arcivescovo di Milano -, sono direttamente ricondotte all'esplicito volere di Vostra Santità, cui lo scritto fa continuamente riferimento.

Ben conoscendo la mitezza di carattere e delicatezza di tratto di Vostra Santità e avendo serena coscienza di avere sempre agito per il bene dell'Istituto e della Santa Chiesa, con trasparenza e responsabilità e senza avere nulla da rimproverarmi, sorgono in me motivi di profonda perplessità rispetto all'ultima missiva ricevuta e a quanto viene attribuito direttamente alla Sua persona.

Carta de Dionigi Tettamanzi a Benedicto XVI en la que le pregunta si sabe algo de su cese como presidente del Instituto Giuseppe Toniolo de Estudios Superiores de Milán por parte de Bertone. 28 de marzo de 2011.

2
PAOLO GABRIELE, ¿ÁNGEL O DEMONIO?

—Santidad. Ya es la hora —decía Paolo Gabriele cada mañana a las seis y media para despertar al Sumo Pontífice. Después le ayudaba en la misa de las siete, le servía el desayuno a las ocho, el almuerzo a la una y media, y la cena a las siete y media. Al caer la tarde, acompañaba a Benedicto XVI en su paseo diario por los jardines vaticanos, elegía la menta perfumada para la infusión papal, le suministraba las medicinas recetadas por el médico vaticano y, sobre las nueve de la noche, le ayudaba a desvestirse y a meterse en la cama.

—Buenas noches, Paoletto —decía el Sumo Pontífice.

—Buenas noches, Santidad —respondía el fiel mayordomo.

Este fue el programa diario del mayordomo papal, durante trescientos sesenta y cinco días al año, hasta el miércoles 23 de mayo de 2012. Ese día, ocho agentes de la Gendarmería vaticana, al mando de su comandante en jefe, Domenico Giani, entraban en un piso de la vía Porta Angelica, en el mismo edificio donde residía la madre de Emanuela Orlandi, la adolescente desaparecida en 1983[1]. Giani apretó el timbre y esperaron. Poco después, la esposa de Paolo Gabriele abrió la puerta.

—Señora Gabriele, traemos una orden de detención contra su esposo y una orden de registro —anunció Giani dando paso a los gendarmes al interior de la residencia del mayordomo del papa.

Pocos minutos después llegó al piso el propio Gabriele, alertado por su esposa. Al mayordomo no le dio tiempo a decir nada. Dos gendarmes vaticanos se acercaron a él, le pusieron las manos a la espalda y lo esposaron. Después fue trasladado en un vehículo Fiat Brava de color negro, con matrícula SCV, al cuartel general del Cuerpo de la Gendarmería del Estado de la Ciudad del Vaticano, en el Palazzo del Tribunale, en la Piazza Santa Marta.

---

[1] Véase el capítulo 9: «Emanuela Orlandi, un fantasma del pasado».

—¿De qué se me acusa?, ¿De qué se me acusa?... —repetía una y otra vez Gabriele a los agentes que le habían detenido.

EL COMIENZO DE TODO

Para saber los motivos de la detención de Paolo Gabriele, romano de cuarenta y dos años, casado, con tres hijos y uno de los hombres más cercanos al Sumo Pontífice, habría que remontarse al miércoles 25 de enero de 2012. Esa noche, el canal privado de televisión La7 emitía en el programa *Los Intocables,* dirigido por el periodista Gianluigi Nuzzi, un especial sobre el *«Wikileaks* del Vaticano». El periodista mostraba a la audiencia la carta enviada por monseñor Carlo Maria Viganò al papa, en la que denunciaba «la corrupción y mala gestión» en la Gobernación del Estado Vaticano[2].

Rápidamente, la maquinaria vaticana se puso en movimiento para contrarrestar el golpe dado a la imagen de la Santa Sede por el canal de televisión. El padre Federico Lombardi expresó en un comunicado su «amargura por la difusión de documentos reservados», advirtiendo a los dirigentes de La7 sobre posibles acciones legales por parte del Estado Vaticano.

Los Servicios de Información de la Gendarmería vaticana se pusieron en marcha de inmediato, así como los Servicios de Inteligencia de la Santa Sede. Todos los agentes tenían la misma orden: descubrir al topo que estaba filtrando los documentos reservados. El padre Federico Lombardi denunció públicamente la existencia de un *Wikileaks* en el corazón de la Santa Sede con el fin de desacreditar a la Iglesia, ya que las filtraciones de documentos «reservados» vaticanos a los medios italianos mostraban claramente duros enfrentamientos entre los departamentos de la curia, luchas de poder entre «bertonianos» y «diplomáticos» en el seno de la Secretaría de Estado, corrupción en el IOR, malgasto y despilfarro en secciones de la Gobernación, intentos de asesinar al papa, etc. Sin embargo, pese a todos los comentarios, editoriales y titulares de los principales medios de comunicación sobre los documentos filtrados, Benedicto XVI salió en defensa de su número dos, el cardenal secretario de Estado Tarcisio Bertone. Los documentos mostrados en el programa de Nuzzi intentaban presentar a Bertone y a su aliado, el cardenal Giuseppe Bertello, todopoderoso jefe de Gobernación del Estado de la Ciudad del Vaticano, como enemigos acérrimos de la nueva línea ordenada por Benedicto XVI de cooperación financiera con las autoridades monetarias internacionales, con el objetivo de que el Vaticano entrase en la llamada «lista blanca» del Consejo de Europa, en la que están incluidos todos aquellos estados que combaten el blanqueo de capitales, la evasión fiscal y la financiación del terrorismo.

---

[2] Véase el capítulo 7, «Monseñor Viganò, un "decente" en la corte de San Pedro».

Pese a todo, las filtraciones continuaron, y el martes 24 de abril de 2012, el Sumo Pontífice ordenó la creación de una Comisión Cardenalicia de Investigación, presidida por el cardenal español Julián Herranz, un hombre del Opus Dei. La primera reunión del comité se celebró el viernes 27 de abril, y en ella se estableció el calendario de trabajo y el método operativo para descubrir a los culpables de las filtraciones. El martes 1 de mayo se celebró una reunión entre altos cargos de la AISI (Agencia de Información y Seguridad Interna), los Servicios de Inteligencia italianos y una representación de la Entidad, el Servicio Secreto vaticano, y la Gendarmería. En el encuentro, los italianos informaron a sus homólogos vaticanos que la filtración procedía del entorno «muy muy cercano al Sumo Pontífice».

El 19 de mayo salió a la venta el libro de Gianluigi Nuzzi titulado *Sua Santitá. Le Carte segrete di Benedetto XVI,* que a los pocos días ya encabezaba las listas de ventas italianas. En el libro, de trescientas veintiséis páginas, Nuzzi hace un repaso a los documentos filtrados, pero publica un anexo con solo veintitrés documentos. El miércoles 23 de mayo, por la tarde, efectivos de la Gendarmería vaticana detuvieron a Paolo Gabriele, mayordomo del papa, como autor de las filtraciones de documentos a la prensa. En el registro, los gendarmes descubrieron cajas repletas de documentos «confidenciales» y todo lo necesario para escanearlos y digitalizarlos. En solo dos días, el 23 y el 24 de mayo, dos de los colaboradores más cercanos del papa, su mayordomo y su banquero, fueron expulsados del «sagrado círculo» papal. El primero, Paolo Gabriele, acusado de ser un traidor, un topo y un cuervo; el segundo, Ettore Gotti Tedeschi, de dejación de sus funciones y de haber perdido la razón.

¿ÁNGEL O DEMONIO?

La noticia de la detención de Paolo Gabriele no se hizo pública hasta el sábado 26 de mayo, a través de un breve comunicado del padre Federico Lombardi:

> Confirmo que la persona arrestada el miércoles por la tarde por posesión ilícita de documentos reservados, encontrados en su casa situada en territorio vaticano, es el señor Paolo Gabriele, que permanece en estado de detención.
>
> Se ha concluido la primera fase de «instrucción sumaria» bajo la dirección del promotor de Justicia, profesor Nicola Picardi, y ha comenzado la fase de «instrucción formal», dirigida por el juez instructor, profesor Piero Antonio Bonnet.
>
> El imputado ha nombrado a dos abogados de su confianza, habilitados para actuar ante el Tribunal Vaticano, y ha tenido la posibilidad

de reunirse con ellos. Podrán asistirlo en las sucesivas fases del procedimiento. El imputado goza de todas las garantías jurídicas previstas por los códigos penales y de procedimiento penal en vigor en el Estado de la Ciudad del Vaticano.

La fase de instrucción proseguirá hasta que se adquiera un cuadro adecuado de la situación objeto de investigación; después, el juez instructor procederá al sobreseimiento o al envío a juicio[3].

El miércoles 30 de mayo, al final de la Audiencia General, Benedicto XVI declaró:

> Los acontecimientos que han tenido lugar en estos días sobre la curia y mis colaboradores han traído tristeza a mi corazón, pero no ha ofuscado nunca la firme certeza de que, no obstante la debilidad del hombre, las dificultades y las pruebas, la Iglesia está guiada por el Espíritu Santo y el Señor no le negará jamás su ayuda para sostenerla en su camino [...]. Sin embargo, se han multiplicado las conjeturas, amplificadas por algunos medios de comunicación, del todo gratuitas y que han ido más allá de los hechos, ofreciendo una imagen de la Santa Sede que no corresponde a la realidad. Deseo por tanto alentar y renovar mi confianza, mi ánimo a mis más estrechos colaboradores y a todos aquellos que, diariamente, con fidelidad, con espíritu de sacrificio y en el silencio me ayudan en el cumplimiento de mi ministerio.

El mismo día, el diario *L'Osservatore Romano* publicó una entrevista al obispo Giovanni Angelo Becciu, sustituto del secretario de Estado. Se llegaba a decir que la misma entrevista había sido propiciada por su jefe, el cardenal Tarcisio Bertone. «En las personas con quienes me he encontrado en estas horas —afirmó Becciu—, tras mirarnos a los ojos, ciertamente he descubierto desconcierto y preocupación, pero también he visto la decisión de continuar el servicio silencioso y fiel al papa». Como es lógico, esta es la actitud que se viene respirando cada día en la vida de las oficinas de la Santa Sede y del pequeño mundo vaticano, pero, obviamente, no es noticia en el diluvio mediático que se ha desencadenado tras los graves y desconcertantes sucesos de los últimos meses. En este contexto, monseñor Becciu midió con suma precisión sus palabras para subrayar «el resultado positivo de la investigación, aunque se trata de un resultado amargo. Además, preocupan y entristecen por las modalidades de la información, que suscitan reconstrucciones fantasiosas que de ningún modo corresponden a la realidad». Nuevamente, un alto cargo de la curia acusaba a la prensa de tergiversar las informaciones desveladas por los documentos filtrados por Paolo Gabriele. El sustituto explicó en la entrevista cuál es el estado de ánimo de Benedicto XVI:

---

[3] Véase   http://www.vis.va/vissolr/index.php?vi=es&dl=705e5238-05cd-642f-2189-4fc36faabdea&dl_t=text/xml&dl_a=y&ul=1&ev=1.

Entristecido, porque, de acuerdo con lo que se ha podido certificar hasta ahora, alguien cercano a él parece responsable de comportamientos injustificables desde cualquier punto de vista. Ciertamente, en el papa prevalece la piedad por la persona implicada. Pero no deja de ser verdad que el ataque que ha sufrido es brutal. Benedicto XVI ha visto cómo se publicaban documentos robados de su casa, papeles que no son simplemente correspondencia privada, sino informaciones, reflexiones, manifestaciones de conciencia, incluso desahogos que ha recibido únicamente en razón de su ministerio. Por eso el Pontífice está especialmente dolido, entre otras razones por la violencia sufrida por los autores de las cartas o de los escritos dirigidos a él.

Respecto al hecho de la filtración de documentos, que Bertone había calificado en su momento de «poco importantes», Becciu afirmó todo lo contrario:

Considero que la publicación de las cartas robadas es un acto inmoral de inaudita gravedad. Sobre todo, repito, porque no se trata únicamente de una violación, ya en sí gravísima, de la reserva a la que cualquiera tiene derecho, sino también de un vil ultraje a la relación de confianza entre Benedicto XVI y quien se dirige a él, aunque fuera para expresar en conciencia una protesta. Razonemos: no solo se han robado documentos al papa; se ha violado la conciencia de quien se dirige a él como al Vicario de Cristo, y se ha atentado contra el ministerio del Sucesor del Apóstol Pedro. Varios documentos publicados se enmarcan en un contexto que se supone de total confianza. Cuando un católico habla al Romano Pontífice, tiene el deber de abrirse como si estuviera ante Dios, también porque se siente garantizado de una absoluta reserva.

Monseñor Giovanni Angelo Becciu no dejó escapar la oportunidad de atacar abiertamente a la prensa por hacerse eco de las filtraciones:

Pienso que en estos días, por parte de periodistas, además del deber de informar de lo que está sucediendo, debería haber también una preocupación ética, es decir, deberían tener la valentía de distanciarse netamente de la iniciativa de un colega suyo que no dudo en definir como criminal. Un poco de honradez intelectual y de respeto de la ética profesional más elemental no harían mal al mundo de la información.

Becciu expresó también su opinión sobre la importancia de los documentos filtrados:

Me parece que detrás de algunos artículos se esconde una hipocresía de fondo. [...] Muchos documentos publicados no revelan luchas o venganzas, sino la libertad de pensamiento que, en cambio, según las acusaciones, la Iglesia no permite. En suma, no somos momias, y los diversos puntos de vista, incluso las valoraciones opuestas, son más bien normales. Si alguien se siente incomprendido, tiene pleno derecho a dirigirse al Pontífice. ¿Dónde está el escándalo? Obediencia no significa renunciar a tener un juicio propio, sino manifestar con sinceridad y hasta el fondo la propia opinión, para después acatar la decisión del superior. Y no por cálculo, sino por adhesión a la Iglesia querida por Cristo. Son elementos fundamentales de la visión católica.

Y monseñor Becciu terminó la entrevista respondiendo sobre las supuestas luchas intestinas dentro del Vaticano:

> Yo no percibo ese ambiente y es lamentable que se tenga una imagen tan deformada del Vaticano. Pero esto nos debe hacer reflexionar y nos debe estimular a todos a esforzarnos a fondo por reflejar una vida más marcada por el Evangelio[4].

Las declaraciones del alto miembro de la curia no calmaron los ánimos; más bien al contario. Los rumores volvieron a desatarse, llegando incluso a afirmarse que el Sumo Pontífice, muy afectado por la detención de Paolo Gabriele, habría pensado presentar su dimisión y retirarse a un monasterio en Baviera. El jueves 31 de mayo de 2012 la Oficina de Prensa de la Santa Sede salió nuevamente al paso de las informaciones en los medios italianos con la siguiente nota de prensa:

> Respecto a las preguntas sobre una posible dimisión del papa, hipótesis mantenida por diversos medios de comunicación, el padre Lombardi afirmó que se trata de elucubraciones de algunos periodistas sin base a la realidad. La curia ha expresado su solidaridad al Pontífice y sigue trabajando en plena comunión con el Sucesor de Pedro: «Este es precisamente el momento adecuado para demostrar estima, aprecio por el Santo Padre, por el servicio que realiza; para mostrar plena solidaridad con él y, por tanto, demostrar unión, unidad y coherencia en el modo de hacer frente a esta situación». El padre Lombardi subrayó que es importante que la comunicación sobre este evento doloroso para el papa y la Iglesia esté inspirada en criterios de verdad rigurosa: «Me parece —dijo— que existe una línea de voluntad de verdad, de claridad, de voluntad de transparencia que, aunque necesita tiempo, avanza. Estamos tratando de gestionar una situación nueva. Buscamos la verdad, intentamos entender qué ha sucedido objetivamente. Pero, antes de hablar, es necesario haberlo entendido con seguridad, por respeto a las personas y a la verdad».
>
> El padre Lombardi explicó a los periodistas que sería necesario esperar para tener un cuadro completo de la situación, ya que las investi-

---

[4] Véase http://www.osservatoreromano.va/portal/dt?JSPTabContainer.setSelected= JSPTabContainer%2FDetail&last=false=&path=/news/interviste/2012/124q12-A-colloquio -con-il-sostituto-della-Segreter.html&title=Los%20papeles%20robados%20del%20 Papa&locale=es.

gaciones y los interrogatorios formales se encuentran aún en un nivel preliminar. Los órganos interesados en esta fase son la magistratura vaticana y la comisión cardenalicia.

El director de la Oficina de Prensa refirió también que ayer por la mañana el único acusado, Paolo Gabriele, mantuvo un diálogo con sus abogados, que probablemente presentarán una instancia de libertad vigilada o arresto domiciliario para su defendido. Asimismo, el padre Lombardi desmintió algunos detalles publicados por la prensa, como que en la casa de Gabriele se hubieran encontrado paquetes de documentos preparados para ser enviados a destinatarios específicos. «El material encontrado en manos del ayuda de cámara —dijo el Padre Lombardi— está siendo aún estudiado y catalogado».

La justicia penal del Estado Vaticano comenzó los interrogatorios a Paolo Gabriele. El martes y el miércoles 5 y 6 de junio, el mayordomo sufrió dos sesiones interminables de preguntas en presencia de sus dos abogados, Carlo Fusco y Cristiana Arru. Los fiscales y los agentes del Servicio Secreto y de la Gendarmería no se enfrentaban a un caso de tanta envergadura desde que, el 14 de enero de 1998, el cabo Cedric Tornay asesinase, antes de suicidarse, a Alois Estermann, comandante de la Guardia suiza, y a la esposa de este, la venezolana Gladys Meza Romero, en el apartamento privado del jefe del Ejército papal. Este era realmente el primer caso de espionaje ocurrido en el interior de los muros vaticanos desde que la Entidad descubriera en la década de los sesenta que Alighiero Tondi, jesuita y secretario del papa Pablo VI, era en realidad un topo del KGB[5].

Fueran los que fuesen los motivos que llevaron a Paolo Gabriele a robar documentos al papa, todo el mundo se preguntaba quién era realmente este hombre de cuarenta y dos años que entró en 2006 al servicio de Benedicto XVI como ayudante de cámara. Paolo Gabriele comenzó su servicio dentro de los apartamentos papales, hace más de una década, tras prestar servicio en la Casa Pontificia, a las órdenes de monseñor James Harvey. Cuando Angelo Gugel, el mayordomo principal, decidió retirarse, Gabriele pasó a ocupar esa posición. Los que le conocían lo definían como un hombre de muy buena presencia, tímido, reservado, extremadamente religioso y absoluto devoto de la santa polaca Faustina Kowalska, conocida popularmente como Santa Faustina, la monja fallecida en Cracovia en 1938 cuando tenía treinta y tres años. Gabriele trabajó durante un tiempo para el anterior papa, Juan Pablo II, hasta que finalmente se convirtió en el jefe de ayudas de cámara de Su Santidad en 2006. No solo le despertaba o le ayudaba a desvestirse antes de acostarse, sino que le pasaba las gafas, le doblaba los periódicos, e incluso cubría a Benedicto XVI con su gran paraguas negro. Todo por el papa.

---

[5] Eric Frattini, *La Santa Alianza, cinco siglos de espionaje vaticano. De Pío V a Benedicto XVI*, Espasa, Madrid, 2004.

El sábado 23 de junio varios medios de comunicación italianos y extranjeros se hacían la misma pregunta: ¿dónde está el mayordomo del papa? Habían transcurrido treinta y un días desde que Paolo Gabriele fuera detenido por los agentes vaticanos. Encerrado en una celda de cuatro por cuatro metros, el mayordomo permanecía las veinticuatro horas del día incomunicado. No veía absolutamente a nadie; la comida se la pasaba un soldado de la Guardia suiza por debajo de la puerta a través de una trampilla, y ni siquiera tenía algo que leer, pues se le había negado un ejemplar de la Biblia. Algunos periódicos afirmaban que el Vaticano y su Guardia suiza tenían sometido a Gabriele a «un sistema carcelario parecido al cubano o al de Guantánamo».

UNA COMISIÓN PARA LA OSCURIDAD

Todos en el Vaticano seguían preguntándose por los motivos de la filtración. Desde la reunión con la AISI italiana, la Gendarmería y la Entidad (el Servicio Secreto del Vaticano) pisaban los talones al mayordomo papal, pero el periódico *Corriere della Sera* lanzó la teoría de que, posiblemente, el mayordomo habría cooperado haciendo de «cebo» con las autoridades vaticanas para sacar a la luz al resto de «conjurados» a cambio de un perdón papal. De hecho, la Entidad había colocado en la mesa de trabajo del Sumo Pontífice un documento falso en una carpeta, con el sello de «Bajo Secreto Pontificio», a la espera de que Paolo Gabriele picase el anzuelo, como, en efecto, ocurrió. El falso documento fue encontrado durante el registro de la casa del mayordomo por los agentes de la Gendarmería el mismo día en que Gabriele fue detenido.

Paolo Gabriele, que mantiene la doble nacionalidad italiana y vaticana, podría enfrentarse a una condena de treinta años de prisión por cargos de «robo de correspondencia del jefe del Estado» y por «atentar contra la Seguridad del Estado Vaticano». Se sabe que escribió de su puño y letra una carta dirigida al Santo Padre pidiéndole perdón por el daño causado con sus filtraciones y asegurándole estar arrepentido. Inmediatamente después de recibirse esa carta en la Secretaría privada del papa, el juez Piero Bonnet decretó la libertad condicional y el arresto domiciliario de Gabriele, que hasta ese momento había permanecido incomunicado en una celda de las dependencias de la Guardia suiza. Al parecer, la llamada del propio Benedicto XVI al juez instructor propició un cambio de su situación como recluso. «Tengo todos mis derechos protegidos. Puedo ver a mis familiares, a mis abogados defensores y puedo asistir a misa», declaró el propio Gabriele a través de sus abogados.

En la nota de prensa del 31 de mayo, se informaba que Paolo Gabriele residiría en su casa del Vaticano junto a su familia, «observando las disposiciones del juez en materia de contactos y relaciones con terceras personas». Al final del texto oficial emitido por la Oficina de Prensa de la Santa Sede se decía lo siguiente: «Por su parte, la Comisión Cardenalicia ha entregado hace algunos días al Santo Padre el informe final de sus trabajos». Como ya dijimos, la Comisión Cardenalicia estaba formada por el cardenal español Julián Herranz, de ochenta y dos años, expresidente del Consejo Pontificio para los Textos Legislativos y miembro del Opus Dei desde 1949; por el cardenal eslovaco Jozef Tomko, de ochenta y ocho años y prefecto emérito de la Congregación para la Evangelización de los Pueblos, y por el cardenal italiano Salvatore de Giorgi, de ochenta y dos años, miembro de la Congregación para el Clero y de la Congregación para el Culto Divino y los Sacramentos, miembro también de los Pontificios Consejos para los Laicos y para la Familia y amigo personal del papa. En las manos de estos tres hombres quedaba el descubrir no solo quién estaba detrás de las «filtraciones», sino, además, el dar a conocer a Benedicto XVI los motivos y los nombres de todos los «cuervos» implicados.

Sobre los motivos que llevaron a Paolo Gabriele a filtrar los documentos vaticanos existen tres versiones que los jueces deberán barajar a la hora de enjuiciar al mayordomo papal: la primera sostiene que la filtración de documentos solo respondía a un interés económico, aunque, por otro lado, la prensa jamás realizó pago alguno a Gabriele; la segunda sostiene que Gabriele lo hizo por un deseo altruista, con el objetivo de sacar a la luz los casos flagrantes de corrupción en el interior del Vaticano; y la tercera, la más defendida por la prensa italiana y los agentes que investigan el asunto, viene a decir que Gabriele no es más que un chivo expiatorio, un instrumento en manos de un sector de la curia, posiblemente de los «diplomáticos» liderados por Angelo Sodano, para intentar desacreditar al cardenal secretario de Estado Tarcisio Bertone y evitar así un posicionamiento favorable ante una posible sucesión de Benedicto XVI.

El propio cardenal Bertone, blanco de las filtraciones, se vio obligado a aparecer en la televisión pública italiana, desde donde llamó a «la cohesión interna para combatir los ataques dirigidos, a veces feroces, desgarradores y organizados. El papa no se deja atemorizar por los ataques ni por las duras críticas de aquellas personas con grandes prejuicios». La verdad es que no es necesario ser un experto vaticanista para llegar a la conclusión de que existen más «cuervos» de lo que la Santa Sede cree.

Sin necesidad de leer el informe de la Comisión Cardenalicia, son muchos los que piensan, dentro y fuera de los muros vaticanos, que la versión oficial será que Paolo Gabriele actuó solo, sin cómplices y con la única intención de ayudar a Benedicto XVI a limpiar la Iglesia que lidera. El método —dirá el informe— será ir sacando a la luz un sinfín de documentos secretos para poner sobre el tapete las impías guerras intestinas de poder que se libran en el pequeño Estado. No es del todo disparatado pensar que esa será la versión oficial. Sobre todo si se tiene en cuenta que ocho meses después de las primeras filtraciones, Paolo Gabriel, alias *Paoletto*, el único detenido, ya ha abandonado su prisión, parece dispuesto a asumir toda la culpa y ha perdido perdón al papa mediante una carta escrita de su puño y letra. Algunos interesados miembros de la curia comienzan ya a encogerse de hombros y a afirmar que si Juan Pablo II perdonó al terrorista turco Mehmet Ali Agca después de que le disparase en mayo de 1981, ¿cómo no va a perdonar Benedicto XVI a Paolo Gabriele, al que consideraba como un hijo hasta que se descarrió, por el simple hecho de filtrar unos documentos secretos a la prensa?

TRES «CUERVOS» MÁS SOBREVUELAN EL VATICANO

Cuando parecía que las aguas volvían a su cauce, el diario *La Repubblica* lanzó una nueva bomba informativa al afirmar que había tres «cuervos» más sobrevolando el Vaticano y filtrando documentos confidenciales. El primero de ellos sería monseñor Josef Clemens, exsecretario personal de Joseph Ratzinger; el segundo, el cardenal Paolo Sardi, exvicecamarlengo, y el tercero, la alemana Ingrid Stampa, el ama de llaves de Benedicto XVI.

Clemens, que nació el 20 de junio de 1947 en la ciudad alemana de Siegen, estudió Teología Moral en la Universidad Gregoriana de Roma, obteniendo el doctorado en 1983. Un año después fue nombrado secretario personal del poderoso cardenal Joseph Ratzinger, prefecto de la Congregación para la Doctrina de la Fe. El 12 de febrero de 2003 el papa Juan Pablo II nombró a Clemens subsecretario de la Congregación para los Institutos de la Vida Consagrada y Sociedades de Vida Apostólica. El 6 de enero de 2004 recibió la orden episcopal de manos del propio Ratzinger, que además le nombró secretario del Consejo Pontificio para los Laicos. Siendo ya el papa Benedicto XVI, Ratzinger lo designó obispo titular de Segermes. Monseñor Clemens fue secretario de Joseph Ratzinger durante diecinueve años, hasta que traspasó el cargo al padre Georg Gänswein[6], alemán como él. Josef Clemens es un fiel seguidor del cardenal Angelo Sodano, líder de los «diplomáticos», a quien le debe su ascenso en la curia durante los últimos años del pontificado de Juan Pablo II.

El segundo «cuervo» sería el cardenal Paolo Sardi. Nacido el 1 de septiembre de 1934 en la ciudad italiana de Ricaldone, Sardi ocupó diversos cargos en la Secretaría de Estado desde 1976. En 1992 fue designado vicecanciller para Asuntos Generales y cuatro años después, el

---

[6] Desde 2003 fue asistente personal del cardenal Ratzinger, cargo que se reconfirma el 19 de abril de 2005, cuando Ratzinger asumió el título de Sumo Pontífice. En 2006, Gänswein recibió el título de obispo, al tiempo que fue honrado también con el título de Prelado de Honor de Su Santidad.

papa Juan Pablo II lo nombró nuncio apostólico para Responsabilidades Especiales. En octubre de 2004 el cardenal Sardi fue elegido por el Sumo Pontífice como vicecamarlengo de la Santa Iglesia Romana. En enero de 2009, tras la muerte del cardenal Pio Laghi, Sardi fue nombrado patrón de la Soberana y Militar Orden de Malta, donde logra que se produzca un importante acercamiento entre la Orden y la Santa Sede. A finales de 2010, Benedicto XVI le concedió el birrete cardenalicio y en diciembre de ese mismo año fue nombrado miembro de la Congregación para los Institutos de la Vida Consagrada y de las Sociedades para la Vida Apostólica, los Santos y el Consejo Pontificio para los Laicos, donde coincidió con el obispo Josef Clemens.

El tercero sería una mujer. Nacida en 1950 en la ciudad alemana de Uedem, Ingrid Stampa ejerció durante un tiempo como profesora de música tras graduarse con solo dieciocho años en la Academia de Música de Basilea. En 1975 ejerció como profesora de música en un colegio católico de Suiza, y desde 1976 hasta 1980 fue profesora de música medieval en Hamburgo. En 1991, tras la muerte de Maria Ratzinger, hermana del futuro papa, Stampa asumió el puesto de ama de llaves del Pontífice. El escritor Alexander Smoltczyk, en su libro *Vaticanistán,* dedica unas cuantas páginas a Ingrid Stampa, a quien llega a comparar con la religiosa sor Pasqualina Lehnert, la poderosa ama de llaves y asistente que fue sombra y báculo del papa Pío XII y a la que apodaron con el sobrenombre de la *Papisa*[7]. Lo cierto es que Stampa, adscrita a la Secretaría de Estado, tradujo al alemán varios libros de Juan Pablo II y se vanagloria de ser la única persona capaz de entender la caligrafía de Benedicto XVI[8].

Según *La Repubblica,* el hilo que une a Clemens, Sardi y Stampa sería el rechazo, compartido por los tres, a la forma de actuar y filtrar los asuntos importantes al Sumo Pontífice por parte de su secretario Georg Gänswein. «Habrá muchas sorpresas», dijo el cardenal Julián Herranz, presidente de la Comisión Cardenalicia nombrada por el papa para descubrir la verdad acerca de documentos filtrados y publicados en los medios de comunicación. Y parece ser que las sorpresas pueden llegar más pronto que tarde.

Hasta ahora, cuando la prensa publicaba alguna información sobre el Vaticano, la política de la Santa Sede era la de guardar silencio absoluto y sagrado. Sin embargo, eso parece estar a punto de cambiar. Ante las informaciones aparecidas en *La Repubblica* sobre los tres nuevos «cuervos», la Santa Sede emitió una nota informativa el mismo día en que apareció publicado el artículo:

> A propósito de los artículos publicados últimamente en Italia y Alemania sobre la investigación relativa a la difusión de documentos reser-

---

[7] Alexander Smoltczyk, *Vatikanistan*, Abschnitt, Munich, 2008.
[8] *Spiegel,* «Die Haushälterin des Papstes war Professorin», 2 de mayo de 2005.

vados, que insinúan graves sospechas de complicidad por parte de algunas personas cercanas al Santo Padre, la Secretaría de Estado expresa su reprobación más firme y total. Esas publicaciones no están fundadas sobre argumentos objetivos y perjudican gravemente el honor de las personas mencionadas, que desde hace muchos años están al servicio fiel del Pontífice.

Lo afirma, en una nota emitida esta mañana, el padre Federico Lombardi, director de la Oficina de Prensa de la Santa Sede, agregando que «el hecho de que todavía no se hayan dado a conocer los resultados de la investigación por parte de las autoridades encargadas de ello, no legitima, de ningún modo, la difusión de interpretaciones y textos infundados y falsos. No es esta la información a la que el público tiene derecho».

Al mismo tiempo, en un texto difundido por Radio Vaticano, el director de la Oficina de Prensa puntualizaba que había repetido muchas veces que «el hecho de haber sido escuchados por una comisión en el curso de una investigación no significa, de ninguna manera, estar bajo sospecha. Era obvio que las tres personas indicadas en el artículo (Ingrid Stampa, el cardenal Paolo Sardi y el obispo Joseph Clemens) pudieran ser escuchadas, pero esto no lleva aparejado que sean sospechosas de "corresponsabilidad" y "complicidad"».

Por cuanto respecta a un «alejamiento» de sus cargos, el cardenal Sardi terminó su tarea en la Secretaría de Estado cuando ya había cumplido setenta y cinco años; la señora Stampa continúa trabajando en la Secretaría de Estado y el arzobispo Clemens es secretario del Pontificio Consejo para los Laicos desde hace años, y es falso que hayan recibido del papa una carta como la que se describe en el artículo de *Die Welt* [carta a la que el diario italiano *La Repubblica* se refiere solo de forma indirecta].

Paolo Gabriele comparecerá a juicio junto a Claudio Sciarpelletti, un informático romano de cuarenta y ocho años que trabajaba en la Secretaría de Estado. Este último, acusado de encubrimiento, estaba bajo arresto domiciliario desde el mes de mayo pasado. Además, al anunciar el enjuiciamiento de Gabriele y Sciarpelletti, la Oficina de Prensa del Vaticano hizo público que los agentes de la Gendarmería vaticana encontraron en la casa del mayordomo papal un cheque a nombre del papa por un valor de cien mil euros que provenía de la Universidad Católica San Antonio de Murcia, una pepita de oro y una copia de 1581 de la *Eneida,* la epopeya latina escrita por Virgilio en el siglo I a.C. Gabriele que permanece bajo arresto domiciliario tras pasar en completo aislamiento durante dos meses en una celda bajo la vigilancia de la Guardia suiza, podría enfrentarse a una condena de hasta seis años de prisión por una filtración de documentos que se inició en el año 2006 y que, con el paso del tiempo, se convirtió en un auténtico colador.

Bajo la premisa de que la mejor defensa es un buen ataque, la barca de Pedro parece que ha vuelto a retomar su propio rumbo, tras haber estado a punto de hundirse con las filtraciones de documentos secretos a la prensa. Como ha ocurrido en las etapas más convulsas de la historia, el propio papa y la curia están acostumbrados a achicar agua y hacer que el barco siga navegando contra vientos de acusaciones y mareas de corrupción. No obstante, ahora queda lo más difícil. Llegar a buen puerto y contar una historia medianamente creíble. Siendo optimistas, habrá que esperar a que los resultados de la Comisión Cardenalicia se hagan públicos. Siendo pesimistas, lo más probable es que el informe sea «clasificado», incluido en el Archivo Secreto Vaticano y desclasificado dentro de varios siglos.

3
EL IOR: ORIGEN DE UN OSCURO BANCO

Como ampliación de la AOR, fundada por León XIII y que ya había quedado antigua en su funcionamiento, el papa Pío XII creó en 1942 el Instituto para las Obras de Religión, conocido comúnmente como IOR. Se instauraba así una de las instituciones financieras más secretas del mundo, caracterizada por su tendencia a la especulación al más puro estilo de la banca estadounidense, sin ninguna clase de escrúpulos morales y absolutamente libre de cualquier tipo de control por parte de las autoridades bancarias extranjeras. El IOR navegaría desde ese momento por las tormentosas aguas de las finanzas internacionales con una poderosa «patente de corso» firmada por Juan XXIII, Pablo VI, Juan Pablo II y Benedicto XVI, Sumos Pontífices de Roma, para asaltar compañías, violar normas bancarias, lavar dinero del crimen organizado, etc.

PAUL MARCINKUS, EL LADRÓN QUE SURGIÓ DEL FRÍO

En septiembre de 1950 aparece por vez primera por los penumbrosos despachos vaticanos un joven que había sido ordenado sacerdote tan solo tres años antes procedente del frío Chicago, con el fin de realizar un curso en la Universidad Gregoriana. Mide casi un metro noventa, pesa noventa kilos y es aficionado al boxeo. Él mismo se definió como un «niño de la calle» que tuvo que aprender a defenderse en la dureza del barrio de Cicero, cuartel general de Al Capone. Su nombre es Paul Casimir Marcinkus, hijo de inmigrantes lituanos. Tras un corto paso por la Gregoriana decide dirigir sus miras hacia la Pontificia Academia Eclesiástica, lugar donde se forma la élite de la diplomacia de la Santa Sede. Con solo treinta años ocupa ya un puesto de nivel medio en la Secretaría de Estado bajo el pontificado de Pío XII y son muchos los que creen que Marcinkus tiene el apoyo del poderoso cardenal Giovanni Benelli, secretario en la nunciatura de Irlanda, o del también poderoso y ferviente anticomunista cardenal Francis Spellman, quien maneja las relaciones entre el Vaticano y Washington[1]. En realidad, quien protege bajo cuerda al apuesto religioso es nada más y nada menos que el subsecretario de Estado, Giovanni Battista Montini, el futuro Pablo VI[2].

En ese momento, las arcas vaticanas están a rebosar. Tras la muerte de Bernardino Nogara, el banquero papal, la Administración del Patrimonio de la Sede Apostólica (APSA) cuenta con un fondo de 500 millones de dólares, a los que hay que sumar los 940 millones en depósitos en el Instituto para las Obras de Religión (IOR) y que genera en intereses una cantidad cercana a los cuarenta millones de dólares al año. El llamado «Vaticano S. A.» es ese momento toda una realidad gracias a Nogara, a quien el propio Spellman calificaría de este modo: «Después de Cristo, lo más grandioso que ha tenido la Iglesia católica es Bernardino Nogara»[3].

Marcinkus tiene un perfil más cercano al de un banquero que al de un religioso. Fuma puros Montecristo, bebe coñac francés, frecuenta las fiestas y las reuniones de la alta sociedad italiana, se maneja entre los campos de golf y las sacristías, y, como dice el periodista Gianluigi Nuzzi en su magnífico libro *Vaticano, S. A.,* «prefiere los gimnasios a las iglesias». Pero su momento llega cuando Giovanni Battista Montini es elegido Sumo Pontífice, sucediendo a Juan XXIII, en el cónclave que dio comienzo el 19 de junio de 1963 y que terminó dos días más tarde, el 21 de junio, después de cinco fumatas negras.

Montini es un defensor de cambiar absolutamente las reglas del juego en cuanto a materia financiera se refiere y se plantea desarrollar una política agresiva y audaz en el terreno de las inversiones. El cardenal estadounidense Francis Spellman será uno de los arquitectos de esa nueva política y será él quien recomiende vehementemente a Paul Marcinkus al papa[4]. Dos acontecimientos pondrán a Marcinkus en la senda del Sumo Pontífice: la primera tiene lugar en Roma, cuando, durante una visita al centro de la capital italiana, Pablo VI está a punto de ser aplastado por la muchedumbre. El corpulento y deportista religioso entra en acción y aparta a la gente, protegiendo con su propio cuerpo al Pontífice. Al día siguiente, Pablo VI ordena que Marcinkus se convierta en una especie de guardaespaldas privado. Desde ese momento, la figura de este religioso de enorme estatura no se separará de Pablo VI.

[1] Massimo Franco. *Parallel Empires. The Vatican and The United States. Two centuries of Alliance and Conflict,* Doubleday, Nueva York, 2008.

[2] Heribert Blondiau y Udo Gümpel, *El Vaticano santifica los medios. El asesinato del «banquero de Dios»,* Ellago Ediciones, Castellón, 2003.

[3] David A. Yallop, *In God's Name. An Investigation into the murder of Pope John Paul I,* Bantam Books, Nueva York, 1984.

[4] Peter Hebblethwaite, *Pablo VI. El primer papa moderno,* Javier Vergara Editor, Buenos Aires, 1993.

El segundo acontecimiento, que le elevaría a los altares del IOR, sucede en 1970, durante un viaje a Filipinas. Un enajenado mental se lanza armado con un cuchillo contra el papa, siendo detenido por el fornido guardaespaldas. Este hecho le lleva a convertirse en confidente del poderoso secretario del papa, el padre Pasquale Macchi, quien poco después se convertirá en el prefecto de la Entidad, el Servicio Secreto vaticano[5]. En 1971 Paul Marcinkus es nombrado obispo y elegido como secretario del Banco Vaticano, y es entonces cuando pronuncia una frase que le hará celebre: «¿Se puede vivir en este mundo sin dinero? No se puede dirigir la Iglesia con oraciones a María»[6].

UN OSCURO BANQUERO LLAMADO MICHELE SINDONA

La muerte de Juan XXIII anuncia un serio problema financiero para la Santa Sede, pues el Óbolo de Pedro se reduce casi un sesenta y seis por ciento. Esta situación se agrava aún más cuando el Gobierno italiano decide aplicar un impuesto sobre los beneficios financieros que la Santa Sede tiene en bolsa y que cuentan con una exención fiscal promovida por Benito Mussolini en la llamada «circular de San Silvestre» firmada en 1942.

El Vaticano controla en ese momento entre un dos y un cinco por ciento del mercado bursátil. A 31 de diciembre de 1968, el Vaticano debe hacer frente a un pago a la Hacienda italiana cercano a los 1 200 millones de euros en atrasos. Entonces, Pablo VI decide retirar todas las inversiones de la Santa Sede en Italia y trasladarlas a otros países, como Estados Unidos. Para ello utilizan a un hombre llamado Michele Sindona, a quien las autoridades norteamericanas consideran el «blanqueador» de dinero de la mafia, principalmente de Joe Adonis, un alto miembro de la familia Genovese[7].

Sindona y Marcinkus se hacen inseparables y se convierten en el gran escudo financiero del Vaticano en los años siguientes. Otros personajes que van apareciendo en la órbita Sindona-Marcinkus serán Pellegrino de Strobel, Luigi Mennini y monseñor Donato de Bonis. En la década de los setenta se produce el primer gran éxito para la Santa Sede cuando Sindona consigue colocar el Finabank suizo, propiedad del Vaticano, a la familia Genovese, con el fin de blanquear el dinero de estos últimos y al mismo tiempo llenar las arcas papales. Mientras que, en Estados Unidos, Sindona comienza a ser investigado por blanquear dinero proveniente del tráfico de drogas, en los pasillos de San Pedro se le ve como un

---

[5] Eric Frattini, ob. cit., 2004.

[6] Gianluigi Nuzzi, *Vaticano, S. A.*, Ediciones Martínez Roca, Madrid, 2010.

[7] Luigi DiFonzo, *Michele Sindona, el banquero de San Pedro*, Planeta, Barcelona, 1984.

salvador de las finanzas vaticanas. Bajo la orden expresa del papa de trasladar al extranjero, fuera del alcance de la Hacienda italiana, todas las participaciones e inversiones del Banco Vaticano, Paul Marcinkus llega a manejar la mayor exportación de capitales jamás vista en una sola persona. En cuestión de pocos meses, millones y millones de dólares procedentes de las cámaras acorazadas vaticanas van a parar a los bancos suizos mediante la creación de sociedades fantasma en paraísos fiscales. Los banqueros de Luxemburgo, Panamá o Liechtenstein reciben con los brazos y las cámaras acorazadas abiertas el dinero del Vaticano. Una de estas operaciones de ingeniería financiera es la llevada a cabo con la Sociedad General Inmobiliaria (SGI) con un patrimonio superior a los quinientos ochenta y dos millones de dólares. Sindona y Marcinkus venden la participación vaticana en su accionariado, y sus beneficios son desviados a la sociedad Manic S.A., con sede en Luxemburgo. Otra de estas operaciones es la de la Banca Unione: Michele Sindona y Paul Marcinkus transfieren doscientos cincuenta y cuatro millones de dólares de sus reservas al Amincor Bank de Zurich, y desde allí, a otra sociedad fantasma llamada Nordeurop Establishment, con sede en Liechtenstein[8]. El 10 de junio de 1981, el IOR firmará un certificado dirigido al Banco Ambrosiano Andino, con sede en Lima, en el que se reconoce que el Banco Vaticano mantiene el control «directo o indirecto» de ambas sociedades, así como de otras seis establecidas también en paraísos fiscales.

Por ejemplo, es a través del Amincor Bank de Zurich como el Vaticano financia ilegalmente, en 1974, la campaña de la Democracia Cristiana con el fin de convocar un referéndum nacional para pedir la derogación de la ley de divorcio en Italia. Es en estos años cuando a Michele Sindona se le atribuye la siguiente frase: «La simulación financiera es un arte». Sin duda alguna, tenía razón[9].

Y EN ESO LLEGÓ ROBERTO CALVI

En 1971 tienen lugar dos hechos que formarán parte de la concatenación de acontecimientos que llevarán al IOR a una de sus mayores quiebras financieras: la aparición de Roberto Calvi en escena y el nombramiento de Paul Marcinkus como presidente del IOR. Calvi conoce al poderoso obispo en una fiesta en la que es presentado por Sindona. La asociación Marcinkus-Calvi-Sindona comenzará a manipular la Bolsa

---

[8] Gianluigi Nuzzi, ob. cit., 2010.

[9] Richard Hammer, *The Vatican Connection. Mafia & Chiesa come il Vaticano ha comprato azioni false e rubate per un miliardo di dollari,* Tullio Pironte Editore, Nápoles, 1983.

BANCO AMBROSIANO ANDINO S.A.
L I M A - Perù

Gentlemen:

        This is to confirm that we directly
or indirectly control the following entries:
- Manic S.A., Luxembourg
- Astolfine S.A., Panama
- Nordeurop Establishment, Liechtenstein
- U.T.C. United Trading Corporation, Panama
- Erin S.A., Panama
- Bellatrix S.A., Panama
- Belrosa S.A., Panama
- Starfield S.A., Panama
        We also confirm our awareness of their
indebtedness towards yourselves as of June 10, 1981
as per attached statement of accounts.

                    Yours faithfully,

            ISTITUTO PER LE C : :E BI.RELIGIONE

            IL GIUDICE ISTRUTTORE
                dott.

Certificado del IOR firmado por Paul Marcinkus en el que informa que son
propietarios de varias sociedades en paraísos fiscales. 10 de junio de 1981.

de Milán a través de diferentes sociedades vaticanas[10]. En 1975 los protectores del IOR en Italia y de Michele Sindona en Estados Unidos han desaparecido; Richard Nixon ha dimitido el 8 de agosto de 1974 y la Democracia Cristiana ha perdido las elecciones de 1975.

Las pérdidas de las entidades financieras controladas por el IOR o por los amigos de Marcinkus alcanzan ya los 2 382 millones de dólares, repartidos entre el Franklin National Bank, Banca Privata y Finabank. En septiembre de 1975, en una reunión con el papa Pablo VI, sin duda preocupado por los innumerables rumores sobre una posible quiebra bancaria vaticana, Marcinkus asegura: «El Vaticano no ha perdido ni un céntimo»[11]. Pablo VI se queda tranquilo, pero lo cierto es que hasta ese momento la Santa Sede lleva perdidos entre cincuenta y doscientos cincuenta millones de dólares. Muchos comienzan a preguntarse en los pasillos vaticanos cómo es posible que nadie sepa nada acerca de las actividades criminales de Sindona y cómo pudo el Vaticano hacer negocios con él. Y comienzan las detenciones: el primero en caer es Luigi Mennini, que es detenido por la policía italiana y a quien se le retira el pasaporte para impedir que huya.

En un último intento por salvar los muebles, Sindona es sustituido por Calvi. Desde la Secretaría de Estado se dan órdenes precisas de «abandonar» a su suerte a Sindona, cuya extradición ha pedido ya Italia a Estados Unidos. Pero este no va a morir sin patalear, así que, para vengarse de los que hasta entonces habían sido sus amigos, decide pedir al Banco de Italia que abra una investigación al Ambrosiano. La auditoría encuentra deudas millonarias, créditos a partidos y a políticos de todos los signos, sin ningún tipo de control o garantía, inversiones de altísimo riesgo, fraude en los planes de pensiones de los ahorradores, manipulación de documentos financieros, fraude fiscal, evasión de capitales, etc.[12]. La situación para las cabezas del IOR se agrava cuando el 6 de agosto de 1978 muere Pablo VI de cáncer. El cónclave elige, tras tres votaciones, al patriarca de Venecia Albino Luciani, quien adoptará el nombre de Juan Pablo I.

El nuevo papa tiene como lema de su pontificado la expresión latina *humilitas* (humildad), algo que queda de manifiesto en su polémico rechazo a la coronación y a la imposición de la tiara papal en su ceremonia de entronización. Pero, además, se trata de un significativo mensaje a todos aquellos banqueros y usureros cercanos al IOR que han estado manipulando y malversando fondos en nombre del Vaticano[13].

---

[10] Charles Raw, *The Moneychangers: How the Vatican Bank Enabled Roberto Calvi to Steal $250 Million for the Heads of the P2 Masonic Lodge*, Vintage/Ebury, Londres, 1992.

[11] H. Paul Jeffers, *Dark Mysteries of the Vatican*, Citadel Press, Nueva York, 2010.

[12] Paul L. Williams, *The Vatican Exposed. Money, Murder and the Mafia*, Prometheus Books, Nueva York, 2003.

[13] David A. Yallop, ob. cit.

El papa Luciani tiene un encontronazo serio con el dúo Calvi-Marcinkus cuando estos, a través del Banco Ambrosiano, asaltan la Banca Cattolica del Veneto sin consultar a la diócesis local que forma parte del accionariado. La situación se complica aún más cuando el periodista Mino Pecorelli hace pública la lista de 121 altos miembros del Vaticano que forman parte de la masonería[14]: Paul Marcinkus, Donato de Bonis, el cardenal Jean Villot, el cardenal Agostino Casaroli, el cardenal Ugo Poletti, y un largo etcétera.

En la noche del 28 de septiembre de 1978, durante la cena frugal que tiene con su secretario de Estado Villot, el papa anuncia que en los próximos días pretende llevar a cabo una auténtica limpieza dentro de la Santa Sede en general y en el IOR en particular. En la mañana del 29, el papa Juan Pablo I es encontrado muerto en su cama: o ha sido víctima de un asesinato o de un paro cardíaco. Las teorías de la conspiración quedan abiertas, pero lo cierto es que esa remodelación jamás se realizaría[15].

El 16 de octubre de 1978, tras dos días de cónclave, el cardenal polaco Karol Józef Wojtyla es elegido sucesor de Luciani, adoptando el nombre de Juan Pablo II. A sus cincuenta y ocho años de edad se convertía en el papa más joven del siglo XX y el primero no italiano desde el siglo XVI. Juan Pablo II no solo decide no investigar la situación financiera de la Santa Sede, sino que incluso ratifica en su cargo a Paul Marcinkus. Aunque se da la orden de que todo el mundo permanezca en sus puestos, la situación de Michele Sindona es cada vez más grave y las fichas de dominó están a punto de caer una tras otra.

A finales de 1980, cuando se cumplen dos años de pontificado del papa polaco, el Franklin National Bank, controlado por Sindona, presenta un expediente de quiebra, lo que obliga al banquero a cumplir una pena de veinticinco años de cárcel por fraude y malversación de fondos[16]. En marzo de 1981 la Fiscalía italiana inicia una investigación de todas aquellas empresas y personas físicas del país que hayan utilizado la «red Sindona» para evadir capitales. En efecto, casi medio millar de instituciones empresariales, financieras y personalidades de todos los sectores han usado a Michele Sindona, pero el problema se complica cuando los magistrados Gherardo Colombo y Giulio Turone descubren una segunda lista con los nombres de todos los afiliados a una organización llamada Logia Propaganda Due, la P2[17].

Poco después salta el escándalo del Banco Ambrosiano. Juan Pablo II, a través de su secretario de Estado, el poderoso cardenal Agostino

---

[14] Rita di Giovacchino, *Scoop mortale: Mino Pecorelli, storia di un giornalista kamikaze,* T. Pironti Edizioni, Nápoles, 1994.

[15] Lucien Gregoire, *Murder in the Vatican,* AuthorHouse Publishers, Bloomington, Indiana, 2006.

[16] Luigi DiFonzo, ob. cit.

[17] Tobias Jones, *The Dark Heart of Italy,* North Point Press, Nueva York, 2005.

Casaroli, ordena a Marcinkus que negocie con Calvi el retorno de fondos de la Santa Sede, con el fin de reducir al máximo las pérdidas económicas. Según cuenta el periodista Gianluigi Nuzzi en su libro *Vaticano S. A.*, Marcinkus ofrece a Calvi un acuerdo secreto: la responsabilidad y todas las pérdidas por mala gestión en el Ambrosiano recaerán en el banquero; a cambio, el IOR ofrecerá cartas de patrocinio que permitan al Ambrosiano garantizar y negociar su deuda en el extranjero. Cuando las garantías vaticanas venzan, Roberto Calvi deberá ingresar en las cuentas del IOR una cantidad cercana a los trescientos millones de dólares.

Pero el tema no está tan claro. A pesar del acuerdo secreto IOR-Calvi, el Banco de Italia decide intervenir y denuncia un agujero cercano a los mil trescientos millones de dólares. Calvi es llamado nuevamente al Vaticano, pero no se presenta. El banquero ha huido a Londres para evitar su detención. Marcinkus debe asumir su responsabilidad ante los interventores del Banco de Italia, que exigen al Vaticano que inyecte los fondos necesarios para evitar la quiebra y la pérdida de dinero de los ahorradores. Marcinkus se niega, aduciendo que el IOR nada tiene que ver con el Ambrosiano. Pero las autoridades italianas ya han descubierto que la Santa Sede es la principal accionista de la entidad a través de las sociedades extranjeras del IOR [18].

El 18 de junio de 1982, a las siete y media de la mañana, Roberto Calvi es encontrado colgado bajo el puente londinense de Blackfriars. Para matar y colgar el cuerpo de Calvi se han utilizado a dos sicarios de la camorra napolitana, Vincenzo Casillo y Sergio Vaccari, que han tenido la ayuda de Silvano Vittor, el guardaespaldas del banquero. Años después, Giuseppe *Pippo* Calò y Flavio Carboni serían acusados formalmente por el Tribunal Penal de Roma de ser los instigadores del asesinato del «banquero de Dios». Calò, miembro de la «Comisión», el más alto consejo mafioso en Sicilia, es conocido por ser el «cajero» de la poderosa familia de Porta Nuova y el encargado de lavar su dinero. Además, el mafioso había apoyado a Salvatore *Toto* Riina y al clan de los Corleonesi durante la llamada «segunda guerra de la mafia», que acabó con el resto de clanes mafiosos contrarios a Riina. Flavio Carboni era un poderoso hombre de negocios sardo con estrechas conexiones con la *Banda della Magliana*, la organización mafiosa de Roma. El 6 de agosto de 1982, el Gobierno italiano, a través de su ministro del Tesoro, Beniamino Andreatta, ordena la liquidación total de activos, el cese de operaciones y el cierre del Banco Ambrosiano, creando una de las mayores crisis diplomáticas de toda la historia entre la Ciudad-Estado del Vaticano y la república de Italia.

En julio de 2003, la Fiscalía de Roma concluyó que la mafia no había actuado en interés propio, sino en defensa de intereses de «importantes

---

[18] Heribert Blondiau y Udo Gümpel, ob. cit.

[Página 1 de 18]

TRIBUNALE CIVILE E PENALE DI ROMA
UFFICIO DEL GIUDICE PER LE INDAGINI PRELIMINARI

Il Giudice per le indagini preliminari,
letta la richiesta del Pubblico Ministero di applicazione della misura cautelare della custodia in carcere nei confronti di:

CALO' Giuseppe , nato a Palermo il 30.09.1931

CARBONI Flavio , nato a Sassari il 14.01.1932

in ordine al delitto di cui agli artt. 110, 575, 576, n. 1, e 577, n. 3, c.p., perché in concorso tra loro e con altri, avvalendosi dell'organizzazione mafiosa denominata "Cosa Nostra", cagionavano la morte di Roberto CALVI, al fine di conseguire l'impunità e conservare il profitto del delitto di concorso in bancarotta fraudolenta, il primo dando disposizioni ad altri associati per delinquere, i quali agivano materialmente, strangolando il CALVI e simulandone il suicidio, mentre il secondo consegnava il CALVI stesso nelle mani degli esecutori materiali, dopo averlo ridotto in suo potere;
in Londra nella notte fra il 17 e il 18 giugno 1982;

esaminati gli atti;

o s s e r v a

1. La causa della morte.
Roberto CALVI fu trovato impiccato sotto il ponte di Blackfriars, sul Tamigi, alle ore 7,30 del 18 giugno 1982.
Il suo cadavere venne rinvenuto, appeso ad una corda, da un impiegato delle poste londinesi, tale A. D. Huntley, e trasportato, mezz'ora più tardi, da un'imbarcazione della polizia fluviale, al Dipartimento di medicina forense del Guy's Hospital, per essere sottoposto ad accertamento necroscopico da parte del prof. F. K. Simpson[1].

---

[1]Questi gli oggetti repertati al momento del rinvenimento del cadavere dalla polizia londinese:
- un orologio Omega; un orologio Patek-Philip da polso col cinturino quasi macerato dall'acqua; un altro orologio da taschino Patek-Philip a doppia cassa con catena in metallo giallo abbondantemente ossidato;
- 10.700 dollari USA in banconote da 100 dollari;
- 1.650 franchi svizzeri;

Extracto de la acusación contra Flavio Carboni y Giuseppe Calo por el asesinato de Roberto Calvi.

figuras políticas e institucionales de la masonería, la logia P2 y el IOR, que había invertido grandes sumas de dinero procedente de corporaciones públicas italianas y de la Cosa Nostra»[19]. El escritor estadounidense Philip Willan, que siguió de cerca el juicio contra Calò y Carboni en Roma, afirma en su libro *The Last Supper: The Mafia, the Masons, and the Killing of Roberto Calvi,* que Giuseppe Calò afirmó ante el juez que era «perfectamente plausible el que el Vaticano ordenase el asesinato de Roberto Calvi debido a sus conocimientos sobre las estrechas relaciones entre el Banco Ambrosiano, la mafia, la Propaganda 2 y el IOR». En otra página del libro de Willan se afirma que el Vaticano recibió órdenes precisas desde la «más alta instancia», posiblemente de Juan Pablo II, de no hacer nada a favor de Roberto Calvi. El banquero se había convertido en una incómoda y prescindible pieza del ajedrez debido a su amplio conocimiento del apoyo financiero que estaba prestando la Santa Sede, a través del IOR de Marcinkus, al sindicato polaco Solidaridad, liderado por Lech Walesa[20].

EL OCASO DE MARCINKUS: DE ESTRELLA A «ESTRELLADO»

A pesar de los grandes escándalos que rodean al IOR y que ya han llegado a la prensa, Marcinkus sigue gozando de la protección de Juan Pablo II, aunque no de Casaroli, que continúa negándose a elevar al religioso de Chicago al purpurado cardenalicio. Las pérdidas del Vaticano son tan enormes que Casaroli tiene que convencer al papa para que convoque en 1983 un Año Santo Extraordinario con la intención de recaudar fondos con los que cubrir los agujeros provocados por Marcinkus y los suyos[21].

El cardenal secretario de Estado Casaroli está recibiendo enormes presiones del Gobierno italiano, que le exige la creación de una comisión mixta con el fin de establecer los daños y las conexiones entre el IOR y el Banco Ambrosiano. La parte vaticana de la comisión justifica la posición de que el IOR fue una víctima más de Calvi, mientras que la italiana defiende que la actuación de Calvi no podía haberse realizado sin el escudo del propio IOR.

La parte italiana cifra la deuda vaticana con el Ambrosiano por causa de la quiebra del banco en mil doscientos millones de dólares[22]. La Santa Sede se enfrenta a la peor crisis de imagen de toda su historia. Es

---

[19] El 6 de junio de 2007, Calò y el resto de acusados fueron absueltos de todos los cargos por falta de pruebas.

[20] Philip Willan, *The Last Supper: The Mafia, the Masons, and the Killing of Roberto Calvi.* Robinson Publishing, Nueva York, 2007.

[21] Carl Bernstein y Marco Politi, *His Holiness,* Bantam Doubleday, Nueva York, 1996.

[22] Claudio Rendina, *Il Vaticano. Storia e segreti,* Newton Saggistica, Roma, 1986.

[Página 1 de 2]

1.   La Santa Sede e il Governo italiano prendono atto della
questione tra l'Istituto per le Opere di Religione, da un lato, e
il Banco Ambrosiano S.p.A. in liquidazione coatta amministrativa
e sue controllate dall'altro, qui di seguito denominati soggetti
interessati, consistente in richieste avanzate dal Banco anzidet-
to e sue controllate nei confronti dell'Istituto per le Opere di
Religione, il quale afferma di nondovere alcunchè, mentre dichia
ra di vantare a propria volta crediti nei confronti dei richieden
ti; e convengono sulla opportunità di collaborare per l'accertamento della verità.

2.   A tale scopo, le Parti danno incarico ai seguenti Si-
gnori di procedere congiuntamente al detto accertamento entro il
termine di due mesi dall'inizio dei lavori (e comunque non oltre
il 31 marzo 1983):

     – Per la Santa Sede:

       Avvocato Prof. Agostino Gambino, Copresidente
       Avvocato Prof. Pellegrino Capaldo
       Dott. Renato Dardozzi

     – Per il Governo italiano:

       Avvocato Pasquale Chiomenti, Copresidente
       Prof. Mario Cattaneo
       Avv. Prof. Alberto Santa Maria

3.   L'oggetto dell'accertamento dovrà riguardare:

Acuerdo entre la Santa Sede y el gobierno de Italia para la creación de una
comisión mixta para investigar las relaciones IOR y el Banco Ambrosiano.

necesario enterrar el asunto cuanto antes y Casaroli sabe que hay que librarse de Marcinkus y enviarlo lo más lejos posible, incluso fuera del alcance de la justicia italiana.

El cardenal secretario de Estado Casaroli organiza una reunión secreta en el Vaticano a la que asisten los tres miembros de la comisión: Agostino Gambino, Pellegrino Capaldo y Renato Dardozzi, así como el sustituto de la Secretaría de Estado, Eduardo Martínez Somalo y el propio Marcinkus[23]. A Casaroli le molesta que Gambino defienda la actuación de Marcinkus. Para el secretario de Estado, al presidente de la comisión por parte vaticana o aún le queda mucha documentación por leer o está siendo manipulado por alguien cercano a Marcinkus.

Paul Marcinkus se levanta airado y justifica su actuación al frente del IOR, incluso continúa defendiendo la buena *praxis* de Calvi al frente del Ambrosiano, algo que indigna sobremanera al secretario de Estado. «Es necesario que el acuerdo final exima públicamente al IOR de toda responsabilidad», exige Marcinkus.

En aquel momento, Casaroli inicia una ofensiva diplomática con el Gobierno de Bettino Craxi. El líder socialista italiano exige a Casaroli que el primer paso para salvar al Vaticano en el «asunto Ambrosiano» sea la derogación de la ley pontificia firmada por el papa Clemente XII en 1738. El papa Juan Pablo II deroga la ley que establecía la excomunión inmediata a todo masón. El único que se opone a ello es el cardenal Joseph Ratzinger, prefecto de la Congregación para la Doctrina de la Fe[24].

Craxi, perteneciente a la Propaganda Due, está en posición de presionar al Vaticano de forma favorable para los miembros católicos de la P2. A pesar de todo, las órdenes de detención comienzan a llegar a la puerta de Santa Ana. En febrero de 1987, un juez de Milán manda arrestar a Paul Marcinkus, Luigi Mennini y Pellegrino de Strobel por complicidad en la quiebra del Banco Ambrosiano[25]. Y Casaroli recibe dos encargos precisos del Sumo Pontífice: proteger a toda costa la imagen de la Santa Sede y solucionar cualquier controversia de forma amistosa y que pueda surgir por el asunto IOR.

El 25 de mayo de 1984, en una reunión secreta celebrada en Ginebra, el IOR, pese a declararse públicamente «ajeno a cualquier responsabilidad», decide liberar la cantidad de 242 millones de dólares como «contribución voluntaria». Curiosamente, el acuerdo es firmado por el propio Paul Marcinkus y por su secretario, De Bonis. Todo ha terminado. El IOR es más pobre, pero saben que el paso del tiempo irá limpiando la imagen del Vaticano. No hay vencedores ni vencidos, solo perdedores. Entre estos últimos están Paul Marcinkus, Michele Sindona, Pellegrino

---

[23] Somalo sería elevado al cardenalato en el consistorio del 28 de junio de 1988.

[24] John Allen Jr., *Cardinal Ratzinger. The Vatican's Enforcer of the Faith*. Continuum, Londres, 2000.

[25] Gianluigi Nuzzi, ob. cit.

de Strobel y Luigi Mennini. Sindona, que había sido condenado en Estados Unidos por un Gran Jurado por sesenta y cinco cargos de fraude, perjurio y apropiación indebida de fondos bancarios, cumple su condena en una prisión federal hasta que es extraditado a Italia. El 27 de marzo de 1984, Sindona es sentenciado a veinticinco años de cárcel por el asesinato del Giorgio Ambrosoli, el abogado nombrado liquidador de los bancos y propiedades pertenecientes al banquero. Cuando está a punto de cumplir sus dos primeros años de condena en la prisión de Voghera, Sindona toma un café en su celda. Poco después entra en coma. Alguien le ha disuelto cien gramos de cianuro en la bebida. Finalmente, muere el 22 de marzo de 1986[26]. De Strobel y Mennini son condenados a diferentes penas de cárcel por su implicación en la quiebra del Banco Ambrosiano.

Monseñor Paul Marcinkus continúa en su cargo de cara a la galería, aunque vigilado por una comisión especial dirigida por el propio cardenal Casaroli. Juan Pablo II ha dado el primer paso para la reforma completa del IOR, elevando al cardenalato a miembros cercanos al poderoso grupo Opus Dei y nombrándolos consejeros financieros. Finalmente, el 9 de marzo de 1989, Juan Pablo II escribe un artículo en el *L'Osservatore Romano* que sirve de despedida oficial del polémico monseñor. Sin embargo, Marcinkus no presenta su dimisión hasta el 30 de octubre de 1990. Unos días después regresa a la archidiócesis de Chicago, protegido por Ronald Reagan como favor personal a Juan Pablo II y evitando así que sea detenido por los italianos. En 1997 se refugia en Arizona, donde ejerce como sencillo sacerdote en la iglesia de San Clemente. Juega al golf y da largos paseos por el desierto. Durante este tiempo se niega a hablar sobre su papel en el IOR o sobre otros asuntos, como el Banco Ambrosiano, el «caso Calvi» o el «caso Sindona». Paul Marcinkus muere a los ochenta y cuatro años, el 20 de febrero de 2006, en un hospital de Sun City, Arizona. La causa de su muerte sigue siendo desconocida. Lo cierto es que Marcinkus se llevó muchos secretos a la tumba.

El escritor David Yallop, en su libro *In God's Name. An Investigation into the murder of Pope John Paul I,* lo acusa de ser uno de los autores del presunto asesinato del papa Juan Pablo I. También se le culpó de ser cómplice del secuestro y desaparición de Emanuela Orlandi, una adolescente de quince años, hija de un funcionario vaticano, aunque finalmente nunca se le pudo imputar por ello. Lo que sí se hizo público fue que Paul Marcinkus había sido objetivo, en 1979, de un comando del grupo terrorista Brigadas Rojas, según indicaban una serie de escritos encontrados en el piso franco de dos de sus miembros, Valerio Morucci y Adriana Faranda.

Nadie tuvo jamás conocimiento del documento que recibió el cardenal Agostino Casaroli y que se cree fue el detonante que hizo que Juan

---

[26] Luigi DiFonzo, ob. cit.

Allo stato attuale è probabile, pertanto, che la Commissione giunga a due relazioni con l'esposizione dei rispettivi punti di vista.

In ogni caso ne deriverà un contenzioso estremamente oneroso e complesso, dato anche che, dall'esercizio di attività economiche possono derivare responsabilità civili e patrimoniali pur in assenza di colpa.

Tale contenzioso, oltre a tenere presumibilmente lo I.O.R. alla ribalta della cronaca internazionale per lungo tempo, rischia di porre in crisi lo I.O.R. medesimo, a causa dei possibili sequestri di cui potrebbero essere oggetto i suoi beni, compresi i depositi presso varie banche italiane e straniere. E' evidente che un eventuale dissesto dello I.O.R. ne causerebbe l'impossibilità di restituire ai depositanti (Diocesi, Istituti Religiosi etc.) quanto essi gli hanno, nel tempo, affidato.

In questo quadro, i membri di parte vaticana valutano positivamente l'opportunità di assecondare iniziative volte ad un componimento amichevole della questione, in termini che non configurino attribuzioni di colpa, siano finanziariamente accettabili, e tali inoltre da condurre alla definitiva chiusura dell'intera vertenza.

Città del Vaticano, 17 Agosto 1983.

(Agostino Gambino)

(Pellegrino Capaldo)

(Renato Dardozzi)

Informe dirigido por la parte vaticana de la Comisión IOR-Ambrosiano, en el que informan a Casaroli de los peligros de no asumir responsabilidades. 17 de agosto de 1983.

Pablo II interviniera personalmente y tomara las riendas del asunto. El contenido del documento, de dos páginas, era una seria advertencia de los miembros de la Comisión IOR-Ambrosiano al secretario de Estado:

> Se iniciaría un litigio muy gravoso y complejo. Además de mantener al IOR en el centro de la atención mediática internacional durante mucho tiempo, podría ponerse en peligro su misma supervivencia, debido al posible embargo de sus bienes, incluidos los depósitos en varios bancos italianos y extranjeros. Es evidente que, si el IOR quebrara, sería imposible devolver a los clientes (diócesis, institutos religiosos...) las cantidades ingresadas a lo largo del tiempo.
>
> Frente a esta posibilidad, los representantes vaticanos abogan positivamente por secundar cualquier iniciativa encaminada a una resolución amistosa del litigio, en términos que excluyan una atribución de responsabilidad, resulten aceptables desde el punto de vista financiero y contribuyan a cerrar definitivamente este episodio.

PROPAGANDA DUE: LA GRAN BENEFICIADA POR EL ESCÁNDALO IOR

Durante décadas, el IOR y la Propaganda Due fueron socios en los más oscuros negocios realizados durante la etapa Marcinkus. El Banco Ambrosiano, la muerte de Calvi, el asesinato de Michele Sindona y un largo etcétera hicieron que tanto el Banco Vaticano como la logia masónica conformasen una estrecha asociación. Paul Marcinkus y Licio Gelli se convirtieron así en compañeros de una aventura nada sagrada.

El nombre de esta logia procede originariamente de la llamada Propaganda Masónica, fundada en 1877 en la ciudad de Turín por acaudalados industriales y por algunas nobles familias de la región. Poco a poco la logia va absorbiendo a nuevos miembros entre las clases políticas y religiosas de toda la nación, y entre las aristocráticas y ricas familias piamontesas. A pesar de haber estado prohibida y perseguida por Mussolini, la masonería se reorganiza nuevamente tras el fin de la guerra. Propaganda Masónica cambia de nombre y pasa a llamarse Propaganda Due, cuando la Gran Logia de Italia decide numerar a todas sus logias. Entre 1960 y 1966, la Propaganda Due fue una logia sin ningún tipo de actividad y mucho menos de poder, hasta que Licio Gelli, un antiguo «camisa negra» que había luchado a favor de Franco en la Guerra Civil española, decide reactivarla invitando solo a aquellos masones «dormidos» con estrechas e importantes conexiones políticas y financieras[27].

Gelli comienza así a tejer así una importante telaraña entre los grupos que manejan la economía y la política de la Italia de los sesenta, a

---

[27] Charles Raw, *The Moneychangers: How the Vatican Bank Enabled Roberto Calvi to Steal $250 Million for the Heads of the P2 Masonic Lodge,* Vintage/Ebury, Londres, 1992.

pesar del escrutinio al que somete la Democracia Cristiana a los masones. Licio Gelli se autoproclama entonces Maestro Venerable de la clandestina logia masónica.

En el mes de abril de 1974, la P2, como ya se la conoce, pide la reincorporación a la disciplina de la Gran Logia de Italia, pero sus dirigentes no ven con buenos ojos el cada vez mayor poder que acumula entre sus manos Licio Gelli. Finalmente en 1976, tanto Gelli como la Propaganda Due son expulsados de la disciplina masónica del Gran Oriente[28]. En 1981, un tribunal masónico ratificaba la decisión del Gran Oriente de Italia de echar a Gelli y a la P2 de la masonería. Desde ese momento, la P2 es declarada ilegal, y sus actividades secretas son prohibidas, según el artículo 18 de la Constitución de la República Italiana[29]. De librepensadores, origen de la masonería, los miembros de la P2 se declaran abiertamente anticomunistas.

En la década de los setenta, la P2 se ve envuelta en diferentes actividades terroristas en Italia por parte de grupos de extrema derecha como la «operación Gladio», el estallido de una bomba en la Piazza Fontana, donde se encuentra la sede de la Banca Nazionale dell'Agricoltura. La explosión acaba con la vida de diecisiete personas y deja heridas a ochenta y ocho.

La caída de Licio Gelli se inicia exactamente el 17 de marzo de 1981, cuando la Policía asalta una villa en Arezzo en donde se descubre la lista de 962 personalidades que forman parte de una logia masónica expulsada del Gran Oriente de Italia. Militares, altos miembros de la curia, periodistas, políticos de todo signo, financieros e integrantes de los Servicios de Inteligencia son algunos de los que conforman la llamada «lista de los 962».

La lista incluía a todos los jefes de los Servicios Secretos italianos, doce generales de los Carabinieri, cinco de la Guardia di Finanza, veintidós del Ejército, cuatro de las Fuerzas Aéreas, ocho almirantes de la Armada, cuarenta y cuatro miembros del Parlamento, tres ministros, un secretario de Estado, jueces, jefes de Policía, banqueros, hombres de negocios, funcionarios de diversas categorías, periodistas, presentadores de televisión, altos ejecutivos de la Banca di Roma y un antiguo director general de la Banca Nazionale del Lavoro, el banco más grande del país.

Entre los nombres que forman parte de la lista de *piduistas,* aparecen Michele Sindona y Roberto Calvi, banqueros del Vaticano; Angelo Rizzoli Jr., Franco di Bella y Bruno Tassan Din, propietario del diario *Corriere della Sera,* director y director general; el general Vito Miceli, jefe

---

[28] Sandro Neri, *Licio Gelli. Parola di venerabile,* Aliberti Editore, Roma, 2007.

[29] Artículo 18: «Los ciudadanos tienen derecho a asociarse libremente, sin autorización, para fines que no estén prohibidos por la ley penal. Las asociaciones secretas y las que persigan, incluso indirectamente, fines políticos mediante organizaciones de carácter militar, están prohibidas».

A·G·D·G·A·D·U·

R∴ L∴ Propaganda 2   № 104

28 MAG. 19

Si riceve dal BERLUSCONI Silvio

la somma di Lire ... 100000 #

(cento mila) per

Quota sociale anno ... 1978 £ 50000

Iniziazione ... £ 50000

Passaggio Grado ... £

... £

... £

TOTALE £ 100000

Il 26 Gennaio 1978

Il Tesoriere   Il Segr. Amm.vo

Recibo de pago de la cuota de Silvio Berlusconi a la logia masónica Propaganda Due (P2). 26 de enero de 1978.

del SID, la Inteligencia Militar, detenido en 1975 por cargos de conspiración al instigar la creación de la llamada Rosa de los Vientos, un grupo infiltrado en el Estado con el fin de crear tensiones sociales; el general Giuseppe Santovito, jefe del SISMI, el Servicio de Inteligencia Militar; el almirante Giovanni Torrisi, jefe del Estado Mayor de la Armada; Federico Carlos Barttfeld, antiguo embajador de Argentina en Yugoslavia y subsecretario de Estado durante el gobierno de Néstor Kirchner; el almirante Emilio Massera, miembro de la Junta Militar; José López Rega, mano derecha de la expresidenta María Estela Martínez de Perón y fundador de la Triple A; el general Raffaele Giudice, comandante de la Guardia di Finanza, implicado en una evasión de impuestos cercana a los dos mil millones de dólares; Carmine *Mino* Pecorelli, el periodista asesinado en 1979; Pietro Longo, secretario del Partido Socialista Democrático Italiano (PSDI); Fabrizio Cicchitto, miembro del Partido Socialista Italiano y más tarde de Forza Italia, el partido de Berlusconi; Maurizio Costanzo, presentador de diferentes programas de Mediaset, el grupo televisivo de Berlusconi, y el propio Silvio Berlusconi, magnate de los medios, fundador de Forza Italia y primer ministro de Italia en diferentes etapas entre 1994 y 2011. Existe un recibo expedido por Propaganda Due y fechado el 26 de enero de 1978, a nombre de Silvio Berlusconi, como comprobante del pago de su cuota a la P2 por cien mil liras.

En esa época, Silvio Berlusconi ha adquirido una importante participación de *Il Giornale,* que dirige Indro Montanelli; ha sido nombrado Caballero del Trabajo, una distinción que el Estado concede a aquellos ciudadanos que hayan destacado por sus méritos, y ha montado su primera cadena de televisión, Telemilano, que en tan solo dos años se convierte en el canal más visto de toda Lombardía. En ese momento, Berlusconi tiene cuarenta y un años y es uno de los hombres más ricos de Italia[30].

Antes de ser detenido por la Policía italiana, Licio Gelli consiguió evadirse a Suiza, donde fue arrestado. En este país fue condenado a una pena de prisión de dos meses de cárcel, mientras que el Tribunal de Florencia lo condenó *in absentia* a ocho años de prisión por asociación ilegal con grupos de extrema derecha. Al fin, en 1992, recibió una nueva condena de dieciocho años y dos meses de prisión acusado de fraude y de participación en el colapso del Banco Ambrosiano, en asociación con el IOR. Curiosamente, en mayo de 1998, Licio Gelli consiguió escapar de la cárcel. Más tarde, dos ministros, Giovanni Maria Flick, de Justicia, y Giorgio Napolitano, de Interior, serían acusados en el Parlamento de haber facilitado la evasión de Gelli.

El 19 de julio de 2005 Gelli fue formalmente acusado, junto a Giuseppe Calò y Flavio Carboni, del asesinato del «banquero de Dios», Roberto Calvi. Durante casi cuarenta y cinco años, la logia Propaganda Due y su gran maestre, Licio Gelli, habían dirigido o, al menos, manipulado, la política interior italiana. Años después, cuando el periodista y miembro de la P2 Maurizio Costanzo le preguntó a Gelli cómo quería ser recordado, este respondió: «Como un gran titiritero».

MONSEÑOR DONATO DE BONIS Y GIULIO ANDREOTTI, UNA RENTABLE RELACIÓN

Y hablando de «grandes titiriteros» que han tenido relación con el IOR, nada como el ex primer ministro de Italia, Giulio Andreotti, el hombre que ha participado activamente en la vida política de Italia desde la década de los cuarenta hasta la de los noventa. El primer gran negocio de Andreotti con el IOR sería a través de la cuenta de la Fundación Spellman, que acumularía millones de dólares en efectivo. Se calcula que el dinero que había de la Fundación Spellman en el IOR en diciembre de 1992 ascendía a 26,4 millones de euros[31].

Lo que nadie sabía entonces era que Andreotti utilizaba esta cuenta en el Banco Vaticano para recaudar fondos para la Democracia Cristiana.

---

[30] Eric Frattini y Yolanda Colías, *Tiburones de la comunicación. Grandes líderes de los grupos multimedia,* Pirámide, Madrid, 1996.

[31] Gianluigi Nuzzi, ob. cit.

Testamento de monseñor Donato de Bonis, que establece que en caso de su muerte se ponga la cuenta de la Fundación Spellman a nombre de Giulio Andreotti. 15 de julio de 1987.

La cuenta era la 001-3-14774-C y se abrió a petición de monseñor Donato de Bonis, bajo el nombre clave de «Roma», el 15 de julio de 1987. Las características de la cuenta son las de una persona física residente en el Estado-Ciudad del Vaticano y que, a pesar de estar a nombre de una fundación, no se incluyen en las regulaciones y estatutos de esta.

Lo que resulta más curioso, y que sucede en todas las aperturas de las cuentas en el IOR, es que se exige a todos los titulares que entreguen en un sobre cerrado y sellado las voluntades testamentarias con relación a esa cuenta en concreto. En el sobre cerrado, monseñor De Bonis, fallecido a los setenta y un años, el 23 de abril de 2001, escribió en un tarjetón:

> El saldo acumulado en la cuenta 001-3-14774-C en el momento de mi muerte se pondrá a disposición de S. E. Giulio Andreotti para obras de caridad y de asistencia, según su discreción. Doy las gracias, en nombre de Dios bendito, Donato de Bonis, Ciudad del Vaticano, 15 de julio de 1987[32].

Monseñor De Bonis actuó como sucesor de Marcinkus. Nació en 1930, en Pietragalla, el pueblo más pobre de la región de Basilicata. Veintitrés años después, fue ordenado vicario de Roma en San Juan de Letrán. En 1954, justo un año más tarde, y de la mano del poderoso cardenal Alberto di Jorio, presidente del IOR, se incorporó al Banco Vaticano, de

---

[32] Giancarlo Galli, *Finanza bianca. La Chiesa, i soldi, il potere,* Mondadori, Milán, 2004.

donde ya no volvió a salir hasta el momento de su muerte. Incluso llegó a rechazar su nombramiento como obispo de Potenza y, poco después, el de auxiliar de la diócesis de Nápoles con tal de no abandonar el IOR. Debido a su silencio y a su habilidad para desmarcarse de las oscuras operaciones llevadas a cabo por su hasta entonces protector Paul Marcinkus, el papa Juan Pablo II lo nombró prelado del IOR, una especie de enlace entre el Banco Vaticano y la comisión de cinco cardenales que regulaba las actuaciones de la entidad tras el desastre del Ambrosiano[33]. Ese fue el momento elegido por De Bonis para convertirse en testaferro de Andreotti. Muchos le apodaban ya la *Araña,* debido a su habilidad para entretejer una sólida red de relaciones no solo en el interior de los muros del Vaticano o en las altas esferas de poder de Italia, sino también en aquellos lugares donde se dirime el poder financiero como Suiza, Nueva York o Londres[34].

El propio secretario de Estado, el cardenal Agostino Casaroli llegó a decir a monseñor De Bonis: «Hemos sufrido mucho —se refería al IOR—, pero no ha sido en balde. Ciertos errores no deben repetirse». Pronto quedó claro que De Bonis no seguiría el consejo de Casaroli.

La cuenta abierta en el IOR a nombre de la Fundación Cardenal Francis Spellman era completamente ilegal. Monseñor Donato de Bonis utilizó la figura del polémico cardenal y su campaña de los años cincuenta contra el comunismo como motivo principal de la Fundación. Al fin y al cabo, el anticomunista Spellman sería uno de los principales donantes de fondos a la Democracia Cristiana italiana, fundada en 1942 por Alcide de Gasperi y otros intelectuales católicos. Andreotti entró en contacto con el nuevo partido tan solo dos años después de su fundación.

Sencillamente, la Fundación Cardenal Francis Spellman no existía. No había ninguna prueba documental de su creación, ni un escudo, ni una lista de patronos, ni un registro ante las autoridades estadounidenses o italianas, ni mucho menos una dirección, pero a nadie le interesaba investigar. Esa cuenta había sido creada por monseñor De Bonis y administrada por Giulio Andreotti con el único fin de recaudar fondos de forma ilegal para la Democracia Cristiana.

Años después, el presidente del IOR, Angelo Caloia, envió al entonces secretario de Estado, el cardenal Angelo Sodano, un informe en el que aseguraba que la cuenta de la Fundación Cardenal Francis Spellman tenía un saldo aproximado de 4500 millones de liras. Asimismo, durante la comisión de investigación parlamentaria sobre el «caso Sindona», Pietro Macchiarella, mano derecha de Sindona, confirmará que este realizó una importante donación, cercana a los 200 millones de liras, a la Democracia

---
[33] Carl Bernstein y Marco Politi, *His Holiness,* Bantam Doubleday, Nueva York, 1996.
[34] Paul L. Williams, *The Vatican Exposed. Money, Murder and the Mafia,* Prometheus Books, Nueva York, 2003.

"If Communism Triumphs, Democracy Will Die!"

"If Communism triumphs, democracy will die. Then will our children be committed to serfdom in a world itself enchained by atheistic Communists who already hold, within their ruthless, godless grip, hundreds of millions of innocent people.

"Therefore do I beg God-revering, liberty-loving men and women everywhere, fervently to pray and loyally work, to strive to save mankind from this cancerous growth of Communism and the evils growing from out its rotted roots—else the whole democratic world is doomed to destruction, and the precious young blood of our soldier-sons will have been spilled in fruitless waste!"

F CARDINAL SPELLMAN

Help lift the Iron Curtain Everywhere

If you cannot sign the actual Freedom Scroll, fill out this coupon and mail it to General Clay.

Gen. Lucius D. Clay, Nat'l Chairman
Crusade for Freedom
Nat'l Committee for a Free Europe, Inc.
Empire State Bldg., New York 1, N. Y.

Please enroll me in the Crusade for Freedom and place my name on the Freedom Scroll.

Signed _____

Address _____

JOIN THE CRUSADE FOR FREEDOM

Campaña del cardenal Spellman contra el comunismo en los años cincuenta que fue utilizada por el IOR como motivo para crear una cuenta secreta.

Cristiana, a través de Giulio Andreotti y de una cuenta del IOR a nombre de la Fundación Cardenal Francis Spellman[35]. Para monseñor Donato de Bonis y para Giulio Andreotti era casi ley la epístola de Pedro: «La caridad cubre multitud de pecados». Entre los beneficiados por esta cuenta y la caridad de sus administradores estaban también personajes de peso de grupos como Comunión y Liberación o los Legionarios de Cristo. Otros destinos del dinero de la cuenta controlada por Andreotti serían el brasileño cardenal Lucas Moreira Neves, el cardenal John O'Connor, el croata Franjo Kuharic o monseñor Nike Prela, con el fin de apoyar a la prensa católica en lengua albanesa, o el embajador Stefano Falez, para respaldar a la prensa católica en lengua croata.

Durante los años siguientes y a pesar de la renovación de cargos en el IOR, las actividades de monseñor Donato de Bonis, alias *Roma,* y de Giulio Andreotti, alias *Omissis,* continuaron a pleno rendimiento, con el visto bueno del papa Juan Pablo II, a través de la cuenta 001-3-14774-C.

Entre 1992 y 1993, Caloia recibió diversos informes de auditores del IOR informándole sobre el peligro de las operaciones llevadas a cabo por De Bonis a través de un «IOR paralelo». La operación «Manos Limpias» estaba a punto de estallar, llevándose consigo a decenas de políticos por cargos de corrupción. Las altas jerarquías vaticanas ordenaron a Angelo Caloia que mantuviera al Vaticano y al IOR con un perfil público bajo. Ni Juan Pablo II ni su secretario de Estado, el cardenal Angelo Sodano, querían que la Santa Sede y el IOR aparecieran nuevamente en los titulares de los medios de comunicación relacionados con las noticias que no paraban de salir sobre «Manos Limpias». Para acabar con el «IOR paralelo», el Consejo de Superintendecia de la entidad estableció, el 1 de abril de 1992, una norma que debería cumplirse a rajatabla:

> Ningún individuo relacionado de alguna manera con el IOR, ya se trate de un empleado en activo o retirado, de un directivo, de un auditor, de un prelado o de un miembro del Consejo, está autorizado a gestionar cuentas y fondos cuyos recursos no sean de su propiedad.

El IOR podía verse salpicado de nuevo por haber financiado ilegalmente a partidos políticos y a los propios políticos. Las cuentas, en total catorce, estaban cifradas e identificadas por un código numérico de nueve cifras. Tan solo la oficina de cifras del banco conocía el nombre que se escondía detrás de cada cuenta. Las cuentas controladas por Donato de Bonis y por Giulio Andreotti de forma directa o indirecta mediante testaferros alcanzaban a diecisiete de ellas, con fondos valorados en miles de millones de dólares. En pocos años, monseñor De Bonis había ido montando una tupida red de clientes fuera de control de la misma autoridad financiera vaticana.

---

[35] Gianluigi Nuzzi, ob. cit.

4
CLIENTES... DICHOSOS CLIENTES

El Instituto para las Obras de Religión no puede ser sometido a registros ni a escuchas telefónicas; sus empleados no pueden ser interrogados, ni sus directivos llamados a declarar ante ninguna comisión, ni sus operaciones vigiladas por ninguna autoridad monetaria internacional. Si cualquier Estado del mundo quiere llevar a cabo alguna de estas acciones, debe enviar una solicitud a la autoridad pertinente en el Estado-Ciudad del Vaticano y en el cien por cien de los casos, la petición será rechazada. Así funcionan el Vaticano y el IOR.

Respecto a este asunto, se cuenta una historia en la Santa Sede: una noche, en Jerusalén, una prostituta señala a Pedro y le dice: «Tú eres un seguidor del nazareno», a lo que Pedro responde: «¿A qué se refiere?». Esa misma noche nacía la diplomacia vaticana, que seguirá actuando del mismo modo durante los siglos siguientes. La Santa Sede jamás rechazará una petición formal, jamás pronunciará la palabra «no», pero dará respuestas muy escuetas, no contestará, o sencillamente, como en el caso del apóstol Pedro, lo hará de manera parcial.

El Estado Vaticano es el único país del continente europeo que nunca ha firmado un tratado sobre asistencia judicial. Tampoco ha ratificado el llamado Protocolo en Materia Penal de Estrasburgo de 1978, ni acuerdos bilaterales con Italia, como, en cambio, sí lo ha hecho la República de San Marino.

En 1996, por orden de Juan Pablo II, la Santa Sede impuso que el IOR adoptase los principios establecidos por el FATF (Financial Action Task Force)[1], el órgano creado en 1989 para promover de forma efectiva la implementación de medidas legales, regulatorias y operacionales con el fin de combatir el lavado de dinero y la financiación del terrorismo. Pero la orden del Sumo Pontífice no llegó con la suficiente fuerza a

---

[1] Grupo de Acción Financiera Internacional (GAFI serían sus siglas en castellano).

los sectores vaticanos que debían hacerla posible, y puesto que la petición se hizo a modo independiente, no hay previsto ningún tipo de control de las operaciones del IOR por parte del FATF[2].

Esto ha supuesto una especie de «patente de corso» para la Santa Sede, el IOR y sus funcionarios, poco dados a la transparencia, y ha facilitado el movimiento a través de sus cuentas cifradas de clientes poco recomendables, incluidos estafadores internacionales, como Martin Frankel, miembros de Cosa Nostra, como el padrino Matteo Messina Denaro, o blanqueadores de dinero, pero también de organizaciones políticas y personajes con idearios cercanos a los intereses vaticanos.

UN CLIENTE-ESTAFADOR LLAMADO MARTIN FRANKEL

El caso de Martin Frankel es digno de ser citado en este libro como una manera de explicar cómo se pueden realizar estafas a gran escala utilizando el nombre del IOR y a través de la creación de fundaciones. El escándalo estalló a finales de 1999, cuando el financiero Martin Frankel escapó de Estados Unidos y huyó a Roma, tras haber conseguido hacerse de forma fraudulenta con 215 millones de dólares de siete compañías aseguradoras. El sistema usado por el financiero era bien sencillo: primero, compraba las compañías y después, antes de abonar su precio, las desvalijaba. Cuando el FBI, a petición de la autoridad bursátil estadounidense, la SEC, decidieron detenerlo, Frankel se había fugado[3].

En un avión privado, el financiero viajó a Roma con dos grandes maletas llenas de fajos de billetes de cien dólares, 547 diamantes de diferentes quilates y nueve pasaportes de diversos países a nombre de James Spencer, Eric Stevens, David Rosse y Mike King, todos ellos con la fotografía de Frankel. Con este equipaje, sencillamente se esfumó. Al fin, en el año 2000, Frankel fue detenido cuando paseaba por una calle de Hamburgo gracias a una orden internacional tramitada por la Interpol y ejecutada por agentes de la *Bundesamt für Verfassungsschutz* (BfV), el contraespionaje alemán. Tras ser condenado por las autoridades alemanas por falsificación de pasaporte, fue extraditado a Estados Unidos, donde se enfrentó a los investigadores del mayor caso de fraude de seguros de toda la historia[4].

---

[2] La Santa Sede no forma parte de los treinta y cuatro países que forman parte del FAFT y entre los que si se encuentran otros paraísos fiscales como Luxemburgo, Suiza, Singapur o Hong Kong.

[3] Ellen Pollock, *The Pretender: How Martin Frankel Fooled the Financial World and Led the Feds on One of the Most Publicized Manhunts in History*, Free Press, Nueva York, 2002.

[4] Serge Matulich y David M. Currie, *Handbook of Frauds, Scams, and Swindles, Failures of Ethics in Leadership*, CRC Press, Nueva York, 2008.

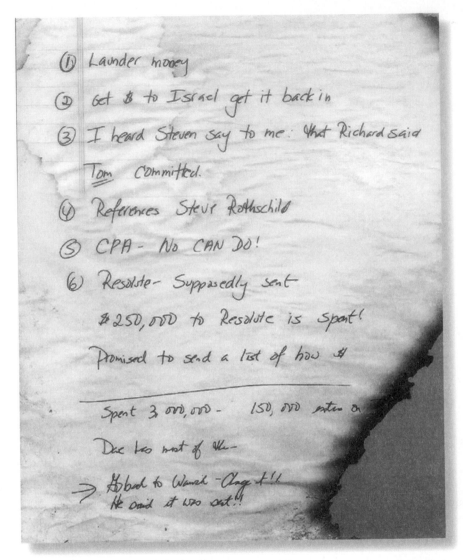

Nota incautada por el FBI a Martin Frankel. En el punto 6 aparece el nombre clave de *Resolute,* que puede ser monseñor Emilio Colagiovanni. Se habla de entregarle 250 000 dólares como donación.

Los medios de comunicación comenzaron a hacerse eco de la posibilidad de que algún organismo del Vaticano pudiera estar implicado en el asunto. El FBI demostró que Frankel había conseguido hacerse con las compañías aseguradoras a través de una misteriosa entidad benéfica llamada Fundación San Francisco de Asís. Supuestamente, esta había sido creada con el objetivo de ayudar a los más desfavorecidos, pero, en realidad, servía como instrumento a Frankel para controlar las aseguradoras sin que su nombre apareciese directamente. El financiero buscó una figura religiosa para dar mayor lustre a su fundación: la de monseñor Emilio Colagiovanni, que ofreció a Frankel la imagen que necesitaba para hacerse con las empresas aseguradoras. El religioso explicó a quien quería escucharle que la Fundación San Francisco de Asís se financiaba con los innumerables fondos que llegaban desde el Vaticano a través del IOR y de otras asociaciones católicas de Estados Unidos, Canadá y de la propia Italia.

La imagen de seriedad y credibilidad de Colagiovanni era indiscutible. Nacido en 1920, en Baranello, fue ordenado presbítero con veinticuatro años, y hasta 1994 formó parte de diferentes comités del Tribunal de la Sacra Rota. También era conocido por ser un gran experto en Derecho canónico y por dirigir la revista especializada *Monitor Ecclesiasticus*. Para Martin Frankel, monseñor Colagiovanni era el personaje perfecto. A partir de entonces, Frankel apodó al religioso con el nombre clave de *Resolute* (Resuelto), y posteriormente, el estafador explicará a sus interrogadores del FBI que el apodo se debía a que «cuando citaba el nombre del religioso a los responsables de las compañías aseguradoras, estos se relajaban y permitían así que pudiera asaltarlas»[5].

Durante el registro llevado a cabo por el FBI en la residencia de Martin Frankel, los agentes descubrieron una nota con seis puntos, escrita a mano por el propio Frankel y casi quemada. En el punto 6, Frankel escribió: «Resolute. supuestamente enviado. $ 250,000 a Resolute para gastar (o para gastos)».

La primera estafa se remonta a comienzos de los años noventa, cuando las finanzas vaticanas están controladas por hombres sin escrúpulos como monseñor Donato de Bonis y su «IOR paralelo». Martin Frankel comenzó a moverse adquiriendo una casa en una exclusiva zona residencial y dos coches de lujo, un Porsche y un Rolls Royce. Aparecía en las reuniones siempre acompañado de dos bellas secretarias y dos fornidos guardaespaldas. La puesta en escena debía ser perfecta para el golpe que pretendía dar.

En pocos meses, Frankel se hizo con el control de hasta siete compañías de seguros repartidas por varios estados de los Estados Unidos. El estafador convenció además a siete compañías aseguradoras de Arkansas, Tennessee, Oklahoma y Missouri para que le entregasen parte de sus reservas y las depositasen en la Liberty National Security, una sociedad de inversiones respaldada por el IOR. Una parte del dinero fue invertida en Wall Street y otra ingresada en cuentas cifradas en el IOR en Roma.

LA FUNDACIÓN SAN FRANCISCO DE ASÍS, LA LAVADORA DE DINERO

Las cantidades de dinero que entraban en sus bolsillos eran tan impresionantes que Martin Frankel comenzó a necesitar una «lavadora»

---

[5] Ellen Pollock, ob. cit.

de dinero. Para ello, con la ayuda de Thomas Bolan, exasesor de Ronald Reagan y exabogado de Michele Sindona, creó la Fundación San Francisco de Asís, con sede en las Islas Vírgenes. A la cabeza colocó a monseñor Emilio Colagiovanni y a un sacerdote de Nueva York llamado Peter Jacobs. Tanto Colagiovanni como Jacobs debían ocuparse de administrar la entidad y lavar el dinero, simulando actividades benéficas por todo el mundo[6].

Al parecer, Frankel conoció primero a Peter Jacobs, y fue a través de Bolan como contactó con monseñor Colagiovanni. Durante su primer encuentro, Frankel ofreció al religioso 40 000 dólares en efectivo y una donación de cinco millones de dólares a la revista *Monitor Ecclesiasticus*. En total, hasta su detención en Hamburgo, Frankel llegó a manejar una cifra cercana a los 55 millones de dólares, de los cuales 50 fueron usados por Frankel para adquirir las compañías aseguradoras, mientras los cinco restantes quedaron depositados en el IOR como «donación a la Santa Sede». El estafador necesitaba más dinero, por lo que envió a monseñor Colagiovanni para convencer a las altas instituciones financieras del Vaticano para que participasen en la operación.

Una tras otra, las reuniones con monseñor Francesco Salerno, secretario de la prefectura de Asuntos Económicos, se sucedieron. Salerno dio el visto bueno, pero tras informar al entonces secretario de Estado, el cardenal Angelo Sodano, prefirió echar marcha atrás. El religioso enviado por Frankel volvió a intentarlo, esta vez con monseñor Gianfranco Piovano, máximo responsable del Óbolo de Pedro. Tras varios encuentros más con Giovanni Battista Re, el sustituto de la Secretaría de Estado para Asuntos Generales, y Pio Laghi, antiguo embajador vaticano en Washington, decidieron entregar al «solucionador de problemas», monseñor Emilio Colagiovanni, una carta del IOR que el estafador usó como garantía para desviar fondos a los *offshore* del Caribe.

Cuando estalló el escándalo, el Vaticano se defendió con uñas y dientes en lo referente a la utilización de cuentas del IOR para desviar fondos desde Estados Unidos hacia el extranjero. En una serie de artículos aparecidos en el mes de junio en *The New York Times,* la Fundación San Francisco de Asís había conseguido acceder a cuentas del IOR, poniendo de manifiesto la estrecha relación entre Frankel y los banqueros del papa. El problema se agravó aún más cuando se hicieron públicos los escritos de Emilio Colagiovanni en los que afirmaba que la Fundación San Francisco de Asís contaba con plena cobertura financiera del Instituto para las Obras de Religión. La prensa estadounidense, haciendo un juego con sus siglas, comenzó a definir sarcásticamente al IOR vaticano como «International Offshore Rule», algo así como un

---

[6] Gianluigi Nuzzi, ob. cit.

organismo internacional para el envío de capitales a la banca *offshore* (en paraísos fiscales)[7].

Monseñor Colagiovanni había entregado a Frankel dieciséis certificados en los que se demostraba que la Fundación San Francisco de Asís operaba bajo el apoyo pleno del Vaticano. Los investigadores descubrieron que, en julio de 1999, el Vaticano había dado ya muestras de querer alejarse de las oscuras operaciones de Frankel y Colagiovanni. El secretario de Estado, Angelo Sodano, había dado la orden al portavoz vaticano, Joaquín Navarro-Valls, para que pusiera distancia entre la Santa Sede y Colagiovanni y el padre Jacobs.

En una declaración ante los fiscales, monseñor Colagiovanni aseguró que el IOR actuaba a través de la publicación *Monitor Eclesiasticus,* que recibió 1 000 millones de dólares que después fueron desviados a la Fundación San Francisco de Asís y con los que Martin Frankel adquirió las compañías estadounidenses de seguros para desvalijarlas después.

En mayo de 2002, Martin Frankel fue encontrado culpable de veinticuatro cargos federales de fraude de seguros, fraude continuado, robo y conspiración. Quince asociados de Frankel, incluidos Colagiovanni y el padre Jacobs, fueron también acusados de complicidad en los delitos de los que se acusaba al estafador. Martin Frankel recibió una primera condena de dieciséis años y ocho meses de cárcel en una prisión federal. El Tribunal Federal del estado de Tennessee lo sentenció también a una pena de otros dieciséis años. Frankel se encuentra aún en una celda de una prisión federal a la espera de nuevas sentencias por parte de tribunales de Virginia, Oklahoma, Missouri, Arkansas y Mississippi.

El 30 de agosto de 2001, monseñor Emilio Colagiovanni, de ochenta y un años, fue detenido por unos agentes federales cuando salía de una iglesia de Cleveland. En un primer momento se declaró inocente, alegando que era víctima de una persecución religiosa por parte del FBI y asegurando que había sido engañado por Martin Frankel. Se le retiró el pasaporte y se le colocó un brazalete electrónico para evitar que huyera. El religioso se enfrentaba a una pena de veinte años por blanqueo continuado de capitales y otros cinco por estafa.

A comienzos de 2002, cinco estados de Estados Unidos presentaron demandas conjuntas contra el Vaticano por estafa y daños y perjuicios, asegurando que el IOR tenía suficiente información de las operaciones fraudulentas llevadas a cabo por Frankel, Colagiovanni y Jacobs. El diario *The Wall Street Journal* afirmó por aquel entonces que la Santa Sede conocía las operaciones de Frankel y que juntos habrían llevado a cabo en Estados Unidos unas actividades financieras no autorizadas y muy alejadas de su actividad religiosa.

El Vaticano contraatacó, asegurando que monseñor Emilio Colagiovanni estaba jubilado cuando comenzó a operar con Frankel y que, por

---

[7] Ellen Pollock, ob. cit.

[Página 1 de 3]

1   PLEASE TAKE NOTICE THAT A CAUSE OF ACTION ENTITLED *George Dale,*

2   *Commissioner of Insurance for the State of Mississippi et al vs. Emilio Colagiovanni and The*

3   *Holy See et al,* has recently been filed in the United States District Court for the Southern

4

5   District of Mississippi, Jackson Division (Case No. 3:01 CV 663BN).

6   ***DALE V. HOLY SEE***

7
    Dale v. Holy See is a Racketeer Influenced and Corrupt Organization Act (RICO) lawsuit
8

9   filed by the combined State Insurance Commissioners of Mississippi, Tennessee, Missouri,

10 Oklahoma, and Arkansas, seeking approximately $600 million in damages from the Holy See.

11
    The gist of the lawsuit is an allegation that various personalities in the Holy See or associated
12

13 with it conspired with and/or aided and abetted convicted swindler, Martin Frankel, in a scheme

14 to launder money looted from American insurance companies using a Vatican Bank account and

15 other means. One of the personalities named in the lawsuit's allegations is Vatican Secretary of
16
17 State, Cardinal Sodano.

18   The Vatican Bank is directly implicated in the allegations by the five state Insurance

19 Commissioners as follows:

20
        60. Frankel was also interested in securing the involvement of the Istituto per le
21   Opere di Religione ("IOR"), popularly known as the "Vatican Bank-" As a
22   Vatican entity, the IOR is beyond the reach of any regulatory scrutiny other
        than the Vatican's own supervision. Although Colagiovanni informed Frankel
23   that, as a non-Catholic, he could not open his own account at the IOR,
24   Colagiovanni assured Frankel that any fund or donation given to MEF would
        fall under the protection of the "very strict confidentiality and secrecy" laws
25   that apply to any entity linked to the IOR.

26   61. The IOR was involved in a number of ways with Frankel's scheme, MEF
27   has an account at the IOR, and Colagiovanni and, apparently Jacobs, were both
        authorized users of that account. Frankel wired money to MEF's account at the
28   IOR, as described below. Jacobs also had his own account at the IOR to which

        NOTICE OF PENDENCY OF OTHER ACTION OR PROCEEDING ~ C99-4941 MMC ~ p.2

Extracto de la acusación de George Dale, comisionado del seguro del estado de
Mississippi *vs* Monseñor Emilio Colagiovanni y la Santa Sede. 25 de junio
de 2002.

tanto, lo hizo por su cuenta y riesgo. El padre Peter Jacobs había sido suspendido *a divinis* en el mes de marzo de 1983, por lo que era poco probable que el IOR, o cualquier otra institución vaticana, le hubiese encargado una tarea de esa magnitud en Estados Unidos[8].

Pero los investigadores del caso descubrieron que el Vaticano mentía. Cuando la Fundación San Francisco de Asís comenzó a operar en las Islas Vírgenes, como tapadera de las operaciones de Martin Frankel, monseñor Colagiovanni era aún una importante figura de la curia romana, asesor y consejero del comité deontológico del Tribunal de la Sacra Rota, consultor en dos congregaciones vaticanas y miembro de la comisión especial que se encarga de estudiar las causas de nulidad, entre otros cargos.

En marzo de 2006, en una decisión sin precedentes, los tribunales estadounidenses dieron la razón a los abogados que representan a la Santa Sede, inhibiéndola de cualquier responsabilidad en el caso Frankel-Colagiovanni. También fracasó la iniciativa de George Dale, comisionado del seguro para el estado de Mississippi, que acusó directamente a la Santa Sede y al IOR de complicidad en uno de los mayores casos de fraude de seguros de toda la historia de Estados Unidos.

Monseñor Emilio Colagiovanni fue al fin encausado y condenado por delitos de lavado de dinero y fraude continuado. El religioso fue condenado a pagar una multa de un cuarto de millón de dólares y a cumplir una condena de cinco años de prisión.

Se calcula que entre 1990 y 1999 el Vaticano recibió, a través del IOR, cerca de 55 millones de dólares en concepto de «donación» por parte de las fundaciones fantasmas creadas por Frankel y Colagiovanni.

De nuevo la Santa Sede y sus órganos financieros se volvían a escapar por poco de una acusación formal, esta vez en Estados Unidos, pero el daño provocado a su imagen en los grandes medios de comunicación norteamericanos tardará un tiempo en restaurarse.

EL «PADRINO» MESSINA DENARO: UN INCÓMODO CLIENTE

Tras el cese de Ettore Gotti Tedeschi como presidente del IOR, el 1 de junio de 2012, las noticias fueron cayendo como un jarro de agua fría sobre el Estado-Ciudad del Vaticano, como si de una novela de Dan Brown o Mario Puzo se tratara.

La Fiscalía de Trapani examinó hasta quince operaciones financieras y catorce cuentas cifradas a nombre de catorce sacerdotes que habrían actuado, muchos de ellos, como hombres de paja de grupos criminales. El más famoso de todos era el padre Ninni Treppiedi, un sacerdote de treinta y seis años que ejercía su labor en la parroquia de Alcamo, cerca de

---

[8] Gianluigi Nuzzi, ob. cit.

Trapani. Treppiedi era sospechoso de ser el testaferro del gran «padrino» de la mafia, Matteo Messina Denaro, en las operaciones del IOR.

El *Capo di tutti Capi* de la Cosa Nostra, Matteo Messina Denaro, pudo haber blanqueado su dinero y el de su *famiglia* en alguna de las veinticinco mil cuentas cifradas del IOR, a través del padre Treppiedi, hombre de confianza del obispo local, monseñor Francesco Miccichè, según la Fiscalía de Trapani, la localidad siciliana donde actuaba la banda de Messina Denaro. Inmediatamente después de saltar la noticia, Treppiedi fue cesado *ad divinis,* y el obispo monseñor Francesco Miccichè fue destituido de su cargo.

Al parecer, Ettore Gotti Tedeschi se encontró en el IOR con varias de las cuentas que olían a mafia controladas por el todopoderoso jefe de la Cosa Nostra, Messina Denaro, a través de testaferros. Muchos analistas aseguraban entonces que el IOR se había negado a aceptar el control del MONEYVAL, el organismo del Consejo de Europa encargado de regular a los bancos centrales para evitar el blanqueo de capital y la financiación del terrorismo.

La guerra contra Ettore Gotti Tedeschi, iniciada desde la Secretaría de Estado y dirigida con *manu militari* por el cardenal Bertone, dio inicio cuando el banquero quiso conocer quién se escondía detrás de algunas de las cuentas cifradas. Ettore Gotti Tedeschi jamás tuvo acceso a esa información. Uno de los nombres que se escondían tras esas cuentas era el de Matteo Messina Denaro. La Fiscalía que ahora investiga el caso calcula que los fondos podrían rondar los 14 millones de euros.

Pero ¿quién es realmente Matteo Messina Denaro, este incómodo cliente del IOR? Matteo Messina nació en el seno de una familia mafiosa, el 26 de abril de 1962, en la ciudad siciliana de Castelvetrano, en la provincia de Trapani. «He llenado un cementerio entero», llegó a decir en cierta ocasión el propio Messina, quien cometió su primer delito a los catorce años. Tras la muerte de su padre en noviembre de 1998, Matteo se convirtió en el capo de Castelvetrano. Vincenzo Virga controlaba la mafia en Trapani y sus alrededores, pero después de su detención en 2001, Messina Denaro asumió el control de la familia Virga en toda la provincia[9].

Matteo Messina llegó a tener bajo su mando a casi un millar de soldados de la Cosa Nostra al reorganizar veinte familias mafiosas. La suya se convirtió en la segunda más poderosa de Sicilia, después de la Palermo. La familia de Messina conseguía sus beneficios, muchos de los cuales terminaban en las cuentas cifradas del IOR, a través de la extorsión, forzando a comerciantes a pagar el *pizzo* —dinero a cambio de protección— y por medio de contratos públicos de construcción con el suministro de arena[10].

---

[9]   Giacomo di Girolamo, *Matteo Messina Denaro. L'invisibile,* Editori Riuniti, Roma, 2010.

[10]   Salvatore Mugno, *Matteo Messina Denaro. Un padrino del nostro tempo,* Massari, Bolsena, 2011.

SENATO DELLA REPUBBLICA   CAMERA DEI DEPUTATI

XIV LEGISLATURA

Doc. XXIII
n. 16

COMMISSIONE PARLAMENTARE D'INCHIESTA SUL FENOMENO DELLA CRIMINALITÀ ORGANIZZATA MAFIOSA O SIMILARE

(istituita con legge 19 ottobre 2001, n. 386)

(composta dai senatori: *Centaro*, Presidente, *Dalla Chiesa*, Segretario; *Ayala, Battaglia Giovanni, Bobbio, Boscetto, Brutti Massimo, Bucciero, Calvi, Cirami, Crinò, Curto, Ferrara, Florino, Gentile, Manzione, Marini, Maritati, Novi, Peruzzotti, Ruvolo, Thaler Ausserhofer, Veraldi, Vizzini, Zancan;* e dai deputati: *Ceremigna, Napoli Angela,* Vice Presidenti; *Parolo,* Segretario; *Bertolini, Bova, Burtone, Cicala, Cristaldi, Diana, Drago, Fallica, Gambale, Grillo, Lazzari, Leoni, Lisi, Lumia, Minniti, Misuraca, Palma, Russo Spena, Santulli, Sinisi, Taglialatela, Taormina*)

Relazione conclusiva

approvata dalla Commissione nella seduta del 18 gennaio 2006

(Relatore: senatore CENTARO)

Comunicata alle Presidenze il 20 gennaio 2006

ai sensi dell'articolo 1 della legge 19 ottobre 2001, n. 386

TOMO I

TIPOGRAFIA DEL SENATO (600)

Extracto del informe, de 972 paginas, de la Comisión Antimafia de la Cámara de Diputados en la que se habla de Matteo Messina Denaro como miembro de Cosa Nostra. 20 de enero de 2006.

[Página 251 de 972]

Senato della Repubblica — 251 — *Camera dei deputati*

XIV LEGISLATURA – DISEGNI DI LEGGE E RELAZIONI - DOCUMENTI

Provenzano, da sempre latitante, e ha dato luogo all'avvio di un procedimento penale che ha portato all'applicazione in data 23 gennaio 2002 di misure cautelari nei confronti di 28 soggetti, fra cui tutti i componenti della famiglia Lipari e di quella di Tommaso Cannella, poi quasi tutti condannati a pesanti pene detentive, nonché al sequestro e alla successiva confisca di beni di ingente valore. L'indagine ha consentito di ricostruire il sistema di relazioni «trasversali» che fa capo al citato Provenzano (quale è stato indicato in precedenza) e di individuare le attuali linee strategiche dell'organizzazione. L'altra riguarda le intercettazioni ambientali eseguite nell'ambito del procedimento c.d. «Ghiaccio» contro Giuseppe Guttadauro, che costituiscono un documento eccezionale di conoscenza dell'attuale fase dell'organizzazione mafiosa.

Può quindi affermarsi che l'associazione mafiosa Cosa Nostra continua, attraverso il suo efficiente vertice, ad imporre le proprie direttive secondo le linee strategiche adottate dopo la fase emergenziale seguita alle stragi del 1992 e alla cattura di Leoluca Bagarella (1995) e di Giovanni Brusca (1996).

Dopo gli arresti di tre capi come Benedetto Spera, Vincenzo Virga (avvenuti nel 2001) e Antonino Giuffrè nel 2002, si ritiene che la direzione operativa di Cosa Nostra sia attualmente composta dai latitanti Bernardo Provenzano, Salvatore Lo Piccolo, capo del *mandamento* di San Lorenzo, che ha esteso la sua influenza a gran parte del territorio della città di Palermo, e Matteo Messina Denaro, capo del *mandamento* di Castelvetrano e di fatto, dopo la cattura di Virga, con influenza che si estende a tutta la provincia di Trapani. Tuttavia non può escludersi che alla direzione di questo vertice siano tuttora posti anche Salvatore Riina e Leoluca Bagarella, i quali, pur trovandosi detenuti e sottoposti al regime penitenziario previsto dall'art. 41-*bis* o.p., partecipino in qualche modo alle decisioni più importanti.

La struttura di tale vertice ha ormai modificato i tradizionali schemi di rigida corrispondenza tra *famiglie* mafiose ed aree geografiche e ha superato i consueti ambiti territoriali, utilizzando sistemi di aggregazione alternativi che fanno riferimento a *uomini d'onore* di provata esperienza, i quali fanno capo direttamente allo stesso Provenzano per la gestione degli interessi territoriali la cui cura è loro demandata, e rappresentano il momento decisionale in aree omogenee dal punto di vista associativo, anche se eterogenee sotto il profilo territoriale.

Allo stato tale gruppo, alla cui posizione apicale si colloca, come detto, Bernardo Provenzano, continua nella «politica» indirizzata al superamento della precedente fase emergenziale e stragista e alla riaffermazione della tradizionale capacità strategica dell'organizzazione attraverso un controllo silente, ma non per questo meno appariscente, del territorio e delle dinamiche criminali.

È evidente che la strategia che il gruppo di comando va così conducendo non può ritenersi affatto rassicurante poiché, lungi dall'essere indice di un affievolirsi della pericolosità di Cosa Nostra, è l'effetto di una scelta di una parte del suo gruppo dirigente, consapevole della inutilità dello

Tras la detención de Salvattore *Totò* Riina, el 15 de enero de 1993, los jefes de la Cosa Nostra que conformaban la llamada «cúpula» intentaron llegar a una negociación con el Estado italiano, lo que desembocó en una campaña de bombas con diez muertos y casi un centenar de heridos. Después de esta oleada de atentados, Messina Denaro desapareció. En abril de 2006 cayó Bernardo Provenzano, el sucesor de Riina. El propio Provenzano nombró a Matteo Messina Denaro *Capo di tutti Capi* de la Cosa Nostra, cargo que ostenta en la actualidad[11]. La Policía italiana y la DDA (Direzione Distrettuale Antimafia) creen que Matteo Messina Denaro se encuentra escondido en su propio territorio de Castelvetrano, pero la ley de la *omertá* sigue vigente y nadie habla sobre su paradero.

La Fiscalía de Trapani continúa investigando las relaciones de Matteo Messina Denaro y su familia con el IOR, a través del padre Ninni Treppiedi. Los investigadores quieren saber cuánto dinero ingresó el religioso en las cuentas del IOR, con el fin de establecer si Treppiedi era realmente el testaferro del gran padrino de la mafia. El religioso, que ejercía como sacerdote en la iglesia de Alcamo, cerca de Trapani, declaró ante el fiscal Marcello Viola que estaba protegido por ricos empresarios de Sicilia y que nada tenía que ver con Messina Denaro. La Fiscalía de Trapani pidió entonces al Vaticano la información sobre las cuentas que estaban a nombre del sacerdote, sin resultado positivo. El fiscal Viola estaba interesado en una cuenta concreta, a nombre de Treppiedi, en la que este ingresó entre 2007 y 2009 cerca de un millón y medio de euros.

Los rumores de que Gotti Tedeschi pudo descubrir las cuentas de la mafia en el IOR son cada vez mayores. «Nosotros hemos pedido a la Ciudad-Estado del Vaticano su máxima cooperación para que nos permita avanzar en la investigación para conocer las sumas de dinero que fueron enviadas en varias transacciones financieras desde la Diócesis de Trapani», declaró el fiscal Viola. Sean ciertas o no las informaciones sobre la relación de Matteo Messina Denaro con el IOR, se sabe que la Congregación del Clero, a través de su prefecto, el cardenal Maura Piacenza, y de su secretario, el arzobispo Celso Morga Iruzubieta, firmaron el llamado «Protocolo 201200612», por el que suspendían *ad divinis* al «padre Ninni Treppiedi, de la diócesis de Trapani, exdirector de la Oficina Jurídica y Administrativa de la Curia de Trapani, exarcipreste de una de las iglesias más ricas de Sicilia». El Vaticano ha preferido guardar sus espaldas en este delicado asunto, aunque ha preferido no incluir en el protocolo aprobado el motivo por el cual el padre Treppiedi quedaba fuera de juego.

Un equipo de la Fiscalía, formado por catorce investigadores, descubrió que el inicio de la relación entre Messina Denaro y Treppiedi tuvo lugar en 2007, cuando se iniciaron las obras de restauración de la iglesia

---

[11] Fabrizio Feo, *Matteo Messina Denaro. La mafia del camaleonte*, Rubbettino, Calabria, 2011.

annega E 25.000.

INTESA [mm] SANPAOLO

Il Presidente del Consiglio di Sorveglianza

PERVENUTO IL
22 DIC. 2011

Milano, dicembre 2011

Sua Eccellenza Reverendissima
Mons. Georg Ganswein
Segr. Santo Padre
ROMA

*tramite il
Dott. Colombo*

Eccellenza Reverendissima,

nella ricorrenza del Santo Natale sono lieto di inviarLe, qui unito, a nome di Intesa Sanpaolo un contributo per le Sue opere di carità.

Mi è gradito porgerLe, in questa occasione, i più fervidi auguri, insieme al mio deferente saluto.

Giovanni Bazoli

MILANO, 18/11/2011

INTESA [mm] SANPAOLO

euro**25.000,00**

Intesa Sanpaolo S.p.A. pagherà a vista per questo assegno circolare

n. 3303621234-04

EURO**VENTICINQUEMILA/00********************************** NON TRASFERIBILE

ALL'ORDINE DI: S.E. MONS. GEORG GANSWEIN-SEGRETARIO SANTO PADRE.

Intesa Sanpaolo S.p.A.

vale fino a euro 0187

VERO

Decim... 1 2 3 4 5 6 7 8 9 10 **100.000** 0 1 2 3 4 5 6 7 8 9

#3303621234# 306920091# 99999999#

Intesa Sanpaolo S.p.A. Via Monte di Pietà, 8 20121 Milano

Carta de donación de Giovanni Bazoli, presidente del Consejo de Intesa Sanpaolo, a la obra de caridad del papa. 22 de diciembre de 2011.

San Silvestre Papa, de Calatafimi. El religioso era la persona encargada de buscar fondos para llevar a cabo dicha restauración. Una tarde llegó un hombre hasta el despacho de Treppiedi en la iglesia de Alcamo y le entregó una bolsa de basura llena de billetes de 100 y 500 euros: se trataba del importe necesario para las obras de restauración; en total, 97 000 euros. El misterioso mecenas era Matteo Messina Denaro.

Al año siguiente, el padre Treppiedi ayudó a Messina Denaro a hacerse con varios inmuebles propiedad de la Iglesia: en total, once edificios y solares valorados en 943 500 euros, que fueron depositados en una cuenta cifrada del IOR. ¿Casualidad? En la Fiscalía de Trapani no creen en las «casualidades». Todavía, a día de hoy, el Vaticano, a través de su Secretaría de Estado, no ha respondido a las requisitorias de la Fiscalía de Trapani.

Y LA COSA CONTINÚA... DE BANQUEROS Y PRESENTADORES DE TELEVISIÓN

La Fiscalía de Roma decidió abrir una investigación sobre una oscura operación realizada por el Instituto para las Obras de Religión. Al parecer, un enviado autorizado por el Banco Vaticano decidió retirar la cantidad de 600 000 euros en efectivo de una cuenta abierta en la entidad Intesa Sanpaolo. Las autoridades monetarias italianas decidieron enviar una pregunta formal a la dirección del banco y al propio IOR. La respuesta de este fue que el dinero era destinado a «obras misioneras», mientras que la reacción de la entidad italiana fue la de la callada por respuesta. Poco después, el Banco de Italia descubrió que, a través de esta cuenta del Intesa Sanpaolo, el IOR había hecho circular cerca de 140 millones de euros en solo un año.

Las operaciones habían sido autorizadas por Giovanni Bazoli, el poderoso presidente del Consejo de Intesa Sanpaolo, a quien los medios de comunicación consideran un financiero y un banquero muy cercano al Vaticano. Fanático del fútbol y de los estudios bíblicos, Bazoli, descendiente de una prestigiosa familia de Brescia, se convirtió rápidamente en un hombre con el que la Santa Sede podía contar. En 1982 fue convocado por el entonces ministro Nino Andreatta con el fin de salvar lo que quedaba del arruinado Banco Ambrosiano tras el escándalo de Calvi.

Bazoli fue nombrado, con el visto bueno del IOR, presidente del Nuevo Banco Ambrosiano, consiguiendo integrarlo de forma eficaz en la Banca Católica del Veneto. En 1997, el Ambroveneto se unirá con otra entidad financiera para convertirse en la Banca Intesa y, dos años después, con la Banca Commercial Italiana y con el Sanpaolo, cambiando su nombre por el de grupo Intesa Sanpaolo, de clara tendencia católica y con nexos muy estrechos con el IOR. En 2011, Giovanni Bazoli envió personalmente a monseñor Georg Gänswein, secretario del papa, un

Allegati: assegno di € 10.000,00

Dr. Bruno Vespa

PERVENUTO IL
2 3 DIC. 2011

Roma, 21 dicembre 2011

Monsignore Georg Ganswein
Segretario di Sua Santità
Città del Vaticano

Caro Monsignor Georg,

anche quest'anno , mi permetto di farLe avere a nome della mia famiglia una piccola somma a

disposizione della Carità del Papa.

Auguro a Sua Santità e a Lei, caro Don Giorgio, di trascorrere un sereno Natale e un nuovo

anno di proficua missione

Mi creda, il Suo

Allegato assegno NT Unicredit Banca di Roma n. 3581597098-01 di euro 10000/00

P.S. Quando possiamo avere un incontro per salutare il Santo Padre? Grazie.

VISTO DAL SANTO PADRE
2 4 DIC. 2011

Carta de donación de Bruno Vespa, de la RAI, a la obra de caridad del papa con
petición de audiencia. 21 de diciembre de 2011.

cheque nominativo por 25 000 euros «para la obra de caridad». Pero no será el único.

En plena tormenta del *Vatileaks,* otro nombre famoso saltaba a los periódicos italianos por los documentos filtrados por los cuervos vaticanos. Entre los cientos de páginas filtradas se encontraba una carta de Bruno Vespa, el famoso presentador y creador del programa *Porta a Porta,* dirigida a monseñor Gänswein, en la que indicaba al secretario papal que ponía a disposición de la «caridad del papa» la «pequeña suma de diez mil euros». Vespa era conocido desde hacía años por su proximidad con el poder vaticano. Había mantenido una estrecha amistad con el anterior papa, Juan Pablo II, cuando este era aún el cardenal Karol Wojtyla. En 1998 se hizo muy famosa la intervención en directo del Sumo Pontífice en el programa que Bruno Vespa presentó y dirigió con motivo de los veinte años de pontificado del papa polaco, un caso único en el periodismo internacional. Bruno Vespa ha sido acusado de defender los poderes de la derecha y de que su programa se fundamenta en un «método periodístico miserable». Durante los «años Berlusconi», Vespa fue uno de los grandes defensores del polémico primer ministro, ganándose el sobrenombre de «siervo del régimen» por parte de la prensa de izquierda. De lo que no cabe la menor duda es de que Bruno Vespa es una de las grandes puntas de lanza de la Santa Sede en los medios de comunicación italianos y, según parece, un hombre bastante próximo al cardenal Tarcisio Bertone, el poderoso secretario de Estado.

5
LA MAFIA Y EL IOR *NOSTRO*

El IOR, que sirve para gestionar de forma eficaz el dinero de la Iglesia católica y moverlo hacia las misiones y obras de caridad en todo el mundo, ha tenido siempre un lado oscuro. Esto lo permiten sus cuentas sin nombre, sin ningún tipo de recibo y sin operaciones electrónicas de por medio. Ettore Gotti Tedeschi era el encargado de acabar con todo ello. Las relaciones entre la mafia y el IOR ha sido uno de los grandes cánceres de la Santa Sede desde la siniestra época de Michele Sindona, Roberto Calvi y Paul Marcinkus, hasta las actuales relaciones con Matteo Messina Denaro, el todopoderoso jefe de la Cosa Nostra.

El último presidente del IOR, Ettore Gotti Tedeschi, fue cesado de forma fulminante el 24 de mayo de 2012 por querer llevar a cabo una profunda limpieza. Así, el hombre encargado por el papa Benedicto XVI para conducir al IOR desde las oscuras cavernas del blanqueo de capitales hasta la nueva realidad que exigen Washington, Bruselas, incluso Francia, Alemania y la propia Italia, era apartado de forma brusca de cualquier posibilidad de cumplir con los deseos del Sumo Pontífice. Cuando Gotti Tedeschi intentó pedir explicaciones al papa, este, sencillamente, decidió no responder. De este modo se hacían del todo evidentes las malas relaciones entre aquellos que estaban de acuerdo con la necesidad de convertir al IOR en un banco «blanco», como el propio papa o Gotti Tedeschi, y los que preferían dejar las cosas como estaban, como el cardenal Bertone o el director general del IOR, Paolo Cipriani. A pesar de que los pasos iniciados por Benedicto XVI con la aprobación de la Carta Apostólica, en diciembre de 2010, iban encaminados a imponer una nueva legislación para convertir el IOR en un banco «legal», muchos otros poderes dentro de la Santa Sede iban a negarse a ello, provocando una auténtica guerra fraticida. Muchas serían las víctimas de esta lucha soterrada, sucedida entre julio de 2009 y junio de 2012. Entre ellas se encuentran nombres como el de Ettore Gotti Tedeschi, presidente del IOR, o el de monseñor Carlo Maria Viganò, secretario general de la Gobernación del Estado-Ciudad del Vaticano. Todo el que intentase denunciar la corrupción o la mala *praxis* en las instituciones vaticanas sería condenado al destierro o al más absoluto silencio.

EL FIN DE LA IMPUNIDAD

«Temo por mi vida por husmear en los titulares de algunas de las cuentas [del IOR]», dijo el propio Ettore Gotti Tedeschi a los fiscales. Antes de abandonar su despacho en la torre de Nicolás V, sede del IOR, el presidente salió de él con un amplio dossier redactado por él mismo con todo lo que sabía sobre el Banco Vaticano. En la página 15 del dosier aparecía la lista de cuentas cifradas que ocultaban depósitos de la mafia y de sus actividades ilegales, incluidos sobornos a políticos italianos. El «dossier Tedeschi», como ya es conocido por la Fiscalía y la Guardia de finanzas, era el seguro de vida del expresidente del IOR.

Gotti Tedeschi, amigo personal de Benedicto XVI y muy cercano al Opus Dei, contó a los fiscales que en esa tarea, ordenada por el Santo Padre, chocó frontalmente con el cardenal secretario de Estado Tarcisio Bertone y con el director general del IOR, Paolo Cipriani. «Me han combatido hasta el agotamiento por querer transparencia, sobre todo en algunas de las cuentas», dijo Gotti Tedeschi.

Después de aparecer su declaración en el diario *Corriere della Sera,* el Vaticano, a través del portavoz Federico Lombardi, recalcó «su sorpresa y preocupación por los recientes asuntos en los que se ha visto involucrado el profesor Gotti Tedeschi». En el mismo comunicado, emitido el 9 de junio de 2012, aseguraba que «pone en la autoridad judicial italiana la máxima confianza con respecto a que las prerrogativas soberanas, reconocidas a la Santa Sede por el ordenamiento internacional, sean evaluadas y respetadas adecuadamente». Pero en la mejor tradición vaticana de querer asegurarse la limpieza de su imagen, el padre Lombardi agregó:

> Asimismo la Santa Sede confirma su plena confianza en las personas que trabajan, con dedicación y profesionalidad, para el Instituto para las Obras de Religión y está examinando, con la máxima atención, los eventuales perjuicios causados a sus derechos propios y a los de sus órganos.
>
> Se reafirma, en fin, que la moción de retiro de la confianza al profesor Gotti Tedeschi, adoptada por el Consejo de Superintendencia, estaba fundada en motivos objetivos, atinentes al gobierno del Instituto, y no determinada por una presunta oposición a la línea de la transparencia, que interesa tanto a las autoridades de la Santa Sede como al mismo Instituto»[1].

---

[1] Véase http://www.vis.va/vissolr/index.php?vi=es&dl=6c36e0a5-2c96-34fd-f4e4-4fd5d392a2be&dl_t=text/xml&dl_a=y&ul=1&ev=1.

La Santa Sede recordaba a quien pudiera interesarle que el Vaticano y el papa Benedicto XVI eran un Estado y un jefe de Estado extranjeros, y como extranjera debía ser tratada toda la información en poder ahora de la Fiscalía de Roma y, por supuesto, respetando siempre las prerrogativas reconocidas a la Santa Sede por el ordenamiento internacional.

El «dossier Tedeschi» constaba de doscientas páginas en las que el expresidente del IOR había reunido cartas y correos electrónicos entre «ciertos» clientes y el personal del Banco Vaticano. Tres copias, que debían ser entregadas a las autoridades pertinentes si a él le ocurría algo o moría en extrañas circunstancias, fueron enviadas por el propio Tedeschi a un amigo suyo, a un abogado de Roma y al periodista del *Corriere della Sera* Massimo Franco, que se ocupaba de informar sobre el *Vatileaks* en las páginas de este prestigioso rotativo. Con lo que Gotti Tedeschi no contaba era con el registro ordenado por la Fiscalía en su residencia romana, un lugar que no contaba con inmunidad extraterritorial. Durante el registro, los agentes italianos se hicieron con el dossier, más un armario con cuarenta y siete archivadores sobre la actividad del «banquero de Dios» en el IOR y en la filial italiana del Banco de Santander, que dirigía de forma eficaz desde 1992.

Este registro marcaba un hito en las relaciones entre Italia y la Santa Sede que habían cambiado desde el año 2003, cuando el Tribunal Supremo de la República italiana acabó con la impunidad del IOR al legitimar el control del Banco Vaticano en Italia. A esto ayudó la retirada en 2010 de Antonio Fazio como gobernador del Banco de Italia, un católico ultraconservador y enemigo de ejecutar cualquier acción contra el IOR vaticano o contra la Santa Sede. De ese modo se acababa con la impunidad para los «banqueros de Dios».

DE «OSCURO BANCO» A «BANCO BLANCO»

En 2010, la Fiscalía de Roma inició dos investigaciones sobre el IOR y sus oscuras operaciones financieras. La primera afectaba al movimiento de 23 millones de euros enviados por el Credito Artigiano y destinados a la J. P. Morgan de Frankfurt, más otra parte a la Banca del Fucino, siempre a través del IOR. La segunda tenía que ver con el religioso Evaldo Biasini, el execónomo de la Congregación de Misioneros de la Preciosísima Sangre y bautizado por la prensa como «Don Cajero Automático» *(Don Bancomat)*, sospechoso de ser el testaferro ante el IOR de Diego Anemone, un poderoso constructor de Roma. La misma investigación implicaba además a otros religiosos con conexiones con el blanqueo de capitales y cuentas abiertas en el IOR: Orazio Bonaccorsi, Salvatore Palumbo, Evaldo Biasini y monseñor Emilio Messina. El último, por ejemplo, era titular de cincuenta y siete cuentas en diferentes entidades financieras, trece de ellas en el IOR.

Bonnacorsi, de treinta y cinco años, estaba acusado de ser un testaferro en el IOR a través de dos cuentas a su nombre. La primera con 225 000 euros y la segunda con 600 000 euros. La Fiscalía cree que el dinero procedía de varios empresarios, exfuncionarios de Hacienda y miembros del crimen organizado de Catania. Un periódico italiano se hizo eco de la investigación y comenzó a publicar informaciones sobre otros religiosos titulares de cuentas en el IOR. El Vaticano contraatacó con una nota de prensa en la que negaba la información por ser «una investigación poco seria» y alegando que esta lanzaba un manto de sospecha sobre las finanzas del Instituto para las Obras de Religión (IOR) y la Autoridad Vaticana de Información Financiera (AIF). El texto del portavoz del Vaticano explicaba:

Luego de identificar la autoría de la información y el medio donde ha sido publicado, la sala de prensa de la Santa Sede declara lo siguiente:

En primer lugar, se han hecho dos observaciones introductorias:

1. El título del artículo habla del silencio del Vaticano. Como se verá con claridad más adelante, esto es totalmente infundado: la Santa Sede y las autoridades del Vaticano han cooperado debidamente con el poder judicial y las demás autoridades italianas.

2. Las acusaciones desarrolladas en el artículo retoman críticas ya superadas. Una búsqueda veloz en Internet de los escritos de la autora del artículo evidencia que su actual nota no aporta nada como «noticia». Se trata de acusaciones «recicladas» que la periodista ya ha publicado varias veces en el pasado. Retomarlo no lo vuelve verdadero. Uno se pregunta si el artículo no constituye una especie de publicidad para cierto programa de televisión nocturno.

En lo que concierne al contenido del artículo se precisa lo siguiente:

El artículo presupone que hay cuatro sacerdotes, Emilio Messina, Salvatore Palumbo, Orazio Bonaccorsi y Evaldo Biasini, que utilizan el IOR para lavado de dinero. La acusación principal es que el IOR estuvo involucrado en una actividad ilegal y que no ha colaborado con las autoridades italianas que perseguían a estas personas. Esto es incorrecto.

Ante todo, el artículo no informa que, desde los años 2006-2007, el IOR se ha comprometido con determinación en el análisis de las cuentas y en la verificación de sus clientes para determinar e informar si hay transacciones sospechosas. Este compromiso del IOR (que la prensa, curiosamente parece ignorar), dirigido a identificar las operaciones sospechosas, se anticipa algunos años a la Ley N.º CXXVII, en contra del lavado de dinero del 30 de diciembre 2010, promulgada por el Estado de la Ciudad del Vaticano.

Además, como es bien conocido por las autoridades italianas y como se muestra en la documentación que está a disposición de los oficiales de la Santa Sede y de la República Italiana, el IOR en repetidas ocasiones ha colaborado con las autoridades italianas a todos los niveles. Esto ocurrió, a petición, en el ámbito judicial entre las autoridades competentes y administrativas de parte del IOR con sus homólogos italianos.

Vale la pena señalar que el IOR ha proporcionado información, también fuera de los canales formales, en todo el período anterior a la creación de la AIF.

La cooperación del director general del IOR, doctor Paolo Cipriani, fue descrita como «oportuna y exhaustiva», en documentos emitidos por las autoridades italianas. De hecho, en un caso, ha sido por la acción rápida del doctor Cipriani que se ha podido poner bajo acusación a una de las personas mencionadas.

Después de consultar con la AIF, se puede especificar lo siguiente:

1. No es cierto que el IOR no hubiera proporcionado información a la AIF sobre los asuntos en cuestión.

2. No es cierto que la AIF no haya transmitido esta información a la UIF.

3. En relación con una de las personas mencionadas en el artículo, monseñor Messina, las autoridades italianas nunca han elevado una solicitud al AIF. Así que era obviamente imposible para la AIF «responder» a su contraparte italiana.

Todos estos puntos, relativos a las comunicaciones entre la AIF y su contraparte italiana, se conservan en los documentos conservados por la AIF con número de protocolo específico.

Además, el artículo tampoco informa de que una de las personas allí mencionadas —el reverendo Bonaccorsi— fue declarado inocente, con sentencia confirmada en apelación.

El efecto lamentablemente difamatorio del artículo resulta de la utilización del término «incriminado», en relación con el presidente del IOR, profesor Ettore Gotti Tedeschi, y al director general, doctor Paul Cipriani. Ni el uno ni el otro han sido nunca acusados, sino solo investigados.

En la nota de prensa aparecían varias inexactitudes. Por ejemplo, el portavoz afirmaba que «entre 2006-2007, el IOR se ha comprometido con determinación en el análisis de las cuentas y en la verificación de sus clientes para determinar e informar si hay transacciones sospechosas». Y eso no es del todo cierto. Se calcula que entre 2006 y 2008, la Secretaría de Estado del Vaticano y las autoridades del IOR habrían recibido hasta trece requisitorias de jueces y fiscales italianos, de las cuales ninguna de ellas recibió respuesta oficial de la Santa Sede. También hay imprecisiones respecto a monseñor Emilio Messina: bien es cierto que la fiscalía italiana nunca ha elevado una requisitoria al Vaticano sobre este religioso, pero eso no quita que en estos momentos el alto miembro de la curia permanezca investigado por su implicación en el desvío de fondos, a través del IOR, de 23 millones de euros desde el Crédito Artigiano; 20 millones con destino a la J. P. Morgan de Frankfurt y tres millones con destino a la Banca del Fucino. Sigue siendo un misterio para los investigadores italianos el origen de esos 23 millones de euros, pero ni monseñor Messina ni el cardenal Attilio Nicora, presidente de la Autoridad Vaticana de Información Financiera (AIF), han querido dar explicación alguna. El silencio sigue reinando en los pasillos de la Santa Sede.

Pero ¿cómo funcionaba el blanqueo de dinero a través del IOR? Es sencillo: el corrupto o mafioso entregaba una cantidad de dinero en efectivo a un religioso con funciones en la Santa Sede. Este tenía diversas cuentas a su nombre en el IOR, y allí depositaba el dinero del mafioso. Entonces, el Banco Vaticano distribuía ese «dinero negro» en diversas cuentas, también en el IOR, a nombre de fundaciones, congregaciones u órdenes religiosas y, desde ese momento, el dinero, ya blanqueado, seguía dos rutas: una parte volvía a ser desviado a otra cuenta en el IOR, desde la que se adquirían depósitos líquidos entre el 4 y el 12 por ciento, acciones u obligaciones, títulos del Tesoro o deuda pública. Y otra parte del dinero era enviada a cuentas numeradas en paraísos fiscales a las que solo tenía acceso el mafioso.

ORDEN PONTIFICIA: TRANSPARENCIA

El jueves 23 de septiembre de 2010 estallaba una nueva bomba informativa relacionada con el IOR. Un juez de Roma ordenaba la incautación de 23 millones de euros de una cuenta corriente, a nombre del IOR, en el Banco Artigiano. El dinero estaba paralizado desde noviembre de 2007 debido a que las autoridades monetarias de la Santa Sede se habían negado a informar al Banco de Italia sobre su procedencia. Nuevamente, las oscuras gestiones del Banco Vaticano volvían a poner en serios apuros no solo a su presidente, Ettore Gotti Tedeschi, y a su director general, Paolo Cipriani, sino también al propio Sumo Pontífice Benedicto XVI. En ese momento, Gotti Tedeschi, el «banquero de Dios» amigo personal del papa, declaró: «Estoy humillado. Alguien quiere golpear al Vaticano y por eso me golpean a mí. Han usado un mero error burocrático para atacar al IOR, a su presidente y al Vaticano». Como había hecho en infinidad de ocasiones, el Vaticano se servía del victimismo y de la persecución religiosa para evitar dar explicaciones.

La Santa Sede se vio obligada a emitir un nuevo comunicado oficial el mismo día, saliendo al paso de la decisión judicial y de una amplia información aparecida el día anterior sobre el IOR en el prestigioso diario *The Financial Times*. El rotativo británico volvía a acusar al Banco Vaticano de esconder demasiados secretos y de continuar con su política oscurantista respecto a dejar de ser un banco *offshore* para convertirse en un «banco blanco», tal y como había ordenado el papa Benedicto XVI. La nota de prensa, firmada por el portavoz de la Santa Sede, padre Federico Lombardi, y enviada al rotativo económico británico como «carta al director», decía así:

Ayer, el IOR volvió al centro de la atención de los medios de comunicación internacionales con motivo de una investigación, por sorpresa, de la Fiscalía de Roma.

Dado que las actividades del IOR se desarrollan en un ámbito internacional y que su presidente es una figura muy respetable y bien conocida en el mundo de las finanzas internacionales, es conveniente que yo, como responsable de la Oficina de Prensa de la Santa Sede, haga una aclaración para evitar que se difundan informaciones inexactas y que se causen daños a las actividades del Instituto o a la buena reputación de sus directivos.

El IOR no es un banco en el sentido estricto del término. Es un instituto que administra los bienes de las instituciones católicas, cuyo objetivo es apostólico caritativo a nivel internacional. El IOR está situado en el territorio de la Ciudad del Vaticano, es decir, fuera de la jurisdicción y vigilancia de los diversos bancos nacionales.

Debido a su especial estatus, su posición en el sistema financiero internacional y sus reglamentos requiere una serie de acuerdos, en particular a la luz de las nuevas normativas establecidas por la Unión Europea para la prevención del terrorismo y del blanqueo de dinero, para establecer los procedimientos necesarios de modo que la Santa Sede sea incluida en la lista blanca.

Desde el día de su nombramiento, de acuerdo con el mandato explícito de las más altas autoridades del Vaticano y del Comité de Inspección del IOR, el presidente Gotti Tedeschi se está dedicando con gran empeño a asegurar la absoluta transparencia de las actividades del IOR y su respeto de las normas y procedimientos que permitan incluir a la Santa Sede en la lista blanca. Para ello, los contactos con el Banco de Italia, con la Unión Europea y con los organismos internacionales competentes —la OCDE y el GAFI— son intensos y fructíferos.

Por eso, la Secretaría de Estado vaticana, en el comunicado oficial del pasado martes, manifestaba su perplejidad y asombro por la investigación de la Fiscalía de Roma, que ha tenido lugar precisamente cuando esa tarea y esos contactos estaban en marcha, con la mejor buena voluntad de llegar pronto a soluciones estables[2].

El miércoles 20 de octubre, la Fiscalía de Roma no solo rechazaba el recurso del IOR y mantenía la congelación de los veintitrés millones de euros, sino que además, extendía su investigación a otras operaciones que las autoridades monetarias italianas consideraban «claramente sospechosas». La más importante se había realizado a través del IOR el 18 de noviembre de 2009 y se refería al ingreso de un cheque por valor de 300 000 euros en una cuenta del Banco Vaticano en el Unicredit. El nombre que aparecía en el cheque era el de una tal María Rossi. El IOR explicó que la mujer era la madre de un sacerdote funcionario vaticano, pero los investigadores descubrieron que la mujer no existía y que el

---

[2] Véase   http://www.vis.va/vissolr/index.php?vi=es&dl=cc75b5ce-0724-5e16-19fc-4f1fd6a0c2c8&dl_t=text/xml&dl_a=y&ul=1&ev=1.

origen del dinero procedía de una cuenta numerada en un banco de la República de San Marino.

Otra operación investigada por la Fiscalía de Roma fue la realizada por el IOR cuando este retiró de una de sus cuentas en el Intesa Sanpaolo la cantidad de 600 000 euros. Cuando las autoridades monetarias italianas pidieron explicaciones sobre el destino de ese dinero, el IOR se limitó a decir que era para las «misiones religiosas». Las alarmas saltaron en el Banco de Italia y en la Fiscalía de Roma cuando se descubrió que esta cuenta había transferido capital en un solo año por valor de 140 millones de euros. Uno de los principales beneficiados habría sido el religioso Evaldo Biasini, famoso testaferro en el IOR de varios constructores romanos. Estas operaciones fueron autorizadas por Giovanni Bazoli, presidente del Consejo de Intesa Sanpaolo y uno de los miembros del equipo encargado por el Gobierno italiano para rescatar el Banco Ambrosiano tras el escándalo Calvi. Más tarde, Bazoli aparecería en un documento secreto como el donante de 25 000 euros a obras de caridad. El cheque había sido enviado al secretario de Benedicto XVI, monseñor Georg Gänswein.

Tras los escándalos en los que se estaba viendo involucrado el IOR, el Sumo Pontífice decidió lanzar, el 30 de diciembre de 2010, la Carta Apostólica en forma de *Motu proprio* sobre la prevención y la lucha contra las actividades ilegales en el ámbito financiero y monetario y adoptada como ley por el Estado Vaticano, conocida desde ese mismo momento como «Ley CXXVII» (127/2010)[3]. En el documento papal, Benedicto XVI establecía cuatro puntos claros que debían acatar las autoridades financieras de la Santa Sede como leyes emanadas de la «ley 127»:

> a) Establezco que la citada Ley del Estado de la Ciudad del Vaticano y sus futuras modificaciones tengan vigencia también para los dicasterios de la Curia romana y para todos los organismos y entes dependientes de la Santa Sede donde estos desarrollen las actividades a las que se refiere el art. 2 de la misma Ley.
>
> b) Constituyo la Autoridad de Información Financiera (AIF) indicada en el artículo 33 de la *Ley sobre la prevención y la lucha contra el blanqueo de ingresos procedentes de actividades criminales y de la financiación del terrorismo,* como Institución vinculada a la Santa Sede, a tenor de los artículos 186 y 190-191 de la Constitución apostólica «Pastor Bonus», confiriéndole la personalidad jurídica canónica pública y la personalidad civil vaticana y aprobando sus estatutos, unidos al presente *motu proprio.*
>
> c) Establezco que la Autoridad de Información Financiera (AIF) ejerza sus funciones respecto de los dicasterios de la curia romana y de todos los organismos y entes a los que se refiere la letra a).

---

[3] Véase http://www.vatican.va/holy_father/benedict_xvi/motu_proprio/documents/hf_ben-xvi_motu-proprio_20101230_attivita-illegali_sp.html.

d) Delego, limitadamente a las hipótesis delictivas de las que trata la citada Ley, a los órganos judiciales competentes del Estado de la Ciudad del Vaticano a ejercer la jurisdicción penal respecto de los dicasterios de la curia romana y de todos los organismos y entes referidos en la letra a).

Tras la proclamación de la Carta Apostólica o «Ley CXXVII», la Secretaría de Estado comunicaba las cuatro nuevas leyes emanadas en virtud de la Convención monetaria entre el Estado-Ciudad del Vaticano y la Unión Europea:

— Ley sobre la prevención y la lucha contra el blanqueo de ingresos procedentes de actividades criminales y de la financiación del terrorismo.
— Ley sobre el fraude y la falsificación de billetes y monedas en euros.
— Ley sobre las denominaciones, especificaciones, reproducción, sustitución y retirada de billetes en euros y sobre la aplicación de medidas contra la reproducción irregular de billetes en euros y sobre la sustitución y retirada de billetes en euros.
— Ley sobre la cara, los valores unitarios y las especificaciones técnicas, así como la titularidad de los derechos de autor sobre las caras nacionales de las monedas en euros destinadas a la circulación.

El resto del documento, firmado por el cardenal secretario de Estado Tarcisio Bertone y constituido por ocho puntos, venía a confirmar lo que debería ser desde ese momento la nueva forma de actuar del IOR. De esos ocho puntos enmarcados en la comunicación de la Secretaría de Estado y ratificados por la «ley 127» a finales del 2010, en julio de 2012 no se habían cumplido ninguno.

Mucha ley y poca acción

La llamada «Ley CXXVII/2010», aprobada por el Sumo Pontífice el 30 de diciembre de 2010 y que entró en vigor el 1 de abril de 2011, se convertía en una especie de parche para aplicar a toda velocidad la normativa europea en materia de lucha contra el blanqueo de capitales en un momento en el que el IOR se veía de nuevo presionado por los tribunales italianos. De las obligaciones que debía asumir el Banco Vaticano, la entidad ha incumplido las tres principales: la de «verificación adecuada» de las contrapartes, la de grabación y conservación de los datos relativos a las relaciones y operaciones en curso, y la de información sobre transacciones sospechosas. Aunque con la nueva ley se constituía la llamada Autoridad de Información Financiera (AIF) como organismo

autónomo e independiente para prevenir el lavado de dinero y la financiación del terrorismo en los órganos financieros vaticanos, hasta el día
de hoy ha sido imposible actuar sobre las oscuras operaciones del IOR[4].
A pesar de las órdenes papales, el Banco Vaticano y sus autoridades no
han hecho el menor movimiento para cumplir, primero, los deseos del
Sumo Pontífice, y, segundo, las normativas aprobadas por la «ley 127».

Las presiones internacionales sobre las autoridades financieras vaticanas provocaron un tímido movimiento por parte de la Santa Sede. Así
pues, el cardenal secretario de Estado, Tarcisio Bertone, decidió enviar
una carta, fechada el 24 de febrero de 2011, a Thorbjorn Jagland, secretario general del Consejo de Europa, con el fin de situar a la Santa Sede,
lo más rápidamente posible, bajo el control del Comité de Expertos para
la Evaluación de Medidas contra el Lavado de Dinero y la Financiación
del Terrorismo (MONEYVAL son sus siglas en inglés)[5]:

> Estimado Secretario General:
> En adjunto a mi carta del 21 febrero 2011 al señor Nechaev, presi-
> dente de MONEYVAL, de la que adjunto una copia, y según el deseo de
> la Santa Sede y del Estado de la Ciudad del Vaticano de adoptar las
> líneas guías y los principios contenidos en las recomendaciones del
> FATF (Financial Action Task Force) y nuestro deseo de formar parte
> de la red Internacional del FATF y compartir el estilo de los órganos
> nacionales, le estoy escribiendo para pedir que la Santa Sede quede su-
> jeta a los procedimientos de mutua evaluación del MONEYVAL.
> Ya hemos tomado conocimiento del estatuto del MONEYVAL en
> su sitio web, y hemos presentado la solicitud. Nosotros queremos com-
> prometernos en una plena participación en los procedimientos de mu-
> tua evaluación del MONEYVAL y cumplir con sus resultados. Enten-
> demos que también hará falta contribuir a los gastos que conllevan los
> procedimientos de evaluación. Nosotros querríamos invitarle a que
> nuestra solicitud fuera incluida antes del Comité de Ministros lo antes
> posible en orden para que podamos plenamente formar parte del MO-
> NEYVAL rápidamente.
> Yo estoy enviando copia de esta carta al Presidente del MONE-
> YVAL. Con mi cordial saludo.
> Suyo sinceramente, H. E. Card. Tarcisio Bertone, Secretario de Es-
> tado.

La respuesta no se hizo esperar. Fue el mismísimo Jagland quien respondió en una carta, fechada el 8 de marzo de 2011, al secretario de
Estado del Vaticano.

---

[4] Véase   http://www.vatican.va/vatican_city_state/legislation/documents/scv_doc_
20101230_comunicato-attivita-illegali_sp.html.
[5] Committee of Experts on the Evaluation of Anti-Money Laundering Measures
and the Financing of Terrorism (MONEYVAL).

SEGRETERIA DI STATO

N. 955/11/RS/FAX   From the Vatican, 24th February, 2011

Dear Secretary General,

Further to my letter dated 21 February 2011 to Mr. Nechaev, President of MONEYVAL, of which I attach a copy, and in view of the Holy See's and the Vatican City State's desire to adopt the principles and standards contained in the FATF Recommendations and our desire to engage with the international network of the FATF and FATF style regional bodies, I am writing to you to request that the Holy See be subject to the mutual evaluation procedures of MONEYVAL.

We have taken note of the Statute of MONEYVAL on MONEYVAL's website, and make this application under it. We would undertake to participate fully in MONEYVAL's mutual evaluation processes and procedures, and to comply with its results. We understand that it would be necessary also to contribute to the costs of the evaluation processes. We would invite you to place our application before the Committee of Ministers as soon as is reasonably possible in order that we can fully engage with MONEYVAL speedily.

I am copying this letter to the President of MONEYVAL. With cordial regards, I am

Yours sincerely,

H.E. CARD. TARCISIO BERTONE
Secretary of State

Mr. THORBJORN JAGLAND
Secretary General
Council of Europe
F – 67075 Strasbourg Cedex, France
Fax 0033388412799
E mail: private.office@coe.int

Carta de cardenal Bertone a MONEYVAL en la que se dice que la Santa Sede está dispuesta a acatar la normativa. 24 de febrero de 2011.

Su Eminencia:

Gracias por su carta del 24 de febrero de 2011, requiriendo que la Santa Sede sea sujeta a la mutua evaluación de procedimientos de MONEYVAL. Nosotros damos la bienvenida a los compromisos de la Santa Sede a los principios y normas en materia de antilavado de dinero y en la lucha contra la financiación del terrorismo.

Velaremos para que esta petición sea presentada lo antes posible ante el Comité de Ministros.

Yo le escribiré nuevamente con la decisión adoptada sobre la petición realizada.

Suyo sinceramente,

Thorbjorn Jagland

Finalmente, el Comité de Expertos, reunido en la 35.ª Sesión Plenaria del MONEYVAL en la ciudad de Estrasburgo del 11 al 14 de abril de 2011, decidió aceptar la petición de la Santa Sede para que el IOR sea evaluado por los auditores de la organización a fin de convertirse en un banco «blanco» o, dicho de otro modo, en una entidad financiera dentro de la ley.

Lo que nadie sabía era que en el Vaticano se había desatado una auténtica lucha de titanes entre los defensores de la transparencia y los de la opacidad. Unos y otros intentaban a toda costa ganar adeptos, incluidos el propio papa y su secretario personal, monseñor Gänswein. La primera facción, liderada por el director general de la Autoridad de Información Financiera (AIF) del Vaticano, el abogado Francesco de Pasquale, estaba a favor de que el IOR colaborase con las autoridades italianas en cuanto al blanqueo de capitales y que proporcionase toda la información necesaria a las autoridades monetarias italianas, incluso sobre hechos anteriores al 1 de abril de 2011, que fue cuando entró en vigor la «ley 127». La segunda facción, apoyada por el propio cardenal Bertone, argumentaba que la AIF no había sido dotada de plenos poderes para inspeccionar los movimientos bancarios del IOR. Estas dos opiniones suponían una enorme brecha abierta entre la AIF, la autoridad encargada de la supervisión financiera, y el IOR, la autoridad bancaria. Como es obvio, esta lucha influiría notablemente en las relaciones entre el Estado italiano y el Vaticano. Solo si triunfaba la primera facción (la defendida por la AIF), el Banco de Italia podría meter su nariz en los oscuros e incómodos secretos del IOR. Si ganaba la segunda, se prolongaría el estancamiento y la retención de secretos en cuanto al blanqueo de capitales.

A comienzos de octubre de 2011, el cardenal Tarcisio Bertone encargó a Giuseppe dalla Torre, famoso jurista católico y miembro de la Unión de Juristas Católicos de Italia y del Comité Nacional para la Bioética, un estudio «confidencial» sobre las prerrogativas de la AIF. El secretario de Estado deseaba conocer la forma «legal» que tenía el

Council of Europe
The Secretary General

Strasbourg, 8 March 2011

Your Eminence,

Thank you for your letter of 24 February 2011 requesting that the Holy See be subject to the mutual evaluation procedures of MONEYVAL. We very much welcome the Holy See's commitment to the principles and standards in anti-money laundering and countering the financing of terrorism.

We shall ensure that this application is brought before the Committee of Ministers at the earliest possible opportunity.

I will write to you again with the decision on this application once it is made.

Yours sincerely,

Thorbjørn Jagland

His Eminence Cardinal Tarcisio Bertone
Secretary of State
Segreteria di Stato - Section II
I - 00120 Vatican City

F - 67075 Strasbourg Cedex
France

Tel. + 33 (0)3 88 41 20 51
 + 33 (0)3 88 41 20 00

Fax: + 33 (0)3 88 41 27 99
 + 33 (0)3 88 41 27 40

El secretario general del Consejo de Europa da las gracias a la Santa Sede al aceptar el control y evaluación de MONEYVAL de sus organismos financieros. 8 de marzo de 2011.

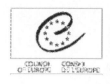

Strasbourg, 15 April 2011

MONEYVAL(2011)8

COMMITTEE OF EXPERTS ON THE EVALUATION OF ANTI-MONEY LAUNDERING MEASURES AND THE FINANCING OF TERRORISM (MONEYVAL)

35th PLENARY MEETING OF MONEYVAL

Strasbourg, 11-14 April 2011

MEETING REPORT

Memorandum
prepared by the MONEYVAL Secretariat
Directorate General of Human Rights and Legal Affairs (DG-HL)

dghl.moneyval@coe.int - Fax +33 (0)3 88 41 30 17 – http://www.coe.int/moneyval

Reunión del MONEYVAL 11-14 abril. Comité de Expertos de Evaluación de Medidas antiblanqueo de capitales y Financiación del Terrorismo. 15 de abril de 2011.

EXECUTIVE SUMMARY

During the 35th plenary meeting, held in Strasbourg from 11-14 April 2011, the MONEYVAL Committee:

➢ heard an address from Mr Thorbjørn Jagland, Secretary General of the Council of Europe, marking the occasion of MONEYVAL's first meeting since becoming an independent monitoring mechanism reporting directly to the Committee of Ministers;

➢ welcomed representatives of the Holy See and Vatican City State, the Committee of Ministers having accepted on 6 April 2011 their application to participate in MONEYVAL's evaluation procedures;

4.   The Chairman also drew attention to the information document under item 3.3 – the application by the Holy See to be evaluated by MONEYVAL. The Committee of Ministers had adopted Resolution(2011)5 on 6 April 2011 accepting the application of the Holy See (including the Vatican City State) to participate in MONEYVAL's evaluation procedures. The Chairman welcomed the representatives of the Vatican attending MONEYVAL for the first time.

5.   The Chairman also drew attention to the list of decisions of the Bureau meeting which had been circulated – most of which were for discussion under separate agenda items.

Item 4 - Information from the Secretariat

6.   The Secretariat introduced the updated agenda of evaluations and meetings for 2011. The plenary took note of this document and that an evaluation visit of the Holy See may be undertaken in the coming months. The Secretariat also drew attention to the publication in March of the Horizontal review of the 3rd round of evaluations and the accompanying press release of 1 April 2011. The French version would be available in the coming months.

104

**Efficacia nel tempo delle disposizioni normative della legge dello Stato della Città del Vaticano
n. CXXVII/2010**

Nota

1. *Preambolo*

La legge dello Stato della Città del Vaticano del 30 dicembre 2010 concernente *"la prevenzione ed il contrasto del riciclaggio dei proventi di attività criminose e del finanziamento del terrorismo"* (in seguito "Legge n. CXXVII/2010") è entrata in vigore il 1 aprile 2011.

Secondo l'articolo 32, comma 1, della Legge n. CXXVII/2010, i soggetti di cui all'articolo 2, tenuti alla lotta al riciclaggio e al finanziamento del terrorismo, "avuto riguardo ai rapporti continuativi o d'affari instaurati e alle operazioni eseguite, conservano, per un periodo di cinque anni dalla cessazione del rapporto o dall'esecuzione dell'operazione, la copia dei documenti richiesti, le informazioni acquisite, le scritture e le registrazioni eseguite nell'adempimento degli obblighi di adeguata verifica, affinché possano essere utilizzati per qualsiasi indagine o analisi su eventuali operazioni di riciclaggio o di finanziamento del terrorismo".

Il successivo comma 2 stabilisce che gli stessi soggetti di cui all'art. 2 "devono adottare sistemi che consentano loro di rispondere pienamente e rapidamente a qualsiasi richiesta di informazioni proveniente dall'Autorità di Informazione Finanziaria relativamente alle operazioni e ai rapporti continuativi o d'affari da essi intrattenuti nel corso degli ultimi cinque anni".

Sulla base della summenzionata previsione, la Legge n. CXXVII/2010 assegna poteri specifici all'Autorità di Informazione Finanziaria (in seguito la "AIF") che includono, *inter alia*, a) l'accesso, anche diretto, alle informazioni finanziarie, amministrative, investigative e giudiziarie necessarie per assolvere i propri compiti di contrasto del riciclaggio e del finanziamento del terrorismo, il potere di effettuare verifiche presso i soggetti di cui all'articolo 2 e di irrogare ai soggetti responsabili, nei casi previsti dalla presente legge, sanzioni amministrative e pecuniarie (articolo 33, comma 2); b) comunicazione al Promotore di Giustizia presso il Tribunale dei fatti che, in base alle caratteristiche, entità, natura e a qualsivoglia altra circostanza conosciuta, integrino possibili fattispecie di riciclaggio, autoriciclaggio o di finanziamento del terrorismo" (articolo 33, comma 3).

Il tema che si sta qui affrontando comporta il seguente interrogativo: se i soggetti obbligati alla comunicazione delle informazioni all'AIF debbano rispondere alle richieste di questa relativamente ai rapporti e alle operazioni condotte prima dell'entrata in vigore della Legge n. CXXVII/2010 o se, invece, i suddetti obblighi riguardino solo i rapporti e le operazioni eseguite dopo l'entrata in vigore della stessa.

2. *Le fonti del diritto all'interno del sistema legale dello Stato della Città del Vaticano e l'interpretazione delle disposizioni normative.*

Per risolvere il problema di cui si discute è necessario, dapprima, fare riferimento alle fonti del diritto nel sistema legale Vaticano.

In primo luogo, si deve notare che il sistema legale Vaticano, anche se riconosce il diritto Canonico come "fonte primaria del diritto", non può essere definito né identificato come "sistema canonico".

Infatti, è un **sistema secolare**; più precisamente, un **sistema statale** in cui il diritto Canonico, diversamente da quanto accade negli altri sistemi statali, non si applica solo a singole materie ma lo si applica nella sua interezza (persino nei limiti dell'applicabilità *de facto*).

1

Informe del profesor Giuseppe dalla Torre al cardenal Bertone sobre la ley de transparencia en los órganos financieros vaticanos. 15 de octubre de 2011.

Vaticano para hacer caso omiso de lo establecido por la «ley 127» respecto a no pasar información de operaciones realizadas por el IOR anteriores al 1 de abril de 2011. El documento, de cuatro páginas, lleno de tecnicismos legales y fechado el 15 de octubre de 2011, venía a explicar cómo la Santa Sede podía evitar dar información a los tribunales italianos y a las autoridades monetarias europeas.

Dalla Torre explicaba también por qué los magistrados de la Fiscalía de Roma no estaban recibiendo ni la información ni la documentación requeridas. El juez Luca Tescaroli, responsable de la investigación, había dicho en varios medios de comunicación que la Autoridad de Investigación Financiera (AIF) no había remitido ningún documento de todos los solicitados. Casi todos ellos estaban relacionados con operaciones supuestamente ilegales del Instituto para las Obras de Religión (IOR) realizadas antes del 1 de abril de 2011. En base a este documento, el cardenal Giuseppe Bertello, presidente de la Gobernación del Estado de la Ciudad del Vaticano y un hombre muy cercano a Bertone, promulgó un decreto «arrebatando» literalmente los poderes que la «ley 127» había dado a la AIF. La acción de Bertello provocó la paralización de cualquier cooperación de la Autoridad de Investigación Financiera (AIF) vaticana con las autoridades judiciales italianas.

La «ley 127» establecida por Benedicto XVI constaba de treinta y una páginas, con trece capítulos, más anexos. El texto modificado por la Gobernación, con fecha de confirmación del 24 de abril de 2012, tenía cincuenta y dos páginas, con once capítulos, más anexos. La modificación se hace pública únicamente en el Servicio de Información Vaticana (VIS), pero no se detalla en ninguna parte los capítulos y puntos modificados.

Mientras tanto, el portavoz vaticano, el padre Lombardi, venía a explicar de forma ambigua que la lucha IOR/AIF era tan solo una invención de la prensa. El 31 de enero de 2012 se hizo público un memorando confidencial titulado «Memo Sui Rapporti IOR/AIF», probablemente redactado antes del 3 de noviembre de 2011, que venía a demostrar lo contrario de lo afirmado por Lombardi.

> MEMO RELACIÓN IOR/AIF:
> Desde la vigencia de la Ley Vaticana antiblanqueo del 1 de abril de 2011, se han producido numerosos encuentros entre IOR y AIF, con las finalidad de mostrar a la nueva Autoridad (AIF: Autoridad Información Financiera) las iniciativas tomadas para adecuar los procedimientos internos a las medidas introducidas por la ley e ilustrar los contenidos de la actividad de vigilancia sobre los sujetos que tienen que cumplir con la ley emanada.
> Mientras tanto, el AIF, para cumplir con las tareas de su mandato institucional, ha reenviado con insistencia al IOR algunas solicitudes de informaciones relativas a fondos abiertos en el Instituto, a las que el IOR ha respondido, permitiendo entre otras cosas la liberación de los

[Handwritten note at top:] Di corso in SER il Crd. 'Bertone il 3 nov... 'di è 'Trovato d'accordo sulle mie considerazioni! - incontrerà XR il Cod. Ricca e il Direttore AIF (de Pasquale)

[Handwritten, right:] CONFIDENZIAL / Riservato per EST / (ex Direttore AIF)

MEMO SUI RAPPORTI IOR/AIF

Dall'entrata in vigore della legge vaticana antiriciclaggio, avvenuta il 1° aprile 2011, si sono tenuti numerosi incontri tra lo IOR e l'AIF, rivolti da una parte a dimostrare alla nuova Autorità le iniziative intraprese per l'adeguamento delle procedure interne alle misure introdotte dalla legge e dall'altra ad illustrare i contenuti dell'attività di vigilanza nei confronti dei soggetti tenuti al rispetto della normativa emanata.

Nel frattempo, l'AIF, per ottemperare ai compiti inerenti al proprio mandato istituzionale, ha inoltrato allo IOR alcune richieste di informazioni relative a fondi aperti presso l'Istituto, cui quest'ultimo ha corrisposto, consentendo tra l'altro lo sblocco dei fondi sequestrati dalla Procura di Roma presso il Credito Artigiano nell'ambito di un'inchiesta per violazione alla legge antiriciclaggio italiana.

Ultimamente, tuttavia, la Direzione dell'Istituto ha ritenuto di riscontrare le richieste dell'AIF - relative ad operazioni sospette o per le quali sono in corso procedimenti giudiziari - fornendo informazioni soltanto su operazioni effettuate dal 1° aprile 2011 in avanti. Nel corso dell'ultimo incontro tra IOR e AIF del 19 ottobre u. s. tale posizione è stata sostenuta dall'Avv. Briamonte, sulla base di un generale principio di irretroattività della legge, per il quale le misure introdotte dalla legge antiriciclaggio, e soprattutto le sanzioni penali e amministrative nella stessa contenute, non possono valere che per l'avvenire. *[Handwritten margin: (n) au esten alle 5]*

L'AIF, dal suo canto, non ha negato tale principio, ma ne ha contestato l'applicabilità alla sfera dei controlli, ribadendo il proprio diritto/dovere ad accedere a tutti i dati e le informazioni in possesso dello IOR, in base all'art. 33 della nuova legge, motivando tale posizione con argomentazioni attinenti alla lettera e alla ratio della legge, al rispetto degli standard internazionali cui la Santa Sede ha aderito, allo svuotamento dell'effettività della disciplina appena introdotta, al rischio di una valutazione negativa dell'organismo internazionale chiamato a esaminare il sistema vaticano di prevenzione del riciclaggio e del finanziamento del terrorismo.

Le considerazioni svolte dall'AIF appaiono largamente condivisibili, mentre i timori ventilati da una difesa oltranzistica delle prerogative dello IOR sembrano eccessivi e comunque non coerenti con la linea di trasparenza finora avviata. Il pericolo concreto, poi, di un rating negativo nel campo finanziario e di un conseguente colpo alla reputazione della Santa Sede dovrebbe indurre ad atteggiamenti più responsabili e ad evitare prese di posizione insostenibili nella comunità internazionale.

[Handwritten notes at bottom:] considerazioni aggiuntivi: / sutta: / AIF non discuti il Principio di Retroattività, mas sol l'esigenza di verifica per INDAGINI (esposta PENALI) successive alla LEX / - Perché MOSTRA quel INFO ? di noselen? / - CLOE Rischi di formo coveri? / - AIF è come SSede -

---

Informe IOR/AIF: Bertone e IOR contrarios a las normas de transparencia marcada por AIF sobre la ley vaticana del 1 de abril de 2011 contra el blanqueo de capital. Sin fecha.

fondos incautados por la Fiscalía de Roma en el Credito Artigiano por una investigación sobre blanqueo de capital.

Últimamente, sin embargo, la Dirección del Instituto Financiero (IOR) quiso responder a las solicitudes del AIF —en referencia con operaciones sospechosas sobre las cuales está investigando la Fiscalía—, proporcionando solo las informaciones relativas a las operaciones efectuadas después el 1 de abril 2011.

En la reunión entre IOR y AIF que tuvo lugar el pasado 19 de octubre, el abogado Briamonte ha defendido esta postura según el principio de la no retroactividad de la ley, principio según el cual las medidas introducidas por la ley antiblanqueo, y, sobre todo, las sanciones penales y administrativas contenidas en la ley solo tienen vigor para el futuro.

El AIF no niega este principio, pero contesta su validez por lo que se refiere a los controles, destacando su derecho/deber de acceder a todas las informaciones en posesión del IOR, según el art. 33 de la nueva ley, motivando su postura por argumentaciones relativas a las letras y al ratio de la ley, relativas al cumplimento de los estándares internacionales, a los que la Santa Sede se ha adherido, relativas el vaciamiento de la normativa recién introducida, al riesgo de una evaluación negativa por parte del MONEYVAL, que está llamado a evaluar el sistema de prevención contra el blanqueo de dinero y financiación del terrorismo.

Las consideraciones del AIF se deberían compartir mientras los temores, que empujan a una defensa extremista de las prerrogativas del IOR, son excesivos y no coherentes con la línea de transparencia adoptada hasta hoy. El peligro concreto de un *rating* negativo en el campo financiero y, consecuentemente, de un golpe a la reputación de la Santa Sede debería inducir a una actitud más responsable y a evitar posturas que no pueden ser sostenidas en la comunidad internacional.

¿TRUCO O TRATO?

A comienzos de 2012, los auditores de MONEYVAL no habían conseguido aún evaluar al IOR, a pesar de las buenas palabras de los principales dirigentes vaticanos, comenzando por el cardenal Tarcisio Bertone, secretario de Estado, el cardenal Atillo Nicora, responsable de la Autoridad de Información Financiera (AIF), el cardenal Domenico Calcagno, presidente de la Administración del Patrimonio de la Sede Apostólica (APSA), el cardenal Giuseppe Versaldi, responsable de la Prefectura de Asuntos Económicos de la Santa Sede, Ettore Gotti Tedeschi, presidente del IOR, y de Paolo Cipriani, director general del mismo. En esas fechas, el Departamento de Estado de Estados Unidos decidía incluir al Vaticano en la lista de Estados sobre los que existían serias preocupaciones respecto a actividades de blanqueo de capitales y a que pudieran estar financiando actividades terroristas o del narcotráfico. El arzobispo Dominique Mamberti, secretario de Estado de la Santa Sede para las Relaciones con los Estados, envió una carta a su homóloga estadounidense, Hillary Clinton, en la que explicaba que las instituciones y departamentos financieros y económicos de la Santa Sede estaban dando los pasos necesarios, a través del Consejo de Europa, para cumplir la legislación internacional en materia de antiblanqueo de capitales. Obviamente, la afirmación de monseñor Mamberti no era del todo cierta.

La nueva línea de acción marcada por la promulgación del reglamento de nuevos poderes de la AIF, aprobada por el cardenal Bertello, era explicada en un documento «reservado», fechado el jueves 12 de enero y firmado por el presidente de la Autoridad de Información Financiera (AIF), el cardenal Attilio Nicora. La carta fue reenviada al día siguiente, viernes 13 de enero, por Francesco de Pasquale, director general de la AIF, a Ettore Gotti Tedeschi, presidente del IOR, a través de un correo privado:

> Hay que señalar que la nueva versión de la ley [se refiere al decreto del cardenal Bertello] reforma del todo la organización institucional del sistema antiblanqueo del Vaticano redefiniendo tareas y papel de las autoridades y modificando la configuración ilustrada en el sistema de verificación MONEYVAL. Además, hay que tener en cuenta que el texto de la Ley en vigencia ha sido acordado con la Comisión Europea cuando se promulgó, y al final también ha sido evaluado positivamente en la verificación de la Comisión Mixta UE-Estado Vaticano, contemplada en la convención monetaria entre el Estado-Ciudad del Vaticano y la Unión Europea del 17 de diciembre 2009. Ni hay que omitir, en toda esta materia, el aspecto pertinente al perfil de oportunidad hacia el exterior y al riesgo por la reputación al que se podría enfrentar la Santa Sede adoptando iniciativas no coherentes con la organización ya autorizada en su totalidad.
>
> La intervención general de la Ley que se quiere hacer podría ser percibida desde el exterior, aunque erróneamente, como una marcha atrás con respecto al camino hecho hasta hoy. Por lo que se refiere específicamente al AIF, de una primera lectura del borrador salta a los ojos la evidencia, justamente el papel preeminente de la Secretaría de Estado en calidad de titular de la política antiblanqueo de la Santa Sede, con la que esta Autoridad [se refiere a la AIF] tiene que relacionarse con absoluta transparencia y colaboración, teniendo en cuenta el necesario papel de coordinación.

Este texto venía a demostrar que tanto Nicora como De Pasquale habían sido despojados de cualquier autoridad y que la Autoridad de Información Financiera había dejado de tener poder y maniobrabilidad.

En el texto dirigido a Tarcisio Bertone y a Ettore Gotti Tedeschi, el cardenal Attilio Nicora explicaba claramente: «La última ley nos ha pasado muy de lejos y seguimos siendo un paraíso fiscal [...] Las modificaciones a la "ley 127" que serán aprobadas a finales de enero, en materia

```
Da:         Francesco De Pasquale [f.wepasquale@mobilestv.va]
Inviato:    venerdì 13 gennaio 2012 11.15
A:          Ettore Gotti Tedeschi
Oggetto:    Nota su Legge Antiriciclaggio
Allegati:   Appunto 12.1.2012.docx
```

```
supplemento di verifica in loco, evenienze che
allungherebbero ulteriormente i tempi della
definizione della procedura e che, sotto altro
profilo, potrebbero destare serio allarme nella
comunità internazionale oltre one in seno agli
Organismi antiriciclaggio internazionali.
```

```
L'intervento generale sulla legge che sarebbe ora
operato potrebbe essere visto all'esterno, anche se
erroneamente, come un "passo indietro" rispetto al
cammino sin qui percorso.
```

Extracto de la carta del cardenal Attilio Nicora (AIF) del 12 de enero de 2012, reenviada por Francesco de Pasquale (AIF) a Ettore Gotti Tedeschi, presidente IOR al día siguiente. 13 de enero de 2012.

de atribuciones entre el IOR y la AIF, son una marcha atrás». Estaba claro que Nicora y De Pasquale se habían convertido en los perdedores de la gran batalla entre los aperturistas contra los oscurantistas, estos últimos representados por Bertone, Gotti Tedeschi y Cipriani.

De nuevo, el Vaticano, a través de su Oficina de Prensa, se veía obligado a desmentir lo indesmentible mediante un comunicado fechado el 9 de febrero de 2012. En el punto segundo, el Vaticano aclaraba que «la insinuación de que las normativas vaticanas no consentirían las investigaciones o los procedimientos penales relativos a los periodos anteriores a la entrada en vigor de la «ley 127» [1 de abril de 2011] no se corresponde a la verdad»[6].

Finalmente, entre tanta guerra de comunicados y documentos secretos filtrados que venían a decir todo lo contrario de lo expresado por la Santa Sede, el papa Benedicto XVI decidía tomar cartas en el asunto y ordenaba a su secretario de Estado Tarcisio Bertone que iniciase los trámites pertinentes para que el Instituto para las Obras de Religión acatase la legislación internacional marcada por el Consejo de Europa.

En la sesión plenaria del MONEYVAL, que tuvo lugar el miércoles 4 de julio en la ciudad de Estrasburgo, se puso sobre el tapete la necesidad de que el Estado Vaticano concretase su compromiso moral y realizase un mayor esfuerzo para asumir las políticas de transparencia de sus organismos financieros. Por fin, el miércoles 18 de julio, el MONEYVAL hizo público el informe, de 241 páginas, sobre la Santa Sede. El informe no es nada halagüeño, ya que los expertos afirman que el Vaticano y sus instituciones financieras han pasado el examen «por los pelos». Y puede que tengan razón viendo los resultados de la evaluación de las autoridades financieras del Consejo de Europa.

El informe asegura que de las cuarenta y cinco recomendaciones elevadas al Estado Vaticano referentes a la lucha contra el blanqueo de

---

[6] Véase   http://www.vis.va/vissolr/index.php?vi=all&dl=e55ec40f-2729-8ab5-f266-4f33d91dc93c&dl_t=text/xml&dl_a=y&ul=1&ev=1.

capitales y a la financiación del terrorismo, solo cumple veintidós. Las restantes veintitrés o no las cumple o solo lo hace de forma parcial. Asimismo el portavoz del MONEYVAL informaba que de las cuarenta y cinco recomendaciones, dieciséis son fundamentales a la hora de medir el compromiso real de la Santa Sede y sus instituciones financieras en su lucha contra el lavado de dinero. Estas recomendaciones son las siguientes:

R.1: Penalización del blanqueo de capital.

R.3: Confiscación y medidas provisionales.

R.4: Las leyes sobre el secreto o la confidencialidad no deben impedir la aplicación de las recomendaciones del GAFI.

R.5: Identificación y verificación del cliente.

R.10: Almacenamiento de la información.

R.13: Informar de transacciones sospechosas.

R.23: Regulación, supervisión y monitoreo.

R.26: UIF: Unidad de Información Financiera.

R.35: Ser parte de convenios específicos y ponerlos en práctica.

R.36: Asistencia judicial recíproca.

R.40: Otras formas de cooperación.

SR.I: Aplicación de los instrumentos de las Naciones Unidas.

SR.II: Penalización de la financiación del terrorismo.

SR.III: Congelación e incautación de los fondos utilizados para financiar el terrorismo.

SR.IV: Informar de operaciones sospechosas sobre la financiación del terrorismo.

SR.V: Cooperación internacional acerca de la financiación del terrorismo.

De estas dieciséis recomendaciones fundamentales, el Vaticano cumple solo nueve; las siete restantes o no se cumplen o se cumplen parcialmente. También las autoridades monetarias destacan de manera negativa la poca efectividad de la Agencia de Información Financiera (AIF) vaticana, recalcando que el posterior Decreto de la Gobernación dejó sin efectividad lo dispuesto en la «ley 127» aprobada el 30 de diciembre de 2010. La creación de esta agencia es uno de los puntos exigidos por el MONEYVAL que la Santa Sede no cumple. En las páginas 9 y 10 del informe se aprecia el desagrado del organismo de control.

La Santa Sede no tarda en responder y lo hace a través de una comparecencia, el mismo 4 de julio de 2012, de monseñor Ettore Balestrero, subsecretario de la Sección para las Relaciones con los Estados de la Secretaría de Estado:

El Estado de la Ciudad del Vaticano tiene un territorio pequeño, con una pequeña población y un nivel muy bajo de delincuencia nacional, y carece de una economía de mercado. No es un centro financiero

COMMITTEE OF EXPERTS ON THE
EVALUATION OF ANTI-MONEY
LAUNDERING MEASURES AND THE
FINANCING OF TERRORISM
(MONEYVAL)

MONEYVAL(2012)17

Mutual Evaluation Report

Anti-Money Laundering and Combating the
Financing of Terrorism

THE HOLY SEE
(INCLUDING VATICAN CITY
STATE)

4 July 2012

Portada del informe del **MONEYVAL** sobre la Santa Sede. 4 de julio de 2012.

primary financial institution, the IOR, had requested that the FIA do so. No specific training had been provided to the FIA for its supervisory tasks.

18. The FIA is not involved in the process of licensing of senior staff in the financial institutions and there is no provision for the financial institutions to be prudentially supervised. It is strongly recommended that IOR is also supervised by a prudential supervisor in the near future. Even if this is not formally required it poses large risks to the stability of the small financial sector of HS/VCS if IOR is not independently supervised.

19. The AML/CFT Law covers lawyers and accountants who are operating within the VCS for STR reporting purposes. There are a number of non-profit organisations (NPO) based within the HS/VCS, all of which are linked to the mission of the Church. However, there is no supervisory regime in place in the NPO sector and no systemic outreach on AML/CFT issues has taken place as yet to the NPO sector.

20. Overall there are adequate arrangements in place to facilitate both national and international cooperation. In January 2012 the HS/VCS became a party to the Vienna, Palermo and Terrorist Financing Conventions of the United Nations which the evaluators warmly welcome as this will facilitate judicial mutual legal assistance. While information provided to the evaluators showed a broadly satisfactory track record in judicial international co-operation, one country indicated that it had encountered some difficulties in mutual legal assistance relationships with the HS/VCS.

21. The FIA is limited in its ability to exchange information with other FIUs by the requirement to have a Memorandum of Understanding (MOU) in place with its counterparts. As no MOUs had been signed at the time of the MONEYVAL on-site visits, the effectiveness of the FIU in international co-operation was not demonstrated[6]. The FIA does not have the explicit authority to share supervisory information.

4. **Legal Systems and Related Institutional Measures**

22. With regard to criminal law, the HS/VCS relies upon the Italian Penal Code of 1889 and the Italian Code of Criminal Procedure of 1913. It is, however, noted that the AML/CFT Law has introduced various updating amendments to the Penal Code to bring HS/VCS criminalised offences into line with the FATF "designated categories of offences"[7].

23. Prior to the enactment of the original AML/CFT Law, money laundering had not been specifically criminalised in the legal system of the HS/VCS. Before the AML/CFT Law came into force there was reliance on Art. 421 of the Italian Criminal Code of 1889. Subsequent to the MONEYVAL on-site visit of November 2011 and in the light of MONEYVAL's emerging findings, the authorities of the HS/VCS revisited the original AML/CFT Law in order to deal with identified gaps and also as they described it - to place the AML/CFT system on a more secure, long term and sustainable legislative footing. Extensive amendments and additions to the law brought about by this process came into force on 25 January 2012. Under this revised AML/CFT Law, the physical and material elements of money laundering required by the international standards are covered.

24. The offence of money laundering in the HS/VCS applies to natural persons who knowingly engage in proscribed activities. The evaluators were told that under applicable general principles and rules of the legal system the intentional element of the offence can be inferred from objective factual circumstances. A provision on "administrative responsibility of legal persons" was introduced into the amended legislation which came into force on 25 January

---

[6] The authorities have subsequently reported that they have entered into one MoU with an FIU. In addition they have approached 11 other FIUs receiving formal assent from two.

[7] The offences which are required to be criminalised in order that they can form an underlying basis for money laundering charges and prosecutions.

y sus actividades financieras tienen como objetivo apoyar las obras de caridad y la religión. Al mismo tiempo, la Santa Sede goza de una reconocida autoridad moral y está en profunda conexión con los países más cercanos y los más lejanos del mundo. La Santa Sede, a quien compete la responsabilidad primaria de la misión de la Iglesia Universal, tiene la tarea —si no el deber— de orientar y guiar a las organizaciones católicas ubicadas en todo el mundo. Aunque estas organizaciones tengan su sede legal en las respectivas jurisdicciones a las que pertenecen, y, por tanto, deban respetar las normas sobre la prevención y la lucha contra del blanqueo de dinero y de la financiación del terrorismo en vigor en dichas jurisdicciones, es importante tener en cuenta que la Santa Sede se vale de su autoridad moral para solicitar el mayor escrúpulo respecto a los demasiado frecuentes delitos transnacionales de blanqueo de dinero y financiamiento del terrorismo.

A continuación, el diplomático vaticano hace un breve recorrido histórico desde la aprobación de la «ley 127», el 30 de diciembre de 2010, la creación de la Autoridad de Información Financiera (AIF) del Vaticano, la petición de control por parte del MONEYVAL y la ratificación de diferentes convenios y convenciones internacionales para la lucha sobre diversos delitos. Pero no hace ninguna referencia al «Decreto CLIX» del presidente de la Gobernación del Estado de la Ciudad del Vaticano, que recortaba de forma severa las competencias de la AIF a través de la «ley 127». Monseñor Balestrero no deja en su comparecencia de hacer un «leve» examen de conciencia sobre materias en las que el Vaticano no ha avanzado lo más mínimo y que reconoce que deben mejorar:

> Al igual que otras jurisdicciones, somos muy conscientes de que la legislación nacional sobre la prevención y la lucha contra el blanqueo de dinero y financiación del terrorismo todavía se puede mejorar. Debo mencionar, a modo de ejemplo:
> El informe expresa alguna perplejidad en relación con el uso de memorandos de entendimiento como base para la cooperación internacional entre las unidades de información financiera. En este sentido creemos que la adopción de este instrumento, de conformidad con las normas internacionales, representa el enfoque más apropiado para la Santa Sede y el Estado de la Ciudad del Vaticano. Se trata de una jurisdicción pequeña, que quiere interactuar con otros países de manera justa y coherente con el principio de reciprocidad. Por otra parte, esta elección es compartida por otras jurisdicciones, incluyendo, entre otras, Nueva Zelanda, Canadá y Australia; esa elección tampoco desagrada a algunos importantes miembros del GAFI, como Estados Unidos.

En otro punto, el diplomático vaticano expresa lo siguiente: «El informe observa que podría haber un conflicto de intereses por el hecho de que una misma persona ejerza al mismo tiempo su actividad en una institución vigilada y en el ente de vigilancia». Pero lo más llamativo es la conclusión, al final del documento:

> Hemos dado un paso definitivo echando los cimientos de una «casa», es decir de un sistema de lucha al blanqueo y al financiamiento del terrorismo, que sea sólido y sostenible. Ahora queremos construir un «edificio» que demuestre la voluntad de la Santa Sede y del Estado de la Ciudad del Vaticano de ser un «compañero» fiable en la comunidad internacional[7].

Aún a día de hoy, las operaciones realizadas por el polémico Instituto para las Obras de Religión anteriores al 1 de abril de 2011 siguen siendo un verdadero misterio tanto para las autoridades europeas como para las italianas. Al conocerse el contenido del informe del MONEYVAL, uno de los investigadores del caso IOR dijo: «El Vaticano tiene un gran culto al secreto. Es muy difícil hallar alguna información allí dentro». Y, sin duda, la situación sigue sin cambiar. El oscurantismo y el secretismo continúan conviviendo dentro de los altos muros vaticanos y así seguirá siendo por los siglos de los siglos, digan lo que digan e impongan lo que impongan organismos internacionales, autoridades monetarias o gobiernos extranjeros. En su silencio está su supervivencia o, al menos, eso creen ellos.

---

[7] Véase el texto completo de la comparecencia de monseñor Ettore Balestrero, subsecretario de la Sección para las Relaciones con los Estados de la Secretaría de Estado, tras hacerse público el informe del MONEYVAL sobre la Santa Sede. Se puede hallar en: http://www.vis.va/vissolr/index.php?vi=all&dl=d80abd15-c432-e5d2-5698-5006a0e8352b&dl_t=text/xml&dl_a=y&ul=1&ev=1.

6
ETTORE GOTTI TEDESCHI, EL «BANQUERO DE DIOS»

«¿Vienen a un registro? Pensé que venían a pegarme un tiro», dijo Ettore Gotti Tedeschi, el ya expresidente del Instituto para las Obras de Religión, al capitán de Carabinieri Pietro Rajola Pescarini, cuando el martes 5 de junio de 2012, a las cinco y veinticinco de la mañana entró junto a otros tres agentes en su casa de Piacenza con un mandamiento judicial en la mano que permitía incautar todo documento, carpeta, nota, dosier o disco duro de ordenador que allí hubiera. Casi a la misma hora entraban también en la oficina del banquero en Milán y en su residencia de descanso en San Polo d'Enza, 150 kilómetros al sur de Milán. En realidad, no le investigaban a él, sino a Giuseppe Orsi, presidente y consejero delegado de Finmeccanica, el *holding* de industrias militares italianas, implicado en un presunto pago de sobornos a líderes extranjeros. La juez de Milán buscaba documentos que pudiera haber entregado Orsi a Gotti Tedeschi para que este los custodiara, pero lo que los *carabinieri* encontraron no fueron escritos relacionados con la industria militar, sino centenares de documentos sobre la oscura administración del Banco Vaticano.

Cuando los investigadores se dieron cuenta de lo que tenían entre sus manos se pusieron en contacto con el fiscal jefe de Roma, Giuseppe Pignatone, quien decidió desplazarse a Milán junto a su ayudante, Nello Rossi, experto en investigaciones sobre el IOR y responsable de la incautación de los 23 millones de euros que la Santa Sede tiene depositados en una cuenta de un banco italiano. Al día siguiente, miércoles 6 de junio, cuando Gotti Tedeschi fue interrogado por el fiscal Pignatone, le llamó la atención la frase que el banquero había dicho a los *carabinieri*: «Pensé que venían a pegarme un tiro». ¿Por qué lo dijo?, ¿qué provocó esta reacción en el que había sido hasta hacía pocos meses el «banquero de Dios»? Para hallar una respuesta hay que remontarse al 23 de septiembre de 2009, cuando la Comisión Cardenalicia de Vigilancia del IOR, presidida por el cardenal Tarcisio Bertone, decidió renovar el Consejo de Supervisión del Instituto para las Obras de Religión (IOR) nombrando a cuatro nuevos miembros y a Ettore Gotti Tedeschi como presidente del mismo.

Un hombre de Dios

Ettore Gotti Tedeschi, nacido en la pequeña ciudad italiana de Pontenure el 3 de marzo de 1945 y expresidente del Santander Consumer Bank, la división italiana del Grupo Santander, era un economista católico y liberal de prestigio con conexiones muy cercanas al Opus Dei y, sobre todo, unido a Joseph Ratzinger por una estrecha amistad.

Su carrera comenzó a despegar cuando diseñó la estrategia financiera de varias empresas extranjeras, como la francesa Sema-Metra, y cuando ejerció como asesor financiero en la Banca Nazionale del Lavoro y en Sogei, donde Tedeschi ocupó la presidencia junto a Massimo Varazzani y Gianmario Roveraro, este último miembro del Opus Dei asesinado durante un asalto fortuito en 2006.

Junto a Roveraro, Tedeschi ayudó a fundar Akros Finanziaria a petición de Emilio Botín, presidente del Grupo Santander. En poco tiempo y gracias a la gran mente financiera de Gotti Tedeschi, la Akros se hizo con importantes paquetes accionariales de grandes empresas italianas, como Fiat, Iri, Ferrero, Parmalat, Commercial Union o la Banca Popolare di Milano. Finalmente, en 1993, el propio Botín pidió a Gotti Tedeschi que aceptase el cargo de presidente del Santander Consumer Bank SpA con el objetivo de dirigir y guiar las operaciones del banco español en Italia.

El cargo en la entidad financiera lo compaginó con su labor de profesor de estrategia financiera en la Universidad Católica del Sagrado Corazón y de ética de negocios en la Universidad de Turín, así como con la redacción de columnas sobre economía en el *L'Osservatore Romano* y en *Il Sole 24 Ore*.

Lo que Ettore Gotti Tedeschi no sabía en aquel momento era que su estrecha amistad con aquel cardenal alemán llamado Joseph Ratzinger le complicaría su tranquila existencia, cuando, cuatro años después de ser elegido papa en el cónclave de 2005, Benedicto XVI le llamó para que pusiese algo de orden en el IOR, un banco conocido por sus operaciones y sus actuaciones bastante opacas.

En la nueva función estaría acompañado por el estadounidense Carl Anderson, Caballero Supremo de los Caballeros de Colón, una poderosa organización de caridad fundada en Connecticut en 1882; por Giovanni de Censi, presidente del Credito Valtellinese; por Ronaldo Hermann Schmitz, un hábil financiero alemán del Deutsche Bank, y por el español Manuel Soto Serrano, antiguo alto ejecutivo de Arthur Andersen,

Memoria sintetica riservata a mons. Georg Ganswein

QUALE REATO CI E' CONTESTATO

Il reato contestato all'Istituto per cui il Presidente e Direttore sono indagati (e i fondi sequestrati) è di omissione degli obblighi di fornire informazioni sul beneficiario e causale della operazione di trasferimento di 23mio€ dal conto Ior sul Credito Artigiano al conto Ior di J.P.Morgan –Francoforte (6 settembre). Detta omissione è aggravata dal fatto che l'Istituto ,secondo l'Inquirente, non potesse neppure dare questo ordine di trasferimento fondi perchè non ancora concluse le condizioni scritte di accordo tra l'Istituto e il CreditoArtigiano. Secondo l'Inquirente detto ordine di trasferimento , e la mancanza delle informazioni , lascia presupporre occultamento di fondi e riciclaggio.

COSA E' SUCCESSO

L'ordine di trasferimento(firmato dal Direttore e Vice) da conto Ior a conto Ior , riguardava una operazione di tesoreria per un investimento in bund tedeschi. Il direttore ha spiegato all'Inquirente che l'ordine è stato dato informando che si trattava di trasferimento fondi ,nella certezza che non fossero necessarie ulteriori informazioni sul destinatario visto che il Credito Artigiano lavora con l'Istituto da 20anni e dovrebbe conoscere come sono stati costituiti i fondi presso di lei. E' stato anche ritenuto di confermare l'ordine di trasferimento (nonostante il mancato accordo scritto) essendo questo ritardo imputabile (anche) allo stesso Credito Artigiano (su cui giacevano inutilizzati 28mio€). Su 7 banche con cui l'Istituto lavora in Italia , con ben 5 banche detti accordi erano stati già definiti, lo conferma il fatto che lo stesso giorno (6settmbre) 20mio€ furono trasferiti dal conto Ior sul D.B. al conto Ior J.P.Morgan-Francoforte. Va notata anche la sorprendente rapidità (inusuale secondo gli esperti) degli avvenimenti : Il Credito Artigiano segnala l'operazione (con autorizzazione del Presidente del gruppo bancario che è anche Consigliere dell'Istituto) all'UIF (banca d'Italia) .Questa dopo 5 giorni informa la Procura di Roma e la notizia va alla stampa prima che noi fossimo informati o richiesti di dare spiegazioni.

QUALE REAZIONE IMMEDIATA

Il Presidente e Direttore chiedono , spontaneamente, di essere interrogati dagli Inquirenti per chiarire i fatti e comportamenti che apparivano semplici da spiegare e trasparenti , solo frutto di equivoci nella interpretazione delle norme (e magari di incomprensioni nei rapporti tra i reponsabili operativi).Il Presidente spiega agli inquirenti il processo in corso di adeguamento alle norme internazionali che l'Istituto ha intrapreso, proprio per risolvere definitivamente gli equivoci inquisiti. In sede processuale l'Inquirente non da alcuna indicazione a proposito di ipotesi di reato di riciclaggio che non furono contestate ,nè nell'interrogatori,nè negli atti .Dette informazioni sono state lette sui giornali (Corriere della Sera)°. Dopo l'interrogatorio,l'avvocato dell'Istituto decide di ricorrere al Tribunale del Riesame per avere i fondi disponibili. Detto ricorso sembra aver infastidito l'Inquirente che (sempre via stampa) cerca di dimostrare con fatti pregressi (2009) che esistevano altre operazioni che confermavano la non trasparenza dell'Istituto.

° Il comportamento del Corriere è stato curioso considerata l'enfasi data, in prima pagina ,alle notizie il giovedi 21 per modificarle il giorno dopo venerdi 22,ma a pag.1!.Detto comportamento curioso rende lecito qualche sospetto sul ruolo di un azionista del Corriere.

Ettore Gotti Tedeschi informa en una nota secreta a Georg Gänswein, secretario del papa, sobre una investigación abierta a él y a Paolo Cipriani. Septiembre de 2010.

consejero del Banco de Santander y vicepresidente no ejecutivo de Indra Sistemas. Gotti Tedeschi ocuparía la presidencia y Hermann Schmitz la vicepresidencia[1]. El papa Benedicto XVI había dado una orden explícita a Ettore Gotti Tedeschi: «transparencia».

El nuevo presidente del IOR solo pudo vivir tranquilo durante doce meses. El 21 de septiembre de 2010, casi un año después de asumir la presidencia, el Banco Vaticano apareció en la portada del *The Financial Times,* en un artículo en el que se anunciaba que la Fiscalía de Roma había ordenado el bloqueo de 23 millones de euros depositados en una cuenta a nombre del IOR en el Credito Artigiano. Los investigadores sospechaban que podía tratarse de una operación de lavado de dinero. Ettore Gotti Tedeschi y Paolo Cipriani, presidente y director general del IOR, respectivamente, fueron puestos bajo vigilancia[2].

En una nota «reservada» enviada a monseñor Georg Gänswein, secretario privado del papa, Ettore Gotti Tedeschi hizo un breve resumen de lo sucedido, así como una explicación de la forma de responder:

> *Cuál es el delito que nos notifican:*
> El delito notificado del que el Presidente y el Director están acusados (y los fondos requisados) es de omisión de la obligación de proporcionar informaciones sobre el beneficiario y la imputación de la transferencia de 23 millones de euros desde la cuenta bancaria del IOR en el Credito Artigiano hacia la cuenta del IOR en la entidad bancaria J. P. Morgan (Frankfurt, 6 de septiembre). Dicha omisión es agravada por el hecho de que, según el fiscal, el IOR ni siquiera podía ordenar la transferencia, porque las condiciones escritas del acuerdo entre el IOR y el Credito Artigiano aún no existían. Según el fiscal, dicha orden de transferencia y la falta de información permiten presuponer ocultación de fondos y blanqueo de dinero.
> *Qué ha pasado:*
> La orden para la transferencia desde la cuenta del IOR hacia la otra (firmada por el director y el vicedirector) se refería a una operación de tesorería para una inversión en bonos alemanes. El director ha explicado al fiscal que la orden para la transferencia ha sido dada, informando de que se trataba de fondos, y que él estaba tranquilo porque no fuesen necesarias ulteriores informaciones sobre el destinatario, teniendo en cuenta que el Credito Artigiano nos conoce desde hace veinte años y se suponía que sabrían cómo han sido constituidos los fondos. Se ha considerado confirmar la orden para la transferencia (a pesar de la falta del acuerdo escrito), porque este retraso podría ser imputado (también) al mismo Credito Artigiano (donde estaban 28 millones sin utilizar). Ya tenemos definidos los acuerdos escritos con cinco de los siete bancos italianos con los que operamos, lo que se confirma con el hecho de que el

---

[1] Véase   http://www.vis.va/vissolr/index.php?vi=es&dl=77afe585-0a51-bf01-d9f6-4f1fd6e04368&dl_t=text/xml&dl_a=y&ul=1&ev=1

[2] Véase el capítulo 5: «La mafia y el IOR *nostro*».

mismo día (6 de septiembre) 20 millones fueron transferidos desde la cuenta IOR en el D. B. a la cuenta IOR J. P. Morgan-Frankfurt. [...]

La reacción inmediata:

El presidente y el director piden de manera espontánea ser interrogados por los fiscales para aclarar los hechos y las actuaciones, que parecían fáciles de explicar y transparentes, fruto de equivocaciones en las interpretaciones de las normas (y también de un malentendido entre los responsables operativos). El presidente explica a los investigadores el proceso en curso de adecuación a las normas internacionales que el Instituto está llevando adelante, precisamente para solucionar de forma definitiva los malentendidos que están bajo investigación. En sede procesal, el fiscal no menciona ninguna hipótesis de delito de blanqueo, que tampoco fueron mencionadas en los interrogatorios ni en los actos. Dichas informaciones han salido en los periódicos (*Corriere della Sera*). Tras el interrogatorio, el abogado del Instituto decide recurrir al Tribunal para la revisión y pedir que desbloquee los fondos. Al parecer, dicho recurso ha molestado al fiscal que (por medio de la prensa) dice que hay antecedentes (2009) que confirman la no transparencia del Instituto. [...]

Estrategias en curso:

Estrategia defensiva: la estrategia defensiva original ha sido modificada, siendo caracterizada por un fuerte prejuicio sobre el fiscal, cooptando en el colegio de los defensores (junto al Prof. Scordamaglia) la Prof. Paola Severino, intentando establecer de inmediato un dialogo con el fiscal para aclarar mejor o de manera distinta las actuaciones e intentar así que se produzca otra solicitud para el desbloqueo de los fondos y el sobreseimiento de la investigación. Si esto no se pudiera realizar, tendremos que recurrir en casación, con hipótesis adecuadas. El recurso de casación conlleva unos riesgos que no se tienen que subestimar (posibilidad de un juicio). La fecha entre la que tendríamos que presentar el recurso es el 4 de noviembre. El 28 de octubre nuestros abogados se encontrarán con los fiscales.

[...]

Estrategia de anticipación de posibles problemas futuros: ya he empezado a hablar con el ministro Tremonti de un problema al que podríamos enfrentarnos en un futuro: problemas fiscales. Podría ser conveniente pensar en un tratado sobre los impuestos.

Conclusiones: creo ahora necesario acelerar cualquier procedimiento para ser insertados en la «lista blanca». Creo necesario animar a todos los que están involucrados para que consideren prioritario dicho compromiso. (Estoy naturalmente disponible y preparado para dar explicaciones sobre cada razón y detalle de esta exigencia).

Lo más importante de este texto enviado es que Gotti Tedeschi demuestra claramente a monseñor Gänswein la necesidad de que el IOR entre sin demora en la «lista blanca» de entidades que luchan contra el blanqueo de capitales, e insiste en la absoluta necesidad de colaboración entre el IOR y las autoridades italianas.

[Página 2 de 31]

N. CXXVII Legge concernente la prevenzione ed il contrasto del riciclaggio dei proventi di attività criminose e del finanziamento del terrorismo.

30 dicembre 2010

LA PONTIFICIA COMMISSIONE
PER LO STATO
DELLA CITTA' DEL VATICANO

- Visto il Trattato del Laterano, sottoscritto in Roma, fra la Santa Sede e l'Italia, l'11 febbraio 1929;
- Vista la Legge Fondamentale dello Stato della Città del Vaticano 26 novembre 2000;
- Vista la legge sulle Fonti del Diritto 1° ottobre 2008, n. LXXI;

considerando:

- che il riciclaggio dei proventi di attività illecite e, altresì, lo sfruttamento del sistema finanziario per trasferire fondi di provenienza criminosa o anche denaro di provenienza lecita a scopo di finanziamento del terrorismo minano alla base le fondamenta delle società civili costituendo una minaccia per l'integrità, il funzionamento regolare, la reputazione e la stabilità dei sistemi finanziari;
- che il riciclaggio dei proventi di attività criminose ed il finanziamento del terrorismo avvengono sovente a livello internazionale e che, pertanto, le misure adottate esclusivamente a livello di singola giurisdizione, senza coordinamento né cooperazione internazionali, finirebbero per avere effetti limitati;
- che ogni Stato e Giurisdizione, in ragione delle peculiarità transnazionali dei fenomeni del riciclaggio e del finanziamento del terrorismo, devono fornire il proprio contributo introducendo nella legislazione interna regole e presidi coerenti con i principi e gli standard concordati a livello internazionale e comunitario contro il riciclaggio ed il finanziamento del terrorismo;
- che la Convenzione Monetaria tra lo Stato della Città del Vaticano e l'Unione europea del 17 dicembre 2009 (2010/C 28/05) prevede, tra l'altro, l'introduzione di presidi in materia di prevenzione e contrasto del riciclaggio e del finanziamento del terrorismo;

ha ordinato e ordina quanto appresso da osservarsi come legge dello Stato:

Ley CXXVII del Estado Vaticano contra el blanqueo de capital, formada por treinta y una páginas, trece capítulos, más anexos. 30 de diciembre de 2010.

Días después, el secretario del papa informa al presidente del IOR de que el Sumo Pontífice desea mantener un encuentro privado con él en Castel Gandolfo. El encuentro tiene lugar el domingo 26 de septiembre de 2010, después del *Angelus*. Aunque la prensa asegura que es para darle a Gotti Tedeschi su apoyo tácito, lo cierto es que en ese encuentro Benedicto XVI informa al «banquero de Dios» que tiene previsto establecer una ley pontificia antes de fin de año para la prevención y la lucha contra el blanqueo de capitales procedentes de organizaciones criminales y contra el fraude y la falsificación de moneda. Está claro que el texto enviado por Gotti Tedeschi a monseñor Gänswein ha llegado a manos del papa y que ha surtido el efecto deseado.

Efectivamente, el jueves 30 de diciembre de 2010 es aprobada la Ley CXXVII del Estado de la Ciudad del Vaticano, que tendrá vigencia sobre todos los organismos de la curia, incluido el IOR[3]. La ley se hará efectiva el viernes 1 de abril de 2011.

LAS LEYES QUE SE LLEVA EL VIENTO

Mientras las autoridades vaticanas, a través del cardenal secretario de Estado Tarcisio Bertone, mantienen un intercambio de misivas con el MONEYVAL y la organización del Consejo de Europa encargada de evaluar las medidas contra el lavado de dinero y la financiación del terrorismo, Gotti Tedeschi desconoce que en el interior del propio IOR han comenzado a moverse aquellos que no están de acuerdo con la política de transparencia emanada de la Ley CXXVII. Dos poderosos enemigos han empezado a conspirar contra él por su afán de defender la «transparencia» en el IOR: el cardenal Tarcisio Bertone y el mismísimo Paolo Cipriani, director general del Banco Vaticano y el «Judas Iscariote» de esta historia.

Gotti Tedeschi no sabe que el hombre sentano a su mesa durante un banquete celebrado en la Santa Sede justo antes de Navidad es un psiquiatra, psicoterapeuta e hipnoterapeuta autorizado a circular por las estancias vaticanas. Pietro Lasalvia es, además, íntimo amigo de Cipriani, quien le ha pedido que le haga un rápido estudio psiquiátrico sobre el presidente del IOR. Durante las dos horas y media que dura el banquete, Lasalvia va tomando notas sin que Gotti Tedeschi se de cuenta de ello. El 18 de marzo de 2011, tres meses después de la cena, el psiquiatra redacta un informe de tan solo una página dirigido a Paolo Cipriani. El director general del IOR lo utilizará únicamente si Gotti Tedeschi no dimite o es destituido de su cargo. «Le escribo solo ahora porque la delicadeza del asunto me ha causado la necesidad de una larga y atenta reflexión», escribe Lasalvia al inicio del texto. Seguidamente da una serie de impresiones nada favorables sobre el presidente del IOR.

---

[3] Véase el capítulo 5: «La mafia y el IOR *nostro*».

Pietro Lasalvia
Medico chirurgo
Psicoterapeuta – Ipnoterapeuta
Psichiatria occupazionale
Perfezionato in Psichiatria di consultazione e clinica psicosomatica
Specializzazione in Psicoterapia
Iscritto nell'elenco degli Psicoterapeuti presso l'Ordine dei Medici Chirurghi di Roma
Professore a Contratto Corsi di Laurea nelle Professioni Sanitarie
Seconda Facoltà di Medicina e Chirurgia SAPIENZA Università di Roma

Per completezza del mio intervento professionale sullo stress lavoro correlato in linea con le richieste del D.Lgs.81/08 per la valutazione di rischio stress correlato e con la sensibilità comunitaria per tale questione Le scrivo di seguito alcune riflessioni; Le devo inoltre dire che ho scritto solo ora perché la delicatezza dell'argomento ha determinato in me l'esigenza di una lunga ed attenta riflessione.

In occasione di un convivio organizzato dalla Direzione per salutare i dipendenti IOR prima delle Sante festività natalizie, sono stato da Lei invitato ed ho avuto l'occasione di sedere accanto al Presidente Dr. Gotti Tedeschi fino a quel momento mai conosciuto. Mi ha sorpreso il distacco dall'oggetto di tala situazione, cioè il materiale umano che vivificava l'organico IOR, e lo scollamento con la Direzione che invece partecipava come un buon padre di famiglia ad una occasione di unione tra la sacralità del contesto e la profanità del lavoro che si svolge quotidianamente. Inoltre il Presidente Dr. Gotti Tedeschi ha monopolizzato completamente la mia attenzione celebrando la sua persona con, a mio avviso, inopportune osservazioni sia sulla moralità dei dipendenti sia sulle capacità del clero. Devo dire che tutto ciò mi ha reso sbigotto soprattutto in funzione delle mie aspettative condizionate anche dalla bella presentazione che elegantemente Lei, Direttore, anche indirettamente mi ha sempre fatto.
Per la professione che svolgo e per l'incarico affidatomi non potevo esimermi ad evidenziarLe una certa incongruenza tra i tratti di personalità emersi, anche se in un colloquio occasionale e non strutturato, ed il delicato ruolo di rappresentanza che il Dr. Gotti Tedeschi ricopre ; nel merito si sono evidenziati tratti di egocentrismo, narcisismo ed un parziale scollamento dal piano di realtà assimilabile a una disfunzione psicopatologica nota come "accidia sociale", termine mutuato dalla letteratura cristiana ma che ben interpreta alcuni modelli comportamentali patologici secondo le attuali cognizioni del cervello sociale.
La mia osservazione si è resa opportuna poiché come obiettivo professionale ho il compito di diagnosi , prevenzione e terapia dello stress lavoro correlato e tale situazione rappresenta sia per il soggetto, che tra l'altro non si è sottoposto al protocollo, sia per la comunità lavorativa un fonte di stress ; in aggiunta , in un ottica di "unione" in cui il modello cristiano della famiglia ne è il principale volano tale scollamento potrebbe ingenerare confusione e quindi malessere.
In conclusione tali osservazioni non vogliono rappresentare una diagnosi ma un punto di osservazione professionale di cui mi è sembrato corretto dare rilevanza in relazione all'incarico che sto svolgendo ed in sintonia con la mia Fede Cristiana, sia per la salute dell'Istituto che per la salute di ogni singolo costituente compreso il Presidente.

Roma 18/03/2011   In Fede

Informe psiquiátrico contra Gotti Tedeschi escrito por Pietro Lasalvia a su amigo Paolo Cipriani, director general del IOR. 18 de marzo de 2011.

Me ha sorprendido la indiferencia de Gotti Tedeschi hacia las personas presentes y el alejamiento de la Dirección, que, en cambio, participaba como un buen padre de familia, en una ocasión en la que se juntaban la sacralidad del contexto al profano, o sea, al del trabajo diario [...].

Además, Gotti Tedeschi ha monopolizado mi atención, celebrando asimismo a través de inoportunas observaciones acerca de la moralidad de los empleados y las capacidades del clero [...]. Todo esto me ha sorprendido, teniendo en cuenta las expectativas, creadas por sus buenas palabras, sobre él.

Por mi profesión y mi cargo no puedo evitar hacerle notar una incongruencia entre la actitud y el importante cargo de representación que cubre Gotti Tedeschi: en lo específico ha manifestado egocentrismo, narcisismo y un parcial alejamiento de la realidad asimilable a una psicopatología conocida como «pereza social» [...].

Esta situación representa tanto para él como por su entorno laboral motivo de estrés: además de que este desprendimiento puede generar confusión y malestar.

Estas observaciones mías no pretenden ser un diagnóstico, sino un observación profesional a la que me parece justo dar importancia por el cargo que me ha sido dado y por mi Fe Cristiana para el bien del Instituto (IOR) y de toda la Iglesia.

Meses después, Ettore Gotti Tedeschi escribe un artículo en *L'Osservatore Romano* titulado «El horizonte de Noé» que aparece publicado el viernes 26 de agosto:

Albert Einstein afirmaba que para poder explicar y afrontar la realidad, esta debe simplificarse, no hacerla ilusoriamente más simple. Saber simplificar situaciones complejas es cualidad de los líderes; despachar como sencilla cualquier cosa que, en cambio, es complicada es defecto de aficionados. Se intuye hoy que en todo el mundo occidental se busca explicar la crisis económica en modo aparentemente simple, indicando soluciones fácilmente realizables en breve término, pero sin preguntarse si estas presuntas soluciones pueden incluso agravar la crisis misma [...]. Cada acción importante, para lograr éxito, debe ser clara en el contexto, en los objetivos, en los recursos necesarios y sobre su organización. Las auténticas soluciones globales de la crisis deben tener en cuenta qué la ha originado, su amplitud, el tiempo y los medios necesarios para resolverla. Así que es necesario alcanzar un horizonte más amplio. Como hizo Noé, quien alzando la mirada consiguió ir más allá de sí mismo y salvar a la humanidad[4].

Muchos leyeron entre líneas en este texto un mensaje a la Santa Sede sobre la necesidad de conducir al IOR desde la opacidad hasta la transparencia, usando como símil la «crisis internacional».

---

[4] Véase http://www.news.va/es/news/el-horizonte-de-noe-editorial-presidente-del-insti.

STATO DELLA CITTÀ DEL VATICANO

—

CLXVI

Legge di conferma del Decreto del Presidente del Governatorato dello Stato della Città del Vaticano, N. CLIX, con il quale sono promulgate modifiche ed integrazioni alla Legge concernente la prevenzione ed il contrasto del riciclaggio dei proventi di attività criminose e del finanziamento del terrorismo del 30 dicembre 2010, N. CXXVII.

Portada de la ratificación del Decreto CLIX del 25 de enero de 2012, del presidente de la Gobernación del Estado de la Ciudad del Vaticano y que retoca algunos puntos la Ley CXXVII. 24 de abril de 2012.

[Página 3 de 51]

— 4 —

Art. 3. — La presente legge entra in vigore il 24 aprile 2012.

Il testo della presente legge è stato sottoposto al Sommo Pontefice il 13 aprile 2012.

L'originale della legge medesima, munito del sigillo dello Stato, sarà depositato nell'Archivio delle leggi dello Stato della Città del Vaticano ed il testo corrispondente sarà pubblicato nel Supplemento degli Acta Apostolicae Sedis, *mandandosi a chiunque spetti di osservarla e di farla osservare.*

Città del Vaticano, ventiquattro aprile duemiladodici.

GIUSEPPE Card. BERTELLO
Presidente

Visto
✠ Giuseppe Sciacca
Vescovo tit. di Vittoriana
Segretario Generale

Entre el lunes 21 y el sábado 26 de noviembre de 2011, los organismos financieros de la Santa Sede recibieron la primera visita de los expertos del MONEYVAL. Los enviados del Consejo de Europa mantuvieron estrechos contactos con funcionarios del IOR y de la Autoridad de Investigación Financiera (AIF) con el fin de exigir y reunir todos los documentos necesarios para que el organismo de control estableciera las normas a seguir por el Banco Vaticano si este quería incluirse en la «lista blanca» del Consejo de Europa. Pero la política de transparencia defendida por el papa Benedicto XVI y, por tanto, por Ettore Gotti Tedeschi estaba a punto de sufrir un serio varapalo: el miércoles 25 de enero de 2012, el cardenal Giuseppe Bertello, presidente de la Gobernación del Estado de la Ciudad del Vaticano, modificó mediante el Decreto CLIX la Ley CXXVII. El decreto sería ratificado mediante un segundo decreto de la Gobernación, el CLXVI, el 24 de abril de 2012.

El cardenal Bertello, hombre cercano al secretario de Estado Tarcisio Bertone y uno de los principales defensores del grupo de los «bertonianos», acababa de dar un mazazo mortal a las pretensiones de transparencia defendidas por Ettore Gotti Tedeschi desde el inicio de su mandato al frente del IOR. Como ya dijimos, la Ley CXXVII aprobada por Benedicto XVI en diciembre de 2010 constaba de treinta y una páginas, trece capítulos, un alegato y varios anexos. El Decreto CLIX aprobado por el cardenal Bertello el 25 de enero de 2012 tenía cincuenta y una páginas, once capítulos, un alegato y varios anexos. Para saber qué puntos en concreto de la ley de Benedicto XVI fueron retocados por el decreto de Bertello sería necesario confrontar los dos documentos[5].

CAZA Y DERRIBO: LOS «OSCURANTISTAS» CONTRA LOS «TRANSPARENTES»

El presidente del Instituto para las Obras de Religión fue testigo de cómo, durante los días miércoles 8 y jueves 9 de febrero de 2012, la Oficina de Prensa del Vaticano comenzaba una guerra abierta con el canal La7 por un reportaje emitido en el programa *Los Intocables,* dirigido por Gianluigi Nuzzi, en el que se denunciaban conductas de dudosa legalidad por parte del IOR[6], y con el diario *L'Unità* a causa de un artículo escrito por la periodista Angela Camuso titulado: «Blanqueo,

---

[5] Para comparar los dos textos, pueden descargarse aquí: la Ley CXXVII en: http://www.vaticanstate.va/NR/rdonlyres/A031E960-1ACE-4D4C-B5E4-34838DA-AC061/3526/NCXXVIILegge_sul_riciclaggio.pdf, y el Decreto CLIX en: http://www.vaticanstate.va/NR/rdonlyres/A031E960-1ACE-4D4C-B5E4-34838DAAC061/3753/DecretodelPresidentedelGovernatorato.pdf.

[6] http://visnews-es.blogspot.com.es/2012/02/comunicado-sobre-programa-televisivo.html.

cuatro sacerdotes investigados. Los silencios del Vaticano sobre los controles»[7].

Ettore Gotti Tedeschi está preocupado por cómo afectará a la imagen del IOR el Decreto CLIX aprobado por el cardenal Bertello, y así lo hace saber durante una tensa reunión del Consejo del Instituto, provocando un serio rechazo por parte del vicepresidente del IOR, Ronaldo Hermann Schmitz, y de Carl Anderson. Es en ese momento cuando el alemán y el estadounidense, ambos «bertonianos» declarados, comienzan a maniobrar para apartar a Gotti Tedeschi. Por el momento, el cese del «banquero de Dios» no está previsto en la mente del secretario de Estado Bertone, menos aún cuando la Santa Sede está a punto de recibir una nueva visita de los inspectores del MONEYVAL. La inspección se lleva a cabo entre el miércoles 14 y el viernes 16 de marzo de 2012. Al día siguiente, un comunicado emitido por la Oficina de Prensa de la Santa Sede explica lo siguiente:

> Las reuniones [...] han permitido continuar la recogida de información sobre los pasos dados en el proceso de adecuación a los estándares internacionales en materia de prevención y lucha contra el blanqueo de dinero y la financiación del terrorismo, como la adopción del Decreto CLIX del 25 de enero de 2012 [...] así como la ratificación y adhesión a algunas relevantes convenciones internacionales. [...] Esta fase conducirá a la redacción de un informe que, como ya ha sido previsto, será examinado por la Asamblea Plenaria de MONEYVAL el próximo mes de julio[8].

Lo que se ha omitido en el comunicado redactado por el padre Federico Lombardi es que los inspectores del MONEYVAL no quedaron muy satisfechos con las medidas adoptadas tras la implantación del Decreto CLIX y de cómo dichas medidas afectarían en el futuro a la implementación de normas destinadas a convertir el IOR en un banco que pudiera figurar en la «lista blanca» del Consejo de Europa.

El 3 de abril, Gotti Tedeschi vuelve a enviar un nuevo mensaje desde las páginas de *L'Osservatore Romano* a través de un artículo titulado «Estrategia de la solidaridad». El aún presidente del IOR comienza el texto hablando del despido de un alto ejecutivo de un banco de inversiones estadounidense, «que durante varios años ha trabajado en puestos de responsabilidad en un banco de inversión símbolo del poder financiero americano, ha acusado explícitamente al banco de "degeneración moral" en sus valores profesionales y en las opciones operativas consiguientes». Ettore Gotti Tedeschi continúa con su alegato, dirigido supuestamente a sus compañeros en el Consejo del IOR:

---

[7] http://visnews-es.blogspot.com.es/2012/02/la-oficina-de-prensa-rechaza-las.html.

[8] http://visnews-es.blogspot.com.es/2012/03/reunion-santa-sede-moneyval-contra-el.html.

Dejando a un lado las legítimas dudas sobre los motivos propagandísticos de esa decisión, se puede tratar de explicar qué es lo que ha desvirtuado el oficio de banquero, provocando y alimentando la «degeneración moral» cuyos efectos indica sustancialmente el *manager* dimisionario en búsqueda exasperada de resultados a breve plazo, prescindiendo del modo como esos mismos resultados se realizan. Pero, ¿qué se ha desvirtuado?

Tras un breve análisis sobre el consumo desmedido y la falta de ética, Gotti Tedeschi termina el artículo con una frase que bien podría aplicarse a varios de los miembros del Consejo de Supervisión de la entidad: «Personas escasamente formadas, con objetivos equivocados, en un contexto operativo frágil, solo pueden crear desequilibrios»[9].

Veintiún días después del artículo, tal vez como forma de devolver el golpe, la Pontifica Comisión para el Estado Vaticano confirma la modificación de la Ley CXXVII, realizada en enero por el presidente de la Gobernación del Estado de la Ciudad del Vaticano, mediante el Decreto CLXVI. Ettore Gotti Tedeschi sabe que tiene los días contados al frente del IOR.

A finales del mes de mayo, el secretario de Estado Tarcisio Bertone recibe dos cartas casi de forma simultánea de Carl Anderson y de Ronaldo Hermann Schmitz. Los dos consejeros del IOR piden el cese de Gotti Tedeschi. En su misiva, Anderson explica los motivos de su no apoyo al aún presidente del Banco Vaticano:

> Aunque yo haya iniciado mi trabajo como miembro del Consejo recientemente, tengo conocimiento de la importancia del IOR para las finalidades de la Iglesia Universal. Como nuevo miembro del Consejo espero aportar una nueva perspectiva, de alguien que viene informado por el ambiente de negocios de Estados Unidos. Como presidente y jefe ejecutivo de los Caballeros de Colón, que es la mas grande empresa católica de seguros y sirve para recaudar fondos y dar frente a necesidades caritativas en todo el mundo, sé muy bien la importancia del IOR como instrumento de la Voluntad del Santo Padre. También, por supuesto, he trabajado en estrecha colaboración, cuando se me ha solicitado, con el secretario de Estado para ayudar en la realización de buenas obras tan importantes a las finalidades de la Iglesia y a su reputación.
>
> Por eso, he leído los rumores que en estos últimos meses giran alrededor del Instituto con trepidación y ansiedad, y de manera particular, el cierre de la relación bancaria correspondiente a J. P. Morgan. Estos rumores inducen a reflexionar al mundo financiero, y el creciente escepticismo sobre el IOR no ayuda, sino que deja en mal lugar el trabajo del Santo Padre. [...]
>
> Ahora voy a tratar el asunto de esta carta mía. Tras haber reflexionado y rezado mucho, he llegado a la conclusión de que el señor Gotti

⁹ Véase http://www.news.va/es/news/si-se-desvirtua-el-sentido-de-responsabilidad.

ISTITUTO
PER LE OPERE DI RELIGIONE
—
Il Consiglio di Sovrintendenza

His Eminence Tarcisio Cardinal Bertone

Secretary of State to His Holiness Benedict XVI

Vatican City State

Via Hand Delivery in Copy (Original to Follow)

Your Eminence:

Although I have only recently commenced my service as a member of the Supervisory Board, I have long been aware of the importance of the Institute of Religious Works to the mission of the Universal Church. As a new member of the Board, I hope I provide a fresh perspective, and one that comes informed by the U.S. business environment. As Chairman and CEO of the Knights of Columbus, which is the largest Catholic fraternal insurance company and serves to collect donations and meet charitable needs throughout the world, I know the importance of the IOR as an instrument of the Holy Father's will. Of course, I also work in close collaboration, when called upon, with the Secretariat of State, to help execute the good works so essential to the Church's mission and reputation.

In that light, it has been with great anxiety and trepidation that I have read in recent months the rumors swirling around the Institute, particularly regarding the closure of correspondent banking relationships with such notable concerns as JP Morgan. These rumors give the financial world pause, and the increasing skepticism about the IOR cannot help but cast in a negative light the work of the Holy Father.

What has puzzled me, and concerned me deeply as a member of the Board, is the lack of a formidable response from the Institute regarding these allegations.

I come now to the sad subject of my letter to you. I have come to the conclusion, after much prayer and deliberation, that Mr. Gotti Tedeschi is incapable of leading the Institute through this troubled time. As I have expressed to my fellow members of the Board, Mr. Gotti Tedeschi has failed to defend the Institute with any vigor, and by this alone, the Institute has suffered.

From my perspective as member of the Board, there has been no direction or plan from this President, notwithstanding the current situation, and what is more, his occasional communications directly to me seem focused not on the life of the Institute, but upon internal political maneuvering and denigration of others. Accompanying this unfortunate rhetoric has been a sort of increasingly erratic behavior characterized by not supplying full information to the Board, and at times missing or abandoning Board meetings all together.

Carta contra Gotti Tedeschi de Carl Anderson, miembro del Consejo del IOR, al cardenal Bertone, alegando que no quiere seguir con Gotti Tedeschi al frente.

I have no confidence in Mr. Gotti Tedeschi, and it is only with the greatest reluctance that I inform your Eminence that it would be an extreme sacrifice for me to serve further on this Board with Mr. Gotti Tedeschi.

But setting my personal unease aside, it is my professional view, and my view as a member of this Board with an independent fiduciary duty to it, that the continued participation in any capacity of Mr. Gotti Tedeschi is likely to actively harm this Institute and significantly affect the sustainability of its mission.

THEREFORE, I implore Your Eminence to follow my guidance in this matter and discontinue and sever all relationship between Mr. Gotti Tedeschi and this Institute without any delay.

I assure you that upon Motion of Mr. Vice President Ronaldo Schmitz, I will vote "no confidence" in Mr. Gotti Tedeschi at the meeting of the Board of Superintendence on May 24, 2012. In doing so, I believe I will support the correct decision of Your Eminence and your leadership in this matter. In closing permit me to express again my gratitude to Your Eminence for the privilege of serving our Church and our Holy Father in this capacity.

Respectfully yours,

Carl Anderson, Member

Tedeschi no es capaz de guiar el Instituto que se encuentra en un periodo tan problemático. Como ya he comentado con mis compañeros del Consejo, Gotti Tedeschi no ha proporcionado una defensa fuerte del Instituto, y solo ya por eso el Instituto ha sido afectado.

Desde mi perspectiva como miembro del Consejo, Gotti Tedeschi no ha proporcionado ni dirección, ni un plan, a pesar de la situación actual, y, sobre todo, sus comunicaciones ocasionales conmigo me parecieron centradas a maniobras de política interior y al descrédito de los demás más que a la vida del Instituto. Además se ha juntado a esta desafortunada retórica un creciente comportamiento incierto caracterizado por la falta de informaciones completas al Consejo, y no participación o abandono de las reuniones del Consejo.

No tengo ninguna confianza en Gotti Tedeschi, y con gran reluctancia informo a Su Eminencia que sería para mí un sacrificio muy grande seguir trabajando en este Consejo con Gotti Tedeschi.

Aunque quiera dejar mi personal malestar a un lado, mi visión como profesional y mi visión como miembro del Consejo, afirmo que dejar a Gotti Tedeschi en la presidencia significaría dañar activamente al Instituto y perjudicar sus finalidades.

Por eso imploro a Su Eminencia que siga mi guía en esta situación y termine, sin ulteriores retrasos, la relación entre Gotti Tedeschi y el IOR. [...]

La segunda carta, también dirigida al cardenal Bertone, está vez escrita por el vicepresidente del IOR, Ronaldo Hermann Schmitz, llega a la Santa Sede el martes 22 de mayo.

Soy miembro del Consejo de Supervisión del IOR desde el año 2006. En estos seis años de trabajo he visto maravillosos progresos en las obras del Instituto y he apoyado el trabajo del director general. Quiero seguir siendo miembro del Consejo en el próximo futuro.

De todas formas, como le dije en mis cartas anteriores, yo creo que ahora el Instituto se está enfrentando a una situación muy peligrosa y extremadamente frágil. Antes le dije mis consideraciones cándidamente, pero ahora creo que la situación ha empeorado hasta el punto de un inminente peligro. [...]

Es en situaciones tan peligrosas como esta cuando una institución financiera debería contar con un liderazgo firme y fiable. Según mi opinión, el presidente Gotti Tedeschi no tiene las cualidades necesarias para guiar el Instituto. Además, él mismo ha empeorado la situación por su inactividad, su falta de lealtad al personal y de transparencia con el Consejo. En el mismo momento en el que se espera que un jefe dé un paso adelante y se entregue, el señor Gotti Tedeschi ha evitado o abandonado las reuniones de su Consejo, simplemente para no enfrentarse a problemas que necesitan ser solucionados.

Como Usted sabe, en la próxima reunión del 24 de mayo es mi intención presentar una moción de «no-confianza» contra el presidente Gotti Tedeschi. Esta moción proporcionará a la mayoría de los miembros

DR. RONALDO HERMANN SCHMITZ

Istituto per le
Opere di Religione

Vice President

Frankfurt, May 22, 2012

Your Eminence:

I write with a heavy heart.

I have served as a member of the Supervisory Board for the Institute for Religious Works since 2006. In those six years of service, I have seen wonderful progress in the Works of the Institute, and support the work of the General Director. I wish to remain a member of this Board in the foreseeable future.

However, as I have reported in my previous correspondence to you, it is my belief that this Institute is presently confronted with an extremely fragile and risky situation. I have previously reported my concerns to you candidly, but now consider the situation to have degenerated to the point of imminent danger.

My choice of words may seem to be strong, but they are not quickly chosen. I have examined the position and perception of the Institute from the perspective of one who has worked in the field of international finance for some forty-five years, and I have gathered facts regarding both the operation and representation of the Institute with special care over the last several months.

It is in just such situations of danger and risk that a financial institution must have firm and reliable leadership. In my belief, the President of the Institute, Mr. Ettore Gotti Tedeschi does not possess the qualities necessary to lead the Institute. Furthermore he has aggravated the situation by his inactivity and lack of loyalty to staff and transparency in dealings with the Board. Indeed, at the very moment one would expect a leader to step forward and *serve*, Mr. Gotti Tedeschi has avoided or abandoned statutory meetings of this Board simply to avoid confronting issues that need to be addressed.

As you are aware, at the meeting of the Board of the IOR on May 24 this week, it is intended to bring a motion of no-confidence in President Gotti Tedeschi. This motion will provide the factual basis for the judgment by a majority of members of the Board that Mr. Gotti Tedeschi should cease to be President and member of the Board of IOR.

I firmly expect that the mandate of President Gotti will then be terminated promptly by Your Eminence. I have no desire to continue to serve on a Board with Mr. Gotti Tedeschi. Should therefore, the mandate of the President not be terminated subsequent to a vote of no-confidence by the Board, I will myself resign from the Board no later than by the end of May 2012.

Carta contra Gotti Tedeschi del doctor Ronaldo Hermann Schmitz al cardenal Bertone. 22 de mayo de 2012.

2

I earnestly hope that my background in International banking and the exercise of my duty to this Institute will persuade Your Eminence that the complete discontinuation of the relationship with Mr. Gotti Tedeschi should be executed immediately, and that only in this way can the Institute attempt a new beginning.

Yours,
In faith,

Via Hand Delivery in Copy
(Original to Follow)

Eminence Tarciscio Cardinal Bertone
Secretary of State to His Holiness Benedict XVI
Vatican City State

del Consejo la posibilidad concreta de juzgar si Gotti Tedeschi debe abandonar su cargo de presidente y de miembro del Consejo del IOR.

Estoy convencido que Vuestra Eminencia despedirá inmediatamente a Gotti Tedeschi. No quiero seguir siendo miembro de un Consejo donde también esté sentado Gotti Tedeschi. Si el cargo del presidente no termina tras el voto de «no-confianza», yo mismo dimitiré de mi cargo a más tardar a finales de mayo 2012. [...]

Se piensa que el propio cardenal Bertone consiguió hablar con Anderson y Hermann Schmitz el miércoles 23 de mayo y que les dio «luz verde» para presentar la moción de «no confianza» contra Gotti Tedeschi. El poderoso secretario de Estado prefería que la presión sobre el presidente del IOR llegase desde el interior del propio Consejo y no desde la Secretaría de Estado. De ese modo, la dimisión o cese del presidente del Banco Vaticano será más fácil de explicar a la prensa.

Efectivamente, el día siguiente jueves 24 de mayo de 2012, el Consejo de Supervisión del IOR informa a Ettore Gotti Tedeschi, en un memorando de dos páginas, que ha sido aprobada la moción de «no confianza» contra él. La decisión se apoya en estos nueve puntos:

1. Fracaso en cumplir con las tareas de presidente.
2. Fracaso en permanecer informado de las actividades del Instituto y en informar al Consejo.
3. Abandono y ausencia de las reuniones del Consejo.
4. Falta de prudencia y exactitud en comentarios sobre el Instituto.
5. Fracaso en proporcionar explicaciones sobre la difusión de documentos de los que se sabe haber sido el último en tenerlos.
6. Difusión de información incorrecta acerca el Instituto.
7. Fracaso a la hora de defender y representar públicamente al Instituto frente a las informaciones incorrectas difundidas por los medios de comunicación.
8. Centralización y alienación del personal.
9. Creciente actitud personal errática e incoherente.

Ettore Gotti Tedeschi, tras leer el contenido del memorando, afirmó: «Me debato entre el ansia de contar la verdad y no querer turbar al Santo Padre con tales explicaciones». Dos días después, el diario *Corriere della Sera* publicaba íntegramente el documento del Consejo Supervisor del IOR, dejando a Gotti Tedeschi en una posición aún más incómoda. Alguien de la Secretaría de Estado ha filtrado convenientemente el documento. En el mismo artículo que acompaña a esta información, el vaticanista Andrea Tornielli afirma que la expulsión de Gotti Tedeschi se debía a dos causas concretas: ciertos cambios en la ley de transparencia, y la historia del hospital milanés San Raffaele, que le enfrentó directamente con el cardenal Tarcisio Bertone.

ISTITUTO
PER LE
OPERE DI RELIGIONE

Consiglio di Sovrintendenza

NOTICE AND MEMORANDUM

OF

VOTE AND RESOLUTION OF NO CONFIDENCE

To: President Ettore Gotti Tedeschi

       Institute for World of Religion

Fr: Carl Anderson, Member

       Board of Superintendence

Da: May 24, 2012

Su: Governance

This *Notice and Memorandum of the Regular Meeting of the Board of Superintendence* notifies you and provides the reasons for which you, in your capacity as President of the Institute, have received a vote of no confidence made by the Members of this Board on this day, May 24, 2012, and records events related thereto.

This memorandum is being provided to you due to the extraordinary circumstances of your abandonment of the premises of the Institute during the course of the Board's meeting.

The Board entered regular session at 2:00 pm, or shortly thereafter, to discuss, among other items, the question of governance of the Institute. The meeting took place in the offices of the Institute in the habitual manner and in English, as customary. Translation services were also available.

All members and Officers of the Board were present at the commencement of the proceedings.

Upon assembly of the members, you raised *sua sponte* the question of governance of the Institute and were given the opportunity to speak freely with respect to that question, an item that had been duly placed on the agenda. You spoke for more than seventy minutes. The Board entertained any and all questions from you, permitted you to continue your observations uninterrupted, and then engaged in further discussion.

Thereafter, you were asked whether you had any further questions or information you wished to provide before the Board proceeded with the governance agenda item, the basis for which was explained to you. You stated that you had no further questions. The Board then requested that you withdraw from the meeting to await its deliberation and vote.

At approximately 3:40 pm, a motion of no confidence was brought before the Board. The members discussed and deliberated the motion, and entered, together with the resolution of no confidence, the motivations therefore. The motivations were made based upon information known to the Board members.

1

Carta del Consejo del **IOR** a Ettore Gotti Tedeschi informándole de la moción de «no confianza» aprobada contra él. 24 de mayo de 2012.

During the deliberations, at 4.00 pm, you abandoned the premises of the Institute without notice and without waiting to receive notice as to the results of the no confidence vote.

The motivations for the Board's decision were read and entered into the record seriatim, and treated as separate bases for the vote of no confidence. The bases were duly recorded in the acts of the meeting and included:

- Failure to carry out basic duties incumbent upon the President to perform.

- Failure to remain informed of the activities of the Institute and to keep the Board informed.

- Abandoning and failing to attend meetings of the Board.

- Exhibiting lack of prudence and accuracy in comments regarding the Institute.

- Failure to provide any formal explanation for the dissemination of documents last known to be in the President's possession.

- Dissemination of inaccurate information regarding the Institute.

- Failure to publicly represent and defend the Institute in the face of inaccurate media reports.

- Polarizing the Institute and alienating personnel.

- Progressively erratic personnel behavior.

The Board also considered the statements made by you in the course of the May 24, 2012 proceedings and determined that one or more of those statements were not accurate.

The Board took special note of your prior unexcused and unexplained absences from Board meetings and further determined that the statements made by you during today's meeting reconfirmed your prior failure to provide full and adequate information to the Board in the past.

At approximately 5.00 pm, the Board voted that the above-mentioned motivations formed the basis for the adoption of the no confidence resolution, which states as follows:

"This Board of Superintendence of the Institute for Religious Works no longer reposes confidence in President Ettore Gotti Tedeschi, and recommends the discontinuation of his mandate as President and Member of this Board."

Having adopted the resolution, the acts and documents relating to this item were, by motions passed, retained by me as Secretary for the purposes of these proceedings and transmitted intact in authentic copy to the Commission of Cardinals for deliberation as to the consequences of the Board's determination.

This portion of the Board's meeting was temporarily adjourned at 5.30, with the remainder of the agenda hereafter.

Carl Anderson, Member

UN HOSPITAL PARA LA POLÉMICA

El vaticanista de *La Stampa* Andrea Tornielli aseguró que el origen de la enemistad entre Ettore Gotti Tedeschi y el cardenal Tarcisio Bertone se hallaba en el caso del hospital San Raffaele, al que ya nos referimos en el capítulo 1, y es probable que no le faltase razón. El cardenal Bertone reprochaba a Gotti Tedeschi no haber hecho lo suficiente para mantener el control del hospital, que finalmente pasó a manos privadas.

El hospital San Raffaele de Milán había sido fundado por Luigi Verzé en 1969, y hasta el 10 de marzo de 2011 formaba parte de la Fundación Centro San Raffaele del Monte Tabor. En el mes de febrero de ese año explotaba la crisis financiera en la Fundación debido a una deuda acumulada insostenible. En el mes de junio, la Fundación intentó buscar socios económicos fuertes y capaces de asumir el control de la situación, que se volvía cada vez más catastrófica, llegando incluso a haber riesgo de cierre. Se mostraron interesados en el rescate el Grupo San Donato, presidido por Giuseppe Rotelli, y la Santa Sede, a través de Giuseppe Profiti, presidente del hospital del Niño Jesús. El Consejo de Administración de la Fundación, reunido el jueves 30 de junio, decidió encomendarse al Vaticano y entregar el control financiero a la Santa Sede.

Unos días después, se formó un nuevo Consejo de Administración, en el que las autoridades vaticanas tenían la mayoría. Los nuevos consejeros necesitaban tiempo para llevar a cabo un plan de saneamiento, y eso fue lo que pidieron al tribunal que debía iniciar los procedimientos de expediente de quiebra. El tribunal dio como fecha límite el 15 de septiembre, pero el Consejo no cumplió con lo estipulado. El tribunal propuso entonces una nueva fecha, el 12 de octubre, pero de nuevo el Consejo de Administración de la Fundación vuelve a incumplir. De hecho, jamás presentó un plan completo para la renegociación de la deuda y para la refinanciación del hospital San Raffaele.

El martes 15 de noviembre de 2011, Ettore Gotti Tedeschi hace llegar, supuestamente, al cardenal secretario de Estado Bertone un memorando «reservado y confidencial» en el que pone de manifiesto su «más completa preocupación, con referencia a la imagen de la Santa Sede, en consecuencia de la evolución del proyecto San Raffaele»:

> El problema que me preocupa se refiere a la sospecha de una potencial retirada del accionariado del hospital San Raffaele por parte de la Santa Sede. Dicha sospecha se está materializando en más partes involucradas indirectamente en el proyecto. La hipótesis de retirada está provocando perplejidades y preocupación en dichas partes involucradas en el proyecto (médicos, profesores, bancos), que están empezando a pedir explicaciones (de momento, de manera reservada e informal). La preocupación más evidente es que la Santa Sede esté (por cuestiones morales o de otra naturaleza) permitiendo o favoreciendo al socio

privado asumir una posición de control. Dicha sospecha podría haber sido alimentada por varios hechos. Supongo que podrían ser hechos consecuentes de las dimisiones de los dos consejeros de la Fundación (profesores Clementi y Pini) y a las visitas y los discursos hechos por un representante de la Santa Sede (Profiti) y por el socio particular (Malacalza) con más interlocutores, entre los cuales estarían el arzobispo de Milán y el consejero delegado de Banco Intesa, Passera.

Mi percepción (según las conversaciones mantenidas con los dos primarios y el consejero delegado de Banco Intesa) es que la retirada de la Santa Sede resultaría indeseable. Me preocupa también el hecho de que no se haya prestado atención a esta percepción, que se haya subestimado y que no se haya compartido.

El riesgo para nosotros es el de aparecer como quien ha encubierto temporalmente el proyecto privado, dejando creer a los órganos del procedimiento (Tribunal) y a todas las partes involucradas que se estaba negociando fuera de la Santa Sede, *in primis,* y creando de tal manera expectativas estratégicas y operativas para el futuro del hospital San Raffaele muy distintas de realidad posible.

Creo que es indispensable reflexionar sobre la postura oficial que hay que mantener con adecuada transparencia. Creo que no se pueden subestimar los riesgos para la imagen consecuentes a una retirada dejando la gestión a terceros [...], y no decidido y controlado directamente, que podría ser peligrosamente considerado como una falta de transparencia.

Por fin, en enero de 2012, y ante el incumplimiento por parte de los consejeros del Vaticano de las fechas para presentar un plan de negocio viable, se decide presentar a subasta al hospital San Raffaele. Una vez más, los interesados vuelven a ser el propio Vaticano y el Grupo San Donato, pero será el grupo privado quien gane el concurso y se quede con el control y la administración del famoso hospital. Esto jamás se lo perdonará Bertone a Gotti Tedeschi.

El domingo 27 de mayo de 2012, Carl Anderson hizo unas declaraciones al *Vatican Insider,* tras la salida de Gotti Tedeschi de la presidencia del IOR, en las que negaba que la causa de la destitución fuera abandonar la línea de transparencia impuesta por él. «Si hubo una falta de transparencia, fue la que ha mostrado Gotti Tedeschi para con el Consejo y la Dirección del IOR», dijo[10].

El 29 de mayo fue Marco Tarquinio, director del diario *Avvenire,* propiedad de la Conferencia Episcopal italiana, quien salió en defensa de Gotti Tedeschi al afirmar públicamente que el presidente del IOR no solo es digno de elogio por «su valor profesional, su dedicación y su generosidad en resolver de manera limpia los problemas abiertos, mirando siempre a un bien mayor, sino también porque su pensamiento constante,

---

[10] Véase   http://vaticaninsider.lastampa.it/es/homepage/reportajes-y-entrevistas/ dettagliospain/articolo/vatileaks-vaticano-gotti-tedeschi-15427/

Memo riservato e confidenziale .
Progetto San Raffaele – Aggiornamento al 15novembre 2011.

Vorrei evidenziare una nuova ,e ancor più complessa preoccupazione, riferita all'immagine della Santa Sede , conseguente alla evoluzione del progetto SanRaffaele.

Il problèma che mi preoccupa è riferito al **"sospetto" di potenziale disimpegno** nell'azionariato del SanRaffaele da parte della Santa Sede. Detto sospetto si sta materializzando presso più parti coinvolte indirettamente nel · progetto. L'ipotesi di disimpegno sta suscitando perplessità e preoccupazione presso dette parti coinvolte nel progetto (medici, docenti, banche) che stanno iniziando a chiedere spiegazioni (per ora riservatamente e informalmente) .La preoccupazione più evidente sta nel fatto che la Santa Sede stia (per questioni"morali"o altro) permettendo, o facilitando, al socio privato di assumere una posizione di controllo . Detto sospetto potrebbe esser stato alimentato da vari fatti .Ipotizzo che possano essere fatti conseguenti alle dimissioni dei due consiglieri della Fondazione (prof.Clementi e Pini) nonchè da visite, e discussioni, fatte da un rappresentante della SantaSede (Profiti) e dal socio privato(Malacalza) a più interlocutori , tra cui l'ArciVescovo di Milano e l'amministratore delegato di banca Intesa , Passera .

La mia percezione (ex conversazioni con i due primari e con l'amministratore delegato di banca Intesa) è che il **disimpegno della Santa Sede risulterà sgradito** . Mi preoccupa anche il fatto che non sia stata data attenzione a questa percezione,che sia stata sottovalutata o non sia stata condivisa
.

Il nostro rischio è di apparire come chi ha coperto temporaneamente il progetto privato , illudendo gli organi della procedura e tutte le parti che a trattare fosse di fatto la Santa Sede, in primis, e creando in tal modo **aspettative strategiche** e operative per il futuro del SanRaffaele ben diverse dalla realtà successiva possibile.

Credo sia indispensabile riflettere sulla posizione ufficiale da mantenere con   opportuna **trasparenza** . Credo non possano esser sottovalutati i rischi di immagine conseguenti ad un disimpegno lasciato gestire a terzi (...), e non deciso e controllato direttamente ,che potrebbe esser considerato pericolosamente, **mancanza di trasparenza** .

Informe «reservado y confidencial» redactado por el presidente del IOR, Gotti Tedeschi, sobre el proyecto de San Raffaele y el peligro que conlleva la posible retirada de la Santa Sede de su accionariado. 15 de noviembre de 2011.

dedicado y prioritario ha sido y es siempre para el papa Benedicto XVI».

Finalmente, el viernes 1 de junio de 2012 se reunió la Comisión Cardenalicia para extraer las consecuencias de la moción de censura del Consejo contra Ettore Gotti Tedeschi y decidir los pasos más oportunos a seguir. Al día siguiente, mediante un comunicado emitido por la Oficina de Prensa de la Santa Sede, se hizo pública la decisión de la Comisión: «La Comisión, presidida por el cardenal Tarcisio Bertone, ha tomado nota de la decisión del Consejo de Supervisión y ha comunicado por escrito al profesor Gotti Tedeschi que las funciones de presidencia pasan *ad interim,* según el estatuto, al vicepresidente Ronaldo Hermann Schmitz». En el mismo comunicado, el padre Federico Lombardi salió al paso de los comentarios surgidos en los medios de comunicación sobre posibles desacuerdos y desavenencias en el seno del Consejo de cardenales en cuanto al cese del presidente del IOR: «No existen tales desavenencias», dijo. Por último, el padre Lombardi explicó que «la Comisión se ha puesto en contacto con Gotti Tedeschi como acto de cortesía y para dar por concluida la relación». Ettore Gotti Tedeschi, el gran defensor de la transparencia y enemigo acérrimo del cardenal Bertone, quedaba así fuera de juego y la Santa Sede daba por concluidos los dos años y ocho meses de colaboración con el que había sido hasta entonces el «banquero de Dios».

Pero la cosa no iba a terminar así. Un misterioso dossier de casi doscientas páginas redactado por el propio Tedeschi y cuarenta y siete archivadores sobre su actividad en el IOR abrirían la caja de los truenos cuando cayeron en manos de la Fiscalía de Roma y, después, de Trapani, tras un registro de los *carabinieri* en el despacho milanés del banquero. Veinticinco mil clientes con cuentas cifradas en el IOR se echaban a temblar.

Como ya dijimos, el «banquero de Dios» temía ser asesinado, por lo que decidió enviar una copia del dossier sobre estas cuentas secretas a tres destinatarios con la orden de entregarlos a la justicia si él moría en «extrañas» circunstancias. Durante dos años y ocho meses, Gotti Tedeschi no tuvo miedo ni a las autoridades fiscales, ni al Banco de Italia, ni a las caídas de la Bolsa o a las crisis financieras internacionales. Lo que verdaderamente temía era que alguien de la todopoderosa curia vaticana quisiera ponerle a salvo de su propia memoria con un sahumerio con el que alejarle de los incómodos fantasmas de la transparencia en el IOR y que, en lugar de hacerlo con incienso o sándalo, tal vez se sirviera de ese aroma inconfundible a almendras amargas.

7

Monseñor Viganò, un «decente» en la corte de San Pedro

«No entiendo qué es lo que ha ocurrido», dijo monseñor Viganò cuando, el 19 de octubre de 2011, se le comunicó que acababa de ser nombrado nuncio vaticano en Washington D. C. por la Secretaría de Estado y ratificado por el Sumo Pontífice. La razón real de esta designación hay que buscarla en épocas anteriores; en concreto, el 16 de julio de 2009, cuando fue nombrado secretario general de la Gobernación del Estado de la Ciudad del Vaticano.

Carlo Maria Viganò nació el 16 de enero de 1941 en la ciudad italiana de Varese, y ordenado sacerdote veintisiete años después. Tras licenciarse en Derecho Canónico, se incorporó al servicio diplomático de la Santa Sede en 1973, donde realizó diversas misiones especiales para los papas Pablo VI, Juan Pablo II y más recientemente para Benedicto XVI. Entre 1973 y 1989, Viganò asumió diferentes puestos diplomáticos en Irak y Gran Bretaña, y actuó como enviado especial y observador permanente de la Santa Sede en el Consejo de Europa en Estrasburgo.

En realidad, la carrera de monseñor Viganò despegó siendo nuncio en Lagos, cuando el papa Juan Pablo II visitó Nigeria por segunda vez entre el 21 y el 23 de marzo de 1998. Durante esos tres días, Viganò tuvo la oportunidad de mantener un estrecho contacto con él, lo que supuso que fuese llamado a Roma poco después por el entonces secretario de Estado, el cardenal Angelo Sodano, para asumir diferentes misiones especiales en la propia Secretaría de Estado.

Viganò, el incorruptible

Con el paso del tiempo, monseñor Viganò comenzó a labrarse una imagen de hombre recto e insobornable entre la curia de Roma, lo que le llevaría a ser nombrado por el papa Benedicto XVI secretario general de la Gobernación el 16 de julio de 2009. Durante los dos años y dos meses siguientes, su única misión encomendada por el Sumo Pontífice fue la de limpiar de corrupción del Vaticano. Viganò se puso manos a la obra con el convencimiento de que en esta ardua tarea estaría protegido no solo por el propio papa, sino, además, por los altos miembros de la curia. Pero esto no ocurrió así.

Del mismo modo que el papa dio órdenes de transparencia al IOR, Carlo Maria Viganò recibió la misma consigna respecto a la Gobernación del Vaticano y, por ejemplo, poco a poco fue descubriendo que eran siempre las mismas empresas las que trabajaban para la Santa Sede, a pesar de que sus precios duplicaban o triplicaban a otras. «Esto es posible debido a que no existe transparencia alguna en la gestión de las contratas de construcción e ingeniería que dan servicio al Vaticano», afirmó en un escrito el propio Viganò. Otra de las denuncias se dirigió contra la Fábrica de San Pedro, a la que acusó de haber gastado la astronómica cifra de 550 000 euros en la construcción del tradicional Portal de Belén de la Plaza de San Pedro. O contra el Comité de Finanzas y Gestión dependiente de la Gobernación, al que acusó de haber perdido en una operación financiera cerca de dos millones y medio de dólares sin dar cuentas a nadie ni del uso del dinero ni de la pérdida sufrida. «Jamás habría pensado encontrarme ante una situación tan desastrosa», afirmó Viganò en una carta enviada al cardenal secretario de Estado, Tarcisio Bertone.

Resulta llamativo el discurso de monseñor Carlo Maria Viganò durante la 79.ª Asamblea General de la Interpol, celebrada en la ciudad qatarí de Doha entre el 8 y el 11 de noviembre de 2010. Muchos vaticanistas advirtieron en el texto una denuncia velada a la corrupción reinante en el Vaticano. Como secretario general de la Gobernación, Viganò afirmó:

> El tema que debe ser enfrentado es una estrecha relación con el proceso de globalización que está afectando a todos los aspectos de la vida de las naciones, los pueblos e individuos, y se acompaña de cambios políticos y económicos que son a menudo incontrolados e incontrolables, incluso, de hecho, esto es lo que toca más de cerca la vida de las naciones y los ciudadanos individuales.

Pero monseñor Viganò fue mucho más directo cuando afirmó ante 650 jefes de policía de 141 países:

> Si bien es cierto que la globalización ofrece oportunidades para el desarrollo y enriquecimiento, también lo es que puede causar un aumento de la pobreza y el hambre, que, a su vez, pueden desencadenar reacciones en cadena que a menudo conducen a formas muy dispares de

violencia y a la corrupción desmedida. [...] La Santa Sede siempre ha recordado esta urgente necesidad, consciente del hecho de que el deseo por la paz, la búsqueda de la justicia, el respeto a la dignidad de la persona, la cooperación y la asistencia humanitaria son expresiones de las justas aspiraciones del espíritu humano y los ideales que deberían apuntalar las relaciones internacionales.

El secretario general de la Gobernación utilizaba de forma precisa sus palabras para lanzar un mensaje claro a todos aquellos que pretendían seguir con sus prácticas corruptas dentro de la Santa Sede. Pero las cosas, como todo lo que sucede en el interior de los muros vaticanos, no cambiaron tan rápidamente ante la desesperación de Viganò. El domingo 27 de marzo de 2011 y sin consultar con el secretario de Estado Bertone, Viganò decidió enviar directamente una misiva al Sumo Pontífice, haciéndole partícipe de los grandes escándalos de corrupción descubiertos durante su labor al frente de Gobernación.

> Beatísimo Padre:
> Lamentablemente me veo obligado a dirigirme a Vuestra Santidad por una incomprensible y grave situación que atañe al gobierno de la Gobernación y a mí mismo.
> El eminentísimo monseñor cardenal (Giovanni) Lajolo (presidente emérito de la Gobernación), que me reconforta con su estima y confianza, con su gran bondad de ánimo, parece no darse cuenta de la gravedad y me anima en seguir con serenidad mi trabajo.
> En este momento mi traslado sería causa de profundo desconcierto y desaliento entre todos los que creyeron que era posible sanear las muchas situaciones de corrupción y abusos radicadas hace tiempo en la gestión de las diferentes Direcciones.
> Los eminencias cardenales Velasio de Paolis, Paolo Sardi y Angelo Comastri conocen muy bien la situación y podrían informar a Vuestra Santidad con plena conciencia y rectitud.
> Pongo en manos de Vuestra Santidad esta carta, que he dirigido al eminentísimo monseñor secretario de Estado, para que disponga según sus augustos deseos, siendo mi único deseo el bien de la Santa Iglesia de Cristo.
> Con sinceros sentimientos de profunda veneración.
> De Vuestra Santidad, su querido hijo, Carlo Maria Viganò.

En el momento de redactar esta carta, monseñor Viganò se ha hecho eco de los constantes rumores sobre su destitución al frente de la Gobernación y así se lo comunica a Benedicto XVI cuando escribe: «En este momento mi traslado sería causa de profundo desconcierto y desaliento entre todos los que creyeron que era posible sanear las muchas situaciones de corrupción y abusos radicadas hace tiempo en la gestión de las diferentes Direcciones». Viganò sabe que, debido a su lucha contra la corrupción reinante en los departamentos de la Santa Sede, tiene las horas contadas en su puesto, algo que realmente sucedió, seis meses después de esta misiva.

Los rumores sobre su destitución son cada vez mayores y vienen acompañados de una campaña de difamación en el interior de la Santa Sede. Ahora, monseñor Carlo Maria Viganò está solo. Ya nadie le apoya o, sencillamente, todos prefieren ignorarlo para no verse en el punto de mira del poderoso cardenal Bertone.

Por fin, el domingo 8 de mayo de 2011, seis semanas después de la carta enviada a Benedicto XVI y tras no haber recibido respuesta alguna desde la Secretaría privada del Sumo Pontífice, Carlo Maria Viganò comienza a redactar un amplio informe «reservado y confidencial», de cuatro páginas, que dirigirá esta vez al cardenal secretario de Estado Tarcisio Bertone. En él pondrá de manifiesto todas aquellas trabas y conspiraciones en las que se ha visto involucrado, incluso en muchas ocasiones afectado, a través de sectores ajenos a la Santa Sede. El documento llegará a la Secretaría de Estado al día siguiente, el lunes 9 de mayo de 2011:

> En la carta reservada que le había enviado el 27 de marzo de 2011, y que confié personalmente al Santo Padre por la delicadeza de su contenido, afirmaba que el cambio de opinión tan repentino hacia mi persona que Vuestra Eminencia me había demostrado en la audiencia del 22 de marzo solo podía haber sido causado por calumnias sobre mí y mi obra. En mi opinión, de hecho, no podía encontrar otra justificación a la situación tan estremecedora en la que me encontraba, teniendo en cuenta que en muchos años de colaboración en la Secretaria de Estado, y luego cono secretario general de la Gobernación, Vuestra Eminencia me habéis siempre mostrado afectuosa estima y consideración para mi persona y mi trabajo.
>
> Por esta misma convicción, en mi carta afirmaba mi derecho y mi firme intención de que se aclarara todo este asunto, para defender mi reputación, coherentemente con la transparencia de mi actuación a lo largo de mi servicio en la Santa Sede, y ahora, tras haber recibido unas informaciones, también como sincero y fiel apoyo a la obra de Vuestra Eminencia, que desempeña una tarea tan onerosa y expuesta a las presiones de personas no necesariamente bien intencionadas. [...]
>
> Personas dignas de fe han ofrecido espontáneamente a monseñor Corbellini, vicesecretario general de la Gobernación, pruebas y evidencias de lo siguientes hechos:
>
> **1.** Al acercarse los reemplazos de los cargos en la Gobernación, y según una estrategia puesta en marcha para destruir mi imagen a sus ojos, se publicaron también unos artículos en el periódico *Il Giornale* con juicios calumniosos e insinuaciones maliciosas. Ya en marzo pasado, fuentes independientes —el Dr. Giani, el Prof. Gotti Tedeschi, el Prof. Vian y el Dr. Andrea Tornielli, en aquella época vaticanista de *Il Giornale*— habían establecido con claridad un enlace entre estos artículos y el Dr. Marco Simeon, por lo menos como medio de las informa-

Arcivescovo tit. di Ulpiana
Segretario Generale del Governatorato

Beatissimo Padre,

Mi vedo purtroppo costretto a ricorrere a Vostra Santità per un'incomprensibile e grave situazione che tocca il governo del Governatorato e la mia persona.

L'Em.mo Card. Lajolo, che mi conforta con la sua stima e fiducia, nella sua grande bontà d'animo, non priva però di un qualche irenismo, non pare percepirne la gravità e mi invita a continuare con serenità nel mio lavoro.

Un mio trasferimento dal Governatorato in questo momento provocherebbe profondo smarrimento e scoramento in quanti hanno creduto fosse possibile risanare tante situazioni di corruzione e prevaricazione da tempo radicate nella gestione delle diverse Direzioni.

Gli Em.mi Cardinali Velasio De Paolis, Paolo Sardi e Angelo Comastri conoscono bene la situazione e potrebbero informarne Vostra Santità con piena conoscenza e rettitudine.

Pongo nelle mani di Vostra Santità questa mia lettera che ho indirizzato all'Em.mo Cardinale Segretario di Stato, perché ne disponga secondo il Suo augusto volere, avendo come mio unico desiderio il bene della Santa Chiesa di Cristo.

Con sinceri sentimenti di profonda venerazione,

B. in   di Vostra Santità

                        devmo figlio

                        + Carlo Maria Viganò

Monseñor Carlo Maria Viganò, secretario general de la Gobernación, escribe a Benedicto XVI denunciando graves irregularidades en la gestión financiera de la Santa Sede. 27 de marzo de 2011.

ciones filtradas procedentes del Vaticano. Para confirmar, pero, sobre todo, para completar dicha noticia, a Mons. Corbellini y a mí nos han llegado el testimonio verbal y escrito del Dr. Egidio Maggioni, persona muy bien introducida en el mundo de los medios de comunicación, bien conocida y estimada en la curia, entre otros por el Dr. Gasbarri, monseñor Corbellini y por monseñor Zagnoli, encargado del Museo Etnológico-Misionero de los Museos Vaticanos. El Dr. Maggioni ha testificado que el autor de las filtraciones procedentes del Vaticano es monseñor Paolini, delegado por los sectores administrativos y de gestión de los Museos Vaticanos. Este testimonio tiene valor determinante teniendo en cuenta que Maggioni ha recibido esta información por el mismo director de *Il Giornale,* Alessandro Sallusti, íntimo amigo de Maggioni desde hace años.

2. La implicación de monseñor Nicolini, particularmente y sobre todo por el hecho de ser cura y empleado de los Museos Vaticanos, está confirmada por el hecho de que monseñor Nicolini, el pasado 31 de marzo, con ocasión de un almuerzo, confió al Dr. Sabatino Napolitano, director de los Servicios Económicos de la Gobernación, durante una conversación entre seguidores de fútbol, que pronto, además de la victoria del Inter en el campeonato, se celebraría algo aún más importante, es decir, mi remoción del Gobernatorado. El Dr. Napolitano refirió esta estupefacta jactancia a uno de sus colaboradores de confianza, que también participaba en el almuerzo, agravada por la arrogancia con la que [Nicolini] aseguraba que él mismo iba a ser nombrado en mi lugar como secretario general de la Gobernación (véase agencia ANSA del 6 de mayo de 2011).

3. Además, sobre monseñor Nicolini han aparecido graves y lamentables irregularidades en su gestión y administración, empezando por el periodo en la Pontificia Universidad Lateranense, donde, según el testimonio de Su Eminencia monseñor Rino Fisichella, resultaron a su cargo: falsificaciones de facturas y un agujero de, al menos, setenta mil euros. También resulta interesante del mismo monseñor su participación en la empresa SRI Group, perteneciente al Dr. Giulio Gallazzi, empresa que al día de hoy resulta incumplidora hacia la Gobernación por dos millones doscientos mil euros, por lo menos, y que anteriormente había defraudado a *L'Osservatore Romano* (me ha sido confirmado por don Elio Torreggiani) por más de noventa y siete mil euros, y a la APSA por otros ochenta y cinco mil (tal y como me aseguró Su Eminencia monseñor Calcagno). De todo esto tengo pruebas documentales, como también del hecho de que monseñor Nicolini ha resultado ser titular de una tarjeta de crédito a cargo a la empresa SRI Group, por la que tenía a su disposición dos mil quinientos euros al mes.

4. Otro capitulo sobre monseñor Nicolini se refiere a su gestión de los Museos Vaticanos. Sobre este punto serían numerosas las cosas que decir y que afectan a distintos aspectos de su personalidad: comportamiento vulgar y de lenguaje, arrogancia y prepotencia hacia sus colaboradores que no han demostrado ningún tipo de servilismo ha-

cia él, preferencias, ascensos y contrataciones arbitrarias para fines personales; innumerables quejas han llegado hasta sus superiores de la Gobernación, de quien dependen los Museos Vaticanos, por ser considerado una persona desaprensiva y carente de sentido del sacerdocio.

5. Ya que la conducta del monseñor Nicolini, además de representar una grave violación de la justicia y de la caridad, son punibles como delitos, tanto en el ordenamiento canónico como en el ordenamiento civil, si contra él no se procede por vía administrativa, sería mi deber proceder por vía judicial.

6. Por lo que se refiere al Dr. Simeon, a pesar de que para mí es más delicado hablar de él siendo, según lo que refieren los medios de comunicación, muy cercano a Vuestra Eminencia, no puedo evitar testificar que, según tengo conocimiento en calidad de delegado para las Representaciones Pontificias, el Dr. Simeon resulta ser un calumniador (en el caso específico a mi previo conocimiento por un sacerdote).

7. A tales acciones de denigración y de calumnias a las que me enfrento ha contribuido el Dr. Saverio Petrillo, que se ha visto herido en su orgullo propio por una investigación de la Gendarmería Pontificia —investigación debida al robo ocurrido el año pasado en la Villa Pontificia y del que el mismísimo Dr. Petrillo no había informado a su superior de la Gobernación ni a la Gendarmería—. Su actitud hacia mí ha empeorado por una decisión del presidente cardenal Lajolo (y no de mí) de encargar la gestión de los invernaderos de las villas el Sr. Luciano Cecchetti, responsable de los Jardines Vaticanos, en un intento por crear sinergias entre los Jardines Vaticanos y los recursos de las villas, cuya deuda anual alcanza los tres millones y medio de euros. También de la lamentable actuación del Dr. Petrillo hay muchos testigos; además, lo ha afirmado públicamente («Monseñor Viganò se ha pasado de la raya, tiene que ser despedido de la Gobernación») delante de personas leales que me lo han testimoniado, desde el Apartamento Privado hasta los corredores de la Gobernación.

8. No me sorprendería si algún otro director de la Gobernación hubiese podido realizar alguna crítica contra mí en base a mi incisiva acción de restructuración, de moderación de las pérdidas y de los gastos, según los criterios de buena administración, las indicaciones del cardenal presidente y los consejos de la empresa de consultores McKinsey. Pero de eso no tengo ninguna prueba, sino al revés. Solo puedo creer que todos se han portado lealmente hacia mí, teniendo en cuenta sus declaraciones de apoyo a mi actuación, repetidas veces en la reuniones con todos los directores. [...]

Monseñor Viganò tampoco encontró respuesta del secretario de Estado Bertone, pero casi cuatro meses después recibió la comunicación oficial de que el papa Benedicto XVI lo había nombrado nuncio papal en Estados Unidos. De esta forma el cardenal Bertone se sacaba de encima a un molesto e incómodo testigo de su cada vez mayor poder.

Pero en el texto enviado a Bertone llama poderosamente la atención el nombre del doctor Marco Simeon, que es citado por el secretario

PERVENUTO IL
0 9 MAG. 2011

Arcivescovo tit. di Ulpiana
Segretario Generale del Governatorato

RISERVATA - PERSONALE

Domenica, 8 maggio 2011

Eminenza Reverendissima,

Nella lettera riservata che Le avevo indirizzato il 27 marzo 2011, che affidai personalmente al Santo Padre attesa la delicatezza del suo contenuto, affermavo di ritenere che il cambiamento così radicale di giudizio sulla mia persona che Vostra Eminenza mi aveva mostrato nell'Udienza del 22 marzo scorso non poteva essere frutto se non di gravi calunnie contro di me ed il mio operato. A mio giudizio, infatti, non potevo trovare altra giustificazione a tale sconvolgente situazione in cui mi ero venuto a trovare, atteso che in tanti anni di stretta collaborazione in Segreteria di Stato e, successivamente, come Segretario Generale del Governatorato, Vostra Eminenza aveva costantemente mostrato sentimenti di affettuosa stima e considerazione per la mia persona e per il mio operato.

Proprio per questo convincimento, nella medesima lettera affermavo di ritenere mio diritto e mia determinata intenzione che si facesse chiarezza sull'intera vicenda, a difesa della mia buona fama, in coerenza con l'assoluta trasparenza del mio agire in tanti anni di servizio alla Santa Sede, ed ora, dopo le informazioni di cui sono venuto in possesso, anche in sincero e fedele sostegno all'opera di Vostra Eminenza, a Cui è affidato un incarico così oneroso ed esposto a pressioni di persone non necessariamente ben intenzionate.

Desidero perciò innanzitutto rinnovare a Vostra Eminenza la mia totale disponibilità alla più fedele e leale collaborazione come da me sempre fornita in passato. È appunto con tale spirito di lealtà e fedeltà che reputo mio dovere riferire a Vostra Eminenza fatti e iniziative di cui sono totalmente certo, emerse in queste ultime settimane, ordite espressamente al fine di indurre Vostra Eminenza a cambiare radicalmente giudizio sul mio conto, con l'intento di impedire che il sottoscritto subentrasse al Card. Lajolo come Presidente del Governatorato, cosa in Curia da tempo a tutti ben nota.

Sua Eminenza Reverendissima
Il Sig. Card. TARCISIO BERTONE
Segretario di Stato
CITTA' DEL VATICANO

Informe de monseñor Viganò al secretario de Estado Bertone denunciando hechos de corrupción y conspiración contra él. 8 de mayo de 2011.

[Página 4 de 4]

4

8. Non stupirebbe poi nessuno se anche qualche altro Direttore del Governatorato avesse voluto formulare delle critiche nei miei confronti, attesa l'azione incisiva di ristrutturazione, di contenimento degli sprechi e delle spese, da me operata secondo i criteri di una buona amministrazione, le indicazioni datemi dal Cardinale Presidente e i consigli gestionali della società consulente *McKinsey*. Non ho tuttavia prove in tale senso e ritengo anzi che tutti si siano comportati lealmente nei miei confronti, attese le loro dichiarazioni di sostegno alla mia azione, esternate ripetutamente durante le riunioni mensili dei Direttori.

Ritengo quanto sopra esposto sufficiente per dissipare le menzogne di quanti hanno inteso capovolgere il giudizio di Vostra Eminenza sulla mia persona, sull'idoneità a che abbia a continuare la mia opera al Governatorato, come Vostra Eminenza mi aveva ripetutamente promesso e, anche recentemente, assicurato.

Quanto ho sopra affermato è unicamente per rendere servizio a Lei, Eminenza, primo Collaboratore del Santo Padre, che ha il diritto di conoscere tutta la verità. Ho ritenuto mio dovere farlo, animato dallo stesso sentimento di fedeltà che nutro verso il Santo Padre, il Quale in occasione dell'Udienza concessami il 4 aprile scorso, mi ha confortato con sentimenti di affetto e di stima verso la mia umile persona.

Profitto volentieri della circostanza per confermarmi con sensi di distinto ossequio

dell'Eminenza Vostra Reverendissima

dev.mo nel Signore

+ Carlo Maria Viganò

general de la Gobernación en los puntos 1 y 6, destacando incluso que para Viganò es harto incómodo hablar de Simeon debido a su proximidad con el cardenal Bertone. ¿Quién es este joven laico llamado Marco Simeon que ha conseguido escalar tan rápidamente en la cúpula vaticana?

MARCO SIMEON, EL MISTERIOSO «PROTEGIDO» DE BERTONE

El propio Simeon declararía en una entrevista concedida al diario *Il Fatto Quotidiano:* «El secreto es poder y el Vaticano enseña que quien sabe no habla, y quien habla no sabe. Yo nunca digo demasiado».

El nombre de este joven de treinta y tres años, nacido en San Remo e hijo del humilde propietario de una pequeña gasolinera, aparece citado primero por monseñor Carlo Maria Viganò en el informe «reservado y confidencial», escrito el 8 de mayo de 2011 y, poco después, por Ettore Gotti Tedeschi, presidente del IOR, como uno de los hombres que más trabas ha puesto a la orden de limpieza y transparencia dada por Benedicto XVI. Muchos lo consideran el títere manejado por los hábiles dedos del cardenal Tarcisio Bertone en su campaña por afianzar aún más su poder entre la curia romana de cara a un no muy lejano cónclave. Sin embargo, Simeon se defiende de estas acusaciones, alegando que el secretario de Estado es «un maestro. Siempre me ha dado los mejores consejos. Bertone es una relación significativa. Lo conocí en 2003, cuando acababan de nombrarlo arzobispo de Génova».

Entre los hombres del IOR contrarios a los deseos de Ettore Gotti Tedeschi de hacer públicos los nombres de los clientes que se escondían tras las cuentas cifradas del Banco Vaticano se encontraban el propio director general del IOR, Paolo Cipriani, y Marco Simeon, el misterioso ejecutivo en ascenso dentro del Banco Vaticano que gozaba de la máxima confianza del cardenal Bertone. Gotti Tedeschi declararía ante los investigadores que fue víctima de una conspiración masónica y daría varios nombres. Uno de ellos sería el de Marco Simeon, que al ser preguntado por *Il Fatto Quotidiano* si era miembro de esta, respondió: «No, aunque solo puedo decir que la masonería es un elemento fundamental del poder en Italia».

La fulgurante carrera de este joven ejecutivo se inició en 2009, cuando fue nombrado nuevo director de Relaciones Institucionales e Internacionales de la RAI. En un primer momento, el presidente de la RAI, Paolo Garimberti, votó en contra de su nominación, argumentando que había «otras figuras más importantes que bien podrían desempeñar ese papel, incluso entre los altos ejecutivos de RAI que se encontraban a la espera de destino», pero, misteriosamente, tras una llamada del Vaticano, el joven Simeon fue ratificado en el cargo.

Licenciado en Derecho Canónico y con una brillante tesis doctoral sobre la importancia de la Secretaría de Estado, Simeon fue elegido secretario general de la Fundación de Bienes y Actividades Artísticas de la Iglesia, una organización con sede en Génova, presidida por el cardenal arzobispo Angelo Bagnasco, el todopoderoso presidente de la Conferencia Episcopal Italiana. Simeon, asiduo a «cenas cardenalicias», se convirtió en el representante del Vaticano en la Fundación Nacional Italo-Americana, patrocinada y financiada por la Santa Sede. Fue además redactor de informes financieros confidenciales para el IOR y miembro del consejo asesor de la Fundación Magistrato di Misericordia, un ente religioso presidido por el arzobispo de Génova[1].

Se dice que Simeon se ganó la confianza del siempre desconfiado cardenal Bertone cuando el joven se convirtió en el agente mediador para la venta de un gran complejo en la *viale* Romania, propiedad del Vaticano y de la orden de las Hermanas de la Asunción. Por esta operación Marco Simeon cobró la nada despreciable suma de un millón de euros en concepto de comisión, cantidad que supuestamente fue ingresada en una cuenta cifrada del IOR para evitar el control fiscal italiano.

Este misterioso personaje, que se ha definido como un hombre próximo al Opus Dei, aunque la Prelatura en Roma no ha querido nunca confirmar si es o no un «supernumerario», se mueve como pez en el agua por los oscuros pasillos vaticanos, arropado de forma eficaz por el cardenal Bertone y por monseñor Paolo Nicolini, responsable administrativo de la Gobernación y de los Museos Vaticanos y enemigo acérrimo de monseñor Viganò.

Un documento que, al parecer, circularía por el Vaticano, redactado por un «anónimo», habla por vez primera de la logia masónica Propaganda 4 o P4:

> Nadie puede negar que en el Vaticano, desde hace demasiado tiempo, hay negocios poco claros y casos de corrupción que nadie ha tenido el coraje de denunciar con la excepción del ex secretario general de la Gobernación, Carlo Maria Viganò, que ha sido transferido inexplicablemente a Washington. El hecho de que la curia sea víctima y agresor de los negocios de la P4 vaticana no es un misterio para nadie. Lo que es aún más grave es el hecho de que los que han sido pillados en flagrante delito todavía continúan actuando tranquilos y protegidos por las altas instancias e incluso transferidos a otros departamentos con una gran cantidad de dinero en movimientos como los Museos Vaticanos o la sección de contratas de la Gobernación.

Varias son las preguntas que se hace la prensa italiana sobre Marco Simeon, nombrado recientemente director de RAI-Vaticano por el propio Bertone, y que aún siguen sin respuesta. Una de ellas estaría relacio-

---

[1] En la *home* de la página web de la fundación (http://www.magistratodimisericordia.it/) puede observarse una fotografía oficial de Marco Simeon acompañado del cardenal arzobispo de Génova, Angelo Bagnasco.

nada con la «estrecha» relación del joven Simeon, vinculado a Luigi Bisignani, todopoderoso Gran Maestre de la Logia P4, con los cardenales Bertone y Mauro Piacenza desde los días en los que el joven ejecutivo trabajaba en el sector financiero. «Bisignani es una persona muy válida y buena gente. No me necesita para hablar con el Vaticano. Él es un ojo bien informado de todo lo que pasa en Italia. A mí me gusta escucharle para entender nuestro país», afirmó abiertamente Simeon en *Il Fatto Quotidiano*.

Poco a poco Marco Simeon ha comenzado a rodearse de su gente, toda ella, según la Fiscalía de Nápoles, cercana a la P4. En este grupo se encontraría Lorenza Lei, cercana al Opus Dei, nombrada directora general de la RAI y a quien el propio Simeon define como «una dirigente extraordinaria a quien he apoyado no solo por ser católica y del Opus Dei», o Giuseppe Profiti, amigo personal de Bertone, director del hospital pontificio del Bambino Gesú e involucrado en la creación de una amplia red de hospitales católicos y condenado por blanqueo de capitales por las autoridades italianas.

El diario *La Repubblica*, en un artículo aparecido el 24 de febrero de 2012, se preguntaba: «¿Por qué Bertone protege a personajes como Profiti y Simeon y envía a Estados Unidos a Viganò?». Desde diversas fuentes vaticanas se aseguraba que todo lo que estaba ocurriendo era «una batalla que se venía librando desde hacía meses entre los que pertenecían a la Academia Pontificia Eclesiástica, o «diplomáticos», liderados por el exsecretario de Estado Angelo Sodano, contra los «bertonianos», con el actual secretario de Estado Tarcisio Bertone a la cabeza junto a una especie de guardia pretoriana formada por los cardenales Giuseppe Bertello, presidente de la Gobernación del Estado de la Ciudad del Vaticano, Mauro Piacenza, prefecto de la Congregación para el Clero, Fernando Filoni, prefecto de la Congregación para la Evangelización de los Pueblos, y Domenico Calcagno, presidente del la Administración del Patrimonio Apostólico (APSA), que gestiona el patrimonio inmobiliario del Vaticano y es conocido en los pasillos vaticanos como el *Cardenal Rambo*. En el apartamento privado de Calcagno se encontraron trece armas de fuego, de diferentes modelos, desde las italianas Breda Argus, o una Beretta de doble cañón a una carabina estadounidense Remington 7400, o un fusil soviético Nagant. Además, el cardenal Calcagno guardaba en una caja fuerte un revólver Smith & Wesson.

Los rumores sobre las relaciones entre el Vaticano y la logia masónica Propaganda 4 comenzaron a hacerse más intensos en los titulares de los medios de comunicación, sobre todo cuando la Fiscalía de Nápoles decidió abrir una investigación oficial contra Luigi Bisignani, Gran Maestre de la Logia P4 y «protector» de Marco Simeon. Aquello preocupó a la Santa Sede: nuevamente sobrevolaban el Vaticano los fantasmas de personajes ya olvidados hacía décadas como Paul Marcinkus, Michele Sindona, Licio Gelli o Roberto Calvi.

LUIGI BISIGNANI, EL NUEVO LICIO GELLI Y LA LOGIA P4

Italia y el Vaticano se veían nuevamente manchados por logias masónicas, chantajes políticos, detenciones de líderes políticos y listas negras. La investigación abierta por la Fiscalía de Nápoles sobre la P4 iba dando detalles a los investigadores sobre una sociedad secreta con sede en el palacio Chigi, sede del Consejo de Ministros, que controlaba el país espiando y chantajeando a políticos, periodistas, magistrados, empresarios e instituciones.

Hasta que todo esto salió a la luz, en junio de 2011, nadie en Italia o en el Vaticano había oído hablar nunca de Luigi Bisignani. Sin embargo, de un día para otro, los italianos se despertaron con la noticia, como ya ocurrió en su día con Licio Gelli, de que un perfecto desconocido llevaba años entretejiendo una tupida red de relaciones desde el Quirinal hasta San Pedro, relaciones que podrían haberle permitido no tanto dirigir, pero sí influenciar y condicionar la toma de decisiones de todo un país.

Aunque para el común de los italianos Bisignani era un perfecto desconocido, no lo era tanto para los magistrados y la policía. Milanés de cincuenta y nueve años, a Bisignani se le comenzó a conocer en ciertas esferas como el *Faccendiere* (el intermediario). Estuvo inscrito en la logia Propaganda Due, y fue condenado por corrupción en la era de la «Tangentopolis». A pesar de los escándalos en que se había visto envuelto, los fiscales de Nápoles aseguraban que Luigi Bisignani había conseguido acumular un gran poder a la sombra del mismísimo palacio Chigi, sede de la Presidencia del Gobierno de Italia.

A día de hoy, los investigadores de la Fiscalía de Nápoles han relacionado a Bisignani y a su logia P4 con grandes nombres de la política, la industria y la religión. Hasta diecinueve personas están siendo oficialmente investigadas y, de ellas, tres ya han sido imputadas. Las escuchas telefónicas han relacionado a Bisignani con importantes figuras públicas, como Gianni Letta, ex número dos del Gobierno Berlusconi, Giulio Tremonti, ministro de Economía, Luca Cordero de Montezemolo, presidente de Ferrari, con consejeros de ENI, Finmeccanica y Ferrovie dello Stato, etc. Entre sus contactos más sonados también se encuentra Marco Simeon, el protegido del cardenal Tarcisio Bertone.

El diario *La Repubblica* mostraba en las mismas fechas, el rostro de Bisignani y se preguntaba: «¿Es este el hombre que controla Italia?». El rotativo se centraba en su relación con Letta, un hombre de setenta y cinco años al que todos califican de dialogante, discreto y fiel escudero de Silvio Berlusconi, pero, además, un Gentilhombre de Su Santidad que encarnaría el perfecto retrato del «tejedor» de relaciones entre el Quirinal y el Vaticano. Marco Simeon, a quien Carlo Maria Viganò y Ettore Gotti Tedeschi acusaron de haber provocado sus respectivas caídas, también formaba parte de esa red vaticana creada por Letta y Bisignani.

El ahora Gran Maestre de la logia masónica Propaganda 4 se convirtió en ahijado de Giulio Andreotti a la muerte de su padre. Como ocurrió con muchos de los que rodeaban al famoso líder político, Bisignani acabó en la cárcel cuando se le descubrió intentando ingresar casi 9 000 millones de liras en una cuenta del IOR, a nombre de una asociación de ayuda a los niños pobres, con el fin de evitar al fisco italiano.

Dos periódicos han sido fundamentales en las acusaciones contra Luigi Bisignani, *La Repubblica* y *L'Unità*. Ezio Mauro, director del primero, dijo en cierta ocasión:

> La era Berlusconi ha favorecido la infiltración en los ganglios del Estado de personajes típicamente italianos que nombran dirigentes clave en los servicios secretos, la magistratura, los ministerios, la policía, con el objetivo de chantajear y condicionar a políticos y poner y quitar consejeros delegados. La pregunta es cómo ha sido posible que eso ocurriera desde un despacho del palacio Chigi.

Concita de Gregorio, directora del diario *L'Unità,* el primer rotativo que citó a Bisignani en sus páginas, recuerda una llamada recibida directamente desde el Viminale, sede del Ministerio del Interior. Un desconocido le dijo:

> Mi querida señora, por la estima que le tengo me permito ponerla en guardia ante posibles errores. No quisiera que tenga que arrepentirse después. Usted sabe mejor que yo cómo son de insidiosos algunos terrenos, y cuán sembrados están de trampas. Tenga cuidado y no se deje instrumentalizar. No dé pábulo a voces interesadas e injuriosas. Sería una pena. Nos obligaría a prescindir de una voz que es tan importante para nuestro país.

Lo cierto es que De Gregorio dejó su cargo poco después a causa de las presiones del líder del Partido Democrático, Massimo D'Alema.

Cuando los periodistas preguntaron a este sobre Bisignani, reconoció conocerlo, aunque aclaró que apenas se veían. Nuevamente, el diario *La Repubblica* descubrió que D'Alema y Bisignani se conocían desde hacía treinta y cinco años. Los fiscales de Nápoles descubrieron, a través de la grabación de conversaciones telefónicas, que Bisignani había presionado a D'Alema, en ese momento miembro de la Comisión de Servicios de Inteligencia del Parlamento, para que nombrase a un general para dirigir el servicio de espionaje militar.

Luigi Bisignani, el protector de Marco Simeon, está acusado formalmente de establecer una organización secreta con el fin de delinquir, a través de falsos informes que se utilizaban para chantajear, ejercer presiones en los estamentos políticos e influir en la toma de decisiones en las instituciones de la República de Italia. La investigación sigue abierta a día de hoy y, tal vez, podría afectar a altas instancias vaticanas. Por ahora, mientras Viganò y Gotti Tedeschi han quedado fuera de juego, Marco Simeon sigue en su puesto, bien protegido por el todopoderoso cardenal Bertone.

LAS DOS CARTAS DE VIGANÒ

El miércoles 25 de enero de 2012 las alarmas saltaron en el interior de los pasillos vaticanos cuando el canal privado de la televisión italiana La7 hacía públicos, en el programa *Los Intocables,* dirigido por el periodista Gianluigi Nuzzi, algunos extractos de las dos cartas escritas por monseñor Carlo Maria Viganò y enviadas al papa Benedicto XVI (27 de marzo de 2011) y al cardenal Tarcisio Bertone (8 de mayo de 2011).

La primera reacción errónea de la Santa Sede fue la de amenazar, a través del padre Federico Lombardi, en un comunicado oficial hecho público justo al día siguiente de la emisión del programa, con adoptar acciones legales contra el canal de televisión por haber revelado documentos confidenciales de la Santa Sede. El texto del comunicado decía así:

> Se ha hecho pública este mediodía una nota del padre Federico Lombardi, S. I., director de la Oficina de Prensa de la Santa Sede, referente al programa televisivo *Gli Intoccabili,* emitido ayer por la noche por la cadena italiana La7. El padre Lombardi manifiesta la «amargura por la difusión de documentos reservados», y señala los «métodos periodísticos discutibles» con los que ha sido realizado el programa, y que a menudo forman parte de un «estilo de información facciosa respecto al Vaticano y a la Iglesia católica».
>
> Asimismo el director de la Oficina de Prensa de la Santa Sede realiza dos consideraciones «que no tuvieron espacio en el debate». En primer lugar, «la labor llevada a cabo por monseñor Viganò como secretario general de la Gobernación ha tenido ciertamente aspectos muy positivos, contribuyendo a una gestión caracterizada por la búsqueda del rigor administrativo, del ahorro y del enderezamiento de una situación económica en conjunto difícil. [...] Una valoración más adecuada requeriría, sin embargo, tener en cuenta la marcha de los mercados y de los criterios de las inversiones en el curso de los últimos años, así como recordar también otras circunstancias importantes [...].
>
> Algunas acusaciones —incluso muy graves— hechas durante el programa, en particular las referidas a los miembros del Comité de Finanzas y Gestión de la Gobernación y de la Secretaría de Estado, comprometen a la propia Secretaría de Estado y a la Gobernación a seguir todas las vías oportunas, incluso las legales si es necesario, para garantizar la honorabilidad de personas moralmente íntegras y de reconocida profesionalidad, que sirven lealmente a la Iglesia, al papa y al bien común. En todo caso, los criterios positivos y claros de correcta y sana

156

administración y de transparencia en los que se ha inspirado monseñor Viganò siguen siendo ciertamente los que guían también a los actuales responsables de la Gobernación. [...] Y ello es coherente con la línea de creciente transparencia, fiabilidad y atento control de las actividades económicas con la que la Santa Sede está claramente comprometida.

En segundo lugar, «un procedimiento de discernimiento difícil sobre diversos aspectos del ejercicio del gobierno en una institución compleja y articulada como es la Gobernación —y que no se limitan al justo rigor administrativo— ha sido en cambio presentado de modo parcial y banal, exaltando evidentemente los aspectos negativos, con el fácil resultado de presentar las estructuras del gobierno de la Iglesia no tanto como afectadas por la fragilidad humana —lo cual sería fácilmente comprensible—, sino como caracterizadas en profundidad por pendencias, divisiones y luchas de intereses. [...] Tanta desinformación ciertamente no puede ocultar el sereno trabajo diario con vistas a una transparencia cada vez mayor de todas las instituciones vaticanas [...].

Desde esta perspectiva, hay que reafirmar decididamente que la asignación del encargo de nuncio en Estados Unidos a monseñor Viganò, una de las tareas de mayor relieve de toda la diplomacia vaticana, dada la importancia del país y de la Iglesia católica en los Estados Unidos, es una prueba indudable de estima y confianza por parte del papa[2].

Fueron pocos los que hicieron caso al comunicado del padre Lombardi ante los hechos aplastantes que venía a denunciar monseñor Viganò en su informe dirigido al cardenal secretario de Estado Tarcisio Bertone. A la vista de que el comunicado no surtía el efecto deseado, el sábado 4 de febrero de 2012 se emitió una declaración conjunta desde la Presidencia de la Gobernación del Estado de la Ciudad del Vaticano y firmada por los cardenales Giovanni Lajolo, presidente emérito, Giuseppe Bertello, presidente, Giuseppe Sciacca, secretario general, y Giorgio Corbellini, vicesecretario general del Gobernación.

1. La publicación no autorizada de las cartas de Su Eminencia monseñor Carlo Maria Viganò, la primera dirigida al Santo Padre y fechada el 27 de marzo de 2011; la segunda al cardenal secretario de Estado y fechada 8 de mayo de 2011, es motivo de gran amargura para el Gobernación del Estado de la ciudad del Vaticano. Las afirmaciones contenidas en estas cartas causan la impresión de que la Gobernación del Estado-Ciudad del Vaticano, en lugar de ser un instrumento de gobierno responsable, es una entidad no fiable, a merced de fuerzas oscuras. Tras un examen cuidadoso del contenido de las dos cartas, la Presidencia del Gobernación del Estado-Ciudad del Vaticano considera que es su deber declarar públicamente que dichas aserciones son frutos de evaluaciones erróneas, o basadas en temores no respaldados por prue-

[2] Véase http://www.vis.va/vissolr/index.php?vi=es&dl=ad6cf298-9f60-b39e-0739-4f268c75c430&dl_t=text/xml&dl_a=y&ul=1&ev=1.

bas y que, por el contrario, las principales personalidades llamadas como testigos se contradicen abiertamente.

Sin entrar en la cuestión de las afirmaciones individuales, la Presidencia del Gobernación considera que debe centrarse la atención en los siguientes y seguros elementos de juicio. [...]

3. Como ya se sabe, las inversiones financieras de Gobernación, confiadas en gestores externos, acusaron pérdidas relevantes durante la gran crisis internacional del año 2008. Según los criterios contables establecidos por la Prefectura para los Asuntos Económicos de la Santa Sede, conforme a los criterios establecidos en Italia, dichas pérdidas se distribuyeron también en el ejercicio del año 2009, que, por tanto, arrojó un pasivo de 7 815 000 de euros. Cabe señalar que, a pesar de las pérdidas financieras, la gestión económico-funcional permaneció en activo. El paso del resultado negativo de 7 815 000 de euros en 2009 al resultado positivo (final) de 21 043 000 de euros en 2010 se debió principalmente a dos factores: a las inversiones financieras de Gobernación, confiadas por el cardenal presidente en 2009 al APSA sección extraordinaria, y aún más a los excelentes resultados de los Museos Vaticanos.

4. Los contratos para nuevas obras de cierta importancia —por ejemplo, la restauración en curso de la columnata de la Plaza de San Pedro o la construcción de la fuente de San José— son asignados mediante un regular concurso público y tras el examen por parte de una comisión correspondiente, establecida caso por caso por el cardenal presidente. Para las obras de menor entidad, la Dirección de los servicios técnicos utiliza su propio personal o empresas externas cualificadas, basándose las listas de precios en uso en Italia. [...]

6. La Presidencia es consciente de que la gestión de la Gobernación, aunque ya muy bien ordenada y productiva, pueda ser mejorada en conformidad a las recomendaciones expresadas por la Sociedad de Gestión McKinsey contratada en el año 2009 por el cardenal presidente tras ser propuesta por el Comité de Finanzas y Gestión. La realización de las propuestas de mejora elaboradas por McKinsey, comenzada ya hace tiempo, seguirá el mismo espíritu, y se reafirma que la transparencia y el rigor, laudablemente perseguidos por la Presidencia anterior, son perseguidos con el mismo compromiso y serenidad por los actuales Superiores.

7. Toda la Gobernación —Presidencia, directores, jefes de departamentos, empleados y trabajadores— desea reafirmar la firme voluntad de seguir empleando sus fuerzas en servir, con fidelidad e integridad total, al Sumo Pontífice, consciente del gran honor y la gran responsabilidad que conlleva estar el servicio del papa[3].

Un mes después, el cardenal Lajolo, a quien el propio Viganò había calificado en su carta al papa como uno de los conocedores de la grave situación que vivía la Gobernación, declaró en una entrevista al blog

_____

[3] Véase http://press.catholica.va/news_services/bulletin/news/28748.php?index=28748&lang=en.

«Stanze Vaticane» que «los hechos denunciados por monseñor Viganò partieron de sospechas que se han revelado infundadas». En la misma entrevista, Lajolo afirmó sentirse amargado al ver cómo la opinión pública había sido influenciada de manera tan negativa, con turbación también de muchos fieles: «Al buscar [Viganò] a los responsables [de los casos de corrupción] partió de sospechas que se revelaron infundadas, y se puso sobre una pista equivocada, que le llevó a inscribir su caso en un marco más amplio con una serie de análisis que un examen más atento y desapasionado ha revelado erróneos», dijo el cardenal y presidente emérito de la Gobernación dejando a monseñor Viganò en la más clara indefensión. Para responder a la pregunta sobre quién pudo filtrar los dos documentos a La7, el cardenal Giovanni Lajolo dijo:

> Son posibles varias interpretaciones. Por mi parte, no puedo sustraerme a la impresión de que algún empleado de la curia, frustrado en sus ambiciones, haya creído poderse compensar con producir secretamente una acción de confusión, y haya encontrado a algún conocido en el mundo de los medios, que se ha aprovechado enseguida de ello. Que luego esto suceda justo en este momento, mientras la Iglesia se está preparando con empeño al Año de la fe, es especialmente desagradable. Pero la Fe vencerá.

Afirmasen lo que afirmasen tanto el padre Federico Lombardi como los altos miembros de Gobernación y el propio cardenal Lajolo, lo cierto es que fue monseñor Carlo Maria Viganò el único responsable de alcanzar esos beneficios y cuadrar las cuentas vaticanas en positivo mediante el ahorro y la lucha contra los cada vez más flagrantes casos de corrupción. A pesar de que durante los dos años y dos meses en los que ocupó su cargo, fue capaz de cambiar la larga tradición vaticana de pérdidas constantes en la Gobernación, pasando de los 8,5 millones de euros de pérdidas a 34,5 millones de beneficios, monseñor Viganò fue cesado de forma fulminante y enviado como nuncio al «exilio dorado» de Washington. Según Gianluigi Nuzzi en su libro *Sua Santità. Le carte segrete di Benedetto XVI*, «Viganò, en su cruzada contra la corrupción y política de rigor económico en la Gobernación, se ganó muchísimos enemigos y por eso fue destituido de su puesto y enviado como embajador a Estados Unidos»[4].

La política de despilfarro en la Gobernación y otros importantes departamentos y dicasterios de la Santa Sede continúa a día de hoy: nadie hace nada por evitarla y las pérdidas siguen en aumento.

---

[4] Giaunluigi Nuzzi, *Sua Santitá. Le Carte segrete di Benedetto XVI*, Chiarelettere, Milán, 2012.

8

LA SUCIA GUERRA EN LOS SAGRADOS MEDIOS

La historia del Vaticano está llena de intrigas, traiciones, envenenamientos y cuchilladas por la espalda. No podemos olvidar a papas como Alejandro VI Borgia, Julio II de la Rovere o a cualquiera de la familia Medici, pero, a pesar de lo que podría parecer, en pleno siglo XXI esas prácticas no han abandonado del todo los muros vaticanos, que continúan siendo escenario de puñaladas a traición y de sucias conjuras.

Algo de esto pudo comprobarse tras los rumores vaticanos que aseguraban que detrás de la dimisión en septiembre de 2009 de Dino Boffo como director del *Avvenire,* el periódico de la Conferencia Episcopal Italiana (CEI), fundado en Milán en 1968, se encontraba una escabrosa conspiración digna de un *best-seller.* Según las mismas fuentes, el complot habría sido urdido nada menos que por el número dos vaticano, el cardenal Tarcisio Bertone, para restar poder al presidente de la Conferencia Episcopal Italiana, el cardenal Angelo Bagnasco, y a su antecesor en el cargo, el cardenal Camillo Ruini, considerados demasiado cercanos al grupo de los «diplomáticos» del cardenal Angelo Sodano. La sangre estaba a punto de correr en los pasillos de la Santa Sede y de la Conferencia Episcopal Italiana.

«UNO DE LOS NUESTROS»

Dino Boffo, nacido en Asolo el 19 de agosto de 1952, no sabía que iba a convertirse en el blanco de una guerra abierta en el interior de la Iglesia católica cuando, en 1994, decidió aceptar el cargo de director del *Avvenire,* el rotativo propiedad de la CEI. La biografía de Boffo está salpicada de lugares relacionados con el catolicismo, desde su paso por el Instituto Filippin de los Hermanos de la Escuela Cristiana, hasta la Universidad

Católica de Padova, donde se licenció con todos los honores en Literatura Clásica.

Entre 1977 y 1980 ocupó el cargo de secretario general de Acción Católica. Tras la elección de Juan Pablo II en el cónclave de 1978, Boffo comenzó a abandonar sus posiciones cercanas al llamado «catolicismo democrático», heredado del Concilio Vaticano II y del papa Pablo VI, y a finales de 1980 fue elegido por unanimidad como presidente de Acción Católica. Pero fue en 1981 cuando el futuro director del *Avvenire* mantuvo un encuentro que sería fundamental para su carrera. Durante un retiro en Regio Emilia, Boffo conoció al futuro cardenal Camillo Ruini[1], a quien llamó la atención el discurso de aquel joven de veintinueve años, alejado de la Vulgata católica democrática que tan de moda estaba en aquella época.

El 26 de agosto de 1985 Boffo participó, por petición del ya obispo Ruini, como orador en nombre de Acción Católica en la reunión por la Amistad de los Pueblos de Comunión y Liberación. Su participación en la mesa redonda, que llevó por título «Tiempo de riesgo e iniciativa de la sociedad italiana», fue ciertamente polémica y acogida con no pocos silbidos[2]. El apoyo abierto de Boffo a Comunión y Liberación provocó una guerra interna, a finales de 1985, con Alberto Monticone, presidente nacional de Acción Católica, que le acusó de «neoprotestantismo». El conflicto, que duró casi dos años, quedó en tablas, hasta que el papa Juan Pablo II invitó a Boffo y a trescientos jóvenes católicos seguidores de Acción Católica a reunirse con él en Treviso. La fotografía del encuentro con el papa el 1 de julio de 1987 dejaba claro al resto de dirigentes católicos contrarios al pensamiento de Dino Boffo que para el Sumo Pontífice él era ya «uno de los nuestros». Durante los años siguientes ejerció como periodista local en el diario *Vita del Popolo* de Treviso, ocupando al poco tiempo las tareas de subdirector y, después, de director.

En 1978, cuando solo tenía veintiséis años, se había incorporado al diario *Avvenire* en calidad de consejero, cargo que ocupó durante once años, hasta que en 1991 fue nombrado subdirector. Dos acontecimientos fortuitos hicieron que, en enero de 1994, fuera designado director del periódico: el accidente en carretera que sufrió Lino Rizzi, el entonces director del *Avvenire*, y el nombramiento del ya cardenal Camillo Ruini como nuevo presidente de la Conferencia Episcopal Italiana, propietaria del periódico.

Durante la dirección de Dino Boffo, el rotativo aumentó su difusión desde ochenta mil ejemplares a más de cien mil. Se abrió también la pá-

---

[1] Camillo Ruini fue nombrado obispo por el papa Juan Pablo II el 29 de junio de 1983 y elevado al cardenalato el 28 de junio de 1991.

[2] *La Repubblica,* «I Ciellini applaudono gaber che dice: "Non sono come voi"», 27 de agosto de 1985.

gina web y se realizó un nuevo diseño en el que se daba más importancia a la parte gráfica. El *Avvenire* realizó una gran campaña en Italia durante el referéndum a favor de la llamada «Ley 40» sobre la inseminación artificial: Boffo pidió la abstención desde las páginas del periódico de la CEI. Al año siguiente firmó el despido de la columnista Gabriella Caramore por expresar su opinión a favor de la eutanasia en un programa de la RAI, lo que provocó una ola de apoyo a la periodista desde diversos sectores periodísticos y contra la censura impuesta por Boffo.

En 2003, y por voluntad del cardenal arzobispo de Milán, Dionigi Tettamanzi, como ya vimos, enemigo de Bertone, Boffo fue elegido para ocupar un asiento en el comité permanente del Instituto Giuseppe Toniolo de Estudios Superiores, ente fundador de la Universidad Católica del Sagrado Corazón en Milán. Aquello colocó a Dino Boffo en el punto de mira del poderoso cardenal Tarcisio Bertone.

UN ARMA LLAMADA *L'OSSERVATORE ROMANO*

Para su campaña de acoso y derribo contra el director del *Avvenire,* Bertone utilizó a Giovanni Maria Vian, director de *L'Osservatore Romano.* Pero, ¿cuándo comenzó lo que la prensa italiana comenzó a llamar como «la sucia guerra en los sagrados medios»? El asunto se inició en agosto de 2009, cuando los *bunga bunga,* el código secreto para referirse a las orgías de Silvio Berlusconi, estaban en pleno auge y ocupaban las portadas de todos los periódicos. Los titulares no dejaban un resquicio a la compasión ni a la filosofía. El texto de la investigación judicial filtrado a la prensa revelaba toda la misoginia y el narcisismo, la oscuridad y el abuso de poder (político y, sobre todo, económico) que se pudiera imaginar en la Italia de hoy. El diario *Avvenire,* entonces dirigido por Boffo, se hizo eco de «la náusea que muchos católicos sienten ante los comportamientos privados del primer ministro italiano». En ese momento entraba en la guerra como aliado de *L'Osservatore Romano* el periódico *Il Giornale,* propiedad de la familia del primer ministro, ofendida por las palabras dirigidas por el rotativo liderado por Boffo. Este no sabía que *Il Giornale* iba a participar con dardos impregnados de veneno.

El primero llegó el lunes 31 de agosto de 2009, cuando el rotativo de Berlusconi abrió su portada con una información en la que aseguraba que Dino Boffo acosó a la esposa de un hombre con el que supuestamente mantenía relaciones. A pesar de que Berlusconi intentó mantenerse alejado de la polémica, altas jerarquías vaticanas miraron al primer ministro italiano como el instigador de estas informaciones contra el director del *Avvenire.* En un editorial escrito por Vittorio Feltri, director de *Il Giornale,* se atacaba a Boffo por sus críticas a Berlusconi tras su implicación en diversos escándalos sexuales, poniendo en duda la capacidad de Boffo de erigirse en juez del primer ministro. Rápidamente, la

Conferencia Episcopal Italiana expresó su apoyo incondicional y su solidaridad con Boffo.

Al día siguiente, Vittorio Feltri volvía a golpear a Boffo. *Il Giornale* salió con la publicación de un certificado que afirmaba que el director del *Avvenire* había sido condenado por acoso. También aparecía un documento, presentado como procedente de fuentes policiales, con el que se difundía su «presunta homosexualidad». El Tribunal de Terni, a través de su fiscal jefe, Luigi Panariello, desmintió esta información, que estaba basada en una investigación preliminar y no en una condena. Además, Panariello aseguró que en la sentencia sobre el caso de acoso en el que se había visto implicado Boffo en 2004, no se hacía ninguna referencia a que el motivo de las llamadas telefónicas fuera una relación homosexual con el marido de la víctima.

Efectivamente, existe la denuncia contra Dino Boffo por molestar a una mujer por teléfono, así como una condena al pago de una multa de 516 euros, pero no hay nada relativo al «acoso» y mucho menos a la homosexualidad o a la supuesta relación sexual con el marido de la mujer acosada. Todo era un invento de *Il Giornale*. Boffo explicó que quien hacía las llamadas desde uno de los teléfonos de la redacción era un colaborador, exdrogadicto, que posteriormente murió de sobredosis, y que él asumió la culpa para no perjudicarle.

Ante las acusaciones de Vittorio Feltri sobre la presunta homosexualidad del director del *Avvenire,* este recibió multitud de apoyos de periodistas, políticos e incluso miembros de la curia, muchos de ellos del sector de los «diplomáticos» de Sodano. También el cardenal Bagnasco, presidente de la CEI, declaró su total apoyo a Dino Boffo. El domingo 30 de agosto de 2009, desde las páginas del *Avvenire,* Boffo declaró que lo aparecido en *Il Giornale* no era una «información contra él, sino una mancha contra él». El miércoles 2 de septiembre, Dino Boffo afirmó que la «fuente» de Feltri era la Entidad, el Servicio Secreto Vaticano, algo que fue desmentido de inmediato por la Sala de Prensa de la Santa Sede.

Dino Boffo no podía aguantar más la presión a la que estaba sometido y, tras responder en las páginas del *Avvenire* a las diez acusaciones realizadas por *Il Giornale,* el jueves 3 de septiembre de 2009 decidió presentar su dimisión como director del periódico de la Conferencia Episcopal Italiana mediante una carta dirigida al cardenal Angelo Bagnasco. En el mismo texto daba las gracias a Bagnasco por su férreo apoyo durante la crisis. «No puedo aceptar que contra mi nombre se lleve a cabo durante días y días una guerra de palabras que sobrecoge a mi familia y, sobre todo, deja cada vez más atónitos a los italianos», afirmó Boffo en su texto de dimisión. Al día siguiente, Vittorio Feltri escribió en *Il Giornale:* «[sobre] la reconstrucción de los hechos descritos en el artículo (del 31 de agosto de 2009), hoy puedo decir que no corresponden al contenido del acto procesal. [...] Boffo ha sido capaz de esperar, a pesar de todo lo que se ha dicho y escrito sobre él, con una actitud sobria y digna que no puede dejar de suscitar la admiración». Sin duda, estas palabras llegaban demasiado tarde.

LA ÚLTIMA CENA

Durante los meses siguientes, parecía que todo el mundo quería olvidar el caso y dejar que Dino Boffo desapareciese de la escena. Pero el periodista no estaba dispuesto, y el miércoles 6 de enero de 2010 escribió una carta dirigida a monseñor Georg Gänswein, secretario privado del papa Benedicto XVI.

Tras hacer un breve repaso de los hechos y alguna que otra apreciación, en el texto, de cinco folios, el dimitido Boffo intentaba buscar un apoyo tácito, incluso alguna palabra de apoyo, del secretario o del propio papa. «A día de hoy no puedo desmentir objetivamente a todos los que declaran y afirman que Vian (director del *L'Osservatore Romano*) es el verdadero instigador de mi vicisitud», afirmó Boffo en la carta a Gänswein. Asimismo declaró haberse enterado de que quien entregó a Feltri (director de *Il Giornale*) el documento falsificado que se utilizó para organizar la campaña mediática de desprestigio contra de él había sido el director de otra cabecera de la Iglesia, Giovanni Maria Vian, de quien Boffo dijo:

> Él no solo le facilitó la carta anónima (a Feltri), la que en el mes de mayo circulaba en el entorno de la Universidad Católica y en la curia romana, que tenía como objetivo el obstaculizar la confirmación de mi cargo en el órgano de control de la misma Universidad, es decir, el Instituto Giuseppe Toniolo de Estudios Superiores, sino que es quien ha garantizado que el hecho jurídico que la carta mencionaba se refería a una historia de homosexualidad irrefutable, de la que yo era el protagonista, siendo yo —según este odioso cotilleo— un homosexual conocido en varios ambientes, empezando por el entorno eclesiástico, donde podía valerme de coberturas para que pudiera seguir en mi trabajo de director responsable en distintas cabeceras de la Conferencia Episcopal Italiana.

Sobre las supuestas motivaciones de Vittorio Feltri y de Giovanni Maria Vian, Boffo explicó:

> Vian deseaba mi salida de la Dirección del *Avvenire* con la intención de evitar que se produjera una campaña mediática en el periódico de la Conferencia Episcopal Italiana, entre la Presidencia del cardenal Camillo Ruini y el cardenal Angelo Bagnasco. Feltri solo deseaba golpear a quien se había atrevido a criticar la vida privada de Silvio Berlusconi.

En otro interesante párrafo, Dino Boffo hacía referencia a la posible participación del cardenal Tarcisio Bertone en toda la trama:

> Si le soy sincero, tengo que decirle que yo no creo que el cardenal Bertone supiera hasta los más mínimos detalles lo que estaba haciendo Vian, pero puede que Vian contara con la posibilidad, como ya había pasado antes, de actuar interpretando los mensajes de su superior: una vez alejado Boffo, iba a faltar alguien que actuase con el fin de que existiera una continuidad entre la Presidencia (CEI) de Camillo Ruini y la de Angelo Bagnasco. Más de uno puede haber supuesto una conexión entre la actuación de Vian y Bertone, teniendo en cuenta que el portavoz del mismo Berlusconi, Bonaiuti, se atrevió a contestar, sin que se grabara: «Hemos hecho un favor a Bertone. De aquí, probablemente, el malestar inicial de Berlusconi por los acontecimientos, para luego marcar las distancias de la campaña de desprestigio, y al final se involucró —y esto es cierto— para que Feltri se retractara.

Sin duda alguna, tras explicar los detalles de la trama contra él, Dino Boffo deseaba una reacción por parte de Gänswein o del Sumo Pontífice:

> Pero ahora me pregunto: ¿qué se va a hacer? Le doy mi palabra de que por mi parte no haré nada en absoluto para que salga esta versión de los hechos: los intereses superiores de la Iglesia siguen guiando mis acciones. Es verdad que he perdido mi trabajo, en el que tenía puestas muchas expectativas, pero no busco venganza. También es verdad que lo que ha pasado ya no es un secreto en la redacción de *Il Giornale,* y por eso los entresijos podrían salir en cualquier momento. Ya no falta quien está intentando llegar a la verdad por su propia cuenta. Por esto motivo, monseñor, creo justo informarle de lo que he llegado a conocer para que esté preparado por algo que dentro de poco podría pasar.

¿Estaba Boffo planteando una amenaza velada a Georg Gänswein o, sencillamente, le informaba de lo ocurrido y lo descubierto hasta el momento? El lunes 11 de enero, Boffo recibió una llamada telefónica de monseñor Gänswein. Al parecer, según se desprende de la segunda carta que le envió, el martes 12 de enero de 2010, el secretario de Benedicto XVI estaba molesto con Boffo por el tono de su primera misiva, del 6 de enero: «Monseñor reverendísimo, en primer lugar quiero agradecerle con sinceridad la caridad sacerdotal y la franqueza con las que me ha hablado en la llamada de ayer día 11 de enero de 2010. Dios sabe cuánto siento haberle molestado hasta tal punto». Parece ser que monseñor Gänswein se encontraba contrariado por las acusaciones directas de Boffo a Gian Maria Vian, director de *L'Osservatore Romano,* y a Tarcisio Bertone. También el secretario de Benedicto XVI intentaba buscar alguna explicación sobre el origen del rumor de la supuesta homosexualidad de Boffo. El periodista escribió esto a Gänswein en su segunda carta:

Hablábamos del cotilleo [sobre la homosexualidad de Boffo] que parece ser que había llegado a algunas oficinas, según lo que tengo entendido, y yo le conté en confianza el único rastro que de alguna manera me podía sugerir una conexión, que tenia a que ver con monseñor Piovano. Tras la llamada, se me ha ocurrido que —en el año 2000 o 2001— oí que un tal monseñor Pío Pinto[3], que en aquel entonces trabajaba en la Sacra Rota, al que había conocido en el año en el que me alojaba en un piso que me había sido ofrecido en la buhardilla del Palacio de Propaganda Fide, en Piazza di Spagna, no había hablado bien de mí. Este monseñor, hombre peculiar y visionario, vivía en el mismo palacio que yo y de vez en cuando coincidíamos y charlábamos un rato, con el compromiso de ir algún día a cenar. Pero para mí esto no tenía mucho interés, porque las charlas curiales no se me dan bien. Lo he definido como un hombre peculiar porque muchas veces por la noche dejaba el portal abierto y yo, regresando, me daba un gran susto. Un día, cuando yo ya no vivía en este palacio, me dijeron que este monseñor tenía sospechas explicitas de mí (sobre su homosexualidad). Honestamente, esto no me turbó en exceso y también recuerdo haber contestado a mi divertido interlocutor que Pinto probablemente había tomado a unos compañeros de Sat2000 que solían visitarme por la tarde, por no sé quiénes (¿otros homosexuales?) —el canal TV era muy reciente en aquel entonces y por eso para mí era muy importante aprovechar todas las ocasiones para conocer a hombres y mujeres—. Para mí, el asunto estaba zanjado y, de hecho, casi lo había olvidado.

En otro párrafo, parece que Boffo se reafirmaba en sus comentarios y sospechas contra Giovanni Maria Vian, el director del periódico vaticano:

Permítame subrayar que las responsabilidades de Vian se sitúan en otro nivel. Vian encuentra una carta anónima de la que se nota claramente que es una falsificación (¿acaso existen documentos de la República Italiana en los que en las imputaciones a cargo de un hombre de cincuenta años se hacen mencionando el nombre de sus padres?), así como difamatorio (en la documentación de la Fiscalía de Terni nunca se hace referencia a ningún tipo de hechos relacionados con la homosexualidad, de lo que Feltri al final tuvo que darse cuenta). ¿Y qué hace [Vian]? Lo coge y lo pasa —siendo el director de *L'Osservatore Romano*— a un compañero periodista conocido por ser un desaprensivo, garantizando la autenticidad del documento, para ser usado en una campaña pública (e instrumental) en contra del director de otro periódico católico. ¿Cuál es el sentido moral y eclesiástico de tal actuación?

---

[3] En el puesto 87 de la «lista de los 116» altos cargos de la curia que formaban parte de la masonería se encuentra un tal «Pinto, Monseñor Pío Vito. Adjunto de la Secretaría de Estado y notario de la Segunda Sección del Tribunal Supremo de la Signatura Apostólica. 4-2-70; # 3317-42. PIPIVI». La lista sería desvelada por el periodista Mino Pecorelli, asesinado poco tiempo después.

Riservata
A Monsignor Georg Gaenswein

Mi è stato detto che potevo inviarLe questa lettera; spero di non aver compreso male. In ogni caso, ho il piacere di presentarLe i migliori auguri per l'anno appena iniziato. Col più devoto ossequio,

Dino Boffo

(5 fogli, compreso questo)

Dino Boffo, director del diario Avvenire, escribe al secretario del papa, Georg Gänswein, para denunciar el complot que se ha organizado contra él y que ha provocado su dimisión. 6 de enero de 2010.

condizione di non potermi obiettivamente sottrarre a quanti attestano come sicuro il fatto che Vian è l'ispiratore della vicenda.

Se non c'è motivo di dubitare sulle spiegazioni ripetutamente accampate da Feltri per "giustificare" la propria campagna, ossia svergognare chi aveva osato obiettare su alcune scelte della vita privata di Berlusconi, nulla di documentato posso dire sulle motivazioni che hanno indotto il professor Vian ad agire nel senso qui rilevato. Ma a parte il fatto che nei suoi contatti con i giornalisti il personaggio è abituato fin troppo ad arrischiare, potrei dar credito alle riserve da Vian stesso avanzate circa il mio modo di concepire il ruolo del media Cei, quello cioè di assicurare alla Chiesa italiana una voce pubblica orchestrata in modo tale da obbligare la politica a tenere conto delle posizioni della Chiesa stessa. Il caso della povera Eluana era stato al riguardo emblematico per i critici dell'"Avvenire" di allora. Per cui solo superando la direzione in carica si poteva sperare di attenuare il peso della Chiesa sulla politica, rendendola più flessibile e adeguata a nuovi futuri scenari. E proprio qui si profila quel dato di ingenuità che tutto sommato connota l'operare del direttore dell'"Osservatore". Ma questo non è discorso che propriamente mi riguarda.

Mi chiedo invece, e ora che si fa? Monsignore, Le assicuro che non muoverò un dito perché tale ricostruzione dei fatti sia risaputa: i superiori interessi della Chiesa restano per me la bussola che determina il mio agire. Ho perso, è vero, il mio lavoro, e un lavoro in cui credevo molto, ma non coltivo desideri di vendetta. È chiaro tuttavia che ciò che è accaduto non è più oggi un segreto al "Giornale", e quindi che i retroscena della vicenda possono uscire sulla stampa in qualunque momento, nonostante eventuali promesse. Non manca infatti chi è già all'opera per risalire, con i propri mezzi, alla verità dei fatti. Per questo, Monsignore, ritengo giusto informarLa su quello che ho appreso, e così in qualche modo allertarLa su uno scenario che potrebbe tra non molto presentarsi.

Ovvio che, per quanto qui scritto, io resti a disposizione.

Con ciò voglia, Monsignore, scusarmi per l'incomodo e considerarmi come Suo

dbmo   Dino Boffo

4

Ahora estaba claro que la llamada de monseñor Gänswein a Dino Boffo se había centrado en el origen de los rumores sobre su supuesta homosexualidad:

> Monseñor, no le puedo esconder que algo en su muy amable llamada de ayer me había dejado atónito en un primer momento. Pero le puedo asegurar delante de Dios que estoy sereno, y que no tengo dudas de que también en estas circunstancias el principio de verdad se impondrá. Vuelvo a repetir: si fuera un homosexual, y más un homosexual impenitente, ¿ningún compañero de las tres redacciones con los que he compartido horas, días, años, con los que he tratado todo tipo de asuntos y publicado la posición de la Iglesia sobre todos los temas de actualidad, se habría enterado de que algo no funcionaba? ¿De verdad hubiese podido conservar el aprecio de mis compañeros como creyentes y como padres?
>
> También, monseñor, no siendo más un adolescente, mi vida ha pasado, como la de todos, por diversos ambientes. De los treinta a los cuarenta, fui animador del semanal diocesano de Treviso y presidente de una Acción Católica muy animada, que cada año organizaba una cincuentena de campamentos de verano (¿conoce Lorenzago? Esta era una de las sedes de nuestros campamentos). ¿Le parece posible que nadie se haya dado cuenta de nada? Entre los veintidós hasta los treinta años fui el más joven dirigente del Centro Nacional de Acción Católica (en aquel entonces, situada en *via della* Conciliazione 1, el verdadero presidente era el profesor Agnes), y junto a mí se criaron decenas y decenas de jóvenes, con los cuales Juan Pablo II contaría para lanzar sus JMJ. ¿Le parece posible que también en aquella época nadie tuviera nada que decir en mi contra? Al final, puedo decirle que en los últimos nueve años he vivido en una habitación dentro de un piso más grande, y la propietaria, madre esmerada de dos hijos, cuando, hace un mes, al terminar el arrendamiento me despedí, estuvo a punto de llorar. ¿Puede ser que estando la entrada a mi habitación visible desde su cocina, ella no hubiera visto nada?

Por lo que parece, Dino Boffo estaba más preocupado por desmentir ante monseñor Georg Gänswein los rumores sobre su homosexualidad que por aclarar su posición respecto a lo sucedido con los directores de *L'Osservatore Romano* e *Il Giornale,* que fue lo que en última instancia provocó su dimisión. Sea como fuere, el exdirector del *Avvenire* no recibió respuesta a esta segunda misiva.

¿CASO CERRADO?

El caso parecía cerrado cuando, en la primera semana de febrero de 2010, el director de *Il Giornale,* Vittorio Feltri, afirmó que los documentos que habían servido para desacreditar a Boffo habían llegado a través de «una personalidad de la Iglesia de la cual se debe uno fiar institucionalmente». Todas las partes afectadas en el conflicto dirigieron entonces su mirada hacia Giovanni Maria Vian, director de *L'Osservatore Romano,* a quien acusaron de haber entregado los papeles contra Boffo, aunque la orden hubiera partido de la Secretaría de Estado y de su titular, el cardenal Tarcisio Bertone. Esta versión la confirmó el propio Dino Boffo tras un almuerzo en un restaurante a pocos metros de la Plaza de San Pedro con el que había sido su principal «azote», Vittorio Feltri: «No ha sido un encuentro para perdonar. Necesitaba comprender quién me había asesinado (profesionalmente)».

El obispo Domenico Mogavero, presidente del Consejo de Asuntos Judiciales de la Conferencia Episcopal Italiana y defensor de Boffo desde el primer asalto, no dudaba en mostrar su seria preocupación ante la posibilidad de que la conjura interna pudiera haber sido cierta. También Vittorio Messori, católico, prestigioso vaticanista y el periodista que entrevistó a Juan Pablo II en 1993, creía abiertamente en un complot contra Boffo y, al mismo tiempo, contra la Conferencia Episcopal Italiana y, por consiguiente, contra el cardenal Angelo Bagnasco. Messori declaró al diario *La Stampa*:

> No me escandaliza que ocurran cosas de este tipo. Dios ha querido confiar su Iglesia a hombres, y los hombres tienen sus límites, sus debilidades, sus miserias. Siempre ha habido divisiones en el clero. Es ingenuo, por consiguiente, pretender que la Iglesia pueda ser mejor que otras instituciones humanas.

Y mientras el escándalo no dejaba de salpicar a la Santa Sede, esta guardaba sagrado silencio, roto tan solo por un breve comunicado del padre Federico Lombardi en el que se aseguraba que Benedicto XVI estaba informado de «la posible intriga». Fue el 9 de febrero de 2010 cuando la Secretaría de Estado reaccionó a través de un comunicado en el que contradecía la hipótesis de la participación de la Gendarmería vaticana y del director de *L'Osservatore Romano* en la filtración del documento contra Boffo, «atribuyendo estos supuestos a un deseo de difamar a la Santa Sede y al Pontífice y auspiciando la necesidad de encontrar la Verdad y la Justicia»[4]. Ese mismo día, la Presidencia de la Conferencia Episcopal Italiana emitía otro comunicado en el que se limitaba a apoyar lo dicho por la Secretaría de Estado.

El 26 de marzo, el Consejo de Ética Periodística de Milán condenó a seis meses de inhabilitación a Vittorio Feltri por las falsas acusaciones contra Dino Boffo, por haber violado su dignidad personal y su decoro profesional, y por la revelación falsamente atribuida al Tribunal de Terni.

---

[4] *L'Osservatore Romano,* «Caso Boffo. Comunicato della Santa Sede», 10 de febrero de 2010.

Riservata
A Monsignor Geórg Gaenswein

Busso per una seconda volta, e mi scuso. Conto di non disturbare oltre.
Col più devoto e grato ossequio,

(4 fogli, compreso questo)

Segunda carta de Dino Boffo al secretario del papa, en la que pone especial
énfasis en aclarar que no es homosexual. 12 de enero de 2010.

[Página 2 de 4]

Monsignore Reverendissimo,

desidero anzitutto e sinceramente ringraziarLa per la carità sacerdotale e per la franchezza che mi ha riservato nella telefonata di ieri, 11 gennaio 2010. Dio sa se mi dispiace di aver arrecato così tanto disturbo.

Vorrei, col Suo permesso Monsignore, aggiungere un particolare che ieri, sul momento, non mi è venuto alla mente. Parlavamo del pettegolezzo che, se ho ben capito, sarebbe circolato già in qualche Ufficio, e Le raccontai con confidenza l'unica traccia che mi poteva in qualche modo suggerire un collegamento, quella che passava per monsignor Angelo Pirovano. Ma poi, a telefonata conclusa, mi sono ricordato, e mi spiace di non essere stato subito pronto, che – poteva essere nel 2000 o 2001 – mi capitò di sentire che un certo monsignor Pio Pinto, che allora lavorava se non erro alla Sacra Rota, e col quale mi ero imbattuto nell'anno in cui occupai un appartamentino che mi era stato gentilmente offerto nelle soffitte del Palazzo di Propaganda Fide in Piazza di Spagna, aveva parlato non proprio bene di me. Egli, un tipo singolare e un po' visionario, aveva l'abitazione nello stesso palazzo, e ogni tanto incontrandoci ci si soffermava per fare due chiacchiere, con l'impegno che saremmo andati una sera o l'altra a cena insieme, ma la cosa a me non interessava più di tanto perché le chiacchiere curiali non sono mai state il mio forte. Dico un tipo singolare, perché non raramente questi lasciava di sera il portone di casa socchiuso e io, rientrando magari sul tardi, puntualmente prendevo dello spavento. Ebbene, ricordo che già non abitavo più lì quando un giorno mi si dice che quel sacerdote avanzava sospetti espliciti sul sottoscritto. Onestamente non mi turbai più di tanto, e ricordo di aver detto al mio divertito interlocutore che Pinto probabilmente aveva scambiato la visita serale di alcuni miei colleghi di Sat2000 – la tv allora agli inizi e per me era importante sfruttare le occasioni per conoscere quei ragazzi e ragazze – con chissà chi. Ma per me la cosa è finita lì, e devo dire che l'avevo quasi scordata.

1.

La situación se mantenía en tablas mientras Dino Boffo seguía esperando no tanto la justicia divina como la humana. El jueves 2 de septiembre Boffo escribió una carta al cardenal Angelo Bagnasco, presidente de la CEI, con la que lanzaba un grito desesperado de ayuda a los altos jerarcas de la curia para que acudieran a su rescate.

Eminencia, quisiera estar delante de usted para que pudiera sentir toda mi desolación.

La desolación, en primer lugar, de encontrarme en la necesidad de molestarle, aun sabiendo las penas a las que usted se enfrenta a diario.

Y más desolación siento por la recuperación de atención sobre el tema que nos ha afecta.

Adjunto el artículo de Marco Travaglio publicado hoy en la portada del *Fatto,* el ataque más reciente que se añade al sutil carrusel persecutorio de estos últimos días. No sé si usted tiene claro quién es el periodista Marco Travaglio. Para entendernos: es el más picajoso, inexorable y documentado entre los enemigos de Berlusconi. Más que Santoro. Es el periodista «enemigo» por excelencia. Usted habrá seguido la transmisión televisiva del otro día, donde Feltri hizo su numerito de circo, y habrá oído a Feltri decir que, si volviera atrás, sería más cauto; habrá oído las insinuaciones sobre los obispos, habrá oído a Feltri decir que yo no iba a presentar ninguna querella, y se le ha subido la mosca a la nariz. ¿Cómo puede ser que Boffo siga callado? ¿Qué oculta y qué le preocupa? ¿Y sus antiguos jefes (la Conferencia Episcopal Italiana)? ¿Por qué le han dejado tirado (esta es su forma de pensar)? ¿Acaso ha pactado con su torturador, ha aceptado dinero a cambio de su silencio y por eso ahora se mantiene apartado? Para gente como Travaglio no hay explicación para que, no obstante lo que he vivido, no me haya cambiado de chaqueta y me haya puesto en el mismo bando de ellos. Él quiere darme coba con el fin de utilizarme para su causa.

¿Qué hago? ¿Concedo una entrevista para expresar mi opinión y dar información acerca de mi situación? Ayer, Ezio Mauro de *La Repubblica* se ha ofrecido a venir a mi casa y hacerme la entrevista en calidad de director. Pero también el mismo *Fatto,* el *Foglio* y el *Resto del Carlino* me han pedido una entrevista. Yo no tendría problemas en hablar, pero es que no estoy seguro de que ese sea el mejor medio, porque así reavivaría la polémica y acabaría con hacer daño a alguien, aún más sabiendo que al hablar no podría omitir del todo lo que se refiere al papel desempeñado por Bertone-Vian. Podría decir explícitamente que no quiero implicar a la Iglesia, pero esto solo sería suficiente para dar a entender algo. Por otro lado, si hablo, en absoluto puedo negar la que es la realidad de los hechos. ¿Sería más evangélico y prudente negar, o es más evangélico y prudente quedarme en silencio? Este es el asunto. A día de hoy, yo no tengo ningún problema en pedir que se quite la confidencialidad a mi expediente en el Tribunal, pero está claro que —aunque sin quererlo— desencadenaría la atención de los medios de comunicación sobre las dos familias (Bertone-*L'Osservatore Romano* y CEI-*Avvenire),* a las que yo —quede claro— no debo nada. Siempre me

[Página 1 de 2]

Oné, 2. 9. 2010

Eminenza,
vorrei tanto che Lei mi avesse davanti e potesse avvertire tutta la mia desolazione.

Desolazione anzitutto di trovarmi nella necessità di importunarLa, sapendo quali sono gli affanni quotidiani cui deve far fronte. Dio sa quanto vorrei poter risolvere da solo queste mie grane.

E desolazione c'è in me per questa ripresa di attenzione sulla vicenda che mi ha c ci ha interessato. Accludo l'articolo di Marco Travaglio apparso nella prima pagina del "Fatto" di oggi. È il coronamento che mancava alla sottile giostra persecutoria di questi ultimi giorni.

Non so se ha presente chi è il giornalista Travaglio. Per capirci: è il più puntuto, inesorabile e documentato avversario di Berlusconi. Più ancora di Santoro. È il giornalista «nemico» per antonomasia. Lui avrà seguito la trasmissione televisiva dell'altro giorno, con Feltri che faceva i suoi numeri da circo, ha sentito che se tornasse indietro Feltri sarebbe più cauto, ha sentito le insinuazioni avanzate nei confronti dei vescovi, ha sentito Feltri ricordare che io non avrei fatto querela né penale né civile, e gli è scattata la mosca al naso. Com'è possibile che Boffo stia ancora zitto? Cosa nasconde o cosa lo preoccupa? I suoi vecchi padroni (lui ragiona così) perché l'hanno mollato? Non è che per caso è sceso a patti col suo torturatore, ha preso dei soldi per tacere e ora se ne sta alla larga? Per la gente come Travaglio è inspiegabile che, con quello che mi è stato fatto, io non abbia impugnato la bandiera e sia andato sulle barricate con loro. Lui, in sostanza, mi vorrebbe stanare naturalmente nell'ottica della sua causa.

Cosa faccio? Faccio un'intervista per dire la mia, e dare ragguagli sulla mia situazione? Ancora ieri Ezio Mauro di "Repubblica" si è offerto di venire lui a casa mia e a firmela, come direttore, l'intervista. Ma lo stesso "Fatto" me l'ha chiesta, "il Foglio", "la Stampa", "il Resto del Carlino". Non avrei problemi cioè a poter parlare, ma io non sono ancora convinto che sia la strada migliore, perché andrei di fatto a rinfocolare le polemiche e comunque finirei per arrecare danno a qualcuno, tanto più che se parlo non è che possa sorvolare del tutto sulla parte svolta da Bertone-Vian. Potrei andare leggero, potrei dire esplicitamente che non mi va di coinvolgere la Chiesa, ma anche solo una frase così lascerebbe intendere qualcosa. D'altra parte, se parlo posso negare completamente quella che a tutt'oggi risulta essere la realtà dei fatti? Sarebbe prudente ed evangelico negare, o è più prudente ed evangelico starmene zitto? Questo è il punto. Tra l'altro, io non ho nessuna remora oggi come oggi a far togliere la riservatezza al fascicolo del tribunale, ma certo andrei – pur senza volerlo – a scatenare l'attenzione dei media sulle due famiglie, alle quali io – ben inteso – non debbo nulla, ma che mi è sempre apparso più prudente tenere alla larga giacché non le conosco al punto da potermi fidare delle loro reazioni. E comunque, sarebbe una via che probabilmente solleva me (la reazione di chi oggi legge quel fascicolo è: tutto qui?), ma non chiuderebbe la vicenda in una freezer, e ri-ecciterebbe probabilmente il bailamme. Ecco perché finora, nonostante tutto, e nonostante le mille provocazioni di Feltri, ho preferito starmene zitto.

Lui però (stupidissimo) non è stato a sua volta zitto perché sente di nuovo addosso la scadenza (prevista a fine mese) dell'Ordine nazionale dei Giornalisti che dovrebbe confermare o meno la sentenza già emessa dall'Ordine regionale della Lombardia. Chiaro che lui i sei mesi di sospensione dalla firma del giornale – questa la pena già inflittagli, e ora da confermare – non li vuole, tanto più dopo la battaglia recentemente fatta su Fini. Lui non vuol trovarsi sconfessato. E pensa così, parlando come sta parlando e agitandosi come si sta agitando, di attenuare le proprie responsabilità circa il mio caso, senza invece rendersi conto che accresce il proprio danno, e infatti i suoi stessi avvocati in tal senso si sono espressi proprio ieri che col mio avvocato, dicendosi disperati perché non ascolta nessuno e agisce di impulso).

1

Carta de Dino Boffo al cardenal Angelo Bagnasco, presidente de la CEI, en la que pide el apoyo de esta ante las continuas críticas a su silencio. 2 de septiembre de 2010.

ha parecido mejor mantenerlas apartadas por no conocerlas hasta el extremo como de fiarme de sus reacciones. De todas formas, sería una manera que me eximiría (la reacción de quien hoy en día lee mi expediente es: ¿y nada más?), pero no zanjaría el tema y se volvería a levantar el revuelo sobre este asunto. Por este mismo motivo, hasta hoy, a pesar de todo, a pesar de las numerosas provocaciones de Feltri, he decido callarlo todo. [...]

Eminencia, se lo pido de rodillas, si esto le ayuda a entender el espíritu con el que me atrevo a hablarle: ¿no piensa Usted que la Iglesia debería de alguna manera enviar una señal que me rehabilite delante de todo el mundo? Deseando de esta manera que baje la temperatura acerca de este asunto... mi opinión y la de unas personas de mi confianza es que afecta a la visión que mis compañeros periodistas tienen de mí, las opiniones no tanto de Feltri con sus locas afirmaciones o las de Travaglio, todo el mundo conoce que sabe medir sus palabras, sino el silencio de la Iglesia, que ellos perciben como algo sospechoso. Se olvidan de que, en realidad, Usted ya ha hablado. Se olvidan de que Usted hizo redactar una declaración también el día 4 de diciembre, cuando Feltri se retractó. Lamentablemente, salió la revelación de la implicación superior, y esto ha levantado otra vez dudas y sospechas. Está claro que si pudiera decir que la CEI me está ayudando, sería muy distinto y dejaría claro, a quienes preguntan, que no me han dejado tirado, que la CEI a su manera es solidaria conmigo, que solo estoy en mi casa a la espera de que el procedimiento termine, y que no me siento desamparado por mi exeditor. Le pido de puntillas: ¿Dejamos que salga (el articulo 2, gracias a la CEI), que se conozca y que con ello se enfríe el clima? ¿Hay contraindicaciones? Tal vez sí... ¿O cree Eminencia —y diciendo esto, tiemblo— que esto de enviar una señal se podría solucionar de manera distinta? Por otro lado, si a día de hoy, yo doy la noticia de que acepto la oferta de empleo por parte del periódico *La Stampa*, según el clima actual habrá alguien que se preguntará: ¿por qué?, ¿por qué?, ¿por qué?

No quiero meterle angustia, no quiero nada, Eminencia. Solo quisiera desaparecer, pero no puedo desaparecer, y por esto le estoy hablando con el corazón en la mano, analizando paso a paso con usted toda la historia, que no quiere finalizar (pero, quizá —y es la ultima explicación que puedo encontrar—, el engaño que está detrás de todo esto es tan grande que no puede ser de manera anónima tragado por la historia, aunque tenga una boca muy grande).

No tengo palabras para disculparme con Usted, un obispo al que quiero mucho y al que me molesta profundamente agobiar.

La ayuda de la Conferencia Episcopal Italiana llegó el lunes 18 de octubre de 2010, cuando Boffo fue nombrado formalmente director del ente televisivo TV2000, propiedad de la CEI. De este modo se daba por terminada la guerra abierta entre la Secretaría de Estado-*L'Osservatore Romano-Il Giornale* con la Conferencia Episcopal Italiana-*Avvenire*, que había durado seis meses. Tan solo hubo una baja: el propio periodista Dino Boffo.

9
Emanuela Orlandi, un fantasma del pasado

Ya han pasado casi tres décadas desde que la adolescente llamada Emanuela Orlandi desapareciera de la faz de la Tierra, convirtiéndose así en uno de los más grandes misterios que han venido rodeando a la Santa Sede. Mientras el caso sigue abierto, los restos de Enrico *Renatino* de Pedis, jefe de la banda de la Magliana, la mafia de Roma, y posiblemente el personaje que más podía saber sobre su desaparición, reposan en la cripta de la basílica de Sant'Apollinare, junto al compositor del siglo XVII Giacomo Carissimi, que fue enterrado allí por «su más alta autoridad docente al servicio de la Iglesia y el arte». A día de hoy, tanto el nombre de Emanuela Orlandi como el de Enrico de Pedis siguen siendo impronunciables en los pasillos y salones del Vaticano.

EL ORIGEN DE UN FANTASMA

Emanuela Orlandi, nacida el 14 de enero de 1968, era la cuarta de los cinco hijos nacidos del matrimonio de Ercole, un funcionario del IOR, con María. La adolescente, de pelo castaño y profundos ojos color miel, había finalizado el curso con magníficas calificaciones y continuaba asistiendo a clases de flauta, tres veces por semana, en la escuela de música Tommaso Ludovico da Victoria, un centro subvencionado por el Instituto Pontificio de Música Sacra, una institución perteneciente a la Santa Sede. Emanuela, además, formaba parte del coro de la iglesia de Santa Ana[1].

Como todos los días, la adolescente, que vivía con su familia en un piso en el interior de los muros vaticanos, viajó en autobús desde la

---

[1] Pino Nicotri, *Emanuela Orlandi. La verità. Dai lupi grigi alla banda della Magliana*, Baldini Castoldi Dalai, Milán, 2008.

Piazza del Resorgimento, en las cercanías de la Plaza de San Pedro, hasta la escuela de música. Desde la parada del autobús hasta la puerta del centro, Emanuela caminaba solo unos doscientos metros, pero el miércoles 22 de junio de 1983, la adolescente llegó tarde a clase. Ella misma explicó por teléfono a su hermana que, antes de ir a clase, se había detenido en un punto del trayecto para entrevistarse con un representante de la empresa de cosméticos Avon. La hermana de Emanuela le recordó que, antes de aceptar cualquier trabajo, debía pedir permiso a sus padres, pero la adolescente pidió a su hermana que ocultase el asunto, pues solo pensaba trabajar durante los dos meses de verano y que, en septiembre, lo dejaría para reincorporarse a sus estudios[2].

Tras finalizar la clase de música, Emanuela le explicó a una compañera que estaba muy ilusionada con el trabajo. Después se despidió de ella en la Piazza Navona y se dirigió hacia la parada del autobús para regresar a casa. Emanuela Orlandi fue vista por última vez entrando en un BMW de color negro. Desde ese momento no volvió a saberse nada de ella.

Al día siguiente, sobre las tres de la tarde, Ercole Orlandi se presentó en la escuela de música para hablar con el director, que nada pudo decir sobre el paradero de la joven, y desde allí, se dirigió a la comisaría más cercana para denunciar la desaparición de su hija. Aunque el agente que lo atendió le recomendó que esperase otras veinticuatro horas para hacer una denuncia formal, el padre de Emanuela prefirió no hacer caso. La adolescente fue declarada oficialmente «desaparecida» por la policía italiana ese mismo día.

El viernes y el sábado siguientes, 24 y 25 de junio, la noticia de la desaparición de Emanuela Orlandi apareció en la prensa, en *Il Tempo* e *Il Messaggero,* por medio de un cartel con su foto y el número de teléfono de sus padres en el Vaticano. El sábado por la tarde, Ercole Orlandi recibió una misteriosa llamada de un joven que se identificó como «Pierluigi». El desconocido aseguraba que estaba junto a su novia en la Piazza Navona cuando vio a Emanuela la tarde de su desaparición. Orlandi le pidió que hiciera una descripción detallada de su hija: «Una chica de estura media, con el pelo corto, unas gafas de cerca colgadas del jersey. En la mano llevaba unas partituras y una flauta». Sin duda alguna, era ella. Durante la conversación, grabada por la policía italiana, el joven también dijo que él y su novia habían hablado con la muchacha y que les había asegurado que iba a comenzar a trabajar para la firma Avon con el fin de reunir el suficiente dinero para escaparse de casa[3]. «Pierluigi»

[2] Gaja Cenciarelli, *Extra Omnes. L'infinita scomparsa di Emanuela Orlandi,* Zona Editore, Bolonia, 2006.

[3] Pino Nicotri, *Emanuela Orlandi. La verità. Dai lupi grigi alla banda della Magliana,* Baldini Castoldi Dalai, Milán, 2008.

Numero bollettino Data bollettino Data evento Luogo evento
312/83   030/071983   03/07/1983   SCV

Titolo evento bollettino
DOPO-ANGELUS: SOLIDARIETA' CON I GENITORI E INVITO A PREGARE PER LA GIOVANE EMANUELA ORLANDI, SCOMPARSA DAL 22 GIUGNO SCORSO

Persona   Qualifica
ORLANDI EMANUELA

Tipo gruppo   Denominazione gruppo   Provenienza   Nazione   Lingua
                                                            CITTA' DEL VATICANO   ITALIANO

Note
Al termine della preghiera mariana dell'"Angelus Domini", il Papa esprime con le seguenti parole la sua partecipazione all'ansia e all'angoscia della famiglia Orlandi per la sorte di Emanuela, scomparsa da molti giorni da casa.

Desidero esprimere la viva partecipazione con cui sono vicino alla famiglia Orlandi, la quale è nell'afflizione per la figlia Emanuela di 15 anni, che da mercoledì 22 giugno non ha fatto ritorno a casa. Condivido le ansie e l'angoscioso trepidazione dei genitori, non perdendo la speranza nel senso di umanità di chi abbia responsabilità in questo caso. Elevo al Signore la mia preghiera perché Emanuela possa presto ritornare incolume ad abbracciare i suoi cari, che l'attendono con strazio indicibile. Per tale finalità invito anche voi a pregare.

Argomenti
SEQUESTRI-DI-PERSONA

Boletín oficial de la Santa Sede informando que, después del *Angelus* del 3 de julio de 1983, el papa Juan Pablo II hará una referencia al secuestro de Emanuela Orlandi.

aseguró además que Emanuela se presentaba a sí misma con el sobrenombre de *Barbarella,* el famoso personaje de cómic llevado al cine e interpretado por Jane Fonda.

El martes 28 de junio se recibió una segunda llamada, esta vez de un tal «Mario», que afirmó ser propietario de un bar cercano al Ponte Vittorio Emanuele II, a medio camino entre el Vaticano y la escuela de música. «Mario» dijo que una chica que se parecía mucho a Emanuela Orlandi entró el día de su desaparición en su bar y que le dijo que pensaba escaparse de su casa con su novio. La chica aseguró al dueño del bar que regresaría únicamente para la boda de su hermana mayor. En esta ocasión la chica se hacía llamar «Bárbara».

El jueves 30 de junio, la capital italiana apareció forrada con más de tres mil carteles con la imagen de Emanuela Orlandi. Hasta entonces la policía seguía manejando la hipótesis de una adolescente enfadada con sus padres que había huido de casa, pero el domingo 3 de julio, tras la lectura del *Angelus* por parte del papa Juan Pablo II, todos los relacionados con el caso se quedaron paralizados al escuchar las palabras del Sumo Pontífice, que expresó su angustia a la familia Orlandi:

> Deseo expresar una profunda simpatía con los que están cerca de la familia Orlandi, y cuya hija Emanuela, de quince años, está en peligro desde que el miércoles 22 de junio no regresó a casa. Yo comparto la emoción y la angustia de los padres ansiosos, y no pierdo la esperanza en el sentido de la humanidad de aquellos que tienen una responsabilidad en este caso. Elevo mi oración al Señor por Emanuela para que pronto vuelva a abrazar a sus seres queridos, que la esperan con angustia indecible. Para este fin, también yo os invito a rezar.

La sorpresa fue absoluta, pues era la primera vez que, de forma oficial, alguien hacía referencia a un secuestro y no a una desaparición. Ni la Policía italiana ni la Gendarmería vaticana estaban de acuerdo con esta nueva hipótesis, y así se lo hicieron saber al entonces secretario de Estado, el cardenal Agostino Casaroli.

El martes 5 de julio, justo dos días después de las palabras de Juan Pablo II en la Plaza de San Pedro, la familia Orlandi recibió la primera de una serie de cinco inquietantes llamadas. Un desconocido aseguró que Emanuela estaba en poder de una organización criminal que exigía como rescate la liberación de Mehmet Ali Agca, el terrorista que había disparado contra el papa el 13 de mayo de 1981 y que se encontraba recluido en la prisión de Rebibbia[4]. Años después, el propio Agca afirmaría en una entrevista a la RAI que Orlandi había sido secuestrada por agentes búlgaros de la Darzhavna Sigurnost (DS). Aunque afirmó no tener conocimiento directo del secuestro, sí dijo que Emanuela vivía y que estaba sana y salva en un convento ortodoxo de Bulgaria[5].

La siguiente llamada, esta vez realizada directamente a la Policía, fue de un hombre que se hacía llamar el *Americano*. La Policía afirmó después que su acento era, en efecto, americano con algún deje italiano. Pero lo que sorprendió en verdad de esta llamada fue que el desconocido pusiera al teléfono una grabación de la voz de Emanuela, pero que no diera ningún dato más[6]. El *Americano* volvió a llamar esa misma noche a Ercole Orlandi y esta vez pidió un intercambio de Emanuela por el terrorista Mehmet Ali Agca. Antes de colgar, el *Americano* dijo al padre de Emanuela que tanto «Pierluigi» como «Mario» eran miembros de su misma organización. ¿Cómo sabía el *Americano* que se habían producido las llamadas anteriores de esos dos hombres si esa información solo la conocían la familia y las Policías italiana y vaticana?

El miércoles 6 de julio, un desconocido llamó a la agencia de noticias ANSA para comunicar que pondrían en libertad a Emanuela a cambio de la liberación de Mehmet Ali Agca. Para demostrar que la tenían en su poder, dejarían un paquete cerrado con varias pertenencias de Emanuela en el interior de una papelera frente a la sede del Parlamento. Efectivamente, en el interior de un sobre, hallado donde había indicado la fuente anónima, aparecieron una fotocopia de la identificación de la escuela de música, un recibo del pago de la matrícula y una nota escrita a mano por la propia Emanuela Orlandi. Los padres y hermanos de la adolescente no fueron capaces de asegurar que, en efecto, se trataba de la caligrafía de Emanuela.

En los días siguientes, varias llamadas más se sucedieron, todas exigiendo la libertad del terrorista turco a cambio de la liberación de la niña. Entre el 10 y el 15 de julio, el *Americano* realizó hasta dieciséis lla-

---

[4] Gaja Cenciarelli, ob. cit.

[5] Tras esta declaración, un juez de Roma decidió abrir una investigación al respecto, pero fue definitivamente cerrada el 11 de julio de 1997 al no encontrar ninguna prueba concluyente sobre lo afirmado por Mehmet Ali Agca.

[6] Pino Nicotri, ob. cit.

madas, a través de una línea directa, al cardenal secretario de Estado Agostino Casaroli. Los temas tratados en estas conversaciones permanecen en el más absoluto secreto.

El domingo 17 de julio de 1983, el papa Juan Pablo II volvió a hablar de Emanuela, tras el *Angelus,* en el curso de un encuentro con fieles en Castel Gandolfo:

> El drama de la joven Emanuela Orlandi, arrebatada del afecto de sus seres queridos el 22 de junio pasado, es de nuevo recordado por el Santo Padre durante el encuentro con los fieles en Castel Gandolfo para rezar el *Angelus Domini.* Antes de abordar el acostumbrado saludo a los peregrinos italianos presentes en el encuentro mariano, el papa invita a orar por la joven con las siguientes palabras: «Una vez más les invito a unirse conmigo en oración por Emanuela Orlandi, de cuyo destino y el paso de los días no ha aparecido, por desgracia, pista alguna. Me hago eco y comparto profundamente la inquietud de los padres: no prolongar el dolor abrumador de una familia, que no pide nada sino ser capaz de abrazarla de nuevo. Con lo que ruego a Dios por la paz y la alegría para que pueda volver a una casa que por tantos días vive una tragedia tan dolorosa»[7].

El caso permanecía abierto, aunque no se halló ninguna pista sobre el lugar donde podía encontrarse Emanuela Orlandi. Sin embargo, en junio de 2000, el juez Ferdinando Imposimato, presidente honorario de la Suprema Corte de Casación y juez instructor de innumerables casos relacionados con la mafia, la Cosa Nostra, el secuestro de Aldo Moro o el atentado contra Juan Pablo II, aseguró que la joven estaba viva en algún lugar de Turquía, protegida por los «Lobos Grises», el grupo al que pertenecía Ali Agca, y que estaba perfectamente integrada en la vida musulmana, religión que había abrazado. Ninguna de las afirmaciones realizadas por el juez Imposimato pudieron comprobarse. Además, el juez afirmó que Emanuela Orlandi había vivido durante algún tiempo en un apartamento de París, algo que sí fue investigado por la Dirección para la Seguridad del Territorio (DST), el contraespionaje galo, sin resultado positivo[8].

Casi un año después, el caso Orlandi volvió a saltar a las portadas de todos los periódicos italianos cuando, en la mañana del 14 de mayo de 2001, un sacerdote que barría el interior de la iglesia de San Gregorio VII, en la calle del mismo nombre y a pocos metros de los muros vaticanos, encontró una mochila en el interior de un confesionario. Al abrirla, descubrió una calavera de pequeño tamaño sin la mandíbula inferior y una

---

[7] Véase   http://www.vatican.va/holy_father/john_paul_ii/angelus/1983/documents/hf_jp-ii_ang_19830717_it.html.

[8] Ferdinando Imposimato, *Vaticano. Un affare di Stato. Le infiltración-L'attentato-Emanuela Orlandi,* Koinè Nuove Edizioni, Roma, 2003.

imagen del Padre Pío. La prensa comenzó a lanzar suposiciones sobre la posibilidad de que el cráneo encontrado fuera el de Emanuela Orlandi. Un estudio de ADN demostraría lo contrario.

LA CONEXIÓN MARCINKUS-IOR-ORLANDI

Varias investigaciones llevadas a cabo por diversos periodistas dirigieron sus sospechas hacia el poderoso monseñor Paul Marcinkus, entonces presidente del IOR. ¿Era Paul Marcinkus quien se escondía tras el apodo del *Americano* y quien realizó casi una veintena de llamadas tras los primeros días de la desaparición de Emanuela en 1983? La misma Policía italiana llegó a creerlo: los investigadores del caso pensaban que Marcinkus hablaba, cuando supuestamente realizaba las llamadas bajo el nombre del *Americano,* al cardenal Casaroli en nombre de la Magliana, la banda criminal mafiosa de Roma, que había prestado una importante cantidad de dinero al IOR para ser enviada después al sindicato polaco Solidaridad de Lech Walesa. La Policía intentó detener a Marcinkus para interrogarlo, pero el papa Juan Pablo II jamás lo permitió, concediéndole la inmunidad diplomática incluso en su retiro en una pequeña iglesia de Arizona. Nadie podía tocarlo.

En los primeros meses de 2008, a través de confidentes de la organización criminal, la Policía pudo saber que el IOR debía una enorme suma de dinero a la Magliana y que el secuestro de Emanuela Orlandi era una forma de obligar al Banco Vaticano a pagar la deuda. Los titulares de todos los medios de comunicación apuntaban nuevamente al polémico Paul Marcinkus, cuya imagen se deterioró aún más cuando entró en juego una mujer llamada Sabrina Minardi, la que fuera amante del poderoso padrino de la banda de la Magliana, Enrico de Pedis. Minardi contó a la Policía que era la encargada de proporcionar jovencitas a monseñor Marcinkus para sus orgías, y que este estaba implicado en el secuestro de Emanuela Orlandi. El escándalo estaba servido. El 25 de junio de 2008, el director de la Oficina de Prensa de la Santa Sede, el padre Federico Lombardi, emitió un comunicado con la siguiente declaración:

> La trágica desaparición de la joven Emanuela Orlandi (en 1983 n.d.r.) ha vuelto a la actualidad en el mundo de la información italiana.
>
> Llama la atención la forma en que sucede, con la amplísima divulgación en los medios de comunicación de informaciones reservadas, que no se someten a ninguna comprobación, procedentes de un testimonio de valor muy dudoso.
>
> Sin demostrar ni respeto ni humanidad ante personas que tanto han sufrido, se reaviva de esa forma el profundo dolor de la familia Orlandi.
>
> Se difunden acusaciones infamantes y sin fundamento contra el arzobispo Marcinkus, muerto desde hace tiempo e incapaz de defenderse.

No queremos interferir de modo alguno con las tareas de la magistratura, que debe verificar rigurosamente, como es su deber, hechos y responsabilidades. Pero al mismo tiempo no podemos dejar de manifestar disgusto y reprobación por unas formas de información más en sintonía con el sensacionalismo que con las exigencias de la seriedad y la ética profesional[9].

LA CONEXIÓN BANDA DE LA MAGLIANA-ORLANDI

Enrico de Pedis fue asesinado a tiros el 2 de febrero de 1990, en la puerta del número 65 de la vía del Pellegrino, cerca del Campo di Fiore, poniendo fin a catorce años de poder en el mundo de la delincuencia de la capital italiana. Como dijimos De Pedis fue enterrado con todos los honores en la basílica de Sant'Apollinare. Ugo Poletti, presidente entonces de la Conferencia Episcopal Italiana, cardenal vicario de Roma y confesor del Sumo Pontífice, definió al mafioso como el «gran benefactor de los pobres». Pero lo que no dijo el alto miembro de la curia es que la viuda del mafioso asesinado había entregado al propio Poletti la cantidad de 660000 euros en diamantes con el fin de trasladar su cadáver desde el cementerio Monumental de Roma a la cripta de la basílica de Sant'Apollinare. De ese modo, un jefe mafioso iba a compartir descanso eterno, por obra y gracia de un cardenal de la Iglesia católica, con insignes miembros de la cúpula de la Santa Sede. Sin duda alguna, el jefe de la banda de la Magliana se llevaba a la tumba los principales secretos que rodeaban al caso Orlandi.

La Magliana, muy activa en la década de los setenta y ochenta, estaba relacionada con sobornos a políticos, apuestas ilegales, usura, falsificación de títulos, tráfico de drogas, secuestros, blanqueo de dinero y asesinatos por encargo[10]. Pero, además, la organización mafiosa había estado relacionada con los últimos grandes acontecimientos criminales no solo de Italia, sino también de la Santa Sede, y con organizaciones como el IOR, la P2 o la Banca Ambrosiana. El asesinato del periodista Mino Pecorelli, el caso Calvi, el secuestro y asesinato de Aldo Moro, el atentado en la estación de Bolonia y la desaparición de Emanuela Orlandi fueron acontecimientos en los que la mano de la Magliana aparecía[11].

Antonio Mancini, antiguo miembro de la organización criminal, declaró a la prensa en 2012 que la niña secuestrada en 1983 había sido asesinada como venganza por la pérdida de fondos depositados por la Magliana por parte del IOR. Según Mancini, Emanuela estuvo secues-

---

[9] Vatican Information Service: http://www.vis.va/vissolr/index.php?vi=es&dl=12045eac-bc95-5270-5006-4f1fd595f240&dl_t=text/xml&dl_a=y&ul=1&ev=1.

[10] Gianni Fiamini, *La banda della Magliana,* Kaos Edizioni, Milán, 2002.

[11] Fabio Giovannini, *Roma misteriosa e criminale. Delitti e segreti da Romolo alla banda della Magliana,* Ugo Mursia Editore, Roma, 2012.

trada solo dos días, hasta que los altos mandos de la Magliana descubrieron que el IOR no tenía pensado devolver los más de doscientos millones de dólares que habían perdido de la mafia romana tras la quiebra del Banco Ambrosiano. Fue entonces cuando la niña fue ejecutada. Mancini aseguró también que era el propio Enrico de Pedis quien conducía el misterioso BMW de color negro en el que varios testigos vieron entrar a Emanuela el día de su desaparición.

La credibilidad de Antonio Mancini era más bien dudosa, sobre todo cuando, en una segunda declaración, explicó que la adolescente había sido secuestrada por la banda de la Magliana como un favor personal de De Pedis al cardenal Ugo Poletti. Mancini no explicó el motivo de semejante favor a tan alto miembro de la curia romana. ¿Acaso no eran más que conjeturas?

¿TESTIGO INCÓMODO O ESCLAVA SEXUAL?

Benedicto XVI se negó a esclarecer el caso Orlandi desde que llegó a la Cátedra de Pedro. La negativa del papa provocó que Pietro Orlandi, hermano de Emanuela, declarase el viernes 9 de diciembre de 2011: «Espero que algún día Su Santidad encuentre el valor suficiente para derribar el muro de silencio y *omertá* que existe tanto en el Vaticano como en el Estado italiano sobre este terrible asunto. Han atascado y escondido esta historia a toda costa»[12].

Para explicar la ley de la *omertá* que existe dentro de los muros vaticanos sobre el caso Orlandi valdría como ejemplo el documento secreto, fechado el sábado 17 de diciembre de 2011, escrito por Giampiero Gloder, un religioso encargado de redactar discursos para el papa, y dirigido «a la cortés atención de monseñor Gäeswein [secretario del papa]», en el que se recomienda al Sumo Pontífice no hacer ninguna referencia al caso Orlandi en el *Angelus* del domingo 18 de diciembre. El texto decía así:

> Por cuanto se refiere la mención del caso Orlandi, tras haber hablado con el padre Lombardi, y otra vez con monseñor Ballestrero, se ha llegado a la conclusión de que no es oportuno que el papa haga referencia al caso durante el *Angelus*. El hermano de la Orlandi sostiene con fuerza que en el Vaticano hay una ley del silencio sobre el asunto y que estamos escondiendo algo. El simple hecho de que el papa mencione el caso solo podría apoyar la hipótesis del hermano y, además, parecería que el papa no estaría convencido sobre cómo se ha gestionado el caso (por parte del Vaticano).
>
> Quizá, tras ver cómo evoluciona el caso, podemos escribir una carta al señor Orlandi, firmada por el Sustituto, en la que le exprese la cercanía

---

[12] Para aquellos que deseen apoyar esta causa, los Orlandi tienen una dirección de correo para recibir firmas solicitando el esclarecimiento del secuestro de Emanuela: petizione.emanuela@libero.it.

Alle cortese attenzione di Mon. Gäuxeiu

ANGELUS
18 DICEMBRE 2011

Si allega:

1. Il **testo dell'Angelus** al quale sono state apportate le modifiche volute dal Sommo Pontefice;

2. la **prima pagina del Dopo Angelus** che sostituisce la precedente: si è solo inserito, nel pensiero alle Filippine, la menzione dei numerosi dispersi (per favore verifichi che la prima pagina sia uguale alla precedente, finisca, cioè, con il saluto in francese).

Per quanto riguarda la menzione del caso Orlandi, dopo aver sentito Padre Lombardi, e nuovamente Mons. Ballestrero, si è giunti alla conclusione che non è opportuno un cenno al caso. Il fratello della Orlandi sostiene fortemente che ai vari livelli vaticani ci sia omertà sulla questione e si nasconda qualcosa. Il fatto che il Papa anche solo nomini il caso può dare un appoggio all'ipotesti, quasi mostrando che il Papa "non ci vede chiaro" su come è stata gestita la questione.

Semmai, si vedrà come andranno le cose s poi si potrà scrivere al Sig. Orlandi una Lettera a firma del Sostituto in cui si esprima la vicinanza del Papa, ma si precisi anche che non vi sono nuovi elementi a conoscenza delle nostre Autorità (sarà eventualmente da studiare molto bene). Il Cardinale è stato informato ed era d'accordo.

Gloder
17/12/11   β ƒu

VISTO DAL SANTO PADRE
17 DIC. 2011

Recomendación al papa sobre el *Angelus* del 18 de diciembre de 2011 y lo inoportuno de citar el caso de Emanuela Orlandi.

del papa, pero también en la que se precise que nuestras autoridades no tienen conocimiento de nuevos elementos sobre el caso (pero tendremos que evaluar atentamente la oportunidad de esta carta). El cardenal está informado y está de acuerdo.

Al final del documento aparecía un sello, «Visto por el Santo Padre, 17 DIC. 2011», que vendría a demostrar que Benedicto XVI apoyó esta opinión. Efectivamente, en el *Angelus* del 18 de diciembre de 2011, el Sumo Pontífice no hizo ninguna referencia al caso[13].

El 14 de abril de 2012, el director de la Oficina de Prensa de la Santa Sede, el padre Federico Lombardi, emitió un largo comunicado sobre el caso Orlandi como respuesta a las recientes noticias aparecidas en los diarios italianos. Estos son algunos de los extractos más destacables:

> Ante todo, es justo recordar que el papa Juan Pablo II estuvo particularmente afectado por el trágico secuestro, tanto que intervino públicamente ocho veces en menos de un año con llamamientos por la liberación de Emanuela y visitó personalmente a la familia. [...] A este compromiso personal del papa es natural que correspondiese el compromiso de sus colaboradores. [...] El cardenal Agostino Casaroli, secretario de Estado y primer colaborador del papa, siguió personalmente el asunto, hasta el punto de que, como es sabido, se puso a disposición para contactar con los secuestradores a través de una línea telefónica especial. [...]
> También en la segunda fase de la investigación, años después, las tres solicitudes dirigidas a las autoridades vaticanas por los investigadores italianos [...] encontraron respuesta. A petición de los jueces italianos, numerosas personas fueron interrogadas en el Vaticano, y sus declaraciones fueron enviadas a dichas autoridades. Los relativos dossieres existen todavía, y siguen a disposición de los investigadores. Hay que destacar que, en la época del secuestro de Emanuela, las autoridades vaticanas concedieron a los investigadores italianos y al SISDE (Servicios Secretos Italianos) la autorización para controlar el teléfono vaticano de la familia Orlandi y para entrar libremente en el Vaticano e ir a casa de los Orlandi sin ninguna mediación de funcionarios vaticanos. [...] Carece por tanto de fundamento acusar al Vaticano de haber rechazado colaborar con las autoridades italianas que dirigían las investigaciones [...].
> La cuestión de fondo es que, desgraciadamente, en el Vaticano no se halló ningún elemento concreto útil [...] para proporcionarlo a los investigadores. En aquella época, las autoridades vaticanas —teniendo en cuenta los mensajes recibidos, en los que se hacía referencia a Ali Agca; en un periodo que coincidió prácticamente con la investigación

---

[13] Esta información puede comprobarse en el siguiente enlace: http://www.vatican.va/holy_father/benedict_xvi/angelus/2011/documents/hf_ben-xvi_ang_20111218_it.html.

sobre el atentado contra el papa— compartieron la opinión dominante de que el secuestro era utilizado por una oscura organización criminal para enviar mensajes o presionar acerca de la detención y el interrogatorio del agresor del papa.

No hubo razón alguna para pensar en otros posibles motivos del secuestro. La atribución del conocimiento de secretos relativos al secuestro a personas pertenecientes a las instituciones vaticanas, sin mencionar ningún nombre, no corresponde, por tanto, a ninguna información fiable o fundada. A veces parece casi una justificación para hacer frente a la angustia y la frustración por no haber conseguido encontrar la verdad.

Como conclusión [...], no resulta que se haya ocultado nada, o que en el Vaticano haya «secretos» sobre ese tema. Seguir afirmándolo es completamente injustificado [...].

En fin, ya que la ubicación de la tumba de Enrico de Pedis en la basílica de San Apolinar ha sido y sigue siendo motivo de interrogantes y discusiones —incluso al margen de su eventual relación con la historia del secuestro Orlandi—, se reitera que, por parte eclesiástica, no hay ningún obstáculo para que se inspeccione la tumba y el cuerpo se entierre en otro lugar, con el fin de restablecer la serenidad que corresponde a un entorno sagrado [...][14].

En realidad, lo que hizo el Padre Lombardi con este comunicado fue poner en un serio aprieto a la Santa Sede, ya que reconocía abiertamente que el Vaticano sí había iniciado una investigación propia. Como ya mencionamos, un detalle sorprendente fue que el papa Juan Pablo II, a través del *Angelus* del domingo 3 de julio, pocos días después de la desaparición de Emanuela, hablase de «secuestro», poco antes de la primera llamada de los presuntos secuestradores. A esto hay que añadir la negativa de la Santa Sede, durante casi treinta años, a entregar las cintas con las conversaciones entre el cardenal Casaroli y el famoso *Americano,* o el rechazo del cardenal Giovanni Battista Re a la petición del 2 de marzo de 1994, emitida por el juez Adele Rando, para interrogar a los cardenales Agostino Casaroli, Martínez Somalo, Angelo Sodano y Dino Monduzzi, prefecto de la Casa Pontificia, el departamento donde estaba destinado Ercole Orlandi.

En 1986, ante una solicitud de investigación abierta por el juez Ilario Martella, el Vaticano afirmó que la Santa Sede jamás realizaba investigaciones sobre hechos sucedidos en suelo italiano, recordando así que Emanuela había desaparecido en Italia y no en el Vaticano. Pero dos hechos vinieron a desmentir esta afirmación: el primero sucedió el 11 de julio de 1983, cuando tuvo lugar un encuentro secreto entre Vincenzo Parisi, vicedirector del SISDE, y Dino Monduzzi, prefecto de la Casa Pontificia. Años después, Parisi, admitiendo que el encuentro permane-

---

[14] Véase Vatican Information Service: http://www.vis.va/vissolr/index.php?vi=es&dl=db6c4c6e-6252-abbb-4cd8-4f8c0a301d9e&dl_t=text/xml&dl_a=y&ul=1&ev=1.

ció secreto durante más de diez años, declaró que sobre el caso Orlandi se había desplegado en el Vaticano «una sofisticada operación de desinformación y desviación» a la que los ambientes cardenalicios no eran ajenos. Interrogado sobre aquel encuentro, Monduzzi dijo que este jamás se produjo[15]. El segundo ocurrió en octubre de 1993 como resultado de las escuchas telefónicas en las que se descubrió que Raoul Bonarelli, subjefe de la Gendarmería vaticana, había recibido la siguiente llamada justo un día antes de tener que declarar ante la magistratura italiana:

> Bonarelli: ¿Hola?
> Desconocido: Raoul.
> Bonarelli: Sí.
> Desconocido: Te paso con el jefe...
> Bonarelli: Si
> Jefe: Diga.
> Bonarelli: Sí.
> [...]
> Jefe: ¿Qué sabes de Orlandi? Nada... Nosotros no sabemos nada. Sabemos por los periódicos, las noticias que se han sacado. Del hecho que ha salido, que es de competencia del orden italiano.
> Bonarelli: ¿Y qué tengo que decir?
> Jefe: Él fue, eh... ¿Qué sabemos nosotros, dices? Luego tú dices que nunca habéis investigado. La Oficina ha investigado en el interior... Esto es algo que se ha ido entonces... No digas que fue a la Secretaría de Estado.
> Bonarelli: No, no... yo en el interior [El Vaticano] no tengo que decir nada... nada.
> Jefe: Fuera... cuando ha sido la magistratura vaticana... se encarga la magistratura vaticana, entre ellos... Nada, tú no sabes nada.
> Bonarelli: Quiero decir, si me piden si soy empleado del Vaticano, qué tareas llevo a cabo... No sé, tendrán que identificarme, sabrán quién soy...
> Jefe: Oh, ellos lo sabrán porque trabajas en la seguridad de la Ciudad del Vaticano, eso es todo.
> Bonarelli: Eh..., bueno, entonces mañana por la mañana voy a este testimonio, después yo vengo, ¿verdad?
> Jefe: Después ven.

Es decir, cuando el «Jefe» dice al subjefe de la Gendarmería vaticana, Raoul Bonarelli, que «la Oficina ha investigado en el interior», se confirmaba que el Vaticano sí había abierto una investigación en el interior de sus muros sobre el caso de la desaparición de Emanuela Orlandi[16].

---

[15] *Sentenza istruttoria del giudice istruttore del Tribunale di Roma Adele Rando*, 19 de diciembre de 1997, pág. 84.

[16] Pino Nicotri, ob. cit.

Dos hechos más ocurridos en 2010 volvieron a poner el caso Orlandi sobre el tapete. El primero fue la declaración del terrorista Mehmet Ali Agca realizada el 9 de noviembre en la TRT, la televisión turca, en la que aseguraba que Emanuela Orlandi estaba prisionera del Vaticano y que vivía como una religiosa en un monasterio católico en un país del centro de Europa. El terrorista aseguró también que la familia Orlandi podía visitarla, pero que la joven se había negado a ello. El segundo acontecimiento fue el testimonio anónimo de un exmiembro del SISMI, según el cual Emanuela Orlandi seguiría viva y encerrada en un manicomio en Londres, sedada y controlada por un equipo médico, bajo el control de los Servicios de Inteligencia británicos. Sin duda alguna, hay cuentos y leyendas para todo.

En el mes de mayo de 2012, una nueva polémica con respecto al caso saltaría a los titulares de la prensa, esta vez por boca del famoso exorcista del Vaticano, el padre Gabriele Armoth. El religioso se había hecho famoso a raíz de sus polémicas declaraciones, como cuando tachó el yoga de «satánico» porque los que practicaban esta actividad eran arrastrados a practicar el hinduismo, o de «peligrosa» a la saga de *Harry Potter,* porque hacía que los niños creyesen ciegamente en el poder de la magia. Armoth aseguraba que Emanuela Orlandi había sido secuestrada por dos miembros de la Gendarmería vaticana para convertirla en esclava sexual de un círculo de pederastas formado por poderosos miembros del Vaticano, y que Emanuela Orlandi jamás salió de los muros vaticanos. El padre Armoth declaró al diario *La Stampa:*

> El crimen tuvo un objeto sexual. Se organizaban fiestas y uno de los gendarmes del Vaticano se encargaba de reclutar a las chicas. La red implicaba al personal diplomático de una embajada de la Santa Sede en el extranjero y estoy convencido de que Emanuela fue víctima de este círculo.

Sobre este asunto podríamos destacar la declaración de Ercole Orlandi, que dijo ante el juez instructor del caso que en la noche del 26 de junio de 1983 se presentaron en su domicilio en territorio vaticano dos agentes del SISDE (Servicio para la Información y la Seguridad Democrática), el Servicio Secreto civil italiano. Los agentes se identificaron como Mario Vulpiani y Giulio Gangi. «Me dijeron que eran del SISDE y que investigaban la trata de blancas», declaró Ercole Orlandi.

El 14 de mayo de 2012, la policía italiana decidió exhumar el cuerpo del jefe mafioso Enrico de Pedis, tras recibir una información que aseguraba que en el interior de la tumba, situada en la cripta bajo el altar, reposarían los huesos de Emanuela Orlandi en lugar de los de De Pedis. Lo único que encontraron los forenses policiales en el interior del ataúd fueron unos huesos del siglo XX, aunque se siguen estudiando para saber si son o no los de Emanuela.

También un polémico libro aparecido en 2012, escrito por la periodista Roberta Hidalgo, autora de las famosas fotografías de Juan Pablo II en la piscina de Castel Gandolfo, afirma que Emanuela Orlandi, que hoy tendría cuarenta y cuatro años, continúa residiendo bajo otra identidad junto a su tía, en el interior de los muros vaticanos, protegida por una gran red de secretismo tejida por la propia familia y los altos miembros de la curia romana[17].

Han pasado casi treinta años desde su desaparición, pero los avistamientos y conjeturas sobre su paradero y sobre quién pudo estar implicado en su secuestro siguen a día de hoy. El caso Orlandi continúa abierto...

---

[17] Roberta Hidalgo, *L'affaire Emanuela Orlandi,* Croce Libreria, Roma, 2012.

10
VATILEAKS, DOCUMENTOS PARA UN ESCÁNDALO

Los documentos que han sido filtrados a la prensa en el llamado caso *Vatileaks* han dejado al descubierto una serie de cuestiones que hasta el momento o no existían o, sencillamente, no se hablaba de ellas. Las complicadas relaciones entre Italia y la Santa Sede, las presiones desde Bruselas para que Italia cargue de más impuestos los bienes de la Iglesia, incidentes con la Policía vaticana, peticiones de grupos terroristas para que el Vaticano medie con un determinado Gobierno, intentos de manipulación de las finanzas vaticanas, luchas entre facciones cardenalicias, reproches al papa desde alguna orden religiosa, adolescentes desaparecidas a las que es mejor no nombrar, amenazas de represalias internacionales si no convierten el Banco Vaticano en una institución limpia y transparente, denuncias de altos miembros de la curia sobre casos de derroche, corrupción y mala gestión, auténticas «cuchilladas por la espalda» entre directivos de medios de comunicación católicos, incluso conspiraciones para matar al papa... Todos estos serían algunos de los polémicos casos a los que se hace referencia en los documentos del *Vatileaks*. Pero como dijo un experto vaticanista en cierta ocasión, estas páginas clasificadas como «secretas» o «reservadas» vienen a mostrar una vez más que, a pesar de que el papa reina con la ayuda de Dios y el Espíritu Santo, gobierna también sobre un país de hombres, muchos de ellos movidos por la ambición y el afán de poder.

VATICANO-ITALIA, UNA «FRATERNAL» Y COMPLICADA RELACIÓN

Aunque las relaciones entre la Santa Sede e Italia han sido siempre tensas, nunca se ha permitido que la cuerda diplomática se rompa. Han pasado ciento cuarenta y dos años desde que el 20 de septiembre de 1870 la Infantería italiana entró por la Puerta Pía, dando así por terminados los Estados Pontificios. Desde entonces, la Santa Sede ha venido presionando a Italia en diferentes materias, como quedó demostrado en el documento del 19 de enero de 2009, redactado por monseñor Dominique Mamberti, jefe de la diplomacia vaticana, en el que se indicaban al papa Benedicto XVI las recomendaciones que este debía dar al presidente italiano Giorgio Napolitano en la cena que ambos mandatarios tendrían en breve. El informe, de dos páginas, está dividido en cuatro puntos. El primero es una breve biografía del presidente de la República italiana; el segundo son «algunos temas de interés para la Santa Sede y la Iglesia en Italia»; el tercero, «algunos temas de política exterior», y el cuarto, asuntos que necesitan «alguna aclaración».

El punto segundo trata de forma concisa asuntos como la familia, los temas éticos, la paridad escolar, y la situación socio-económica en general. Mamberti recomienda al papa que el Vaticano debe evitar a toda costa la «igualdad» de matrimonios religiosos con cualquier otro tipo de unidades familiares, y se queja de las declaraciones, en esa dirección, realizadas por los ministros Renato Brunetta, de Administración Pública e Innovación, y Gianfranco Rotondi, de Actuación del Programa Electoral. El jefe de la diplomacia vaticana indica también a Benedicto XVI que deben mostrarse firmemente contrarios a cualquier tipo de eutanasia. Por último, la Santa Sede se muestra preocupada por el recorte de fondos desde el Estado italiano a colegios católicos concertados y sobre cómo afectará la crisis económica a los grupos inmigrantes.

2. Algunos asuntos de interés para la Santa Sede y para la Iglesia en Italia:

a) Familia: Hace falta proporcionar plena ejecución al *favor familiae* establecido por el art. 29 de la Constitución, también para contrastar el descenso cada vez más alarmante de la población. Para esto podrían resultar útiles: un sistema de tasación de las rentas de las familias que tenga en cuenta, además de la cantidad de ingresos, el número de miembros de las familias y, por tanto, los gastos para el mantenimiento de los familiares; proporcionar ayudas a la natalidad que no sean *una tantum;* adopción de medidas para incentivar la realización de servicios para la primera infancia.

Al mismo tiempo debemos evitar toda equivalencia, legislativa y administrativa, entre la familia fundada en el matrimonio y otros tipos de uniones. Lamentablemente, dos representantes del Gobierno (Brunetta y Rotondi) han hecho declaraciones en este sentido.

b) Temas éticos: En referencia a la hipótesis de una intervención legislativa en materia de tratamiento del final de vida y de declaración adelantada de tratamiento, sentimos primero la exigencia de reafirmar de manera clara el derecho a la vida, que es un derecho fundamental de cada ser humano, indisponible e inalienable. De ahí que se tenga que excluir cualquier forma de eutanasia activa o por omisión, directa o indirecta. Se tiene que evitar tanto el ensañamiento terapéutico como el abandono terapéutico.

c) Paridad escolástica: El problema sigue a la espera de una solución, con el riesgo de cierre de muchos colegios concertados, con pesadas cargas para el presupuesto del Estado. Hace falta encontrar un acuerdo sobre las modalidades de la intervención financiera, también con el fin de superar recientes intervenciones jurisprudenciales que ponen en duda la legitimidad de la situación actual.

e) Situación socio-económica general: Hay un sentido de incertidumbre, en la actualidad cargado por el contexto económico global. En su discurso de fin de año, Napolitano ha tratado el asunto de que Italia tiene y puede enfrentarse a la crisis. Quedan temores por la inmigración desde países en situación de pobreza; sobre la acogida de estos inmigrantes se fijó de manera especial el presidente Napolitano en su discurso con ocasión de la visita del Santo Padre al Quirinal.

En el punto tercero, Dominique Mamberti recomienda al papa que durante su encuentro con el mandatario italiano traten el conflicto en Oriente Medio y la situación, cada vez más conflictiva, del continente africano, destacando la situación de los religiosos en Kenia, donde permanecen secuestradas dos monjas y ha sido asesinado un misionero.

3. *Algunos asuntos de política exterior:*
Podemos individuar los siguientes temas:
a) La actual situación de la franja de Gaza con respecto a las actuales esperanzas abiertas por la tregua y las perspectivas de una solución definitiva. Todo esto tendrá peso en la decisión sobre el viaje del Santo Padre a Tierra Santa.

b) La atención al continente africano, adonde viajará el Santo Padre en el próximo marzo y que será el centro de una asamblea del sínodo de los obispos. Este tema puede interesar a Italia, que presidirá el G8 este mismo año. Recordamos que todavía siguen secuestradas dos monjas en Kenya, donde en los últimos días ha sido asesinado un misionero.

El punto cuarto lo constituyen solo dos aclaraciones que debe realizar el Sumo Pontífice al presidente de Italia respecto a un discurso que ha realizado el presidente de la Cámara de Diputados, Gianfranco Fini, sobre la posición de la Iglesia respecto a la leyes raciales impuestas durante la dictadura de Benito Mussolini. Mamberti le dice al papa que debe recordar al presidente Giorgio Napolitano las condenas claras realizadas en su momento por el papa Pío XI y por el entonces cardenal arzobispo de Milán, Ildefonso Schuster. En la sección b), monseñor Mamberti habla de una «polémica surgida en la prensa», refiriéndose probablemente al asunto del pago por parte de la Iglesia del ICI, Impuesto de Bienes Inmuebles en Italia, que aún sigue coleando en los medios de comunicación italianos.

[Página 1 de 2]

A Sua Santità

~~devotamente~~

+D. Mamberti

Incontro con il Presidente della Repubblica italiana
Giorgio Napolitano
(19 gennaio 2009)

1. Il Presidente Napolitano

Giorgio Napolitano è nato a Napoli il 29 giugno 1925. Nel 1947 si è laureato all'Università di Napoli in giurisprudenza con una tesi di economia politica sul mancato sviluppo del Mezzogiorno. Ha conosciuto Clio Maria Bittoni (nata nel 1935) all'Università di Napoli, dove anch'ella si laureò in giurisprudenza. Si sono sposati con rito civile nel 1959. I coniugi Napolitano hanno due figli, Giulio e Giovanni.

Il Presidente Napolitano si è iscritto nel 1945 al Partito Comunista Italiano (PCI), facendone parte fino alla sua trasformazione nel Partito dei Democratici della Sinistra (DS), al quale ha poi aderito. Dopo aver ricoperto incarichi a livello regionale, nel 1956 è diventato dirigente del PCI a livello nazionale.

È stato eletto alla Camera dei deputati per la prima volta nel 1953 e ne ha fatto parte – tranne che nella IV legislatura - fino al 1996. Il 3 giugno 1992 è stato eletto Presidente della stessa Camera dei deputati, restando in carica fino all'aprile del 1994. Dal 1989 al 1992 e nuovamente dal 1999 al 2004 è stato membro del Parlamento europeo. Nella XIII legislatura è stato Ministro dell'Interno e per il coordinamento della protezione civile nel Governo Prodi, dal maggio 1996 all'ottobre 1998. Il 23 settembre 2005 è stato nominato senatore a vita dal Presidente della Repubblica Carlo Azeglio Ciampi. Il 10 maggio 2006 è stato eletto Presidente della Repubblica ed ha prestato giuramento il 15 maggio 2006.

Ha compiuto una visita ufficiale in Vaticano il 20 novembre 2006. Il 24 aprile 2008 ha offerto a Sua Santità un concerto in onore del terzo anniversario di Pontificato. Il 4 ottobre 2008 Sua Santità si è recato in visita al Quirinale.

2. Alcuni temi di interesse per la Santa Sede e la Chiesa in Italia

a) <u>Famiglia</u>. Occorre dare piena attuazione al *favor familiae* sancito dall'art. 29 della Costituzione, anche per contrastare il sempre più ·preoccupante calo demografico. In quest'ottica, potrebbero risultare utili: un sistema di tassazione del reddito delle famiglie che tenga conto, accanto all'ammontare del reddito percepito, anche del numero dei componenti della famiglia e quindi delle spese per il mantenimento dei familiari; la previsione di aiuti a sostegno della natalità che non siano solo *una tantum*; l'adozione di misure volte a incentivare la realizzazione di servizi per la prima infanzia.

Allo stesso tempo si devono evitare equiparazioni legislative o amministrative fra le famiglie fondate sul matrimonio e altri tipi di unione. Due esponenti del Governo (Brunetta e Rotondi) hanno purtroppo fatto annunci in tal senso.

b) <u>Temi eticamente sensibili</u>. Riguardo all'ipotesi di un intervento legislativo in materia di cure di fine vita e di dichiarazioni anticipate di trattamento, si avverte anzitutto l'esigenza di una chiara riaffermazione del diritto alla vita, che è diritto fondamentale di ogni persona umana, indisponibile e inalienabile. Conseguentemente, si deve escludere qualsiasi

Filipazzi
19.1.2009

Documento «reservado» redactado por monseñor Dominique Mamberti, secretario para las Relaciones con los Estados de la Secretaría de Estado para Benedicto XVI, con recomendaciones de asuntos a tratar con el presidente Giorgio Napolitano. 19 de enero de 2009.

[Página 2 de 2]

forma di eutanasia, attiva e omissiva, diretta o indiretta, e ogni assolutizzazione del consenso. Occorre evitare sia l'accanimento-terapeutico sia l'abbandono terapeutico.

c) Parità scolastica. Il problema attende sempre una soluzione, pena la scomparsa di molte scuole paritarie, con aggravi sensibili per lo stesso bilancio dello Stato. Occorre trovare un accordo sulle modalità dell'intervento finanziario, anche al fine di superare recenti interventi giurisprudenziali che mettono in dubbio la legittimità dell'attuale situazione.

e) Situazione generale socio-economica. Essa registra un senso di insicurezza, attualmente aggravato del contesto economico globale. Nel suo discorso di fine d'anno il Presidente Napoletano ha ampiamente affrontato il tema di come l'Italia debba e possa affrontare l'attuale crisi. Permangono timori di fronte al fenomeno dell'immigrazione di persone provenienti da Paesi poveri; sul tema dell'accoglienza di questi immigrati si soffermò particolarmente il Presidente Napoletano nel suo discorso in occasione della visita del Santo Padre al Quirinale.

3. Alcuni temi di politica estera

Possono essere individuati nei seguenti:

a) l'attuale situazione nella Striscia di Gaza con le attuali speranze aperte dalla tregua e le prospettive di una soluzione definitiva. Tutto ciò avrà un peso nella decisione circa il pellegrinaggio apostolico del Santo Padre in Terra Santa;

b) l'attenzione al Continente africano, che verrà visitato dal Santo Padre nel marzo prossimo e che sarà al centro di un'assemblea del Sinodo dei Vescovi. Il tema può interessare l'Italia che assume quest'anno la presidenza del G8. Si ricorda che sono tuttora in mano ai loro sequestratori due suore italiane rapite in Kenya, dove nei giorni scorsi è stato assassinato un missionario.

4. Per alcuni chiarimenti

a) Chiesa cattolica e leggi razziali.

Il Presidente Napoletano aveva fatto conoscere il suo rammarico per la critica de "L'Osservatore Romano" al discorso del Presidente Fini circa le leggi razziali imposte dal fascismo, al quale non si sarebbe opposta neppure la Chiesa.

Il giudizio espresso dal Presidente Fini, oltre a non tenere conto della situazione di non libertà allora vigente, ha dimenticato le prese di posizioni di Pio XI contro tali provvedimenti, condannandoli sia in via di principio sia anche per il "vulnus" al Concordato del 1929. Non mancarono anche voci di autorevoli Pastori italiani, come il Card. Schuster di Milano, che riaffermarono la condanna dell'antisemitismo. E' spiaciuta questa "chiamata a correità" della Chiesa, fondata su giudizi storici non ben articolati.

b) Legge sulle fonti del diritto dello Stato della Città del Vaticano.

Si è creata una forte polemica mediatica attorno a tale norma, che sostituisce quella emanata nel 1929. La polemica, forse causata da qualche spiegazione infelice del provvedimento e dalla solita sommarietà dei mezzi di comunicazione nell'esporre le questioni, non ha ragioni di essere. Non è anzitutto toccato nessun patto fra la Santa Sede e l'Italia, trattandosi di un atto sovrano vaticano. Inoltre, né nel 1929 né ora vi è un recepimento automatico e e totale della legislazione italiana; oggi come nel 1929 la legislazione italiana costituisce una fonte di norme suppletive per l'ordinamento dello Stato della Città del Vaticano.

4. Para algunas aclaraciones:

a) Iglesia católica y leyes raciales: El presidente Napolitano había lamentado las críticas realizadas por *L'Osservatore Romano* al discurso del presidente Fini sobre las leyes raciales impuestas por el fascismo, al que la Iglesia tampoco se habría opuesto.

El juicio expreso por parte de Fini, además de no tener en cuenta la situación de falta de libertad vigente en aquel entonces, tampoco recuerda las posiciones adoptadas por Pío XI en contra de dichas leyes, que condenó por principio y también por el *vulnus* al Concordato de 1929. Ni faltaron las voces de acreditados pastores italianos, como la del cardenal Schuster de Milán, que recalcaron la condena del antisemitismo. Lamentamos esta acusación de complicidad de la Iglesia basada sobre juicios históricos mal estructurados.

b) Leyes sobre las fuentes del derecho del Estado de la Ciudad del Vaticano: Ha surgido una fuerte controversia mediática por esta norma, que sustituye a la norma promulgada en 1929. La controversia, quizá causada por unas explicaciones desafortunadas de la norma y por la superficialidad de costumbre de los medios de comunicación al exponer las temáticas, no tiene razón de ser. Ningún pacto entre la Iglesia y el Estado italiano ha sido cambiado, siendo un acto soberano del Vaticano. Además, ni hoy día ni en el 1929 hay una transposición automática y total de la legislación italiana; ahora, como en 1929, la ley italiana representa una fuente de normas supletorias para el ordenamiento del Estado del Vaticano.

«ALERTA, ROMA: NOS HAN DISPARADO»

En la noche del miércoles 9 de diciembre, dos vehículos con matrícula de la Santa Sede salieron por la puerta de Santa Ana y se dirigieron hacia la vía Aurelia Antica, situada más allá del Trastevere romano. El destino de los dos coches es el restaurante Da Arturo, famoso desde hace cuatro décadas por sus *linguine* con langosta. En los dos vehículos viajan varios miembros de la Gendarmería vaticana, el subjefe de esta, y dos miembros de la Interpol que se encontraban en el Vaticano de visita oficial. Son las nueve y cuarto de la noche cuando los dos coches aparcan frente al restaurante.

Una hora y media después, los comensales abandonan el local y se dirigen nuevamente hacia los vehículos, ambos con matrículas SCV (Stato Città del Vaticano). Uno de ellos ha sido tiroteado. El oficial al mando de la comitiva llama a Domenico Giani, inspector general de la Gendarmería, quien se presenta en el lugar de los hechos treinta minutos más tarde. Giani asumió el cargo de máximo responsable de la Policía vaticana el 3 de junio de 2006, al pasar a retiro el anterior inspector general, Camillo Cibin, tras treinta y cinco años de servicio al Sumo Pontífice.

Cuando Giani llega, ya se encuentran allí las dos patrullas de los Carabinieri que se harán cargo de la investigación, pues el hecho ha tenido lugar en suelo italiano. Giani, exmiembro de la Guardia di Finanza, convence al oficial de guardia para que aligeren las investigaciones con el fin de que el vehículo sea devuelto lo antes posible al Estado Vaticano. Al día siguiente, jueves 10 de diciembre de 2009, Domenico Giani escribe un informe de dos páginas, con calificación de «reservado», detallando los hechos. El informe va dirigido a monseñor Giovanni Becciu, sustituto de la Secretaría de Estado:

Ayer a las 22:45 h. aproximadamente, unos miembros del cuerpo de la Gendarmería, saliendo del restaurante Da Arturo, en la calle Aurelia Antica, 411 —tras una cena con algunos funcionarios de la Interpol que estuvieron en el Vaticano para una visita oficial—, notaban que el coche Volkswagen Passat con matrícula SCV00953, que habían utilizado en esos días para varios desplazamientos, había sido dañado por algunos disparos de arma de fuego.

De hecho, el coche tenía la ventanilla trasera rota por completo, y tres pequeñas abolladuras causadas por tres disparos a la derecha en posición vertical. En el suelo, cerca del coche, se encontraron cuatro casquillos de bala (calibre 22), pero ni rastro de las balas.

De acuerdo con Vuestra Excelencia, han sido enviados al lugar otros miembros del cuerpo de la Gendarmería y, al mismo tiempo, se solicitó la presencia de los Carabinieri del Núcleo Operativo para las pertinentes investigaciones.

Se especifica que el coche había sido aparcado frente al restaurante, cerca de la barandilla que delimita la zona Mediaset —el mismo espacio que suelen utilizar los clientes del restaurante—, pero no impedía el paso a los peatones, y justo enfrente del coche, a pocos metros, había sido aparcado otro coche de la Gendarmería, este también utilizado para la circunstancia, y que pasó totalmente inadvertido.

Algunas personas escucharon los disparos, pero nadie fue capaz de proporcionar elementos útiles a la investigación; solo un empleado del restaurante, sin especificar el horario, declara haber oído unos disparos y que no dio importancia al hecho porque pensaba que se trataba de fuegos artificiales.

Por la grabación de la cámara de vigilancia, instalada en la entrada del restaurante, no ha sido recogida ninguna evidencia, debido a que la cámara está dirigida hacia la pared del edificio de enfrente y no hacia la calle.

Inmediatamente después de los necesarios chequeos, el coche fue trasladado al cuartel Bravetta de los Carabinieri, no muy lejos, y a las 12:30 h. de hoy, después de más pruebas balísticas, no siendo objeto de decomiso, el coche ha sido devuelto a miembros de la Gendarmería.

La dinámica del hecho sugiere que el que ha cometido este acto de vandalismo pueda haber sido un desequilibrado que, ocasionalmente, encontrándose en calle Aurelia Antica y viendo un coche con matrícula del Vaticano, quiso hacer un gesto demostrativo e intimidatorio, motivado por rencillas personales.

Queda por confirmar que sea muy probable que haya sido un desequilibrado, el hecho de que, según los expertos balísticos, el autor del gesto ha arriesgado mucho por su seguridad disparando al coche desde tan cerca, a pesar del pequeño calibre de las balas.

Se adjunta la documentación fotográfica pertinente.

Menos de veinticuatro horas después, una patrulla de los Carabinieri entregaba el vehículo, con matrícula SCV00953, a un miembro de la Gendarmería vaticana. La investigación sobre la autoría de los disparos aún continúa abierta.

Mensaje claro: no a ETA

El lunes y martes 3 y 4 de enero de 2011, la Secretaría de Estado del Vaticano recibió un mensaje cifrado desde su nunciatura en Madrid en el que pedía instrucciones precisas con respecto a una solicitud procedente de la banda terrorista ETA para que la Santa Sede se convirtiese en intermediaria en una posible negociación con el Gobierno de España. En el texto, el nuncio monseñor Renzo Fratini afirmaba que ETA había pedido incluso que la sede apostólica en la calle Pío XII de Madrid se convirtiera en escenario de esta «posible» negociación. La respuesta tardó en llegar y monseñor Fratini envió un correo electrónico al cardenal Tarcisio Bertone, con copia al sustituto de la Secretaría y a monseñor Dominique Mamberti, secretario para las Relaciones con los Estados de la Secretaría de Estado de la Santa Sede.

Aunque el Vaticano no respondió en un primer momento, el sábado 8 de enero, cinco días después de recibirse el primer mensaje, la banda terrorista ETA declaraba un alto el fuego «permanente, general y verificable» mediante un comunicado que acababa diciendo lo siguiente: «ETA ha decidido declarar un alto el fuego permanente y de carácter general, que puede ser verificado por la comunidad internacional. Este es el compromiso firme de ETA con un proceso de solución definitivo y con el final de la confrontación armada».

En ese proceso, «que puede ser verificado por la comunidad internacional», el grupo terrorista vasco ha intentando involucrar a la Santa Sede. Roma decidió no aceptar tal mediación, y menos aún sin consultar antes con el Gobierno de José Luis Rodríguez Zapatero y con su vicepresidente y ministro del Interior, Alfredo Pérez Rubalcaba, pero también con monseñor José Ignacio Munilla, arzobispo de San Sebastián, y con Jaime Mayor Oreja, exministro del Interior y miembro del Parlamento europeo.

La respuesta de la Santa Sede, firmada por el propio cardenal Secretario de Estado Tarcisio Bertone, llegó a la nunciatura el lunes 10 de enero, mediante el mensaje cifrado número 204, dos días después del comunicado de ETA. El texto decía lo siguiente:

[Página 1 de 2]

RISERVATA

Città del Vaticano, 10 dicembre 2009

GOVERNATORATO

DIREZIONE DEI SERVIZI DI SICUREZZA
E PROTEZIONE CIVILE

CORPO DELLÁ GENDARMERÍA

Prot. n. 120 /Ris.

Appunto per l'Ecc.mo Mons. Sostituto della Segreteria di Stato

----

Verso le ore 22.45 di ieri personale di questo Corpo della Gendarmeria, uscendo dal ristorante *"Da Arturo"* in via Aurelia Antica n. 411 – al termine di una cena con alcuni funzionari dell'*Interpol* convenuti in Vaticano per una visita istituzionale – notava che l'autovettura *Volkswagen Passat* targata SCV 00953, che avevano utilizzato in questi giorni per i vari spostamenti, era stata danneggiata con alcuni colpi d'arma da fuoco.

La vettura presentava infatti il lunotto posteriore completamente sfondato, e tre piccole ammaccature provocate da altrettanti colpi di pistola sul montante destro. A terra, vicino alla macchina, sono stati rinvenuti i quattro bossoli (calibro 22) ma nessuna traccia delle pallottole.

D'intesa con l'Eccellenza Vostra Rev.ma, è stato inviato sul posto altro personale del Corpo e nel contempo è stata richiesta la presenza dei Carabinieri del Nucleo Operativo per le relative indagini.

Da precisare che la vettura era stata parcheggiata di fronte al ristorante, a ridosso dell'inferriata delimitante l'area *"Mediaset"* – spazio comunemente usato dai frequentatori del locale – ma non intralciava il transito dei pedoni, e proprio davanti all'autovettura, a pochi metri, era stata parcheggiata un'altra macchina della Gendarmeria, anche questa utilizzata per la circostanza, passata del tutto inosservata.

Sono state sentite alcune persone ma nessuno è stato in grado di fornire elementi utili alle indagini; solo un inserviente del ristorante, senza specificare l'orario, ha sentito alcuni spari, ma non ha dato peso al fatto pensando che fossero petardi.

Dall'analisi delle immagini registrate dalla telecamera installata all'ingresso del ristorante, non è stato raccolto alcun indizio, in quanto l'impianto è puntato sul muro perimetrale dell'edificio e non sulla strada.

RISERVATA

Informe redactado por el jefe de la Gendarmería vaticana, Dominico Giani, sobre el caso de los disparos realizados el 10 de diciembre de 2009 sobre un vehículo de la Santa Sede. 10 de diciembre de 2009.

En referencia al cifrado N. 263 del día 3 de enero de 2011, y al siguiente correo electrónico de ayer, día 4 de enero de 2011, sobre la posibilidad de un encuentro en esta representación pontificia con algunos exponentes de la organización terrorista armada ETA, con el fin de una declaración, por parte de ETA, de una tregua unilateral, permanente y verificable a nivel internacional.

Teniendo también en cuenta lo referido por Su Eminencia, monseñor José Ignacio Munilla, obispo de San Sebastian, concordamos con Vuestra Eminencia que es inoportuno aceptar dicho encuentro. Además, es útil tener en cuenta que el vicepresidente y ministro del Interior de este Gobierno, el honorable Rubalcaba, hace poco ha declarado que ETA no tiene que declarar ninguna tregua, sino disolverse.

También se ruega a Vuestra Eminencia que contacte con el honorable Jaime Mayor Oreja con el fin de conocer su opinión sobre la situación actual de ETA y sus verdaderos objetivos. La conversación con el parlamentario (Mayor Oreja) será útil, porque, en un futuro, esta Nunciatura Apostólica podría recibir propuestas similares a pesar del rechazo actual. Si esto pasara, rogamos a Vuestra Eminencia siga informando a esta Secretaría de Estado y, en cualquier caso, antes de tomar una decisión, debería recibir el plácet del Gobierno y de la oposición; además, sería necesario poner unas precondiciones a ETA para que entregue las armas y pida perdón por todos los crímines cometidos durante varias décadas de lucha terrorista armada.

Desde el día de la declaración de la tregua hasta hoy, ETA no ha vuelto a cometer ningún asesinato más. Hasta este momento, 864 personas, entre civiles, guardias civiles, policías nacionales, policías locales, *ertaintzas,* jueces, abogados y políticos, han sido asesinados por la banda terrorista.

LA ECONOMÍA MANDA, INCLUSO ANTE DIOS

En junio de 2011, el aún respetado presidente del Instituto para las Obras de Religión Ettore Gotti Tedeschi realizaba un breve resumen sobre diversos aspectos económicos que afectaban al mundo en general y a la Santa Sede en particular. El informe, de dos páginas, iba dirigido a monseñor Georg Gänswein, secretario privado de Benedicto XVI. El documento aparecía encabezado de este modo: «Breve nota sobre las cuestiones económicas de interés para la Santa Sede. Confidencial para Monseñor Georg Gänswein. De parte de Ettore Gotti Tedeschi». El brillante economista hacía un resumen claro, corto y conciso no solo sobre cómo la crisis económica está afectando al occidente cristiano, cada vez más pobre, y al oriente no cristiano, cada vez más rico, sino también sobre cómo esta situación «acabará afectando seriamente a los ingresos

[Página 1 de 1]

CIFRATO SPEDITO

Da:	Ufficio Cifra
A:	Madrid
Cifr. N.	204
Data Cifrazione:	10/01/2011

Faccio riferimento al Cifrato N. 263, del 3/01/2011, ed al successivo e-mail di ieri, 4 gennaio 2011, circa la possibilità di un incontro nella sede di codesta Rappresentanza Pontificia con qualche esponente dell'organizzazione terroristica armata ETA, al fine di una dichiarazione, da parte di questa, di una tregua unilaterale, permanente e verificabile internazionalmente.

Considerando anche quanto riferisce S.E. Mons. Mons. José Ignacio Munilla, Vescovo di San Sebastián, si concorda con VE circa l'inopportunità di accettare detto incontro. E altresì utile tener presente che il Vice-Presidente e Ministro dell'Interno di codesto Governo, On. Rubalcaba, ha affermato di recente che la suddetta organizzazione non deve dichiarare nessuna tregua, ma solo sciogliersi.

Inoltre, VE è pregata di prendere contatto con l'On. Jaime Mayor Oreja, al fine di sentire il suo parere sulla situazione attuale dell'ETA e sui suoi veri obiettivi. La conversazione con il Parlamentare sarà utile perché, in futuro, codesta Nunziatura Apostolica potrebbe ricevere proposte analoghe a quella in parola, nonostante il presente diniego. Se ciò dovesse avvenire, VE è pregata di continuare a riferire a questa Segreteria di Stato e, in ogni caso, prima di prendere qualsiasi decisione, dovrebbe ottenere il benestare del Governo e dell'opposizione; per giunta bisognerebbe porre alla menzionata organizzazione, come pre-condizioni, la deposizione delle armi e la richiesta di perdono per tutti i crimini commessi durante vari decenni di lotta terroristica armata.

Bertone

Tarcisio Bertone, secretario de Estado, escribe a la nunciatura de Madrid sobre la posición de la Santa Sede con respecto a ETA. 10 de enero de 2011.

de la Santa Sede», puesto que «el laicismo podría "aprovecharse" para crear una segunda "cuestión romana" de agresión a los bienes de la Iglesia (por medio de impuestos, cese de privilegios, más controles)».

Premisas:

La actual crisis económica (que no solo no ha terminado, sino que acaba de empezar) y las consecuencias del proceso de desequilibrada globalización que ha forzado la deslocalización acelerada de muchas actividades productivas, han transformado el mundo en dos áreas económicas:

— Países occidentales (Estados Unidos y Europa), consumidores y cada vez menos productores.

— Países orientales (Asia y India), productores y, todavía, consumidores sin equilibrio.

Por consiguiente, este proceso ha creado un conflicto entre las tres funciones económicas del hombre occidental: la de trabajador y productor de ingresos, consumidor de productos más convenientes para él, y la de ahorrador e inversor donde tiene mayores perspectivas de ganancia.

La paradoja es que el hombre occidental sigue produciendo los ingresos, trabajando en las empresas nacionales, pero cada vez menos competitivas, por tanto a riesgo de inestabilidad. Compra los productos más competitivos, producidos en otras naciones. Invierte en empresas extranjeras, en los países donde la economía crece, ya que produce. En la práctica fortalece las empresas que crean puestos de trabajo en otros lugares y que incluso compiten con aquella en la que trabajan. Hasta que dicho hombre se queda sin trabajo, no deja de consumir ni tampoco de ahorrar.

Este conflicto, no manejado, está causando una crisis estructural en la economía del mundo occidental, antes rico. Pero es que este mundo occidental también es el que tiene raíces cristianas (Estados Unidos y Europa), está evangelizado y hasta ahora ha apoyado a la Iglesia con sus recursos económicos. En la práctica, debido a la deslocalización, la riqueza se está transfiriendo desde el occidente cristiano hacia el oriente no cristianizado.

Específicamente, en occidente esto comporta:

1. Un menor crecimiento económico (incluso negativo), menores ingresos, menores ahorros, menor rentabilidad de las inversiones locales, mayor coste para sostener el envejecimiento de la población.

2. Un mayor papel del Estado en la economía, mayores gastos públicos. Necesidad de aumentar los impuestos, menores privilegios y exenciones de impuestos, más riesgos.

La consecuencia final es que los recursos que tradicionalmente han contribuido a las necesidades de la Iglesia (donaciones, rentas) podrían disminuir mientras que podrían aumentar las necesidades para la evangelización. Y además, el laicismo podría «aprovecharse» para crear una segunda «cuestión romana» de agresión a los bienes de la Iglesia (por medio de impuestos, cese de privilegios, más controles).

Consideraciones máximas:

Creo que es hora de prestar más atención al problema económico como un todo y tratarlo en su realidad (como estoy haciendo con el secretario de Estado), definiendo una verdadera reacción estratégica y creando un Órgano Central dedicado a asuntos económicos (Ministerio de Economía), centrado en valorizar las actividades económicas disponibles, en desarrollar nuevas actividades y en racionalizar costes y rentas. Todo esto, tanto en los entes centrales de la Santa Sede como en las Instituciones (entes y congregaciones) destinadas a actividades económicas y en las Nunciaturas y en las Diócesis. Obviamente, con diferentes criterios:

— Desde el ámbito de los Organismos Centrales de la Santa Sede, se deben definir los objetivos y las estrategias para valorizar los recursos para los entes más grandes (el IOR, APSA, Propaganda Fide, Gobernación). En la práctica, con el fin de establecer y valorizar los bienes, aumentar los ingresos, reducir costes y minimizar los riesgos.

— Desde el ámbito de Entes y Congregaciones, hay que proporcionar orientaciones y apoyos para defender sus propias actividades económicas y proteger los patrimonios (por ejemplo, también a través de la creación de correspondientes fondos inmobiliarios).

— Desde el ámbito de las Nunciaturas y las Diócesis, solo hay que proponer actividades de formación, asistencia y asesoramiento.

Es deseable que esta «emergencia» sea sensibilizada en varios niveles. Por este motivo, podría ser adecuado pensar en la creación de una comisión (en el *staff* del secretario de Estado) que reúna a los más altos funcionarios de los Organismos Centrales de la Santa Sede, y a representantes de los otros organismos (Entes, Congregaciones, Nunciaturas, Diócesis), con el fin de establecer las acciones necesarias.

Síntesis resumida:

Como resultado de la globalización y la crisis económica, el mundo que todavía debe ser cristianizado es el que se está enriqueciendo, mientras que el mundo ya cristianizado, el que era rico, se está empobreciendo, con consecuencias también para los recursos económicos de la Iglesia.

La «cuestión romana» del siglo XXI no consistirá en la expropiación de los bienes de la Iglesia, sino en la perdida de valor de los mismos bienes, en la menor contribución del mundo cristiano para el empobrecimiento del mundo cristiano, en poner fin a los privilegios y en el establecimiento de mayores impuestos sobre los bienes de la Iglesia.

El problema del hombre de los países antes ricos puede devenir más grave que el de los países pobres, porque se ha roto el equilibrio en sus tres dimensiones económicas (productor, consumidor, ahorrador-inversor).

El presidente del IOR tenía toda la razón al afirmar que la crisis iba a acarrear más presiones a la Santa Sede respecto a la imposición de mayores impuestos a los bienes de la Iglesia. Sus sospechas vendrían a confirmarse solo unos meses más tarde.

Nota sintetica su temi economici interessanti la Santa Sede
Rieservata per Mons. Georg Ganswein
Da parte di Ettore Gotti Tedeschi   Giugno 2011

Premessa

La crisi economica in corso (non solo non ancora conclusa , bensì ancora all'inzio)e le conseguenze dello squilibrato processo di globalizzazione che ha forzato la delocalizzazione accelerata di molte attività produttive , ha trasformato il mondo in due aree economiche :
- Paesi occidentali (Usa ed Europa) consumatori e sempre meno produttori
- Paesi orientali (Asia e India) produttori e non ancora equilibratamente consumatori

Questo processo ha conseguentemente creato un conflitto fra le tre funzioni economiche dell'uomo occidentale : quella di lavoratore e produttore di reddito,quella di consumatore di beni per lui più convenienti, quella di risparmiatore e investitore dove ha maggiori prospettive di guadagno .
Il paradosso che si evince è che l'uomo occidentale produce ancora reddito lavorando in imprese domestiche, ma sempre meno competitive e perciò a rischio di instabilità. Compra i beni più competitivi ,prodotti altrove. Investe in imprese non domestiche, in paesi dove l'economia cresce perchè si produce.In pratica rafforza imprese che creano occupazione altrove e persino competono con quella dove lui lavora. Finchè detto uomo resta senza lavoro, non può consumare più e tantomeno risparmiare.

Questo conflitto , non gestito, sta provocando una crisi strutturale nell'economia del mondo occidentale ex ricco . Ma questo mondo occidentale è anche quello le cui radici sono cristiane (Europa e Usa) , che è evangelizzato e ha finora sostenuto la Chiesa con le sue risorse economiche . In pratica ;grazie al processo di delocalizzazione , la ricchezza si sta trasferendo dall'occidente cristiano all'oriente da cristianizzare.

In specifico ,in occidente, ciò comporta :
- minor sviluppo economico (o persino negativo) minori redditi, minori risparmi , minori rendimenti dagli investimenti locali, maggiori costi per sostenere l'invecchiamento della popolazione, ecc.
- Maggior conseguente ruolo dello stato in economia, maggiore spesa pubblica e maggiori costi . Esigenza di maggiori tasse, minori privilegi ed esenzioni fiscali, maggiori rischi.

Conseguenza conclusiva è che le risorse che tradizionalmente hanno contribuito alle necessità della Chiesa (donazioni , rendite, ...)potranno diminuire , mentre dovrebbero crescere i fabbisogni necessari per l'evangelizzazione . In più il "laicismo" potrebbe profittarne per creare una seconda "questione romana" di aggressione ai beni della Chiesa (attraverso tasse, cessazione privilegi, esasperazione controlli, ecc.) .

Considerazioni di massima.

Ritengo sia il momento di prestare la massima attenzione al problema economico nel suo insieme e di affrontarlo nella sua realtà (come sto facendo con SER il Segretario di Stato). Ciò definendo una vera e propria "reazione strategica" e costituendo un Organo centrale specificamente dedicato al tema economico (una specie di Ministero dell'economia) orientato a valorizzare le attività economiche già disponibili , a svilupparne di nuove e a razionalizzare costi e ricavi. Tutto ciò sia presso gli Enti centrali della Santa Sede, che presso le Istituzioni (

Nota de Ettore Gotti Tedeschi, presidente del IOR, a Georg Gänswein, secretario del papa, sobre importantes temas financieros. Junio de 2011.

EL IBI O LA VIDA

El 30 de septiembre de 2011, justo tres meses después del informe dirigido a monseñor Gänswein, el todavía presidente del IOR Gotti Tedeschi redactó otro informe «reservado y confidencial», dirigido esta vez al secretario de Estado cardenal Tarcisio Bertone. En el documento, de una sola página, el «banquero de Dios» destaca claramente las presiones que están ejerciendo la Unión Europea y su comisario, el socialista Joaquín Almunia, al Gobierno de Italia a la hora de exigir que cobre a la Iglesia el ICI, el impuesto de bienes inmuebles italiano, de todas aquellas propiedades que están destinadas a fines «comerciales», como colegios u hostales.

Con motivo de la denuncia del mundo radical (2005), la Comunidad Europea ha decidido negar la exención del ICI para los bienes inmuebles de la Iglesia que no estén destinados a finalidades religiosas, o sea, los inmuebles «comerciales», como colegios, hostales, etcétera (excepto los que están protegidos por los Pactos Lateranenses).

En el 2010, la CE pone en marcha un procedimiento contra el Estado italiano por «ayudas de Estado» inaceptables a la Iglesia católica.

A día de hoy, este procedimiento evidencia la posibilidad de una condena a Italia y la imposición de recuperar los impuestos impagados desde 2005. Estos impuestos debería pagarlos Italia, lo que supone que se exigirá a la CEI (Conferencia Episcopal Italiana), aunque no queda claro a quién en lo que respecta a Entes y Congregaciones.

Puesto que la Comisión Europea no parece estar dispuesta a cambiar su posición, hay tres opciones:

— Abolir las facilitaciones del ICI (Giulio Tremonti, ministro de Economía y Finanzas, no lo hará nunca).

— Defender la normativa pasada y averiguar solo la entidad de las verdaderas actividades comerciales y calcular el importe dado de la «ayuda de Estado» (no es sostenible).

— Modificar la antigua norma, que niega la Comisión Europea (art.7, apartado bis DIL 203, 2005, que se aplicaba a las actividades de naturaleza exclusivamente comercial). Este cambio debe producir una nueva norma que defina una CATEGORÍA para los edificios religiosos y un CRITERIO de clasificación y definición de la naturaleza comercial (según superficie, tiempo de utilización y renta). Así se pagaría el ICI, por encima de un determinado nivel de superficie, tiempo de utilización y renta. O sea, según parámetros aceptados que indicarían si un edificio religioso es más o menos comercial.

— En este punto, la Conferencia Episcopal Italiana (¿y quién más?) acepta el nuevo procedimiento. Y con la aceptación del procedimiento, actúa de manera que decaigan las solicitudes anteriores (del 2005 al 2011). La Comunidad Europea (Joaquín Almunia) tiene que aceptarlo.

El tiempo a disposición para acordarlo es muy limitado. El responsable de la CEI que de momento se ha ocupado del procedimiento es monseñor RIVELLA. Nos viene a sugerir que se acometa y acelere en una mesa de discusión concluyente después de haber averiguado la voluntad de la Santa Sede. El interlocutor en el Ministerio es Enrico Martino (sobrino del cardenal Martino). Yo puedo sugerir cómo relacionarse con el comisario Almunia para que nos dé más tiempo (hasta finales de noviembre) y no acelere la conclusión del procedimiento.

Ettore Gotti Tedeschi se muestra partidario de una negociación a tres bandas: de la Santa Sede (monseñor Rivella) y el Gobierno italiano (Enrico Martino, del Ministerio del Tesoro), y de la Santa Sede (el propio Gotti Tedeschi) con Bruselas (el comisario Joaquín Almunia). La estrategia del «banquero de Dios» era la de aceptar el pago del Impuesto de Bienes Inmuebles de aquellas propiedades de la Iglesia que tengan un carácter claramente comercial, pero, eso sí, «desde 2011» y no con carácter retroactivo desde 2005 a 2011.

Al parecer, el Gobierno de Silvio Berlusconi, ya en sus últimos coletazos, había decidido elegir a Enrico Martino para que las negociaciones entre Roma y San Pedro discurrieran de forma suave y fueran lo menos traumáticas posible para la Santa Sede. Martino es sobrino del cardenal Renato Martino, antiguo nuncio apostólico en países asiáticos, expresidente de diferentes Pontificias Comisiones y actualmente retirado.

La cuestión del pago del Impuesto de Bienes Inmuebles por parte de la Iglesia católica es, además, un importante punto de discrepancia en otros países tradicionalmente católicos y miembros de la Unión Europea, como Portugal o España. La polémica, de hecho, continúa abierta a día de hoy.

«UNA AUDIENCIA, MONSEÑOR»

El miércoles 19 de octubre de 2011, el inspector general de la Gendarmería vaticana envió una nota a monseñor Georg Gänswein en la que pedía audiencias para seis personas: un miembro de la curia, un miembro de los Carabinieri y cuatro representantes de diferentes firmas automovilísticas.

El primero, el prefecto Salvatore Festa, es el encargado, como enlace, de coordinar las acciones entre la Policía italiana destacada en el Vaticano y las autoridades de la Santa Sede. Festa debía hablar con el secretario Gänswein sobre la forma en que se debía escoltar al papa Benedicto XVI en el interior de los muros vaticanos cuando este se encontraba en eventos públicos, sobre todo tras el incidente ocurrido en enero de 2010, cuando la joven suiza Susana Maiolo se abalanzó sobre el Sumo Pontífice. Salvatore Festa indicó lo siguiente en una entrevista concedida a *L'Osservatore Romano*:

[Página 1 de 1]

RISERVATO E CONFIDENZIALE

SINTESI DEL PROBLEMA ICI (Memoria per SER il Card.Tarcisio Bertone , suggeritami riservatamente dal Ministro del Tesoro)

Su denuncia del mondo radicale (2005)la Comunità Europea viene spinta a contestare l'esenzione ICI sugli immobili della Chiesa non utilizzati per fini religiosi ,pertanto quelli "commerciali" , cioè scuole, collegi, ospedali, ecc.(esclusi quelli che ricadono sotto il Trattato dei patti Lateranensi) .

Nel 2010 la CE avvia una procedura contro lo stato italiano per "aiuti di stato"non accettabili alla Chiesa Cattolica.

Detta procedura evidenzia oggi una posizione di rischio di condanna per l'Italia e una conseguente imposizione di recupero delle imposte non pagate dal 2005. Dette imposte deve pagarle lo stato italiano che si rifarà sulla Cei (si suppone), ma non è chiaro con chi per Enti e Congregazioni .

Poichè la Commissione Europea non sembra disponibile a cambiare posizione , ci sono tre strade percorribili :
-   abolire le agevolazioni ICI (Tremonti non lo farà mai)
-   difendere la normativa passata limitandosi a fare veriche sulle reali attività commerciali e calcolare il valore "dell'aiuto di stato" dato. (non è sostenibile)
-   modificare la vecchia norma che viene contestata dalla CE (art.7 comma bis DL 203 , 2005, che si applicava ad attività che avessero "esclusivamente" natura commerciale).Detta modifica deve produrre una nuova norma che definisca una CATEGORIA   per gli edifici religiosi e crei un CRITERIO   di classificazione e definizione della natura commerciale (secondo superficie , tempo utilizzo e ricavo). Si paga pertanto ICI al di sopra di un determinato livello di superficie usata, di tempi di utilizzo, di ricavo. In funzione cioè di parametri accettati che dichiarano che un edificio religioso è commerciale o no.
-   A questo punto la Cei (e chi altri?) accetta la nuova procedura .Detta accettazione fa decadere le richieste pregresse (dal 2005 al 2011) e la Comunità Europea (Almunia) deve accettarle .

Il tempo disponibile per interloquire è molto limitato . Il responsabile Cei che finora si è occupato della procedura è mons. RIVELLA . <u>Ci viene suggerito di incoraggiarlo ad accelerare un tavolo di discussione conclusiva dopo aver chiarito la volontà dei vertici della santa Sede.</u> L'interlocutore all'interno del Ministero Finanze è Enrico Martino (nipote del card. Martino)
Io posso suggerire come interloquire con il Commissario Almunia affinchè ci possa lasciare un pò di tempo (fino a fine novembre)e non acceleri la conclusione della procedura

(Ettore Gotti Tedeschi – 30settembre 2011)

Informe del presidente del IOR, Ettore Gotti Tedeschi, al cardenal Bertone sobre la intención de la Comunidad Europea de ir contra la exención del IBI sobre los bienes inmuebles de la Iglesia. 30 de septiembre de 2011.

Lo primero que enseñamos a nuestros hombres tiene que ver con la forma en que se garantiza la seguridad del papa sin impedir que cumpla su misión entre la gente. No se puede impedir al Pontífice acercarse a las barandillas para saludar o bendecir a quien lo busca, a quien lo llama. Por este motivo, los agentes del cerco estrecho en torno a él tienen competencias particulares, adquiridas gracias a una formación específica[1].

El segundo de la lista es el general de los Carabinieri Corrado Borruso, quien tan solo desea presentar sus respetos al secretario papal. Los cuatro restantes son representantes de casas automovilísticas que desean hablar con monseñor Gänswein por diferentes motivos, desde donaciones de vehículos hasta mejoras en el «papamóvil».

Me permito molestarle para pedirle que evalúe la posibilidad de que las personalidades detalladas a continuación, que en los últimos tiempos se han dirigido a mí, sean recibidas por Vuestra Señoría Ilustrísima y Reverendísima, según las modalidades y tiempos que considerara más adecuadas, para hablar de los asuntos que voy a detallar a continuación:

Prefecto Salvatore Festa: pide audiencia por asuntos de carácter personal y por nuevos cargos vinculados a su oficina.

General Corrado Borruso: exvicecomandante del Arma de Carabinieri y actualmente consejero del Tribunal de Cuentas. Pide audiencia para darle las gracias al término de su servicio como Oficial Superior del Arma de Carabinieri.

Casa automovilística Renault: pide audiencia, posiblemente el día 7 u 8 del próximo noviembre, para definir ciertos aspectos vinculados a la donación al Santo Padre de un vehículo eléctrico, dotado de avanzados sistemas tecnológicos, para utilizarse en la residencia de verano de Castel Gandolfo.

Dr. Andreas Kleinkauf y Dr. Rubenbauer - Casa automovilística Mercedes: piden audiencia, posiblemente en los días entre el 24 y el 26 del próximo octubre, para definir unos aspectos relativos a las mejorías técnicas que hacer en el «papamóvil». Este encuentro tiene carácter de urgencia.

Dr. Giuseppe Tartaglione - Casa automovilística Volkswagen: pide audiencia para definir unos aspectos vinculados a la donación al Santo Padre de un nuevo coche PHAETON, fabricado según las necesidades del Santo Padre.

De mi parte le comunico que el día 24 de octubre, supuestamente hasta las 17:00 h., estaré en Perugia para el sucesivo encuentro con el Santo Padre.

Desde el 29 de octubre hasta el 3 de noviembre, estaré en Hanoi (Vietnam) para la Asamblea General anual de la Interpol.

---

[1] Entrevista con el prefecto Salvatore Festa, *L'Osservatore Romano*, 7 de enero de 2010.

[Página 1 de 1]

Vaticano, 19 ottobre 2011

GOVERNATORATO

DIREZIONE DEI SERVIZI DI SICUREZZA
E PROTEZIONE CIVILE
—
CORPO DELLA GENDARMERIA

Reverendissimo Monsignore,

vengo a disturbarLa, per chiederLe di valutare la possibilità che le sottoelencate personalità, che negli ultimi tempi si sono rivolte allo scrivente, possano essere ricevute dalla Signoria Vostra Illustrissima e Reverendissima, nelle modalità e nei tempi che riterrà più opportuni, in merito agli argomenti che vengo succintamente ad elencare:

- **Prefetto Salvatore Festa**: vorrebbe conferire per argomentazioni di carattere personale e per nuovi incarichi legati al suo Ufficio.

- **Gen. C. A. Corrado Borruso**: già Vice Comandante Generale dell'Arma dei Carabinieri e attualmente Consigliere della Corte dei Conti, vorrebbe incontrarLa per ringraziarLa al termine del servizio prestato come Ufficiale Superiore dell'Arma.

- **Casa automobilistica Renault**: vorrebbe incontrarLa, possibilmente nei giorni 7 oppure 8 novembre p.v., per definire alcuni aspetti legati alla donazione di un veicolo elettrico con avanzati sistemi tecnologici da donare al Santo Padre e da utilizzarsi nella residenza estiva di Castel Gandolfo.

- **Dr. Andreas Kleinkauf e Dr. Rubenbauer - Casa automobilistica Mercedes**: vorrebbero incontrarLa, possibilmente nei giorni dal 24 al 26 ottobre p.v., per definire alcuni aspetti legati alle migliorie tecniche da apportare alla nuova papamobile. Trattasi di un incontro urgente.

- **Dr. Giuseppe Tartaglione - Casa automobilistica Volkswagen**: vorrebbe incontrarLa per definire alcuni aspetti legati alla donazione di una nuova autovettura PHAETON elaborata secondo le necessità del Santo Padre.

Da parte mia Le comunico che il giorno 24 ottobre, presumibilmente fino alle 17.00 circa, sarò a Perugia per il successivo incontro del Santo Padre.

Dal 29 ottobre al 3 novembre, sarò invece ad Hanoi (Vietnam) per l' annuale Assemblea Generale di Interpol.

Profitto della circostanza per inviarLe i sentimenti del più devoto, grato ed affettuoso ossequio,

IL DIRETTORE

_____

Rev.mo Mons. **Georg Gänswein**
Segretario Particolare di Sua Santità
Appartamento Privato

Domenico Gianni, jefe de la Gendarmería vaticana, pide audiencia al secretario del papa, monseñor Georg Gänswein, para una serie de personalidades y asuntos de los que debe informarle. 19 de octubre de 2011.

Al final del documento, el inspector general Domenico Giani informa a Gänswein de que asistirá como representante de la Policía vaticana a la 80.ª Asamblea General de la Interpol, que se celebraría en la capital vietnamita doce días después. Los Cuerpos y Fuerzas de Seguridad vaticanas forman parte de la Interpol desde el 7 de octubre de 2008.

LA CARIDAD EMPIEZA EN CASA

Un sabio chino dijo en cierta ocasión: «Antes de intentar cambiar el mundo, da tres vueltas por tu propia casa». Es probable que el papa Benedicto XVI haya asumido esta frase como norma de actuación a través de la Fundación Ratzinger.

El Sumo Pontífice opera siempre desde una cuenta en el Instituto para las Obras de Religión, la número 39887, abierta el 10 de octubre de 2007 y desde la que lleva a cabo iniciativas humanitarias de diferente tipo. Bajo este número de cinco cifras se esconde la Fundación Vaticana Joseph Ratzinger-Benedicto XVI. La primera suma que llegó a esta cuenta en forma de transferencia, por 2,4 millones de euros, tiene fecha del 9 de marzo de 2010, procedente de otra cuenta corriente de la misma Fundación, pero esta vez abierta, en octubre de 2008, en el hermético banco Hauck & Aufhäuser, con sede en Luxemburgo, Suiza y Alemania. La cuenta de la Fundación Ratzinger se abrió en la ciudad de Munich.

El segundo ingreso en la cuenta del papa en el IOR fue de 290 000 euros, en su mayor parte para cubrir los gastos de antiguos estudiantes del cardenal Ratzinger que se ocupan de difundir el pensamiento de Benedicto XVI (los gastos de estos antiguos alumnos se realizan a través de una bolsa de estudios). Estos fondos procedían de la cuenta de la Fundación en Munich. Los fondos depositados en el IOR, procedentes en su mayor parte de los derechos de autor de los libros escritos por el papa y de los derechos de imagen de la cara del Sumo Pontífice en las monedas y sellos del Estado Vaticano, se utilizan solo para organizar convenciones, conferencias y congresos internacionales que promuevan el estudio de la teología.

La Fundación Vaticana Joseph Ratzinger-Benedicto XVI está dirigida por un comité formado por los cardenales Tarcisio Bertone, Camillo Ruini y Angelo Amato y por un Consejo de Administración dirigido por monseñor Giuseppe Scotti, presidente de la Librería Editora Vaticana[2]. El único laico que se sienta en el Consejo de Administración de la Fundación, como vicepresidente, es el poderoso Paolo Cipriani, figura clave en las finanzas vaticanas desde que asumió el cargo, en octubre de 2007, de director general del IOR. Católico, romano, padre de dos

---

[2] Gianluigi Nuzzi, *Sua Santitá. Le Carte segrete di Benedetto XVI*, Chiarelettere, Milán, 2012.

[Página 1 de 1]

SEGRETERIA PARTICOLARE
DI SUA SANTITÀ
———

9 dicembre 2011

Egregio Signore
Dott. Paolo Cipriani
Direttore Generale dell'Istituto
per le Opere di Religione
Città del Vaticano

Caro Direttore,

La prego di trasferire la somma di **EURO 25.000,-**
(venticinquemila) dal conto della "Fondazione Joseph Ratzinger –
Benedetto XVI" al seguente indirizzo: "Joseph Ratzinger Papst
Benedikt XVI.-Stiftung", München; Hauck & Aufhäuser:
IBAN: DE75502209000007382005;
BIC: HAUKDEFF
        Scopo: a) Borse di studio per 2 studentesse africane (20.000,-
Euro) e b) aiuto per una Sig.ra dall'Iran (5.000,- Euro).

Ringraziando per la Sua cortese disponibilità, La saluto cordialmente

Mons. Georg Gänswein
Segretario particolare di Sua Santità Benedetto XVI

Orden de monseñor Gänswein al director general del IOR, Paolo Cipriani, para
transferir fondos de la cuenta de la Fundación Ratzinger en el IOR a una cuenta de la misma Fundación en un banco de Munich. 9 de diciembre de 2011.

niños y absolutamente fiel a Bertone y a Benedicto XVI, es el hombre clave y quien recibe los fondos de la Fundación Ratzinger en Munich a través del secretario Gänswein, y quien, tras depositar el dinero en la cuenta de la Fundación en el IOR, lo entrega a los receptores de los fondos.

Un ejemplo de este tipo de operaciones lo encontramos en el documento en el que monseñor Georg Gänswein pide a Cipriani que transfiera la cantidad de 25000 euros desde la cuenta de la Fundación en el Banco Vaticano a la cuenta de la misma Fundación, exactamente la Joseph Ratzinger Papst Benedikt XVI-Stiftung, en la Banca Hauck & Aufhäuser, de Munich. En el mismo documento se indica que los 25000 euros sean destinados «a) como bolsa de estudios para dos estudiantes africanos (20000 euros) y b) como ayuda a una señora de Irán (5000 euros)».

En 2012 Paolo Cipriani muestra a monseñor Georg Gänswein un avance de gastos para ese año. Entre «ingresos típicos», Cipriani calcula la cantidad de 1,5 millones de euros.

> Coste del premio 2011 de la Fondazione Vaticana Joseph Ratzinger-Benedetto XVI: 270000 euros.
> Costes del convenio Bydgoszczy de Polonia: 100000 euros.
> Coste de mantenimiento de la Fondazione Joseph Ratzinger Papst Benedikt XVI Stiftung: 30000 euros.
> Costes operativos: 170000 euros.
> Amortización: 5000 euros.
> Gastos procedentes de la gestión financiera: 108000 euros.

Según Paolo Cipriani, el papa Benedicto XVI moverá en 2012 la cantidad de 1033000 euros.

Aunque, como hemos dicho, la Fundación es controlada directamente por Benedicto XVI a través de su secretario privado monseñor Georg Gänswein, sin que nadie en el Vaticano pueda interferir en modo alguno, lo cierto es que el premio anual concedido por la Fundación ha generado en más de una ocasión serias discusiones entre las congregaciones, en especial con la encargada de salvaguardar la Doctrina de la Fe. En 2011 la Fundación entregó un premio de 50000 euros al profesor, filósofo y experto en cristianismo Manlio Simonetti por un polémico ensayo, publicado en 2010, en el que trataba el estudio de la composición de los Evangelios y el desarrollo teológico de los primeros siglos. El texto, que incluso chocaba con el libro del papa *Jesús de Nazaret*[3], provocó una encendida reacción por parte del prefecto de la Congregación de la Doctrina de la Fe, el conservador estadounidense cardenal William Levada. El cardenal Angelo Amato, prefecto de la Congregación para la Causa de los Santos, llegó a declarar al respecto: «Con este libro, Simonetti se

---

[3] Benedicto XVI, *Jesús de Nazaret*, Ignatius Press, Nueva York, 2008.

FONDAZIONE VATICANA
"JOSEPH RATZINGER – BENEDETTO XVI"

CONTO ECONOMICO	2012	30/11/11	31/12/10
Ricavi e proventi tipici	€ 1.500.000	€ 1.267.463	€ 85.893
Costi - Premio 2011 Fondazione Vaticana Joseph Ratzinger Benedetto XVI	€ (270.000)	€ (239.304)	€ -
Costi - Convegno Bydgoszczy Polonia	€ (100.000)	€ (90.428)	€ -
Costi - Sovvenzione Fondazione Joseph Ratzinger Papst Benedikt Stiftung	€ (30.000)	€ -	€ (290.009)
Costi operativi	€ (170.000)	€ (152.454)	€ -
Ammortamenti	€ (5.000)	€ (1.708)	€ -
Saldo gestione ordinaria	€ 925.000	€ 783.569	€ (204.116)
Proventi netti gestione finanziaria	€ 108.000	€ 100.883	€ 240.475
AVANZO DI ESERCIZIO	€ 1.033.000	€ 884.452	€ 36.359

* NOTA: la situazione al 31.12.10 non è riferita al solo 2010, bensì a tutta l'attività della fondazione a far data dall'apertura del conto 39887 avvenuta il 10.10.2007

Avance de gastos para el año 2012 de la Fundación Vaticana Joseph Ratzinger-Benedicto XVI.

ha metido en un campo que no es su especialidad y ha entrado en un terreno en el que no es competente». Al parecer, el papa Benedicto XVI, alejándose de las opiniones de Levada y Amato, se ha olvidado de que cuando él era prefecto de la misma Congregación, siendo aún el cardenal Joseph Ratzinger, tuvo que darle un toque de atención a Simonetti por su ensayo sobre interpretación bíblica en la temprana Iglesia[4].

A pesar de todo este flujo de documentos filtrados, el portavoz del Vaticano, el padre Federico Lombardi, aseguraba que «el papa conoce los problemas de la Iglesia, que son muchos. No se asusta por la situación creada con la filtración y la publicación de documentos reservados». Preguntado por si esperaban ver nuevos documentos publicados en los periódicos, Lombardi aseguró que «no me sorprendería. Está claro que quien ha recibido esa cantidad de documentos sigue con su estrategia para lograr sus objetivos». Lo cierto es que mientras siguen fluyendo documentos, cartas y notas vaticanas en los medios de comunicación, el aparato de la Santa Sede continúa con su política de matar al mensajero (la prensa) y no a quien ha transmitido el mensaje (los cuervos), o incluso a quien ha generado esos polémicos documentos (banqueros, secretarios, monseñores, nuncios, cardenales, gendarmes y así, un largo etcétera). La polémica continúa a día de hoy, así como la filtración de documentos. ¿Qué nuevas sorpresas nos depararán?

---

[4] Manlio Simonetti, *Biblical Interpretation in the Early Church: An Historical Introduction to Patristic Exegesis,* T&T Clark, Nueva York, 2002.

11
¿Y DESPUÉS DE BENEDICTO XVI?

Hay algunos que se oponen al secretario de Estado Tarcisio Bertone; hay quienes piensan que Benedicto XVI es demasiado débil para dirigir la Iglesia; hay quienes consideran que es el momento adecuado para dar un paso adelante... De este modo, el Estado de la Ciudad del Vaticano se ha convertido en un «todos contra todos», en una guerra en la que no se sabe ya quién está ni al lado de quién está. «Quien lo hace [refiriéndose a la filtración de documentos] actúa a favor del papa. Porque el objetivo del "cuervo" o, mejor dicho, de los "cuervos" es que emerja el movimiento que existe dentro de la Iglesia en estos últimos años, a partir de 2009-2010», afirma un supuesto «topo» en el interior de la Santa Sede en una entrevista concedida al diario *La Repubblica*. Otros, en cambio, afirman que la filtración nace «sobre todo del temor de que el poder acumulado por el secretario de Estado, el cardenal Tarcisio Bertone, pueda no ser conciliable con otras personas y cargos en el Vaticano». Sea como fuere, la verdad es que el nombre de Tarcisio Bertone sigue siendo el nexo de unión como motivo de la filtración. Esto podría suponer el ocaso del poder de Bertone tras seis años ocupando la silla de Secretario de Estado Vaticano. «Tal vez sea hora de cambiar», ha pensado el papa Benedicto XVI. «Tal vez sea hora de sustituciones», han recomendado al Sumo Pontífice el comité de los «cinco sabios». «Tal vez sea hora de una reforma de la curia», ha pensado el Sacro Colegio Cardenalicio.

EL OCASO DE UN DIOS

En una entrevista concedida a la revista italiana *Il Mulino,* el constitucionalista, vaticanista y profesor de Derecho público comparado de la Universidad de Perugia Francesco Clementi explicaba a la perfección cuáles eran los poderes reales del secretario de Estado del Vaticano:

Los límites de la operatividad del secretario de Estado están estrictamente definidos por el mandato que recibe del papa y, obviamente, por su capacidad, dentro de este perímetro de acción, para llevar a cabo al máximo la voluntad del papa. En este sentido, es verdaderamente una relación de confianza de enorme responsabilidad, que se basa en la máxima atención, cuidado y defensa de las voluntades del Pontífice. En razón de ello, la discrecionalidad del papa en la elección o destitución del secretario de Estado es máxima; como su primer hombre de confianza y colaborador, el papa tiene todo el derecho de destituirle cuando quiera, libremente y de forma unilateral, es decir, sin involucrar a ningún sujeto, ni siquiera al Colegio Cardenalicio. El mejor sistema de pesos y contrapesos sigue siendo la capacidad (de la que un papa no debe ni puede carecer) para escuchar y reflexionar atentamente antes de decidir, con mayor razón si las decisiones papales van acompañadas por los consejos adecuados y desinteresados.

Lo cierto es que el martes 5 de junio de 2012, con el fin de acallar los constantes rumores sobre pugnas, luchas de poder y batallas intestinas entre cardenales, el secretario de Estado Bertone realizaba una declaración en el canal público italiano RAI1 con la que intentó mostrar una unidad en la que ya pocos creen. «No han sido días de división, sino de unidad y de fuerza en la fe y firme serenidad también en las decisiones», aseguró. El secretario de Estado tampoco perdió la oportunidad de atacar abiertamente a la prensa, el «mensajero» en el caso de *Vatileaks,* refiriéndose a «ataques instrumentalizados» y subrayando que, aunque siempre han existido, «esta vez, parece que los ataques son a veces más específicos, en ocasiones también más feroces, hirientes y organizados». Lo cierto es que en los días siguientes, ningún vaticanista avalaba las palabras de Bertone.

Al parecer, el sábado 16 de junio de 2012 Benedicto XVI decidía tomar las riendas de la crisis invitando a cinco cardenales a tomar café y pastas en su apartamento privado. El papa deseaba conocer su opinión sobre el escándalo *Vatileaks,* directamente y sin asesores ni interferencias de ningún tipo. Entre los cardenales convocados no se encontraba Tarcisio Bertone, su número dos y uno de los principales personajes de la polémica. Los vaticanistas comenzaron a realizar sus propias cábalas: la opinión unánime era que Joseph Ratzinger, en el interior de los muros vaticanos, ya no se fiaba de nada ni de nadie.

Los «cinco sabios» eran el italiano Camillo Ruini, antiguo vicario general de Roma, el canadiense Marc Ouellet, presidente de la Pontificia Comisión para Latinoamérica, el francés Jean-Louis Tauran, presidente de la Pontificia Comisión para el Diálogo Interreligioso, el australiano George Pell, y el eslovaco Jozef Tomko, presidente del Pontificio Comité para el Congreso Eucarístico Internacional y miembro del comité de investigación creado por orden de Benedicto XVI para descubrir todo sobre el caso *Vatileaks.*

Al principio, y en la más larga tradición vaticana, se decidió guardar sagrado silencio sobre el encuentro, pero, finalmente, el portavoz vaticano, Federico Lombardi, confirmó la reunión en la que Benedicto XVI compartió con los cinco cardenales «consideraciones y sugerencias para contribuir a restablecer el deseado clima de serenidad y confianza en el servicio de la curia romana». Tras hacerse público el encuentro, Tarcisio Bertone intentó vender «unidad y serenidad» en el interior de la Santa Sede, pero no cabe duda de que, desde hacía meses, en los despachos vaticanos no había ni unidad ni serenidad. Así, el mismo «topo» que habló con *La Repubblica* afirmó:

> Siempre hay una pista económica. Siempre hay intereses económicos en la Santa Sede. Desde finales de 2009 e inicios de 2010, algunos importantes miembros del Colegio Cardenalicio han comenzado a percibir una pérdida importante de poder desde el control central [la Secretaría de Estado]. Esta pérdida de control comienza a darse principalmente cuando monseñor Viganò está metido de lleno en la recopilación de escándalos cometidos por los diferentes departamentos de la Santa Sede[1].

La Secretaría de Estado, con Tarcisio Bertone a la cabeza, descubrió que el papa Benedicto XVI se mantenía muy alejado de la política interna de la Santa Sede, y Bertone supo jugar esa carta. «Reconocer los casos denunciados por Viganò supondría al papa aceptar no solo el mal gobierno que él mismo está llevando a cabo dentro de la Santa Sede, sino también su progresivo alejamiento de las cuestiones internas vaticanas», aseguró el «topo» al rotativo italiano. Y siguió: «Los cardenales entienden así que el papa es débil y van a buscar la protección de Bertone. [...] El papa entiende que debe protegerse y convoca a cinco personas de su confianza, cuatro hombres y una mujer, que son los llamados "relatores", los agentes secretos de Benedicto». La mujer es la estratega, que, al parecer, podría tratarse de Ingrid Stampa, de la que hablamos en el capítulo 2. Después está quien materialmente recoge las pruebas; otro prepara el terreno y los otros dos permiten que todo sea posible.

> En todo este asunto, el papel de estas personas ha sido el de informar al papa sobre quiénes eran amigos y quiénes enemigos, para poder así saber contra quién se debía luchar [...]. Estos «agentes secretos» localizan canales y periodistas para filtrar los documentos, que salen del Vaticano a mano, burlando los sistemas de seguridad informática, impuestos por la Oficina de Cifra y por la Entidad, el Servicio de Inteligencia vaticano.

---

[1] Véase el capítulo 7: «Monseñor Viganò, un "decente" en la corte de San Pedro».

Pero la gota que colmó el vaso y que hizo que Benedicto XVI decidiera llevar a cabo una seria reforma en los órganos de gobierno de la Santa Sede sería la declaración del cardenal francés André Armand Vingt-Trois a Radio Notre Dame. A este cardenal conservador se le atribuye la autoría de la famosa homilía que el papa Benedicto XVI lanzó en su visita a Francia en septiembre de 2008. En aquella ocasión, el papa afirmó ante más de 250 000 fieles que «la codicia insaciable es una idolatría, el amor al dinero es la raíz de todos los males y que el afán de tener, de poder e incluso de saber desvían al hombre de Dios. [...] El ídolo es un señuelo, pues desvía al hombre de la realidad para encadenarlo al reino de la apariencia. Pero, ¿no es esta una tentación propia de nuestra época?».

El prestigioso arzobispo de París, en esta misma línea (hizo suya la frase de la candidata de extrema derecha a la Presidencia de Francia, Marine Le Pen: «Vivimos la religión del euro: no se discute con blasfemos»), afirmó en Radio Notre Dame: «Está claro que el papa ha sido traicionado en el ámbito más intimo». El purpurado francés llegó incluso a dar indicaciones sobre las actuales estructuras eclesiásticas de Roma: «La organización de la curia tiene muchos siglos y no todas sus funciones son apropiadas para las necesidades actuales de la Iglesia», y añadió:

> Después del Concilio Vaticano II, el papa Pablo VI puso en marcha nuevos proyectos que solo se han llevado a cabo parcialmente; de la misma forma, Benedicto XVI creó un Consejo Pontificio para la Nueva Evangelización, para subrayar cuáles debían ser las prioridades de la Iglesia Universal. Pero el trabajo es arduo y largo, y la reforma interna todavía se tiene que llevar a cabo. Seguramente, se necesita una mayor flexibilidad a la hora de trabajar y de coordinar las decisiones. [...] En cada pontificado se escuchan las tradicionales voces que anuncian la inminente reforma para hacer que funcione mejor la curia, pero sabemos que luego esto no es tan fácil de llevar a cabo.

Un amplio resumen de las palabras del cardenal Vingt-Trois fue enviado por el nuncio en París, monseñor Luigi Ventura, directamente al papa. Está ya claro, a día de hoy, que Benedicto XVI se tomó muy en serio las palabras del arzobispo de París.

UN SUSTITUTO PARA BERTONE

¿Dimitirá Bertone en otoño?, se pregunta todo el mundo no solo en los pasillos vaticanos, sino entre la prensa especializada. El *Corriere della Sera* apunta ya a monseñor Dominique Mamberti, actual secretario para las Relaciones con los Estados de la Secretaría de Estado para sustituir a Bertone. *La Repubblica* apuesta por un «gobierno tecnócrata», formado por los nuncios en Francia y Canadá, monseñor Luigi Ventura y monseñor Pedro López Quintana, respectivamente.

El papa ha tomado la iniciativa para sacar a la Santa Sede del escándalo de las filtraciones de documentos secretos, y para ello se habla del posible relevo de Tarcisio Bertone al frente de la Secretaría de Estado en el mes de octubre o, a más tardar, en noviembre de 2012. En cierto sentido, la filtración de documentos ha venido a acusar directa o indirectamente al propio Bertone de mal gobierno ante los flagrantes casos de corrupción, abusos, mala gestión y escasa transparencia en sus órganos financieros.

Ante los escándalos por conspiraciones curiales organizadas por cardenales italianos, criticadas abiertamente por ciertos sectores del Colegio Cardenalicio, como, por ejemplo, hizo por el cardenal Vingt-Trois, el papa podría haber asumido la necesidad de que su nuevo número dos debía ser extranjero, para castigar así a los italianos del Sacro Colegio Cardenalicio y regresar a la larga tradición vaticana de la escuela diplomática, algo que satisfaría sobremanera a los seguidores de Angelo Sodano. La lista de sustitutos tiene un único perfil que los une a todos: son extranjeros o, mejor dicho, no italianos, diplomáticos con experiencia, ajenos a las luchas entre «bertonianos» y «diplomáticos» y con edades que van desde los cincuenta y nueve hasta los setenta y tres años.

El primero de los candidatos podría ser el español Pedro López Quintana. Nacido en Barbastro (Huesca) el 27 de julio de 1953, fue nombrado obispo el 6 de enero de 2003 por el papa Juan Pablo II. Hasta entonces, López Quintana se había convertido en una especie de «mensajero» papal bajo el cargo de asesor para Asuntos Generales de la Secretaría de Estado. El español fue, junto a Navarro-Valls y al cardenal Giovanni Battista Re, uno de los primeros en llegar al apartamento de Alois Estermann, comandante en jefe de la Guardia suiza, y su esposa, tras ser asesinados por el cabo Cedric Tornay en la noche del lunes 4 de mayo de 1998[2]. Monseñor López Quintana, diplomático de carrera, pertenecía a la Comisión Disciplinaria de la curia, aunque en el interior del Vaticano se rumoreaba que desde el 7 de marzo de 1998 habría sustituido al cardenal Luigi Poggi al mando de los Servicios de Inteligencia vaticanos. Desde febrero de 2003, asumió las nunciaturas en Delhi, Nepal y Canadá, y es en esta última donde está destinado actualmente. Entre los rasgos más positivos de López Quintana está el de ser un hombre absolutamente fiel al papa y carecer de preferencias en la lucha mantenida entre «bertonianos» y «diplomáticos», aunque se sienta más próximo al cardenal Sodano. Además, conoce muy bien los engranajes y «sótanos» de la Santa Sede. Entre los aspectos negativos estaría el hecho de que lleva demasiado tiempo alejado de Roma y que, por tanto, podría tener cier-

---

[2] Eric Frattini, ob. cit., 2005.

tos problemas a la hora de controlar la difícil y rebelde maquinaria curial. Si monseñor Pedro López Quintana fuera elegido trigésimo noveno secretario de Estado, se convertiría en el segundo español en ocupar tan importante cargo desde que fue creado en 1651 por el papa Inocencio X. El primero fue el cardenal Rafael Merry del Val y Zulueta[3], que asumió el puesto entre el 12 de noviembre de 1903 y el 20 de agosto de 1914, bajo el pontificado de Pío X.

El segundo candidato sería el obispo francés, aunque nacido en Marruecos, Dominique Mamberti, actual responsable de la sección de Relaciones con los Estados (Ministerio de Asuntos Exteriores) en la Secretaría de Estado. Nacido el 7 de marzo de 1952, Mamberti fue nombrado obispo por Juan Pablo II en 2002. Durante los dos años siguientes, asumió el cargo de nuncio en Sudán y Somalia y, finalmente, el de arzobispo de Eritrea, hasta que en septiembre de 2006 fue llamado por Roma para ocupar el cargo de responsable de Asuntos Exteriores de la Santa Sede. Entre sus facetas positivas está el hecho de que monseñor Mamberti conoce a la perfección el funcionamiento de la maquinaria vaticana, y entre las negativas, que lleva demasiado tiempo cerca de Bertone, aunque no pueda ser definido como un claro «bertoniano».

El tercer candidato sería el cardenal argentino Leonardo Sandri, nacido en Buenos Aires el 18 de noviembre de 1943. Al igual que López Quintana y Mamberti, Sandri pasó por diferentes nunciaturas, como las de Venezuela y México, hasta que en septiembre de 2000 fue nombrado sustituto de la Secretaría de Estado. Su estrecha relación con el actual papa, desde los tiempos en los que este era el poderoso prefecto para la Congregación de la Doctrina de la Fe, hizo que fuera nombrado, en junio de 2007, prefecto de la Congregación para las Iglesias Orientales. Debido a su buena gestión, fue elevado a cardenal, en el consistorio del 24 de noviembre del mismo año, por Benedicto XVI. Entre sus rasgos «a favor» estarían tanto su «proximidad» al papa como el profundo conocimiento del funcionamiento de la maquinaria vaticana. Además, el cardenal Sandri se ha definido a sí mismo públicamente —algo difícil en estos días— como «un claro y ferviente partidario del ratzingerismo», alejándose así de la confrontación entre «bertonianos» y «diplomáticos». Como elemento en su contra está el hecho de pertenecer al Colegio Cardenalicio, pues tanto el cardenal Angelo Sodano, decano de los cardenales, como el cardenal Bertone «exigirían» a Sandri un posicionamiento claro de cara a un posible y no muy lejano cónclave.

El cuarto y último candidato sería el suizo Jean-Claude Périsset, actual nuncio en Berlín. Nacido el 13 de abril de 1939 en la localidad helvética de Estavayer-le-Lac, Périsset es además un experto diplomático que pasó como nuncio apostólico por las embajadas de Rumanía, República

---

[3] El cardenal Rafael Merry del Val nació en Londres, debido a que su padre estaba destinado allí como secretario de la Legación diplomática española.

de Moldavia y, finalmente, Alemania, cargo que ocupa en la actualidad. Entre sus facetas positivas están tanto el hecho de que Périsset cuenta con un gran apoyo por parte de los oficiales de la Secretaría de Estado como la confianza ciega que Benedicto XVI tiene puesta en él. Se cuenta que, aunque todos los cargos son aprobados y ratificados por el Sumo Pontífice, solo el nombramiento del nuncio papal en Berlín se lo reserva el Pontífice exclusivamente para sí, debido a que es su país de nacimiento. Como aspecto negativo estaría su edad, pues es el mayor de los cuatro candidatos, con setenta y tres años. Además, cuenta con la desventaja de haber sido un «protegido» del cardenal australiano Edward Cassidy, presidente del Pontificio Consejo para la Promoción de la Unidad Cristiana, donde Périsset estuvo destinado entre 1996 y 1997. El cardenal Cassidy era un hombre muy fiel a Angelo Sodano, lo que podría provocar un rechazo por parte del sector «bertoniano» al obispo suizo.

Si finalmente no se cumple la condición de un «no italiano» para cubrir el cargo de 39.º secretario de Estado, Benedicto XVI podría tener a cuatro candidatos más, dos de ellos expertos diplomáticos y otros dos grandes conocedores de la maquinaria vaticana. En la lista se encontrarían dos «diplomáticos» y dos «bertonianos». Entre los primeros estarían monseñor Renzo Fratini, nuncio papal en Madrid, y monseñor Luigi Ventura, nuncio papal en París. Entre los partidarios de Tarcisio Bertone se encontrarían el cardenal Mauro Piacenza, el poderoso prefecto de la Congregación para el Clero, y el cardenal Fernando Filoni, prefecto de la Congregación para la Evangelización de los Pueblos.

TODOS LOS HOMBRES DE BENEDICTO

A finales de junio de 2012, con el fin de alejarse lo más posible del escándalo *Vatileaks* y de las voces que acusaban a Bertone de mal gobierno y de acumular más poder que el propio papa, Benedicto XVI decidió dar un brusco golpe de timón en la maquinaria curial, hasta ahora controlada y engrasada por los hombres del secretario de Estado. Para ello, el Sumo Pontífice comenzó a sustituir a obispos y cardenales próximos a Bertone por hombres más «neutrales» o, al menos, más independientes de las directrices marcadas desde los despachos de la Secretaría de Estado. Los vaticanistas los definen ya como los «aperturistas».

El papa nombró al francés monseñor Jean-Louis Bruguès, hasta ahora secretario de la Congregación para la Educación Católica, un hombre abierto y pragmático ante las controversias que han involucrado a las universidades católicas de estos últimos años, como nuevo responsable de la Biblioteca y Archivo Secreto Vaticano. Asimismo nombró al obispo italiano Vincenzo Paglia, hombre con una larga experiencia en el diálogo ecuménico y en la ayuda a los pobres, presidente del Pontificio Consejo para la Familia. A Augustine di Noia, obispo estadounidense y secretario de la Congregación para el Culto Divino y la Disciplina de los Sacramentos, lo nombró nuevo vicepresidente de la Comisión Ecclesia Dei. Para el puesto de Di Noia, como número dos del dicasterio que se ocupa de la liturgia, Benedicto XVI nombró al inglés Arthur Roche, hasta ahora obispo de Leeds, tachado de «moderno», aunque no de «modernista», fiel al Concilio Vaticano II y experto en liturgia. Por último, el papa designó como secretario adjunto de Propaganda Fide al obispo tanzano Protase Rugambwa, mientras que como regidor de la Penitenciaría Apostólica nombró al polaco Krzysztof Jozef Nykiel, hasta entonces oficial de la Congregación para la Doctrina de la Fe. Ninguno de los seis elegidos son hombres próximos a Tarcisio Bertone, si bien tampoco pertenecen al bando de Sodano.

Mientras tanto, como signo claro de que las cosas estaban cambiando en los despachos vaticanos, tres italianos, todos ellos hombres fieles a Tarcisio Bertone, dejaban sus puestos: los cardenales Raffaele Farina y Ennio Antonelli, y el obispo Gianfranco Girotti. Farina abandonaba su cargo al mando de la Biblioteca y Archivo Secreto Vaticano; Antonelli, dejaba la Presidencia del Pontificio Consejo para la Familia; y Girotti, dejaba su puesto como Regente de la Penitenciaría Apostólica. El mismo Vaticano definió estos cambios como una señal de la voluntad del papa para mantener abierta la línea de diálogo «a todas las facciones», pero los analistas aseguraban que venían suscitados por el deseo del Sumo Pontífice de «allanar» el camino de salida de Bertone de su puesto como número dos del Vaticano en los próximos meses.

Otro claro signo de que los «bertonianos» podrían estar siendo desplazados de los principales órganos de poder llegó el lunes 2 de julio de 2012, cuando Benedicto XVI anunció el nombramiento de su amigo y experto teólogo, el arzobispo alemán Gerhard Ludwig Müller, como nuevo prefecto de la Congregación para la Doctrina de la Fe, presidente de la Pontificia Comisión Ecclesia Dei, presidente de la Comisión Teológica Internacional y presidente de la Pontifica Comisión Bíblica. Jamás un solo obispo había reunido tanto poder en sus manos en la larga historia de la maquinaria vaticana. Müller, nacido en la ciudad alemana de Mainz el 31 de diciembre de 1947, licenciado en Filosofía y Teología, profesor universitario y, como el Santo Padre, un escritor prolífico con más de cuatrocientas publicaciones en su haber. Entre ellas destaca un texto de casi un millar de páginas sobre *Teología dogmática católica*. Se dice que para la redacción de este texto, Müller contó con el asesoramiento del todavía cardenal Joseph Ratzinger, cuando este lideraba la Congregación para la Doctrina de la Fe. Pero de lo que no cabe duda es que ha sido su proximidad al Santo Padre lo que más ha pesado a la hora de nombrarlo para dirigir tan importantes departamentos de la Santa Sede. De hecho, Gerhard Ludwig Müller está tan cerca de Benedicto XVI que incluso ha sido el editor de todos sus ensayos escritos en alemán desde que Ratzinger era un sencillo teólogo.

Pero Müller tiene dos caras, según sus enemigos, algo que, sin embargo, puede llegar a ser una virtud en la nueva tarea encomendada por el Sumo Pontífice. Por un lado, jamás ha dado el menor espacio al movimiento progresista «Nosotros somos Iglesia» en la diócesis de Ratisbona y, por otro, ha mantenido una estrecha amistad con la Teología de la Liberación, el gran caballo de batalla de Ratzinger en sus tiempos de prefecto del Santo Oficio. De hecho, Müller fue un alumno aventajado del religioso peruano Gustavo Gutiérrez, considerado el padre de la Teología de la Liberación. La amistad de Müller con Gutiérrez estuvo a punto de costarle su nombramiento, puesto que elementos conservadores, azuzados posiblemente por el cardenal Bertone, trataron de usar esta relación para bloquear su designación. El intento cayó en saco roto debido a que, al parecer, Benedicto XVI tenía previsto desde hacía tiempo su nombramiento para sustituir al conservador y ortodoxo cardenal estadounidense William Levada. Por otro lado, se sabe que el nuevo guardián de la Fe ha tenido serios enfrentamientos con Tarcisio Bertone debido a que el secretario de Estado calificaba al alemán de «demasiado abierto». Es bien seguro que Bertone no le pondrá las cosas fáciles a Müller, ni este a Bertone. Algunos vaticanistas han llegado a predecir una posible guerra entre la poderosa Congregación para la Doctrina de la Fe y la aún más poderosa Secretaría de Estado vaticana.

Otro miembro de la actual «guardia pretoriana» de Benedicto XVI es el cardenal suizo Kurt Koch, que dirige el Pontificio Consejo para la Unidad de los Cristianos desde el 1 de julio de 2010. Al igual que Müller, Koch es un experto teólogo que ha formado parte de comisiones para el acercamiento con otras religiones, como la llamada Comisión Mixta Internacional para el Diálogo Teológico entre la Iglesia Católica y la Iglesia Ortodoxa, reunida en Viena en septiembre de 2010. El cardenal Koch es también presidente de la Pontificia Comisión para las Relaciones con los Judíos.

La llegada de hombres como Müller o Koch a la sala de máquinas de la Santa Sede para hacerse cargo de los asuntos teológicos podría significar, en efecto, una nueva etapa en el pontificado de Benedicto XVI. Tal vez, de esta forma el 265.º Sumo Pontífice de Roma dejaría de ser un papa que reina pero que no gobierna. Personas como Müller y Koch permitirán a Benedicto XVI centrarse más en el «gobierno» que en la teología para evitar que un nuevo tsunami como el de *Vatileaks* vuelva a asolar el Estado de la Ciudad del Vaticano.

UN YANQUI EN LA CORTE DEL PAPA RATZINGER

Uno de los principales indicadores de que la Santa Sede parece estar entrando en una nueva etapa informativa, lastrada hasta ahora por enormes torpezas, profunda opacidad y largos silencios, sería la entrada en la Oficina de Prensa de un nuevo actor. Al padre Federico Lombardi el *Vatileaks* le ha quedado demasiado grande y está claramente superado por los acontecimientos. La filtración de los documentos, las revelaciones de los escándalos en el IOR, las luchas intestinas entre «bertonianos» y «diplomáticos» han sido demasiado para él.

Para esta nueva etapa en el pontificado de Benedicto XVI se ha decidido fichar como asesor a Greg Burke, experimentado reportero de la agencia Reuters y la revista *Time* y excorresponsal de la conservadora cadena Fox News en Roma. Cuando la resabiada prensa vaticanista se enteró del fichaje, el primer comentario fue que «lo tendría muy difícil y que habrían de pasar muchos años hasta que el laico estadounidense lograra influir en la lenta y pesada burocracia de la Santa Sede». El caso *Vatileaks* no solo ha puesto de manifiesto que en el Vaticano y en sus sótanos existen demasiadas fuerzas oscuras, sino, además, que en la Santa Sede existe a día de hoy una absoluta incapacidad para adaptarse a la transparencia, no solo financiera, sino también informativa. Así se lo pidieron a Burke el Sumo Pontífice y el sustituto de la Secretaría de Estado, el arzobispo Angelo Becciu, que es quien lo recomendó al papa para esta ardua tarea. Burke ha declarado:

> No soy ni un cardenal ni un gurú de la comunicación, pero sí un periodista con mucha experiencia, y por eso sé lo que buscan los periodistas. [...] Puedo aconsejar. Intentar influir para que existan menos espacios oscuros en el Vaticano. Cuando no se sabe, se fabula, se imagina lo peor. Mi idea es aportar claridad. Tengo ilusión, pero sé que no voy a poder resolverlo todo. Iré poco a poco y, por supuesto, no entraré como los marines.

Greg Burke deberá cambiar una política que tiene veinte siglos de tradición. Aprovechando que el papa estaba de vacaciones en Castel Gandolfo y que su secretario de Estado Bertone fracasó estrepitosamente cuando intentó explicar los hechos demostrados en las filtraciones del *Vatileaks,* Burke decidió ponerse al timón en su nuevo despacho, situado en un ala de la Secretaría de Estado, en el Palacio Apostólico.

Los que lo conocen dicen de este estadounidense de cincuenta y dos años que es un hombre afable, abierto y poco dado al protocolo, algo con lo que chocará seguro cuando entre en el Vaticano, que vive por y para el protocolo. A Burke le gusta esta frase: «Jesús no buscó un relaciones públicas para intentar evitar la cruz» y ese cuento que sucede entre Moisés y un relaciones públicas al que contrata para que consiga que Dios abra las aguas del Mar Rojo y poder huir de la persecución de los soldados del faraón. La historia dice así: Moisés debe cruzar el Mar Rojo dirigiendo a los judíos hacia la tierra de Israel. Para ello contrata los servicios de un relaciones públicas. Llegado el momento, el experto dice a Moisés: «Maestro yo me ocuparé de todo. Déjelo en mis manos».

Pasan los días y cuando el ejército del faraón está a punto de alcanzarlos, Moisés, muy enfadado, pide a Dios directamente que abra las aguas para dejar paso al pueblo judío. Días después, Moisés vuelve a encontrarse con el relaciones públicas y le pregunta: «Vale, pero, ¿de qué nos has servido?». El relaciones públicas responde: «En esto de las aguas, en nada, pero al menos te he conseguido un par de páginas en la Biblia». En efecto, este será uno de sus trabajos: que los titulares de los medios, aunque sigan siendo tan incisivos como hasta ahora, al menos dejen de mostrar una imagen tan sumamente negativa de la Santa Sede en general y del papa en particular.

La tarea del nuevo asesor será una pesada cruz que tendrá que llevar al hombro, y en muchas ocasiones de forma solitaria. En los despachos vaticanos existen enormes recelos de los religiosos hacia los laicos, más aún cuando este ha sido llamado por el propio papa en ayuda a la Santa Sede. Lo más difícil de todo será compaginar el trabajo de Greg Burke con el del secretario de Estado Bertone, pues, al fin y al cabo, su nombramiento no ha sido visto con demasiados buenos ojos por todos. El que Burke sea numerario del Opus Dei, así como el hecho de que el cardenal Julián Herranz, otro conocido miembro del Opus, esté al frente de la comisión de investigación del caso *Vatileaks,* revela la confianza que Benedicto XVI muestra a la organización fundada en 1928 por José María Escrivá de Balaguer. A Burke no parece importarle esta imposición de etiquetas. «Mi primer objetivo será meter la linterna en la banca vaticana y, enseguida, influir en el proceso contra Paolo Gabriele, el mayordomo del papa, para que sea público», afirmó.

La cuestión ahora es si las «fuerzas oscuras» permitirán a este estadounidense sacar a la luz los grandes defectos, pero también las enormes virtudes, de una institución que tiene más de veinte siglos de existencia. Greg Burke formará parte del «comité de crisis» del Palacio Apostólico para las relaciones con los medios. Este comité estará formado, además, por monseñor Giovanni Angelo Becciu, su segundo al mando; por el religioso estadounidense Peter Brian Wells, actual asesor para Asuntos Generales de la Secretaría de Estado; por monseñor Carlo Maria Polvani, jefe del Servicio de Información de la Secretaría de Estado y sobrino del nuncio en Estados Unidos, Carlo Maria Viganò; por el padre Federico Lombardi, portavoz vaticano; por Marco Simeon, responsable de Radio Vaticano, y por Giovanni Maria Vian, director de *L'Osservatore Romano.*

OBJETIVO: MATAR AL PAPA

En febrero de 2012, todos los periódicos del mundo abrían sus portadas con el siguiente titular: «¿Existe un complot para matar al papa?». El del periódico italiano *Il Fatto Quotidiano* era aún más contundente al asegurar: «Conspiración contra el papa: Benedicto XVI va a morir dentro de doce meses». La publicación de un supuesto documento secreto y las «profecías» de un religioso encendieron las alarmas de los Servicios de Seguridad del Vaticano. Domenico Giani, jefe de la Gendarmería vaticana, sería el encargado de informar a Benedicto XVI sobre el supuesto complot para asesinarle.

Según parece, el colombiano cardenal Darío Castrillón Hoyos, miembro de los «bertonianos», habría entregado al secretario de Estado un documento «estrictamente confidencial», fechado el 30 de diciembre de 2011, escrito en alemán y dirigido al papa Benedicto XVI. El documento, de una sola página, era una serie de denuncias e indiscreciones cometidas por el cardenal Paolo Romeo, arzobispo de Palermo y seguidor del grupo de los «diplomáticos». El texto constaba de seis puntos concretos y muy polémicos de los que el cardenal Castrillón se «chivaba» a Bertone: crítica abierta a Benedicto XVI por no asumir sus responsabilidades y dejarlas en manos de Bertone, el odio de Benedicto XVI a Bertone, el odio de Bertone a Scola, la preparación de Scola para ser futuro papa, la profetización de la muerte del Sumo Pontífice en los próximos doce meses y la sucesión del Papa por el cardenal Angelo Scola. *Il Fatto Quotidiano* se centraba en el tercer párrafo del documento, en el que el polémico arzobispo de Palermo venía a demostrar que existía un intento de acabar con la vida del Sumo Pontífice:

> Seguro de sí mismo, como si lo supiese con precisión, el cardenal Romeo ha anunciado que al Santo Padre le quedan solo doce meses de vida. El cardenal Romeo ha profetizado la muerte del papa en los próximos doce meses. Las declaraciones del cardenal fueron expuestas por una persona probablemente informada de un serio complot delictivo con tal seguridad y firmeza que sus interlocutores en China han pensado, con horror, que se esté programando un atentado contra el Santo Padre.

El documento comienza con una larga frase destacada: «Viaje del cardenal Paolo Romeo, arzobispo de Palermo, a Pekín en noviembre de 2011». Explica a continuación que, durante sus conversaciones en China, país al que viajó en calidad no oficial, el cardenal Paolo Romeo profetizó la muerte de Benedicto XVI en los próximos doce meses. Cuando la información se hizo pública, el padre Federico Lombardi, portavoz de la Santa Sede, tan solo llegó a decir: «No doy crédito a eso. [...] Me parece una cosa tan lejos de la realidad y poco seria que no quiero ni tenerla en consideración. Me parece increíble y no quiero comentar nada». Por otro lado, el vaticanista Andrea Tornielli señala en el diario *La Stampa* que no solo dudaba de la autenticidad del documento, sino que aunque fuera «inconcluso», no le daría mucha credibilidad. Tornielli sí confirmaba las sospechas, que muchos expertos apuntaban ya, de que el documento escrito por el cardenal Castrillón Hoyos era un signo más de las batallas internas que se estaban librando dentro de los departamentos de la Santa Sede entre «bertonianos» y «diplomáticos».

El cardenal Paolo Romeo, arzobispo de Palermo, había viajado a la capital china, donde se entrevistó con empresarios italianos y algunos funcionarios del Gobierno chino. Romeo no se reunió con ningún jerarca católico en el país asiático, aunque sí se presentó como «el elegido por el papa para encargarse de las relaciones con China», algo que no era del todo cierto. El polémico arzobispo había sido elevado al cardenalato por el papa Benedicto XVI en noviembre de 2010 y, hasta ese momento, había pasado toda su carrera en la diplomacia vaticana. Tras salir en 1967 de la Pontificia Ecclesiastica Academia y durante los nueve años siguientes, Romeo pasó por las nunciaturas de Filipinas, Bélgica, Luxemburgo, Venezuela, Ruanda y Burundi, hasta que en 1976 el papa Pablo VI le encomendó la tarea de ocuparse de las comunidades católicas en Latinoamérica. Entre 1983 y 2001 sirvió como nuncio papal en Haití, Colombia, Canadá, Italia y San Marino. Finalmente, el 19 de diciembre de 2006, el papa Benedicto XVI lo nombró arzobispo de Palermo, tras la jubilación de Salvatore de Giorgi.

El cardenal Paolo Romeo, enemigo declarado del cardenal secretario de Estado Tarcisio Bertone, podrá votar en un próximo cónclave, siempre y cuando este no suceda después del 20 de febrero de 2018, fecha en la que el polémico cardenal cumpla ochenta años y pierda su condición de cardenal-elector. Al menos, Bertone sabe ya que no contará con el voto de Romeo en ese supuesto cónclave.

¿SERÁ EL CARDENAL SCOLA EL PAPA 266?

Ya lo confesó el propio papa Benedicto XVI, en 2010, a Peter Seewald, escritor y vaticanista, y autor del libro *Benedict XVI. Light of the World: The Pope, The Church and the Signs Of The Times*: «Podría optar por la renuncia. Si un papa se da cuenta de que ya no es física, psicológica o espiritualmente capaz de ejercer el cargo que se le ha confiado, entonces tiene derecho y, en algunas circunstancias también el deber, de dimitir»[4].

En realidad, no es el primer Sumo Pontífice que se hace semejante pregunta. Ya se la plantearon antes Pío XII, Pablo VI y Juan Pablo II. «Aunque sería un hito histórico que provocaría un auténtico *shock* dentro de la Iglesia; los escándalos del *Vatileaks* podrían ser una estrategia para preparar la eventualidad de la dimisión», ha asegurado el italiano Luigi Bettazi, obispo emérito de Ivrea. Aunque la maquinaria vaticana se empeña en asegurar que el papa no dimitirá, la curia intenta a con-

---

[4] Peter Seewald, *Benedict XVI. Light of the World: The Pope, the Church and the Signs of the Times,* Ignatius Press, Nueva York, 2010.

trarreloj «italianizar» el próximo cónclave para acabar así con treinta y dos años de pontificado extranjero. Pero, ¿qué pasaría si esto llegara a suceder?

En octubre de 2012, la elección del nuevo Sumo Pontífice estaría en manos de 118 cardenales-electores[5], menores todos ellos de ochenta años, tal y como marca la legislación vaticana. El resto, noventa cardenales que han alcanzado la edad límite, tan solo podrán rezar al Espíritu Santo, fuera de la Capilla Sixtina, para que el elegido como 266.° Sumo Pontífice sepa ser un buen monje, pero también un buen papa. Todo el mundo se pregunta ahora si el «tocado» por el Espíritu Santo podría ser el cardenal Angelo Scola, arzobispo de Milán, a quien Benedicto XVI parece haber elegido como favorito para sucederle.

Esta es la gran pregunta que se hacen todos tras la filtración del documento dirigido a Benedicto XVI por el cardenal Castrillón Hoyos el 30 de diciembre de 2011, en el que el prelado colombiano hace un repaso a las «indiscreciones» cometidas por el cardenal Paolo Romeo durante su viaje a China. En varios párrafos del documento, Romeo habla de Scola hasta en cinco ocasiones, asegurando que el arzobispo de Milán mantiene una relación conflictiva con Bertone; que Scola habría sido ya elegido por Benedicto XVI para una posible sucesión; sobre el motivo del envío de Scola desde el Patriarcado de Venecia al Arzobispado de Milán; que Scola sucedería a Benedicto XVI y que si es elegido 266.° Sumo Pontífice, tendría «importantes enemigos» en el interior del Vaticano.

> El cardenal Romeo ha criticado duramente al papa Benedicto XVI por dedicarse sobre todo a la liturgia y desatender los «asuntos diarios», que Benedicto XVI ha encargado al cardenal Tarcisio Bertone, secretario del Estado. La relación entre Benedicto XVI y el cardenal Bertone sería muy conflictiva. En una atmósfera de confidencialidad el cardenal Romeo ha referido que el papa Benedicto XVI odiaría «literalmente» el cardenal Bertone y que lo remplazaría con ganas por otro cardenal. Romeo ha añadido que no hay otro candidato adecuado para este cargo y por eso el cardenal Bertone sigue ocupándolo.

Asimismo la relación entre Bertone y el cardenal Scola sería igual de conflictiva.

> *Sucesión del papa Benedicto XVI:*
> En secreto, el papa se estaría ocupando de su sucesión y habría ya elegido al cardenal Scola como candidato adecuado, siendo más cercano a su propia personalidad. Lentamente, pero sin duda, le está

---

[5] El 1 de noviembre, el cardenal nigeriano Francis Arzine cumplirá 80 años, dos días después, el cardenal italiano Renato Martino y el 8 de diciembre, el brasileño Eusebio Scheid. Cuando termine el año 2012, los cardenales-electores serán 114, si el papa Benedicto XVI no convoca un nuevo consistorio hasta entonces.

STRENG VERTRAULICH
30.12.2011

Kardinalstaatssekretär Kardinal Tarcisio Bertone:
Kardinal Romeo kritisierte Papst Benedikt XVI. heftig. Er befasse sich überwiegend mit der Liturgie und vernachlässige das „Tagesgeschäft". Dies überlasse Papst Benedikt XVI. Tarcisio Kardinal Bertone, dem Kardinalstaatssekretär der römisch-katholischen Kirche.

Das Verhältnis zwischen Papst Benedikt XVI. und seinem Kardinalstaatssekretär Tarcisio Bertone sei sehr gespalten. Kardinal Romeo schilderte in vertraulicher Atmosphäre, dass Papst Benedikt XVI. Tarcisio Bertone wortwörtlich hasse und ihn am liebsten durch einen anderen Kardinal ersetzen würde. Romeo ergänzte jedoch, dass es für diese Position keinen anderen geeigneten Kandidaten gebe, und deswegen Kardinalstaatssekretär Bertone leider weiterhin in seinem Amt bleibe.

Darüber hinaus sei auch das Verhältnis zwischen Kardinalstaatssekretär und Kardinal Scola ebenfalls verfeindet und belastet.

Nachfolge von Papst Benedikt XVI.:
Der Heilige Vater befasse sich im Geheimen mit der Frage seiner Nachfolge und habe bereits als geeigneten Kandidaten Kardinal Scola auserwählt, der seiner Persönlichkeit am nächsten entspräche. Ihn würde er langsam aber sicher auf sein Amt als Papst vorbereiten und aufbauen.
Kardinal Scola wurde auf Betreiben des Heiligen Vaters – so Romeo – von Venedig nach Mailand versetzt, damit er sich von dort aus in Ruhe auf sein Papsttum vorbereiten könne. Kardinal Romeo brachte seine Gesprächspartner in China immer wieder zum Erstaunen durch die Weitergabe von Indiskretionen.

Kardinal Romeo verkündete selbstsicher, so, als wenn er dies genau wisse, dass der Heilige Vater nur noch 12 Monate leben werde. Er prophezeite bei seinen Gesprächen in China den Tod von Papst Benedikt XVI. innerhalb der nächsten 12 Monate. Die Aussagen des Kardinals waren als möglicher Wissensträger eines Mordkomplotts so selbstsicher und konsequent vorgetragen, dass seine Gesprächspartner in China aufgeschreckt annahmen, dass auf den Heiligen Vater ein ernstzunehmender Anschlag geplant ist.

Kardinal Romeo fühlte sich sicher und konnte nicht davon ausgehen, dass seine Aussagen in dieser geheimen Gesprächsrunde über Dritte zurück in den Vatikan getragen werden.
Genauso selbstsicher prophezeite Romeo, dass bereits jetzt schon im Geheimen feststehe, dass der Nachfolger von Benedikt XVI. auf jeden Fall ein Kandidat mit italienischen Wurzeln sein werde.
Wie zuvor beschrieben, betonte Kardinal Romeo, dass Kardinal Scola nach dem Ableben von Papst Benedikt XVI. zum neuen Papst gewählt wird. Auch Scola habe bedeutende Feinde im Vatikan.

preparando y formando para ejercer de papa. Por iniciativa de Benedicto XVI, Scola ha sido enviado de Venecia a Milán para prepararse con tranquilidad para ser papa. El cardenal Romeo ha sorprendido aún más a sus interlocutores en China añadiendo ulteriores indiscreciones.

El cardenal Romeo se sentía tan seguro que ni podía imaginar que estas declaraciones hechas en una serie de coloquios secretos pudieran llegar al Vaticano por medio de terceras personas. Igualmente seguro de sí mismo, Romeo ha profetizado lo que ya ahora sería cierto aunque secreto: que el sucesor de Benedicto XVI será de todas formas un italiano. El cardenal Romeo ha subrayado que a la muerte de Benedicto XVI, Scola será elegido nuevo papa. También Scola tendría importantes enemigos en Vaticano.

¿Quién es este cardenal italiano nacido hace setenta años en la localidad lombarda de Malgrate? Angelo Scola es doctor en Filosofía por la Universidad Católica de Milán, y en Teología por la Universidad de Friburgo. Desde 1986 hasta 1991 trabajó como consultor de la Congregación para la Doctrina de la Fe, y hasta 1996, como consultor en el Pontificio Consejo para los Trabajadores Sanitarios. El 21 de septiembre de 1991 el papa Juan Pablo II le concedió el honor episcopal. Durante los años siguientes ejerció diferentes puestos, principalmente en las áreas de enseñanza, sanidad y familia. En enero de 2002, Scola fue nombrado patriarca de Venecia y al año siguiente, el papa Wojtyla le concedió el birrete cardenalicio. Finalmente, el 28 de junio de 2011, Benedicto XVI lo nombró arzobispo de Milán.

Su nombramiento como patriarca de Venecia por parte de Juan Pablo II y ahora como arzobispo de Milán por parte de Benedicto XVI podría suponer una clara ventaja a la hora de suceder al actual Sumo Pontífice en la Silla de Pedro. Al fin y al cabo, esa poderosa archidiócesis ya dio en el siglo pasado dos pontífices: monseñor Achille Ratti, que en 1922 se convertiría en el papa Pío XI, y monseñor Giovanni Battista Montini, que en 1963 se convirtió en Pablo VI. Por ahora, solo son quinielas periodísticas y elucubraciones gratuitas, hasta que los cardenales electores entren en el próximo cónclave para elegir al papa número 266. Entonces, y solo entonces, se podrá decir eso de *Roma locuta est, causa finita est* (Roma ha hablado, caso terminado).

«DIPLOMÁTICOS» *VERSUS* «BERTONIANOS»:
EL ORIGEN DE DOS BANDOS

La gran brecha abierta en la curia entre «bertonianos» y «diplomáticos» apareció en los últimos días del pontificado de Juan Pablo II. El cardenal Angelo Sodano, líder de los segundos, es un diplomático de carrera que estudió en la prestigiosa Pontificia Ecclesiastica Academia.

En los pasillos del Palazzo Severoli, en la romana Piazza della Minerva, se fraguaban estrategias políticas y diplomáticas, siempre bajo la alargada sombra de Agostino Casaroli, el estratega de la *Ostpolitik* vaticana. Sodano fue uno de los múltiples alumnos aventajados de Casaroli, al igual que el cardenal Leonardo Sandri, nuncio en México y sustituto de la Secretaría de Estado cuando Sodano era secretario de Estado; el cardenal Giovanni Battista Re, formado en los sótanos de la Secretaría de Estado y más tarde prefecto de la Congregación de los Obispos; el cardenal Achille Silvestrini, prefecto de la Congregación para las Iglesias Orientales en la década de los noventa, o el cardenal Crescenzio Sepe, arzobispo de Nápoles y primer responsable de la oficina de información y elevado poco después a prefecto de la Congregación para la Evangelización de los Pueblos.

Angelo Sodano fue nombrado secretario de Estado en 1990, sustituyendo a Casaroli, en un momento en que el mundo estaba cambiando con la caída del Muro de Berlín, el fin del comunismo y el inicio del nuevo terrorismo. A pesar de que la Santa Sede fue invitada por la ONU a formar parte de pleno derecho y no solo como observador, Sodano, fiel seguidor de las directrices de Juan Pablo II, prefirió continuar con su estatus para poder mantener una imagen de «neutralidad». De hecho, la diplomacia vaticana protestó enérgicamente por los bombardeos de la OTAN en Yugoslavia y por la intervención en Irak tras el 11-S.

Muchos de los ahora cardenales y monseñores que pasaron por el Palazzo Severoli mantienen a rajatabla la primera norma que se les enseña en la Pontificia Ecclesiastica Academia y que todo buen diplomático debe saber, el llamado «martirio de la paciencia», algo en lo que los hombres de Sodano, al contrario que los «bertonianos», son unos verdaderos expertos. Sodano lidera un grupo de hombres de élite salidos de las aulas del Palazzo Severoli y conocidos dentro de la Santa Sede como la «banda de los descontentos». Sin embargo, lo que en verdad defienden ante otros grupos de presión es la necesidad de «cooperar sin perder soberanía», frente a los «bertonianos», que defienden sencillamente la no cooperación en materia de transparencia financiera.

Rumores vaticanos hablan de una *cupola,* formada por un importante grupo de cardenales que se reúnen una vez al mes en las oficinas del cardenal Sodano como decano del Colegio Cardenalicio, el primero en tener despacho oficial para tal cargo en la Santa Sede. La oficina de Sodano recibió fondos multimillonarios tras abandonar la Secretaría de Estado. Al parecer, algunos vieron en ello una forma de mantenerlo callado, algo que todavía no han logrado.

Cuando en el cónclave de 2005 salió elegido Sumo Pontífice el cardenal Joseph Ratzinger, Sodano supo entonces que tenía los días contados como secretario de Estado. Él deseaba mantener a sus hombres en el mayor número de puestos, pero no lo consiguió. Fue el primero en gritar ¡*Santo Subito!* para Juan Pablo II, deseoso de convertirse en el líder de la causa, pero Benedicto XVI lo paró en seco, alegando que debían esperar cinco años de la muerte del candidato antes de iniciarla. También Sodano presionó para elegir al sucesor del cardenal Camillo Ruini como presidente de la Conferencia Episcopal Italiana (CEI), pero el propio Benedicto XVI lo desautorizó públicamente.

Sodano, sin consultar con el papa, había mantenido una reunión secreta con monseñor Paolo Romeo, entonces nuncio en Italia y ahora cardenal y arzobispo de Palermo. En la reunión, le pidió que enviase una carta a todos los obispos italianos, excepto a Ruini, para saber cuáles serían sus preferencias en la lista de posibles candidatos a ocupar el cargo de presidente de la CEI. Sorpresivamente, alguien informó a Ruini, y este a Benedicto XVI. Fue entonces cuando el papa, en presencia de Angelo Sodano, confirmó a Camillo Ruini como presidente de la CEI *donec aliter provideatur* (hasta que disponga lo contrario).

En junio de 2006 comenzaron a circular rumores sobre el reemplazo de Angelo Sodano al frente de la Secretaría de Estado, algo que se hizo efectivo en septiembre del mismo año. Los rumores apuntaban al cardenal Bertone, arzobispo de Génova, para sustituirlo. Sodano no se dio por vencido y envió a Génova a su secretario, monseñor Piero Pioppo[6], con el fin de convencer a Bertone para que no aceptase el cargo. El arzobispo de Génova dijo al enviado de Sodano que lo pensaría, pero lo que no dice es que ya había comunicado al papa su interés por el cargo y que, si se le ofrecía, «lo cumplirá con el mayor sentido de lealtad al papa y a la Santa Iglesia católica a la que sirve».

El canto del cisne de Angelo Sodano y de la «era Sodano» en la Secretaría de Estado sucedió el 12 de septiembre de 2006, con el terremoto diplomático provocado por las palabras del papa en la Universidad de Ratisbona, cuando afirmó: «Muéstrame también aquello que Mahoma ha traído de nuevo, y encontrarás solamente cosas malvadas e inhumanas, como su directiva de difundir por medio de la espada la fe que él predicaba». Tres días después, Sodano fue cesado de forma fulminante de su cargo, y Tarcisio Bertone, nombrado nuevo secretario de Estado. Benedicto XVI está preparado para cambiar el arte de la diplomacia vaticana, dejando atrás el «todo vale» de Casaroli.

Cuando en septiembre se produjo el cambio, Sodano se negó a abandonar su oficina y los veintitrés despachos en los que están repartidos los diferentes departamentos de la Primera Sección, encargada de los asuntos generales de la Iglesia, y la Segunda Sección, encargada de las relaciones diplomáticas con los Estados. Eso creó una mayor tensión entre el cardenal Bertone, que deseaba asumir con mano de hierro su nuevo cargo, y el cardenal Sodano, que aunque asumía su nueva situación, eso

---

[6] Durante el *interregnum* veraniego, Angelo Sodano colocó a su secretario, Piero Pioppo, como nuevo prelado del IOR, una posición que permanecía vacante desde hacía cinco años.

no significaba tener que perder poder e influencias dentro de la maquinaria vaticana. Sodano tardó un año en abandonar su despacho de secretario de Estado. No lo hizo hasta que estuvo preparada la nueva ala destinada al Decano del Colegio Cardenalicio. A día de hoy, las puertas de los despachos de Bertone y Sodano están separadas por apenas diez metros la una de la otra.

A finales de 1999, seis años antes de ser elegido Ratzinger Sumo Pontífice, un grupo de funcionarios vaticanos que se hacían llamar «los milenarios» recopilaron en un libro titulado *Via col vento in Vaticano*[7] una serie de hechos que mostraban con nitidez las grandes luchas intestinas dentro de la curia, muchas de ellas provocadas por los «diplomáticos» de Sodano. Estaba claro que los «diplomáticos» habían fortalecido sus lazos no solo en la Pontificia Ecclesiastica Academia, sino en mil batallas cuando fue necesario salvar a una comunidad cristiana en algún rincón del mundo, establecer un tratado o concordato o asegurar una relación diplomática. En el sector de los «bertonianos», eso lazos solo se han conseguido establecer por la férrea mano del actual secretario de Estado.

Curiosamente, el último consistorio, celebrado el sábado 18 de febrero de 2012, ha supuesto un importante espaldarazo para Tarcisio Bertone. El papa nombraba a veintidós nuevos cardenales, dieciocho de ellos menores de ochenta años y, por tanto, con derecho a voto en el próximo cónclave. De esos dieciocho, al menos once se han declarado abiertos partidarios del cardenal secretario de Estado Tarcisio Bertone. Entre ellos se encuentran los italianos Domenico Calcagno, Giuseppe Versaldi, Giuseppe Bertello, el brasileño João Bráz de Aviz, el checo Dominik Duka, el maltés Prospero Grech y el español Santos Abril y Castelló, vicecamarlengo de la Cámara Apostólica hasta el pasado mes de julio, entre otros. En el grupo de los partidarios del cardenal Angelo Sodano hay cinco nuevos cardenales: los italianos Antonio Maria Vegliò y Fernando Filoni, el portugués Monteiro de Castro, el hongkonés John Tong Hon y el hindú George Alencherry.

Alguien dijo un día que, durante la guerra, la Iglesia debía promover la paz, pero lo más difícil, al parecer, es que el papa Benedicto XVI consiga establecer una *entente cordiale* entre «diplomáticos» y «bertonianos» antes de que sus representantes tengan que entrar nuevamente en la Capilla Sixtina para elegir a su sucesor. Los vaticanistas aseguran que esta es una meta demasiado lejana para alcanzarla, debido a la profunda brecha que separara a unos de otros. Las inexistentes relaciones entre Angelo Sodano y Tarcisio Bertone así lo demuestran.

Sodano dejó de ser cardenal elector el 23 de noviembre de 2007, cuando cumplió ochenta años. Bertone lo seguirá siendo, siempre y cuando el próximo cónclave se celebre antes del 2 de diciembre de 2014,

---

[7] «Los milenarios», *Via col vento in Vaticano,* Kaos Edizioni, Milano, 1999.

que es cuando el secretario de Estado los cumplirá, perdiendo así la posibilidad de ser elegido Sumo Pontífice.

En la actualidad, el presidente de la Pontificia Ecclesiastica Academia es el arzobispo Beniamino Stella, un hombre próximo a Tarcisio Bertone, quien intentaría de esta forma controlar un importante punto de disidencia. Pero para que la influencia de los «bertonianos» llegue hasta el interior de las aulas de la Academia tendrán que pasar muchas décadas y, por supuesto, hacer que desaparezca de su fachada el escudo cardenalicio de Angelo Sodano.

DE CÁMARAS Y CAMARILLAS

Desde septiembre de 2006, cuando el papa Benedicto XVI destituyó como secretario de Estado al hasta entonces todopoderoso cardenal Angelo Sodano, las cabezas de los «diplomáticos» comenzaron a rodar por la escaleras vaticanas al más puro estilo renacentista. Con Sodano salían también los números tres y cuatro de la Secretaría de Estado: monseñor Pietro Parolin, que fue nombrado nuncio en Venezuela, y monseñor Gabriele Caccia, que ocuparía el mismo cargo en Líbano. El cardenal Joseph Levada, hombre contrario a las directrices de Sodano, fue llamado para sustituir a Ratzinger en la Congregación para la Doctrina de la Fe. Dos importantes «antisodanistas» fueron nombrados prefecto de la Congregación para la Evangelización de los Pueblos y secretario de la Congregación para el Culto Divino, respectivamente: los cardenales Iván Días y Malcolm Ranjith Patabendige. Por último, el papa elevó a la púrpura cardenalicia a Joseph Zen Ze-kiun, el combativo arzobispo de Hong Kong. Angelo Sodano era un hombre que prefería no herir la sensibilidad de Pekín, por lo que el nombre de Zen Ze-kiun jamás había entrado en las quinielas para los consistorios.

De este modo, los «diplomáticos» fueron marginados en los nuevos nombramientos. El cardenal canadiense Marc Ouellet fue designado prefecto de la Congregación para los Obispos. Ouellet era el editor de la revista *Communio,* de la que Ratzinger fue uno de sus fundadores, pero también el líder de la llamada «revolución tranquila» para la progresiva y exitosa secularización de Canadá. El cardenal brasileño João Bráz de Aviz fue elegido por Benedicto XVI para hacerse con las riendas de la Congregación para los Institutos de Vida Consagrada y las Sociedades de Vida Apostólica, sustituyendo al cardenal Franc Rodé. Con el cese de este, el nuevo Sumo Pontífice deseaba pasar página en el caso de Marcial Maciel, pues tanto el cardenal esloveno como Angelo Sodano habían sido considerados los grandes protectores de los Legionarios de Cristo.

Asimismo el cardenal Leonardo Sandri era removido de su puesto como sustituto de la Secretaría de Estado y reemplazado por el cardenal Fernando Filoni, antiguo nuncio papal en Filipinas, Jordania e Irak y uno de los pupilos de Bertone. Lo cierto es que, en los últimos meses, las relaciones entre Filoni y Bertone se han deteriorado a causa del llamado «asunto chino», pues, al parecer, Filoni deseaba enviar una importante cantidad de dinero a una misión en Taipei, pero Bertone y el propio papa le aconsejaron que no lo hiciera, pues sería considerado por el Gobierno chino como una «intromisión» y provocaría una tensión innecesaria entre la Santa Sede y Pekín. Filoni no escuchó las advertencias y envió el dinero. La protesta formal diplomática desde Pekín no se hizo esperar. Desde ese momento, Filoni es considerado un «traidor» para Bertone o, incluso, un cardenal que podría convertirse en «diplomático», seguro como está de que Sodano lo recibiría con los brazos abiertos. El 10 de mayo de 2011, el cardenal Filoni fue sustituido por el arzobispo Giovanni Angelo Becciu, miembro de la facción de los «focolares» y, además, un defensor de Bertone.

Otra facción que aún no habría decidido su apoyo a «diplomáticos» o «bertonianos» es la de los «ambrosianos». Aunque el nombre procede del llamado rito ambrosiano o milanés, una de las prácticas latinas medievales que aún subsisten en la Iglesia católica, el nombre de la facción procede de aquellos que han estado unidos por el llamado «sector milanés». El principal dirigente de esta facción sería el cardenal Attilio Nicora, presidente de la Autoridad de Investigación Financiera (AIF) de la Santa Sede. Nicora fue una pieza clave en los meses finales del pontificado de Juan Pablo II, cuando el cardenal Angelo Sodano le pidió que realizase un boceto para reformar la Constitución Apostólica *Pastor Bonus,* que hasta ese momento estructuraba la administración y gobierno de la Iglesia. El proyecto, mantenido en secreto, tenía como fin adelgazar la burocracia de la curia. El diseño de Nicora conllevaba incorporar Pontificios Consejos a congregaciones, y los prefectos de estas formarían parte de un Comité de Gestión de la Iglesia, que haría las funciones de la Primera Sección (de Asuntos Generales) y esta desaparecería como tal, manteniéndose únicamente la encargada de las Relaciones con los Estados. También se concentrarían todas las universidades católicas de todo el mundo bajo el control de una única Universidad de Roma.

Muchos vaticanistas analizaron esta reforma y la consideraron «abrumadora y necesaria», pero si se hubiese llevado a cabo, habría permitido a Angelo Sodano mantener su liderazgo dentro del aparato curial al unir la Presidencia del Comité de Gestión y el cargo de decano del Sacro Colegio Cardenalicio. Desde este poder bicéfalo, le habría resultado fácil controlar los mecanismos y resortes en un próximo cónclave. Lo cierto es que nunca se confirmó este encargo de Sodano a Nicora, pero todos estos rumores y habladurías recogidos en los pasillos vaticanos apuntarían a un escenario más complejo y diverso en la guerra desatada entre facciones dentro de la curia con el fin de colocarse en la *pool position* ante un próximo cónclave. El cardenal Tarcisio Bertone vendría a representar todo lo que funciona mal dentro del aparato vaticano: claras omisiones y desafortunadas decisiones, un manejo personalista de la maquinaria vaticana, que ni siquiera buscaría una «tripulación» de confianza. Este es el panorama con el que se llegará al próximo cónclave tras la muerte de Benedicto XVI.

A pesar de que los cardenales tienen estrictamente prohibido presentar su candidatura o hacer propaganda de sí mismos, sí se les permite el intercambio de opiniones y buscar apoyos para terceros. Esta será una de las piezas clave antes de que el maestro de Celebraciones Litúrgicas Pontificias dé la solemne orden de *Extra omnes!* (¡Fuera todos!), el inicio al cónclave en el que los cardenales electores elegirán al *Summum Pontificem* número 266. Entre las poderosas facciones que entrarán en el cónclave se encuentran los «bertonianos», los «diplomáticos» y los «ratzingeristas». Del primer grupo forman parte, además de, claro está, Bertone, importantes cardenales, como Giuseppe Bertello, presidente de la Gobernación; Domenico Calcagno, presidente de la Administración del Patrimonio de la Sede Apostólica (APSA); Giuseppe Versaldi, presidente de la Prefectura de Asuntos Económicos o Gianfranco Ravasi, presidente del Pontificio Consejo de Cultura y de las comisiones de Arqueología Sacra y de la Herencia Cultural de la Iglesia.

De la segunda facción, liderada por el cardenal no elector Angelo Sodano, formarían parte personajes tan importantes como el cardenal Fernando Filoni, prefecto de la Congregación para la Evangelización de los Pueblos, el cardenal Jean-Louis Tauran, responsable de Biblioteca y Archivos Vaticanos y presidente de Pontificio Consejo para el Diálogo Interreligioso; el cardenal Antonio Maria Vegliò, presidente del Pontificio Consejo para la Atención Espiritual a los Emigrantes e Itinerantes o monseñor Ettore Balestrero, subsecretario de Relaciones con los Estados.

En la tercera facción, el grupo más cercano al actual papa y que no ha tomado partido por ninguna de las anteriores, el líder sería el cardenal Angelo Amato, prefecto de la Causa de los Santos. En este grupo se concentrarían, además, otros nombres; como el del cardenal Raymond Burke; el poderoso cardenal Marc Ouellet, prefecto de la Congregación para los Obispos; William Levada, prefecto emérito de la Congregación para la Doctrina de la Fe; Antonio Cañizares, prefecto de la Congregación para el Culto Divino y la Disciplina de los Sacramentos o el cardenal Kurt Koch, presidente del Pontificio Consejo para el Fomento de la Unidad de los Cristianos.

Otras facciones y partidos menores, aunque no menos importantes a la hora de nivelar la balanza en uno u otro sentido, serían los mencionados «focolares» (defensores del movimiento creado en 1943, en Trento, por Chiara Lubich), los «ambrosianos» (sector milanés), el «Partido Romano» (en su mayor parte, italianos que han pasado por la curia romana); los «pastoralistas» (italianos que no han pasado por la curia romana), los «extranjeros» (no italianos cansados de la mala imagen transmitida por la Iglesia), los «opusianos» (miembros del Opus Dei o cercanos a su pensamiento) o la «Masónica» (que aunque no tienen nada que ver con la francmasonería, tienen una estructura de poder que recuerda a la articulación de la masonería). En este último grupo se encontrarían aquellos miembros de la curia romana que están en contra de las aspiraciones de poder por parte de grupos como el Opus Dei, Comunión y Liberación o los Caballeros de Colón, cuyo máximo líder es Carl Anderson, miembro del Consejo del IOR.

Entre los «focolares» destacarían el cardenal Giovanni Becciu, sustituto de la Secretaría de Estado; Ennio Antonelli, expresidente del Pontifico Consejo para la Familia o el cardenal brasileño João Bráz de Aviz, actual prefecto de la Congregación para los Institutos de Vida Consagrada y las Sociedades de Vida Apostólica. Entre los «ambrosianos» figurarían Attilio Nicora, presidente de la Autoridad de Investigación Financiera (AIF) y el cardenal Francesco Coccopalmerio, presidente del Pontificio Consejo de la Interpretación de los Textos Legislativos. En el «Partido Romano» sobresale su líder, el cardenal Mauro Piacenza, prefecto de la Congregación para el Clero, pero también al cardenal Leonardo Sandri, prefecto de la Congregación para las Iglesias Orientales. Entre los «pastoralistas» también hay miembros de la curia, como los cardenales Camillo Ruini, Dionigi Tettamanzi, Angelo Bagnasco o el propio Angelo Scola. En los «extranjeros», liderados por el cardenal brasileño Odilo Pedro Scherer y el hondureño Oscar Andrés Maradiaga, destacan además los cardenales Christoph Schönborn, al ghanés Peter Turkson, o al canadiense Marc Ouellet. El grupo de los «opusianos» estaría liderado por el cardenal español Julián Herranz, pero además formarían parte de la facción el cardenal peruano Juan Luis Cipriani, el italiano Francesco Monterisi y el mexicano Norberto Rivera.

El domingo 15 de julio de 2012, después del *Angelus,* el papa Benedicto XVI anunció que estaba preparando una reflexión ética «sobre algunas medidas que se están adoptando en el mundo para contener la crisis económica y financiera». Estas medidas éticas se publicarán como parte de su mensaje anual para la Jornada Mundial de la Paz del 1 de enero de 2013. En el texto, el Sumo Pontífice afrontará también «la crisis de las instituciones y de la política, que es también preocupante crisis de la democracia». El comunicado de la Oficina de Prensa de la Santa Sede ha asegurado que el mensaje del papa no solo hablará sobre la crisis económica, sino también sobre la «crisis del hombre, de los derechos fundamentales, de libertad de conciencia, de expresión y de libertad religiosa, pero también de los valores y de la moral. ¿Un mensaje a los suyos? Podría ser, o, al menos, como tal lo han calificado los principales vaticanistas.

La detención del mayordomo papal Paolo Gabriele, que supuso el inicio de todo el escándalo, ha traído un auténtico tsunami al interior de la Santa Sede. Nunca antes un Sumo Pontífice había estado tan desnudo. Documentos confeccionados para ser leídos en exclusiva por Benedicto XVI y por su más cerrado círculo, que debían ser clasificados como «secretos» y enterrados en el Archivo Secreto Vaticano, han sido entregados por un «topo» a divesos medios de comunicación. A este fenómeno se le ha bautaizado con el nombre de *Vatileaks,* si bien todo sabemos que este no va a ser el último fenómeno histórico, político o económico que azotare a la Santa Sede. Esperando aún que las aguas del tsunami comiencen a retirarse tras los daños causados, ha sido el propio papa Benedicto XVI quien ha definido a la perfección lo ocurrido:

> Quien escucha estas palabras mías y las pone en práctica será parecido a un hombre sabio que ha construido su casa sobre la roca. Cayó la lluvia, se desbordaron los ríos, soplaron los vientos y se precipitaron sobre esta casa, pero esta no cayó, porque estaba construida sobre la roca.

A día de hoy, un papa más encerrado en sí mismo y desconfiado tras la traición de su querido Paoletto, ha estrechado aún más el círculo de lo que él llama «su familia», es decir, sus dos secretarios, el alemán monseñor Georg Gänswein, y el sacerdote maltés Alfred Xuereb, las dos monjas alemanas del Movimiento Schonstatt, sor Birgit Wansing, que le ayuda en los trabajos de estudio y escritura, e Ingrid Stampa, quien, como ya dijimos, es la única capaz de descifrar la letra de Su Santidad, y Carmela, Loredana, Cristina y Rosella, las cuatro mujeres de Memores Domini, el movimiento de laicas de Comunión y Liberación que siguen los preceptos de obediencia, pobreza y castidad, y que le ayudan y atienden en todo momento. Tal vez a Josep Ratzinger le gustaría vivir solo para estás ocho personas, pero por ahora, y hasta que Dios y el Espíritu Santo no dispongan lo contrario, Benedicto XVI seguirá siendo el líder espiritual de casi 1200 millones de católicos repartidos por todo el mundo.

Nota Final

Epílogo a una «renuncia» anunciada

A pesar de que ahora muchas editoriales y medios de comunicación en diferentes países del mundo pretenden hacer ver que fui un «clarividente» cuando hace tan sólo unos meses «predije» en mi libro *Los Cuervos del Vaticano* que el papa Benedicto XVI iba a renunciar a la Cátedra de Pedro, he de decirles que no soy ningún brujo, ni veo el futuro, ni soy adivino, ni soy clarividente, ni nada por el estilo. Tampoco soy ningún San Malaquías. Sólo soy un periodista que sabe analizar señales de una serie de acontecimientos para llegar a una conclusión y si alguien ha dado suficientes señales de lo que iba a hacer, ese fue el propio Benedicto XVI.

El sábado, 16 de abril de 2005, el día de su 78 cumpleaños, Joseph Ratzinger anunció a sus más estrechos colaboradores la alegría de su próxima jubilación. No era la primera vez que el cardenal alemán intentaba dar un paso a un lado de las responsabilidades vaticanas, motivado por el deseo de terminar en un monasterio de Baviera en suma tranquilidad, en sus días de vejez junto a su querido hermano Georg.

Tras su designación como jefe supremo de la Iglesia, a Ratzinger se le vino a la cabeza la idea de la guillotina, ya que no sentía que el papado fuera su destino, según dijo a su biógrafo Peter Seewald. Tras anunciar con el nombre que reinaría, Benedicto XVI, dicen que el nuevo pontífice se dio la vuelta, miró a la cruz directamente y dijo: «¿Qué estás haciendo conmigo? Ahora, la responsabilidad la tienes Tú. ¡Tú tienes que conducirme! Yo no puedo», dijo, dirigiéndose a Dios. Así se iniciaba el tiempo de Benedicto XVI al frente de la Iglesia, a quien muchos calificaron como un «papa de transición». Hoy, tras casi ocho años como pontífice y después de su renuncia, el balance parece indicar que más que un papado de paso, su gestión fue una bisagra en la historia de la Iglesia Católica.

En 2002, cuando oficiaba como mano derecha de Juan Pablo II, como prefecto para la Congregación de la Doctrina de la Fe, le había solicitado dimitir al entonces papa, quien se negó porque prefería tenerlo cerca, muy cerca. No obstante, tres días después de cumplir 78 años, el Espíritu Santo presente en el Cónclave junto a 117 cardenales electores, decidieron elegir a Ratzinger como nuevo Sumo Pontífice.

«Podría optar por la renuncia. Si un papa se da cuenta de que ya no es física, psicológica o espiritualmente capaz de ejercer el cargo que se le ha confiado, entonces tiene derecho, y en algunas circunstancias también el deber, de dimitir». Le dijo Benedicto XVI a Peter Seewald, autor del libro *Benedicto XVI. La Luz del Mundo*, en el año 2010, exactamente cinco años después de ser elegido Sumo Pontífice.

Luigi Bettazi, obispo emérito de Ivrea, amigo íntimo y confidente del papa llegaba a asegurar a inicios del año 2012, que «aunque sería un hito histórico que provocaría un auténtico shock dentro de la Iglesia, los escándalos del "Vatileaks" podrían ser una estrategia para preparar la eventualidad de la dimisión». Los rumores sobre una posible renuncia continuaron durante los meses siguientes en los pasillos y estancias vaticanas, tan dadas al secretismo. A finales de octubre del pasado año, cuando salió mi libro en España, yo ya aseguraba, no «a ciencia cierta» conociendo como conozco el Vaticano, que Benedicto XVI «dimitiría» como así ocurrió. Muchos sectores católico-críticos me acusaron entonces de hacer «predicciones sin consistencia» llegando casi a la «brujería», pero esas predicciones se convirtieron en certeza, no sólo para ellos, sino para los casi mil ochocientos millones de católicos repartidos por todo el planeta, cuando el pasado lunes 11 de febrero, el papa dijo: «Después de haber examinado ante Dios reiteradamente mi conciencia, he llegado a la certeza de que, por la edad avanzada, ya no tengo fuerzas para ejercer adecuadamente el ministerio petrino. Soy muy consciente de que este ministerio, por su naturaleza espiritual, debe ser llevado a cabo no únicamente con obras y palabras, sino también y en no menor grado sufriendo y rezando.» Muchos analistas comenzaron a explicar la renuncia por una cuestión de salud, pero ¿era del todo acertado?

Seguramente hay dos motivos por los que Benedicto XVI renuncia al pontificado el jueves 28 de febrero, a las 20:00 horas, hora Vaticano: el agotamiento «moral» sufrido por el caso Vatileaks y la sangrienta lucha de poder desencadenada en el seno del Colegio Cardenalicio entre los dos sectores más poderosos, los «diplomáticos» liderados por Angelo Sodano y los «bertonianos» liderados por Tarcisio Bertone, actual Secretario de Estado y camarlengo de la Santa Iglesia Católica durante la próxima «Sede Vacante».

El propio papa ya lo dijo en noviembre de 2012, cuando aseguró que el caso de la revelación de secretos más increíble jamás vivido en el Vaticano le había afectado seriamente tras descubrirse que el mayordomo Paolo Gabriele, su más fiel servidor y de su máxima confianza, el hombre que le despertaba y que le ayudaba a ponerse el pijama en la noche para irse a dormir, le había traicionado. El segundo motivo sería la sangrienta guerra, que se remonta a 2006, entre los cardenales Angelo Sodano y Tarcisio Bertone. Sodano agrupaba un gran poder entre sus manos al ostentar los cargos de Secretario de Estado y decano del Colegio Cardenalicio. Bertone era tan sólo, arzobispo de Génova.

Aquel año, según un rumor vaticano, alguien cercano a Bertone consiguió colar en último momento, en el texto del discurso que el papa debía dar en Ratisbona la frase, «Muéstrame también lo que Mahoma ha traído de nuevo, y encontrarás solamente cosas malas e inhumanas, como su directriz de difundir por medio de la espada la fe que predicaba». Aquellas palabras desataron la ira de los países musulmanes; Sodano acabó cesado como número dos vaticano; y Bertone, se convirtió en todopoderoso Secretario de Estado.

El Vatileaks puso tan sólo de manifiesto las pequeñas batallas de esa gran guerra entre los dos sectores. El IOR (Banco Vaticano), la prensa católica, el hospital San Raffaele de Milán. Esta guerra en pleno corazón de la maquinaria curial, consiguió fatigar seriamente al papa y seguramente, esta guerra continuará incluso con la llegada al Trono de Pedro, del papa 266.

«Este papa no sabe teología», dijo una vez el cardenal Ratzinger en una de sus habituales indiscreciones, a poco de conocer a Juan Pablo II. Hoy, en el mes de febrero de 2013, si Wojtyla viviese, estoy seguro de que diría sobre Benedicto XVI, «Este papa no sabe de política» y seguramente tendría razón. Al menos, Ratzinger ha aprendido tarde que no basta con ser un buen monje, para ser un buen papa.

Las principales críticas a la renuncia del Sumo Pontífice llegaron de sectores muy próximos al anterior papa. El cardenal Stanislav Dziwisz, actual arzobispo de Cracovia y exsecretario de Juan Pablo II y Marco Politi, famoso vaticanista y biógrafo del anterior papa. El cardenal polaco llegó a decir al enterarse de la renuncia del Pontífice: «De la cruz no se baja». Politi por su lado afirmaba que «No es únicamente un cansancio físico, es la conciencia de sus propios límites. (...) Se aprovecha del poder de papa para renunciar como papa». Pero también podríamos decir que esta curia romana no ha estado a la altura de un Papa como Benedicto XVI, aunque confinar la decisión a ese problema sería minimizar la magnitud y el misterio de su propia decisión.

Todos sabemos que el catolicismo se asienta en el misterio porque lo misterioso atraviesa los fundamentos de cualquier religión. Y también de la católica. Más aún, durante siglos, la Iglesia jerárquica cultivó con profusión el misterio a todos los niveles porque el misterio y el secreto protege, aísla, separa, mantiene en otra órbita. El culmen del secretismo y de la opacidad informativa se encuentra lógicamente en el Vaticano y entre su Curia. El *sancta sanctorum* del poder eclesial celosamente custodiado por un espeso muro de silencio. Hasta hace unos años, un lugar prácticamente impenetrable para el común de los mortales.

Desde la reforma de la Curia realizada por Pablo VI se consiguió cierta transparencia, al menos de cara a la galería. Transparencia forzada por la dinámica de los modernos medios de comunicación. Por ejemplo, hasta el pontificado de Juan Pablo II, no se sabía que el papa estaba enfermo hasta unas horas antes de su muerte. A Juan Pablo II, lo vimos varias veces incluso en su cama del hospital Gemelli de Roma y asistimos a su creciente deterioro físico (algunos hablaron de agonía) en vivo y en directo.

Benedicto se va, pero sin duda puede ser ya catalogado como un papa «revolucionario». No creo que haya, en los tiempos que corren y observando a nuestros políticos, un gesto más revolucionario que el de renunciar en el cenit del máximo poder. Por otro lado, Joseph Ratzinger tuvo una revolucionaria intervención en el Concilio Vaticano II, cuando era aún un joven teólogo, pero tampoco debemos olvidar su trabajo respecto a la pederastia, por el cual Benedicto XVI tuvo que luchar contra las duras resistencias dentro de la Iglesia, en especial contra los «diplomáticos» de Sodano en donde se agrupan gran parte del aparato curial de Juan Pablo II, el mismo que protegió y abrazó al pederasta Maciel. También se reunió con familiares de las víctimas y solicitó procesos de investigación, entre ellos el del líder de Los Legionarios de Cristo, Marcial Maciel, quien fue retirado del ministerio sacerdotal por el papa al poco tiempo de asumir el cargo. A su vez, durante su pontificado, el papa creó una ley (la CXXVII) para que el IOR (Banco Vaticano) dejara de ser «un paraíso fiscal» que apoyaba el lavado de dinero y la financiación ilegal del terrorismo. Tal vez ayudó a eso la advertencia de Hillary Clinton de meter al IOR en la «lista negra» del Departamento de Estado estadounidense.

El vaticanista John Allen escribió una comparación con el anterior pontífice: «Si Juan Pablo II no hubiera sido papa, hubiera sido estrella de cine (de hecho, en su juventud fue actor); si Benedicto XVI no hubiera sido papa, hubiera sido profesor universitario». Lo cierto es que no se le podía pedir a Benedicto que tuviese las mismas manifestaciones teatrales de Juan Pablo II. El papado es un sobretodo que no todos tienen ni pueden usar de la misma manera, al fin y al cabo Benedicto es un papa más para leerle que para verle en televisión. No obstante sobre sus diferencias de personalidad con Juan Pablo II, varios analistas sostienen que Benedicto XVI fue más allá que su antecesor en muchos aspectos.

El papa alemán habla claro, y su pensamiento es lineal y entendible lo que le acercaba a la gente. Propuso muchos cambios positivos, como la apertura hacia los anglicanos y luteranos, el debate con el Islam, que primero le fue hostil y luego él convirtió en positivo, la reunión con las víctimas de la pederastia y el reconocimiento por primera vez de este problema, y la escritura de las tres encíclicas, pero también chocaron con aspectos negativos, en parte por su ingenua posición con respecto a sus más estrechos colaboradores, como el incidente de Ratisbona o el haber levantado la excomunión al obispo que negó el holocausto judío. Con posterioridad la Santa Sede tuvo que salir al paso afirmando que el papa «desconocía» la posición de Richard Williamson «en el momento de revocar la excomunión» e instó a este último a que se retractara de sus declaraciones.

El último golpe de gracia por parte de Benedicto XVI antes de abandonar la Silla de Pedro, fue la de nombrar al alemán Ernst von Freyberg como nuevo presidente del Instituto para las Obras de Religión, el polémico IOR, el jueves 14 de febrero, a tan sólo 14 días de Sede Vacante. Muchos analistas han visto este último acto, como un golpe sobre la mesa del propio Papa, aunque ya demasiado tarde. Al parecer, varios asesores recomendaban al pontífice que dejase tal decisión al Papa que saliese elegido en el Cónclave de marzo, pero Benedicto sigue sentándose cada mañana en la Cátedra de Pedro y desea seguir dando muestras de que hasta el jueves 28 de febrero, el papa es él.

Freyberg llega al cargo unos ocho meses después de que el pasado 24 de mayo dimitiera el entonces presidente del IOR, Ettore Gotti Tedeschi, y de que la Comisión Cardenalicia del Banco Vaticano, controlada al parecer por el cardenal Tarcisio Bertone, aprobara por unanimidad un voto de censura a su gestión y recomendara el cese de su mandato. El Consejo del IOR iniciaba ya entonces la búsqueda de «un nuevo y excelente presidente que ayudará al Instituto a recuperar relaciones eficaces y amplias entre el Instituto y la comunidad financiera basadas en el respeto mutuo de los estándares bancarios internacionalmente aceptados».

Ernst von Freyberg, de 55 años, es alemán como el papa y con una amplia experiencia en el sector empresarial y financiero, pero algo que no debe haber gustado a los hombres de Angelo Sodano es que el nuevo presidente del IOR es un hombre muy cercano al sector del banco (bertoniano) que consiguió el cese de Gotti Tedeschi.

En el Cónclave de marzo de 2013, no sólo entraran 117 cardenales electores (67 nombrados por Benedicto XVI y 50 por Juan Pablo II), sino que también entrarán los representantes de los grupúsculos que conforman el actual poder de la Curia: *bertonianos*, liderados por el cardenal Tarcisio Bertone (elector); *diplomáticos,* liderados por el cardenal Angelo Sodano (no-elector); *focolares,* liderados por el cardenal Giuseppe Bertello (elector); *ambrosianos,* liderados por el cardenal Attilio Nicora (elector); *ratzingeristas,* liderados por el cardenal Angelo Amato (elector); el *partido romano,* liderados por el cardenal Mauro Piacenza (elector); *extranjeros,* liderados por el cardenal Odilo Pedro Scherer (elector); *opusianos,* liderados por el cardenal Julián Herranz (no-elector); *masónicos*, liderados por el cardenal Francesco Coccopalmerio (elector); y *pastoralistas,* liderados por el cardenal Camillo Ruini (no-elector). Para que un cardenal sea elegido 266 Sumo Pontífice son necesarios 78 votos, o lo que es lo mismo, dos tercios de los electores, durante las cuatro votaciones diarias (dos en la mañana y dos en la tarde) hasta alcanzar la *fumata blanca.*

Si bien no hay un candidato natural para asumir el papado, hay nombres que forman ya parte de los *Preferiti* que entrarán en Cónclave. Entre ellos destaca el del cardenal canadiense Marc Ouellet (68 años), prefecto de la Congregación para los Obispos y presidente de la Pontificia Comisión para América Latina; el del ghanés Peter Turkson (64 años), presidente del Pontifico Consejo para la Justicia y la Paz; el del filipino Luis Antonio Tagle (55 años), muy conocido por su cercanía a la gente y por su gran nivel intelectual; el austríaco Christoph Schönborn (68 años), y dos italianos, Gianfranco Ravasi (70 años), presidente del Pontificio Consejo para la Cultura, y Angelo Scola (71 años), arzobispo de Milán y la apuesta más fuerte de muchos vaticanistas. Ahora, la decisión está en manos del Espíritu Santo, con algo de ayuda de política curial.

Lo único cierto ya, es que dentro de unos días, exactamente a las 20:01 Hora Vaticano, Benedicto XVI abandonará la Cátedra de Pedro, volverá a adoptar su nombre original de Joseph Ratzinger, y la Santa Sede volverá a entrar en la llamada 'Sede Vacante' hasta la elección de un nuevo papa en el Cónclave. Pero también es bien cierto que mientras el mundo sigue girando, el Estado Ciudad del Vaticano continuará moviéndose lentamente en su hermético mundo en el que todo aquello que no es sagrado, es secreto.

Leyendo ustedes este texto, estarán de acuerdo conmigo en que no fui ningún «clarividente» sino tan sólo un atento observador de los acontecimientos que iban desarrollándose en los pasillos de la Santa Sede.

Bibliografía

ALLEN JR., John, *All The Pope's Men: The Inside Story of How the Vatican Really Thinks,* Image, Nueva York, 2006.
—, *Cardinal Ratzinger. The Vatican's Enforcer of the Faith,* Continuum, Londres, 2000.
BERNSTEIN, Carl, y POLITI, Marco, *His Holiness,* Bantam Doubleday, Nueva York, 1996.
BERRY, Jason, *Render unto Rome. The Secret Life of Money in the Catholic Church,* Crown, Nueva York, 2011.
BERTONE, Tarcisio, *The Last Secret of Fatima,* Doubleday Religion, Nueva York, 2008.
BLONDIAU, Heribert, y GÜMPEL, Udo, *El Vaticano santifica los medios. El asesinato del «banquero de Dios».* Ellago Ediciones, Castellón, 2003.
CASTIGLIONI, Carlo, *Storia dei Papi,* Editrice Torinese, Turín, 1939.
CENCIARELLI, Gaja, *Extra Omnes. L'infinita scomparsa di Emanuela Orlandi,* Zona Editore, Bolonia, 2006.
DIFONZO, Luigi, *Michele Sindona, el Banquero de San Pedro,* Planeta, Barcelona 1984.
DIGIROLAMO, Giacomo, *Matteo Messina Denaro. L'invisibile,* Editori Riuniti, Roma, 2010.
DISCÍPULOS DE LA VERDAD, *Bugie di sangue in Vaticano,* Kaos Edizioni, Milán, 1999.
—, *All'ombra del Papa infermo,* Kaos Edizioni, Milán, 2001.
FEO, Fabrizio, *Matteo Messina Denaro. La mafia del camaleonte,* Rubbettino, Calabria, 2011.
FERRARA, Christopher, *The Secret Still Hidden,* Good Counsel Publications, Buffalo, Nueva York, 2008.
FIAMINI, Gianni, *La banda della Magliana,* Kaos Edizioni, Milán, 2002.
FRANCO, Massimo, *Parallel Empires. The Vatican and The United States. Two centuries of Alliance and Conflict,* Doubleday, Nueva York, 2008.

FRATTINI, Eric, *La Santa Alianza. Historia del espionaje vaticano. De Pío V a Benedicto XVI,* Espasa, Madrid, 2005.

—, *Secretos vaticanos,* EDAF, Madrid, 2005.

—, *Los papas y el sexo,* Espasa, Madrid, 2010.

— y COLÍAS, Yolanda, *Tiburones de la Comunicación. Grandes líderes de los grupos multimedia,* Pirámide, Madrid, 1996.

GALLI, Giancarlo, *Finanza bianca. La Chiesa, i soldi, il potere,* Mondadori, Milán, 2004.

GIOVACCHINO, Rita di, *Scoop mortale: Mino Pecorelli, storia di un giornalista kamikaze,* T. Pironti Edizioni, Nápoles, 1994.

GIOVANNINI, Fabio, *Roma misteriosa e criminale. Delitti e segreti da Romolo alla banda della Magliana,* Ugo Mursia Editore, Roma, 2012.

GREGOIRE, Lucien, *Murder in the Vatican,* AuthorHouse Publishers, Bloomington, Indiana, 2006.

GUARINI, Mario, *I Mercanti del Vaticano. Affari e Scandali: l'industria della anime,* Kaos Edizioni, Milán, 1998.

GURUGÉ, Anura, *The Next Pope 2011,* WOWNH Edition, New Hampshire, 2012.

HAMMER, Richard, *The Vatican Connection. Mafia & Chiesa come il Vaticano ha comprato azioni false e rubate per un miliardo di dollari,* Tullio Pironte Editore, Nápoles, 1983.

HEBBLETHWAITE, Peter, *Pablo VI. El primer papa moderno,* Javier Vergara Editor, Buenos Aires, 1993.

HIDALGO, Roberta, *L'affaire Emanuela Orlandi,* Croce Libreria, Roma, 2012.

IMPOSIMATO, Ferdinando, *Vaticano. Un affare di Stato. Le infiltración. L'attentato-Emanuela Orlandi,* Koinè Nuove Edizioni, Roma, 2003.

JEFFERS, H. Paul, *Dark Mysteries of the Vatican,* Citadel Press, Nueva York, 2010.

JONES, Tobias, *The Dark Heart of Italy,* North Point Press, Nueva York, 2005.

MAIOLO, Tiziana, *Tangentopoli,* Rubbettino, Milán, 2011.

MARTIN, Malachi, *The Jesuits. The Society of Jesus and the Betrayal of the Roman Catholic Church,* Simon & Schuster, Nueva York, 1988.

MATULICH, Serge, y CURRIE, David M., *Handbook of Frauds, Scams, and Swindles, Failures of Ethics in Leadership,* CRC Press, Nueva York, 2008.

MILENARIOS, LOS, *Via col vento in Vaticano,* Kaos Edizioni, Milán, 1999.

MUGNO, Salvatore, *Matteo Messina Denaro. Un padrino del nostro tempo,* Massari, Bolsena, 2011.

NERI, Sandro, *Licio Gelli. Parola di venerabile,* Aliberti Editore, Roma, 2007.

NEWTON, Michael, *The Encyclopedia of Conspiracies & Conspiracy Theories,* Checkmark Books, Nueva York, 2006.

NICOTRI, Pino, *Mistero Vaticano. La scomparsa di Emanuela Orlandi,* Kaos Edizioni, Roma, 2002.

—, *Emanuela Orlandi. La verità. Dai lupi grigi alla banda della Magliana,* Baldini Castoldi Dalai, Milán, 2008.

NUZZI, Gianluigi, *Vaticano, S. A.,* Ediciones Martínez Roca, Madrid, 2010.

—, *Sua Santitá. Le Carte segrete di Benedetto XVI,* Chiarelettere, Milán, 2012.

POLLARD, John F., *El Vaticano y sus banqueros. Las finanzas del papado moderno. 1850-1950,* Melusina, Barcelona, 2007.

POLLOCK, Ellen, *The Pretender: How Martin Frankel Fooled the Financial World and Led the Feds on One of the Most Publicized Manhunts in History,* Free Press, Nueva York, 2002.

PUENTE OJEA, Gonzalo, *Opus Minor. Una antología,* Siglo XXI, Madrid, 2002.

RAW, Charles, *The Moneychangers: How the Vatican Bank Enabled Roberto Calvi to Steal $250 Million for the Heads of the P2 Masonic Lodge,* Vintage/Ebury, Londres, 1992.

RENDINA, Claudio, *Il Vaticano, storia e segreti,* Newton & Compton Editori, Roma, 1986.

ROBERTSON, Geoffrey, *The Case Of The Pope: Vatican Accountability for Human Rights Abuse,* Penguin Global, Nueva York, 2010.

SEEWALD, Peter, *Benedict XVI. Light of the World: The Pope, The Church and the Signs Of The Times,* Ignatius Press, Nueva York, 2010.

SIMONETTI, Manlio, *Biblical Interpretation in the Early Church: An Historical Introduction to Patristic Exegesis,* T&T Clark, Nueva York, 2002.

SMOLTCZYK, Alexander, *Vatikanistan,* Abschnitt, Munich, 2008.

WILLAN, Philip, *The Last Supper: The Mafia, the Masons, and the Killing of Roberto Calvi,* Robinson Publishing, Nueva York, 2007.

WILLIAMS, Paul L., *The Vatican Exposed. Money, Murder and the Mafia,* Prometheus Books, Nueva York, 2003.

YALLOP, David A., *In God's Name. An Investigation into the murder of Pope John Paul I,* Bantam Book, Nueva York, 1984.

—, *The Power and the Glory: Inside the Dark Heart of Pope John Paul II's Vatican.* Carroll & Graf, Nueva York, 2007.